Deseo de arcángel

Leddy Strong

Para ti que estás luchando por ese sueño que crees imposible:
No permitas que nadie te diga que no puedes alcanzarlo.

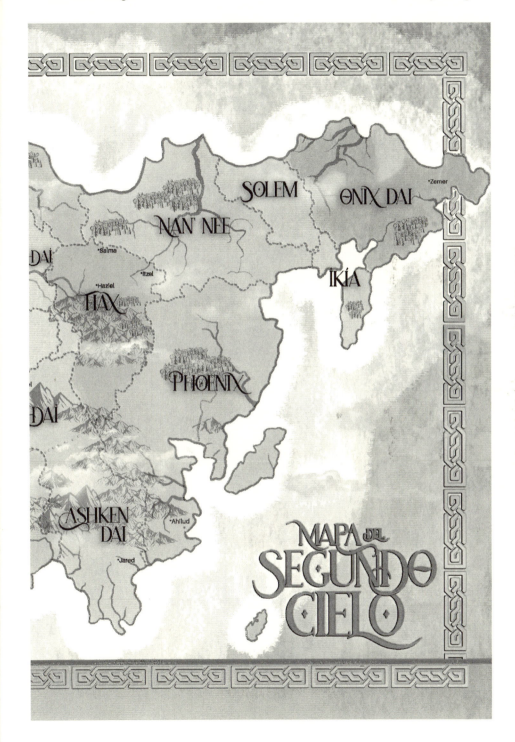

RANGOS ANGELICALES

DIOS CREADOR

SERAFINES

QUERUBINES

ARCÁNGELES

ÁNGELES

LOS CONDENADOS

EL QUERUBÍN CAÍDO

ARCÁNGELES Y ÁNGELES CAÍDOS

DEMONIOS

Autoridades del Segundo Cielo

Arcángeles de las Leyes del Séptimo Cielo	Arcángeles de los Escuadrones del Séptimo Cielo
Visitan el Segundo Cielo por mandato del Séptimo	Visitan el Segundo Cielo por mandato del Séptimo

Las Jerarquías

10 Arcángeles

Clan Castigador

1 Arcángel
6 Ángeles

Centinelas

360 Ángeles

Regimiento de Guerreros

2806 Ángeles

Comando Servicial

8968 Ángeles

Sanadores
Escribanos
Elementos
Artistas

Habitantes

11 Arcángeles
14220 Ángeles
315 Jephin
72 Hephin

Guía de pronunciación

Personajes

Niamh Browne: Nái-am Bra-un

Niamh en *irlandés*: Né-ev

Nia: Náia

Haziel: Jás-iiel

Jared: Yá-red

Ahilud: A-jii-lú

Otros

Vixtal: Víj-tal

Veljeax: Vel-ji-ij

Jephin: Yéf- iin

Lugares

Fiax: Fi-áj

La pronunciación de los nombres de los personajes siempre se hace en idioma prohibido y como tal se pronuncian siempre de esta forma. Aplica también para los objetos y lugares mencionados anteriormente.

Playlist

1. Story of my life - One Direction
2. My Inmortal - Evanescente
3. Arcade - Duncan Laurence
4. Believer - Imagine Dragons
5. Dark Horse - Katy Perry Feat Juicy J.
6. Faded - Alan Walker
7. Blank Space - Taylor Swift
8. Habits (Stay High) - Tove Lo
9. Runaway - Aurora
10. Fire Meet Gasoline - Sia
11. Take Me To Church- Hozier
12. Total Eclipse of The Heart - Bonnie Tyler
13. Summertime Sadness - Lana del Rey
14. Love The Way You Lie - Rihanna
15. Rolling in the Deep - Adele
16. Bird Set Free - Sia
17. The Greatest – Sia

PREFACIO

Antes de que el tiempo fuera tiempo...

El ángel se sacudió con fiereza cuando sus hermanos lo sometieron para que se arrodillase.

Su naturaleza de fuego había sido extraída; ya no le quedaba gracia alguna, sus alas, que alguna vez fueron del blanco más inmaculado, ahora eran de un horroroso negro carbón.

—¡Esto es una maldición! —bramó el ángel mientras se revolvía ante la fuerza ejercida por ambos ángeles sobre él.

—Cometiste un error, ahora lo pagas —respondió el pelinegro en tono neutro—. Sabías esa ley, *Drab*.

—¡No! ¡No lo hagan! —rugió el condenado y acto seguido, los dos ángeles le hicieron inclinar la cabeza para despejar la zona a castigar.

—Cuando quieras.

—Así no quiera debo hacerlo, hay otros miles esperando —comentó el que tenía los ojos grises mientras alzaba un poco su espada y luego la dejaba caer sin un deje de lástima.

Esto era el precio por desobedecer.

Para ellos no había una segunda oportunidad, y quizás eso era algo que debían envidiarles a los humanos.

PRIMERA PARTE

FUEGO Y DISCIPINA

CAPÍTULO 1
TRES SUEÑOS IGUALES

Siempre me he considerado una hija obediente, pero cabe destacar que sólo cuando la situación lo ha ameritado. Cuando ellos no tienen la razón lo hago saber y posiblemente procedo a hacer las cosas a mi manera. La mitad de las veces acabo pidiéndoles disculpas —a regañadientes— y oyendo varios «te lo dije». La otra mitad siempre gano yo. Cincuenta y cincuenta. Algo justo.

Lo más resaltante de mí no es mi orgullo, pues mi madre siempre ha criticado mi curiosidad. Bueno, no solo mi madre. Todo el mundo. No me avergüenzo de ser curiosa, es algo que me enorgullece. *Como es de suponer.*

A veces estoy de buenas, pero muchas veces estoy de malas, y más si sé que llegaré tarde a mi clase. Como me pasa ahora.

Piso el acelerador sin importar que me multen. ¿Qué vale más? ¿Un parcial o una multa?

Sí. Que se jodan todos los oficiales de tránsito de Berwyn, necesito llegar a la universidad a tiempo.

Mientras conduzco miro de reojo que la pantalla de mi teléfono se ilumina. Coloco el «manos libres» y atiendo la llamada con tono exasperado.

—¿Sí?

—¡Browne!

—Ah, hola, Blay —canturreo.

—Ya casi son las ocho de la mañana, ¿no vienes a clases o qué?

—Cierra esa boca —lo regaño—. ¡Agh! ¡Estoy en camino! —exclamo enojándome con el puto semáforo que se ha puesto rojo.

—Vale, date prisa.

—Conozco tu tono. Más te vale por tu preciada vida que no me cantes cumpleaños en la cafetería porque... —Él cuelga y yo hago un mohín de molestia.

Odio mi cumpleaños desde que entré a la universidad.

Simplemente me hacen llorar a la hora de cantar el cumpleaños, ¡y yo odio llorar delante de la gente! Hipeo mucho y mis mocos salen primero que mis lágrimas. Además, no me gusta arruinar la impresión de insensible que tiene la gente de mí. Yo soy de las que piensan que es mejor que me vean como la odiosa del grupo a que practiquen bullying conmigo sólo porque me gusta sacar buenas notas. *Bueno, al menos intento sacarlas.*

Estaciono el Camaro azul al lado de una camioneta y salgo como alma que lleva el diablo por el Campus. Realmente lo que me preocupa es lo que dijo mi madre acerca de las posibilidades de que llueva. Y bueno, no es como si yo no tuviese ojos para ver el cielo nublado que me rodea. *Además, se acerca el invierno.* Como sea, saldré del salón antes de que caiga la primera gota.

Todo este drama es porque mi padre es muy supersticioso y ha soñado tres veces seguidas que el Camaro derrapa por culpa de la lluvia. Demonios, ¿quién piensa que los sueños repetidos se hacen realidad?

Como sea, lo melodramático no va conmigo y gracias al cielo no saqué ese lado de mi padre.

Entro al salón de clases con la mirada baja, no me molesto en mirar a nadie y mi «buenos días, profesor, siento llegar tarde» es apenas un susurro. Me siento en el último puesto y disimuladamente miro a mi alrededor en busca de Blay. Lo localizo en el primer puesto frente al escritorio del profesor.

Me enfoco en responder las preguntas del parcial con expresión ceñuda. Sin duda mi cerebro se partirá en muchos pedacitos. ¿Distribución de frecuencias? Parece fácil, pero si te equivocas en un maldito número tienes que borrar todo y empezar de nuevo.

Media hora después me doy por vencida y decido dejar en blanco el último ejercicio. Joder, no me acuerdo de la bendita ecuación y no me quedaré mirando hacia el techo hasta recibir una revelación del Altísimo porque no vendrá.

Blay terminó su examen hace diez minutos, quizás si se hubiese sentado delante de mí, yo me hubiese copiado el último ejercicio, pero siempre me pongo nerviosa a la hora de copiarme, es como si mi cerebro entrara en corto circuito.

—Niamh Browne. —Me detengo antes de abrir la puerta al oír mi nombre—. Le faltó realizar un ejercicio. —Lo vi venir y no me preparé.

Camino hacia su escritorio y él me estudia a través de sus gafas nuevas. Las de ayer necesitaban montaje nuevo.

—No lo sé —musito cuando estoy frente al profesor cincuentón.

— ¿Qué es lo que no sabe? —alza la voz a propósito para que toda la clase lo oiga. Dios, ¿por qué tiene que ser así? Ya todos deben estar viéndome.

No debería importarme, pero considerando que el noventa por ciento de la clase son estudiantes del tipo «cerebrito puro»...

—Lo dejé en blanco porque no...

—Debe realizar el ejercicio o no aprobará el examen —sentencia ojeando otros papeles con aires de suficiencia y yo aprieto los labios.

Odio esta situación. Quizás sean las risitas burlonas de algunas chicas las que me estén causando más enojo. Y de seguro debo estar sonrojada, maldita sea.

—Y bien, ¿qué espera para terminarlo? —Mi vista se va a la del profesor, el cual me ofrece la hoja con una sonrisa maliciosa. Claro, él quiere que yo fracase. Por alguna razón todos los profesores de matemáticas o cualquier rama que se le parezca son unos odiosos.

—No puedo terminarlo si no sé qué —me trago la palabra «demonios» y respiro hondo—... si no sé qué tengo que hacer. Lo olvidé.

—Sí sabe. Tiene que aplicar una ecuación —dice y aprieto más los dientes. Este viejo sí que sabe hacerme enojar.

—No lo haré —digo rápidamente y salgo del salón casi trotando.

Suspiro cuando cierro la puerta a mis espaldas. Bueno, como van las cosas, si no saco la mayor nota en el examen que viene, entonces tengo que buscar la manera de decirles a mis padres que volveré a ver Estadística el semestre que viene sin que ellos se sientan decepcionados. Odiaría que pensaran que no me tomo los estudios en serio.

Si te tomaras las cosas en serio no hubieses dejado ese ejercicio en blanco. Genial. Gracias, subconsciente.

— ¡Hey! —Me giro y hago una mueca al ver a mi mejor amigo acercarse con una gran sonrisa—. ¡Feliz décimo noveno cumpleaños! —Me abraza con fuerza y yo aspiro el aroma de su nuevo perfume amaderado. Blay mide uno noventa y nueve, está en el equipo de baloncesto de la universidad y es conocido por casarse a los dieciocho años. *Sí, es un demente.*

—Gracias, Blay —murmuro apartándome—. Ahora vámonos.

—No, acompáñame a la cafetería, Elsie nos está…

—No. —Me cruzo de brazos—. No me cantarán cumpleaños como la vez pasada.

—No seas dramática. —Pone los ojos en blanco.

—Tengo que irme. —Miro hacia el final de pasillo con algo de afán—. Va a llover y…

—Oh, gran cosa. —Manotea.

—Pues sí —afirmo y coloco los brazos en jarras—. Sabes lo que piensa mi padre del…

—Por Dios, acabo de ver el cielo y apenas se ven algunas nubes oscuras.

—Mi padre me matará si sabe que conduje su auto mientras llovía. —Cuando pienso caminar él me coge del brazo.

—Por favor, sólo será un momento.

—Hey, Nia. —Giro mi cabeza al oír la segunda voz masculina. Un compañero de clases cierra la puerta del salón y se acerca con expresión divertida—. ¿Viniste en el Camaro?

—Sí —asiento confundida. ¿Ahora él me espía?

—Moore acaba de decir que caerá granizo.

— ¿Eh? Eso es ridículo —opina Blay y yo asiento apoyándolo—. Jamás caerá granizo.

—Pues, él se estaba burlando de los futuros parabrisas rotos —dice alejándose por el pasillo y me giro para ver los grandes ventanales. Alzo las cejas con sorpresa. Cuando salí del salón el cielo no estaba tan oscuro.

—Tengo que irme.

— ¡Nia! —lloriquea mi amigote el fortachón. Dios, arruina su magnífico metro noventa y nueve con su berrinche.

—Blay, mi madre va a matarme y luego vendrá mi padre y volverá a matarme. —Camino por el pasillo y él me sigue de cerca.

—Por favor… —No le hago caso—. ¡Vale, lo diré! Elsie se esforzó mucho en tu pastel, lo hizo ella misma, joder. —Me detengo al escuchar eso y suspiro.

Podría dar saltitos de alegría y hacer drama al enterarme de que Elsie Súper Gótica me ha hecho un pastel, pero no quiero verme ridícula.

Suspiro ruidosamente y masajeo mis sienes con rapidez. No me agrada mucho que las personas sepan con facilidad mis emociones. ¿Fue esa la razón por la cual fui a clases de Teatro? Tal vez. La actuación me ayudó mucho a esconder mis temores. Sin embargo, hay algo que no sé ocultar y es mi miedo a estar sola. ¿Cómo es eso? Simple. ¿Un ejemplo? Vale, nunca ha sido aceptable para mí estar sola en casa. Es como si Chucky[1] estuviese en la cocina esperándome con la cena lista. Y cabe destacar que le tengo miedo a los truenos y a las alturas. Ni hablar de las arañas.

—Elsie nos espera en el rincón más apartado de la cafetería —la voz de Blay me trae de vuelta a mi mundo—, cantaremos el cumpleaños en voz baja si quieres. Ya sabes que es una costumbre.

El año pasado, ellos me llevaron a la cafetería. Sé que sólo estábamos él, Elsie, Evan y yo, pero por Dios, los demás estudiantes miraron la escena burlándose entre ellos mientras que otros solo miraban curiosos. No pude contener mis lágrimas por más que lo intenté.

No lo puedo negar, fue muy emotivo y me hicieron feliz con su detalle, pero no me agradó sentirme tan boba llorando como una estúpida. Por esa razón odio lo cursi —en público— y todo lo que se le asemeje.

—Vale, pero será rápido —le digo fracasando al tratar de sonar fastidiada.

—Entendido.

Trotamos agarrados de la mano hacia la cafetería. Mis nervios aumentan al oír el primer trueno y aprieto los labios para no gritar. Aunque pensándolo bien, no sé si gritar por los truenos o porque va a empezar a llover y mi madre debe estar esperándome con el Padre Nuestro en la boca.

—Dios, ¿por qué no hacer este tipo de cosas en otro sitio? —jadeo.

—Sabes que los padres de Elsie son estrictos. No tiene tiempo de salir a otros sitios que no sean su casa y el campus —me explica.

Pobre Elsie. No me atrevo a llamar a sus padres «sobreprotectores» ni mucho menos «dictadores», pero creo que su paranoia es exagerada. *Celosos.* Esa es la palabra, los padres son muy celosos con su única hija.

Al final logro soplar las diecinueve velitas violetas sin soltar ni una lágrima. Todas están contenidas por una fina línea de autocontrol.

---

[1] Chucky, muñeco protagonista de una serie de terror estadounidense.

— ¡No lloró! —bromea Evan—. Ven a mis brazos pequeña Jelly Queen.

—No me llames así —lo regaño y él me abraza. Empezó a llamarme así desde que descubrió mi breve adicción con Candy Crush.

Elsie se enfoca en cortar en pedazos considerables el pequeño pastel con una gran sonrisa. Respiro temblorosamente moviendo mi pie derecho, en un gesto nervioso que suele traducirse como: *me tengo que ir lo más pronto posible*. Ni siquiera *La Selección* de Kiera Cass me alegra. Según Elsie, tengo que leerlo cuanto antes, el libro está autografiado por la autora. Claro, Elsie puede darse el lujo de comprar un libro autografiado.

—Me gusta la portada —opino mirando el libro con recelo.

—Hum, lo leeré sólo para darte spoilers.

— ¡No te atrevas, eh, Evan! —lo regaña Elsie y yo sonrío negando con la cabeza. Bueno, ya puedo agregar cinco libros a mi biblioteca. *Basta ya de PDF*.

—Idiotas —murmura Blay con expresión seria.

Mi vista viaja hacia los cristales, las copas de los árboles se están meciendo, no muy fuerte, pero sé que empeorará. Ni hablar del cielo gris oscuro. Joder, no llegaré a tiempo a casa.

¿Miedo de derrapar? Claro que no.

— ¿Te gustó la decoración del pastel? —pregunta Elsie sonriente.

—Bueno, el lila está bonito —murmuro.

—Es un hermoso violeta —me corrige—. Es obra de Evan, él dice que ese color va contigo.

—Date prisa, Elsie —la apremia Blay—. Nia tiene que irse.

—Oh, vamos —bufa ella entregándole un pedazo a Evan—. No me digas que crees en los sueños de tu padre.

—No se trata de eso —hablo—. Es sólo que… —respiro—. No quiero desobedecer a mi papá, no cuando se trata de su auto preferido.

—Y del mío.

—Vale, de todas formas, conduce con cuidado —opina Evan y asiento. Él es el más compresivo del grupo, y el que tiene los ojos más extraños, ya que son azules, pero su ojo derecho es de una tonalidad más oscura.

—Suponiendo que el sueño de tu padre se hace realidad, ¿Qué piensas que…?

—Elsie, por Dios —refunfuña Blay.

— ¿Qué? Es sólo una suposición.

—No creo en esas cosas, Elsie. —Sonrío cuando ella me da un pedazo de pastel más grande que el de Evan. Amo el chocolate.

— ¿Pero, crees en Dios? —pregunta y ve a Blay de mala gana cuando él coge un pedazo sin esperar a que ella se lo dé.

—Guarda el resto en la caja —le dice él para luego darle un gran mordisco al pastel. Ella pone los ojos en blanco y me mira esperando una respuesta.

—Dime, nena. ¿Crees en Dios?

—Hum, claro que sí. —Hago un ademán de obviedad.

—Bueno, en la época de los Patriarcas, José el hijo de Jacob soñó que…

—Y encima, también lee la Biblia, genial —murmura Blay y Evan alza una mano para alegar algo.

—También hubo un ángel que…

—Vale, oiré todo eso mañana —les digo dejando mi pedazo de pastel entero en la caja—. Tengo que irme ahora mismo o tendré problemas.

—Oye, ¿de qué ángel ibas a hablar? —pregunta Elsie en voz baja a Evan y yo sonrío negando con la cabeza.

—Contaré la historia mañana cuando esté Nia —dice él sin dar su brazo a torcer y ella hace un puchero.

—Me llevo la caja, ¿no? —pregunto dudosa y ellos me miran.

— ¿Quién está cumpliendo años? — pregunta Blay con un manoteo y yo suspiro.

—Vale, entonces —carraspeo—… gracias, son geniales.

—Yo sí creo en los sueños que se repiten, así que vete ahora —me apremia Evan—. Ya sabemos que somos los mejores amigos, ahórrate los halagos.

—Mis lindos idiotas —les digo despidiéndome para luego alejarme casi corriendo.

Cruzo el campus con la caja blanca en las manos, a cada paso que doy mi mochila hace un sonido rítmico al chocar con mi espalda una y otra vez. Cuando una gota de lluvia cae en mi brazo empiezo a correr. Genial, el viento está más fuerte. Menos mal llevo mi cabello oscuro recogido en una cola de caballo porque si no ya se hubiese enredado como de costumbre.

Llego al Camaro jadeando, abro la puerta y me subo de un salto. Dejo la caja en el asiento del copiloto al igual que mi mochila casi con manos temblorosas. Sin pensarlo mucho hago contacto con la llave y diez segundos después estoy saliendo del estacionamiento.

Empiezo a morderme los carrillos al visualizar un rayo en el cielo y respiro nerviosamente mientras acelero más de lo normal.

—No, no, ¡no! —Golpeo el volante para luego poner en funcionamiento el limpiaparabrisas.

La lluvia cae en grandes cantidades, por lo cual me veo en la obligación de ir un poco más lento, ya que no logro ver bien la carretera. A cada segundo me cabreo más. Seguro que mi madre le dirá a mi padre y nunca más podré conducir el Camaro. Porque, ¿qué posibilidades hay de que mi madre me guarde el secreto? Incluso, si mi madre decide callar mi hermano hará todo lo contrario. Cuando no es una cosa es la otra. Así es mi linda vida.

—Bien —refunfuño sin quitar la vista de la carretera. Miro por el retrovisor antes de doblar a la izquierda, luego piso el acelerador sabiendo que no me toparé con más semáforos hasta llegar a mi hogar.

La casa de mis padres se encuentra en la zona más reservada de Berwyn. La mayoría de las casas son de una sola planta y con áticos, tienen inmensos patios llenos de grandes setos, los cuales sirven para dar libertad a los pervertidos de andar en calzoncillos en el jardín sin que ningún vecino lo observe. Creo que esa fue la razón por la cual mi madre eligió vivir aquí, ella odia los sitios donde las casas están muy cerca una de la otra, tanto así que tu vecino puede oír la ducha de tu baño. Lo sé, una exageración, pero esas fueron las palabras de mi madre, no las mías.

En Cícero, cada casa está separada a unos doscientos metros de la siguiente. Esta distancia varía, pero en mi caso, mi vecino Este está a doscientos metros y el Oeste a cien metros. Anteriormente el patio de mi casa se perdía en algo parecido a un bosque de matorrales hasta que mi padre levantó una pared de concreto de por los menos cuatro metros de altura, lo que provocó que más de la mitad de los habitantes hicieran lo mismo.

—Madre, voy llegando —hablo después de haber colocado el altavoz casi a regañadientes.

—Está lloviendo, Nia —me regaña con nerviosismo—. ¿Qué fue lo que te advertí está mañana?

—Mamá, estaré en casa en cinco minutos —miento. En realidad, serán quince o tal vez diez. *Si me apresuro.*

—No quiero que conduzcas, Nia —me advierte—. Quiero que te estaciones y esperes a que deje de llover…

—Madre —lloriqueo—, ya voy llegando… —giro suavemente el volante en la siguiente curva y un relámpago me hace dar un respingo.

— ¡Nia! No me desobedezcas —me regaña y sacudo la cabeza. Decido no hablar para que ella piense que ha habido una falla de audio. Dos segundos después ella cuelga gritando el nombre de Jack a toda voz.

Luego de recorrer cinco kilómetros de total soledad empiezo a ver la primera casa. Los Martínez. La siguiente casa está a medio kilómetro.

El diluvio empeora obligándome a escoger entre dos opciones: estacionarme o bajar la velocidad.

— ¡Maldita sea! —gimoteo y cuando pienso estacionar el Camaro algo me hace proferir un grito desgarrador y en medio de mis nervios piso el acelerador en vez del freno.

Todo pasa tan rápido que no me doy cuenta que aún estoy pisando el acelerador hasta que veo naturaleza verde pasar delante mis ojos. Grito nuevamente sin apartar las manos del volante cuando veo pasar un tronco. ¡¿Hacia dónde estoy conduciendo?!

— ¡DIOS MÍO! —bramo pisando el freno sin apartar el otro pie del acelerador. Mi cuerpo se desplaza hacia la puerta y mi cabeza impacta con la ventanilla con un ruido seco.

Antes de lograr decir o pensar algo coherente, un frío letal invade todo mi cuerpo y seguidamente escucho el batir de algo. No sabría definir el sonido, pero, ¿los ángeles me están llevando al cielo o qué?

—La luz no… —mi vista borrosa distingue un destello antes de que todo se vuelva negro.

Adiós, mundo cruel.

CAPÍTULO 2
LLEGADA AL SEGUNDO CIELO

Mis fosas nasales perciben un olor suave, tan suave que no sabría decir qué aroma era, nunca antes lo había percibido. Además de eso, mi respiración se siente muy ligera y el ambiente es raro. No hace frío ni calor. Sin embargo, el silencio que reina a mí alrededor me obliga a abrir los ojos. Lo primero que veo es que el techo parece estar lejano y tiene una textura lustrosa de color blanco.

—¿Mármol? —ronroneo y chasqueo mi lengua al sentir sed. Suspiro y cierro los ojos. Mis dedos acarician algo extremadamente suave y abro los ojos rápidamente al tiempo que me incorporo.

Mi respiración se agita y sacudo la cabeza al sentir que mis oídos están llenos de agua o algo parecido. Se siente como si estuviera en lo alto de un teleférico.

—¿Dónde...? —cierro la boca y mi vista recorre todo el lugar con lentitud.

La habitación debe ser de siete metros por cinco a lo mucho, las paredes son de mármol reluciente color blanco, no hay ventanas, lo único que hay en ellas son extraños cuadros abstractos con colores oscuros. Jadeo y miro que hay muebles de madera reluciente, hay una especie de mesita de noche a cada lado de la cama, que es una verdadera obra de arte. Giro mi cabeza para contemplar mejor el lugar donde estoy acostada. El metal utilizado en la cabecera es, sin dudas, de los más delicadamente labrados que pueden existir.

Hay una silla mecedora de madera al lado de una mesa, la cual debe ser una peinadora, pero sin espejo. Frunzo el ceño al ver tela blanca esparcida por el piso y me sorprendo al ver una pila de esa misma tela en un rincón.

Encima de las mesas no hay nada que pueda hacerme desistir en mi conclusión. Esta habitación es para huéspedes. Lo único normal aquí es la cama, las sábanas blancas de algodón, y las almohadas.

Algo hace *click* en mi cerebro de un segundo a otro.

Lluvia.

Camaro.

Jadeo y me toco el pecho.

— ¿Estoy viva? —pregunto casi sin voz y un segundo después salgo de la cama a toda prisa. Ahogo un grito al ver que tengo una bata blanca de seda que me llega hasta los tobillos. Sus mangas son largas y hay dos cordones sueltos dos centímetros por debajo de mis pechos. Con confusión los uno, aprieto y luego hago un corto lazo con manos temblorosas. Corroboro que tengo mis bragas y le doy gracias a Dios porque elegí el color blanco.

— ¿Qué me pasó? — Observo nuevamente mi alrededor comprobando que es real.

¿En qué momento me cambiaron de ropa? ¿Cuánto tiempo pasó? ¿Por qué no tengo un rasguño? ¡¿Dónde está mi sujetador?!

Bien.

Esta habitación es real, no parece «celestial». Recuerdo perfectamente que el auto se desvió de la carretera, recuerdo el golpe que me di en la cabeza —creo que partí el cristal, ¡claro que sí!—. Yo escuché el ruido de cristales rotos, y luego vi una luz, pero… si no estoy muerta, ¿por qué no me duele la cabeza? ¿Por qué estoy entera en esta extraña habitación? Es obvio que no es un cuarto de hospital.

Tengo que respirar hondo. Muy hondo.

Iba en el Camaro. Mucha lluvia. Había algo en la carretera y lo pisé, eso creo.

—Estoy muerta. —Trago duro—. Oh, no. —Miro mis manos y luego me toco con desesperación la cara, los brazos, mis piernas—. Y-yo… —Observo la puerta y camino hacia ella.

Alguien tiene que darme una puñetera explicación.

— ¡Abran la puerta! —exclamo intentando girar el pomo redondo, que llama toda mi atención de repente—. ¿Qué carajos? —Me alejo de un brinco para luego acercarme e inclinarme a inspeccionar el pomo minuciosamente.

Abro los ojos desmesuradamente al ver que está hecho de oro. ¡De oro!

—¡No estoy muerta! —exclamo horrorizada—. Esta no es mi concepción del cielo. —Extiendo las manos señalando a mi alrededor como si le estuviera reclamando a alguien—. Esto no es el cielo —espeto y respiro hondo para calmarme. *Y mucho menos es el infierno.*

Vale. El pomo de la puerta es de oro. Las paredes son de mármol pulido. Queda claro que no es un hospital.

—¿Dónde estoy? ¿Dónde? ¿Dónde? —me pregunto caminando de un lado para otro.

Mi mente se encuentra en camino a un colapso. Es decir, todo se ve real, no hay polvo aquí, todo está impecable, lo único raro es toda esa ropa blanca en el suelo; y el pomo de la puerta, obvio.

Respiro hondo y me abanico la cara con las manos al notar el aire liviano, muy liviano.

—Oh, tampoco es un sueño —me digo pellizcándome en el brazo—. Mi corazón está latiendo, no está acelerado —musito y nuevamente me acerco a la puerta.

Diez minutos después dejo de tocar la puerta. Si sigo haciéndolo me quedaré sin nudillos. Y sin voz.

Tantas cosas se me vienen a la mente. Mi padre debe estar enojado conmigo, choqué su auto preferido. Cuando me vea seguro me dará el sermón del año, hasta puede que me dé unos cuantos latigazos. Joder, todo por culpa de esa cosa que salió de la nada.

— ¡Agh! —Me halo los cabellos y me lanzo en la cama—. No sé qué hacer —musito con ganas de llorar.

Todo es tan confuso.

Miro hacia la puerta y pienso en ir de nuevo e intentar tirarla a golpes, pero luego siento lo suave de las sábanas y resoplo. Espera a que le cuente todo esto a Blay.

—¿Qué me diría Blay? —indago mirando el techo—. *Respira hondo.* ¿Qué me diría Evan? *No te desesperes.* ¿Qué me diría Elsie? —Hago una mueca—. *Rompe la puerta* —me contesto con drama y respiro hondo para darme fuerzas.

Me incorporo y me pongo de pie, camino con decisión hacia la puerta y toco la madera. Parece fuerte y muy pesada. Miro hacia el rincón y frunzo los labios al ver la silla mecedora. Mi vista pasa a la mesa peinadora y luego recorre todos los demás muebles. Alzo las cejas al ver el enorme armario de madera, me acerco con la esperanza de conseguir algo de ayuda, pero al abrirlo me decepciono. Está vacío.

—¡Por Dios, alguien que abra la puerta! —bramo al borde de la locura y comienzo a golpear la puerta con insistencia sin importarme el dolor de mis manos—. ¡Abran la maldita puerta! —chillo y retrocedo de un salto cuando el pomo gira.

Corro hacia un rincón sin saber por qué. Quizás piense que entrarán varios enfermeros a sedarme o a torturarme.

—Oh, Señor Jesucristo —mascullo alzando las cejas para denotar la clara impresión de lo que mis ojos están viendo.

Un tipo alto entra. En realidad, no me sorprende que sea un hombre, lo que en realidad capta mi atención es que no está vestido completamente y que de repente se está sintiendo una pesadez en el lugar. Es como si algo invisible me estuviese presionando contra la pared, pero él está cerca de la puerta y yo estoy del otro lado de la habitación. Así que no puede ser él.

—T-tú… —Trago muy duro— ¿Q-quién eres? —No responde. Solo me mira fijamente y con expresión neutra—. ¿Dónde estoy? ¿Dónde está mi madre? —jadeo. Joder, el aire se siente tan pesado ahora.

Observo como la puerta lentamente se mueve sola hasta cerrarse con suavidad. Respiro hondo y mis piernas tiemblan.

Miedo. Eso siento ahora mismo.

Él pronuncia algo como «akcel kah» y me quedo sin respiración al oír su voz musical. Ronca y musical.

—¿Eh? —mi voz es torpe, muy torpe— hi-hice una pregunta, ¿d-dónde estoy? —Él ladea su cabeza y juro que pareciera que está viendo más allá de mis ojos.

—¿Tienes miedo? —pregunta evadiendo mis preguntas y da un par de pasos a su izquierda sin quitarme la vista de encima. Retrocedo hasta chocar con la pared y carraspeo.

Oh, ahora sí que dijo algo coherente. Muy coherente, porque sí, tengo miedo.

—Yo iba en mi auto, estaba lloviendo, i-iba a estacionarme en la orilla d-de la carretera y…

—Había un pequeño animal muerto, pasaste por encima de él, y desviaste el vehículo fuera de la carretera. —Hace un breve encogimiento de hombros—. Sé eso. Lo vi todo. —Yo trago duro y él no deja de verme fijamente.

Vale, él lo vio todo. La pregunta es, ¿cómo lo vio? Es decir, ¿no estaba cayendo un diluvio?

Respira, Nia. No pienses lo peor porque él solo lleva puesto algo parecido a unos pantalones de chándal impecablemente blanco y su abdomen está bien marcado por todos lados.

—Me golpeé la cabeza.

—El vehículo dio dos vueltas completas, específicamente dos segundos antes de que rompieras la ventanilla con tu cabeza y empezaras a desangrarte —explica con voz neutra.

—Oh, Dios… —Me llevo las manos a la boca—. Entonces, sí morí… —jadeo apartando la vista. Necesito algo donde apoyarme o si no caeré al piso.

—Hubieras muerto si no te hubiese sacado antes que un árbol cayera encima del vehículo.

—¿Qué? —Alzo la vista. Él no se inmuta—. ¿Un árbol cayó encima del auto de mi padre? —mi voz sube una octava—. Oh, ahora sí me va a matar.

—¿Te importa eso?

—Bueno, ya estoy muerta, ¿no? —Extiendo las manos—. ¿Eres una especie de ángel o qué? —Él parece reprimir una sonrisa y luego suspira—. ¿No estoy muerta?

—A los muertos no les palpita el corazón.

—Gran observación, ¿cuál es tu nombre? —exijo saber y cruza los brazos por encima de su pecho. *Su lindo y atlético pecho.*

Su cabello castaño oscuro le cae perfectamente en la frente, su piel parece perfecta desde aquí, es como si… joder, no puede ser un enfermero. ¿Qué enfermero está medio desnudo en la habitación de un paciente? De hecho, ¿qué clase de hospital tendría habitaciones de mármol? Esto es una completa confusión.

—Tengo que irme. —Camino con inseguridad hacia la puerta rezando para que él se haga a un lado.

—No puedes —manifiesta y me detengo en medio de la habitación—. Espero que entiendas esto con rapidez porque no querrás que te lo repita. —Hago contacto visual con él. Grises. Sus ojos son increíblemente grises.

Instantáneamente jadeo y me doblo colocando mis manos en mis rodillas.

—No hay… oxígeno —jadeo cerrando los ojos.

—Vine porque maldijiste —explica fijando su vista en la pared detrás de mí—. Tienes prohibido maldecir en mi morada. —Alzo una ceja inconscientemente.

—¿Morada? —mis labios pronuncian la palabra y creo que es primera vez que la pronuncio.

En todo caso, él llegó un segundo después de que yo maldijera. ¿Quién es? ¿Meteoro?

—No sé por qué no tienes camisa.

—Puedo andar sin camisa en mi morada —me interrumpe como si nada y yo resoplo.

—Vale, ¿podrías explicarme qué hago en tu *morada*?

—Yo te traje aquí. —Se encoje de hombros.

—¿Dónde están mis padres?

—Probablemente esperándote en casa —responde y lo miro patidifusa.

Este hombre sí que tiene pelotas. ¿Acaso hay que sacarle las palabras con cucharilla?

—Escucha —respiro hondo pellizcándome el puente de la nariz—, ¿cómo dices que te llamas?

—Nunca dije mi nombre —habla y lo miro con los ojos entornados. Él parece suspirar—. Te saqué del auto y te traje aquí, humana.

—¿En tu auto?

—Volando —me interrumpe y frunzo el ceño lentamente—. Escucha, eres la humana más tonta con la que me he topado en toda mi existencia. Y créeme que tengo una larga existencia —agrega con veracidad.

—Dijiste que me trajiste volando, ¿cómo lo hiciste? —Él despierta algo extraño en mí cuando su rostro se ilumina con una media sonrisa.

—¿Sabes dónde estás, pequeña humana? —pregunta con diversión y yo pongo los ojos en blanco—. En el Segundo Cielo —añade en un susurro y lo miro como si fuera un bicho raro.

—¿En el segundo qué? —Mi boca se abre y se cierra con confusión—. Dijiste que no estaba muerta —le reclamo y de repente siento muchas ganas de llorar.

—El Segundo Cielo —repite—. Te traje al Segundo Cielo conmigo, y no estás muerta.

—Esto es un sueño… —Sacudo la cabeza mientras camino hacia la cama—. Tal vez una broma.

—Tú preguntaste y yo sólo respondí. Ahora, es menester que te acostumbres a…

—Busca a mi mamá. —Manoteo sentándome en el borde—. Deja de jugar conmigo… —Profiero un grito cuando un mueble se estrella contra la pared sin alguna fuerza visible ejercida—. ¡¿Qué fue eso?! —chillo horrorizada corriendo hacia donde se encuentra él.

—Detente —me advierte y me detengo de golpe—. Estás huyendo de lo que te asustó corriendo hacia el ser que lo produjo. —Me confundo con su juego de palabras y sacudo la cabeza.

—¿Qué? —balbuceo y él me mira fijamente. Como si me estuviese respondiendo a su manera, con una fuerza que me empuja hacia atrás lentamente hasta que mi espalda da contra la pared—. ¿C-cómo…?

—Puedo hacer ese tipo de cosas, y miles de otras. Estás en el Segundo Cielo —habla con autoridad—, y no tiene nada que ver con lo que los de tu especie llaman «paranormal». —Dibuja unas comillas fugaces—. Te traje aquí por mis propios medios. ¿Por qué? Porque quise hacerlo, tan simple como eso —él suspira—. Ahora, me iré y tú no volverás a maldecir.

No digo nada, sólo miro con ojos atentos. Él asiente una vez y luego camina hacia la puerta. Miro con atención que su espalda está lozana.

—¿Eres un ángel? —mi voz llena el lugar y él se detiene con la mano en el pomo de la puerta. Mis esperanzas de que él responda desaparecen cuando él la abre—. Espera, ¿no volveré?

—Nunca más —me corta para luego dejarme sola en la habitación.

Esto debe ser una broma.

Me paseo de un lado a otro en la habitación. Han pasado muchas horas, lo sé y necesito saber cuánto tiempo ha pasado. Además, ese tipo no me confirmó si era un ángel. ¿Yo conociendo a un ángel? ¡Elsie no lo creerá jamás! Sólo debo calmarme para no caer en la locura.

En fin.

—Esto una ridiculez —susurro mirando mi alrededor con fastidio.

No he dejado de pensar en lo que hizo el hombre Ojos Grises. El mueble de madera ni siquiera se rompió, claro está que está hecho de madera buena. Ni siquiera me he molestado en ir a colocar la mesa de la forma correcta. Y si menciono el hecho de que hizo que me deslizara sobre mis pies se pone peor todo.

—Estoy jodida —resoplo—. No estoy muerta, pero estoy en el Segundo Cielo. —Segundo cielo, santo Dios. ¿Cuántos hay?

Debo dejar descansar a mi cerebro un segundo.

—¿Por qué no viene? —me frustro. Tal vez si maldigo aparezca de nuevo.

No lo hagas. Está prohibido.

Camino hacia la puerta mordiéndome los carrillos, al parecer mis pies encuentran agradable el frío piso.

—Por favor… —Golpeo la puerta con suavidad y luego pego mi oreja de la madera—. ¡Por favor, tengo sed! —exclamo tratando de no alterarme—. ¡Soy humana! ¡Tengo necesidades!

Bueno, en realidad no tengo ganas hacer pis. Sólo tengo sed.

Doy gracias a Dios cuando la puerta se abre. Retrocedo algunos pasos y no puedo evitar alzar una ceja. El tipo tiene el mismo pantalón de chándal, pero ahora tiene una playera blanca. Sus ojos grises están más claros, pero sus facciones siguen duras.

Y la pesadez volvió.

—¿Por qué el ambiente cambia cuando estás tú? —le pregunto colocándome la mano en el pecho.

—Eres inferior, aunque quisieras no podrías soportar con normalidad mi presencia —explica con tono neutro y cuando trato de mirar qué hay más allá de la puerta, él entra y la cierra.

— ¿Eres muy poderoso?

—Estás sudando. —Él toca mi frente con dos dedos y yo parpadeo con incredulidad. Su toque se sintió normal. Muy humano.

—Tengo muchas dudas.

—Es eso —habla—. Tendrás un colapso mental si no paras. —Lo miro como si fuera un bicho raro.

—El colapso mental sería algo normal en mi mundo, ¿sabes? —Me cruzo de brazos—. Ahora, ¿podrías tener la bondad de darme explicaciones?

—No volverás a la Tierra —me corta.

—¿Ah sí? —me burlo—. Bueno, quizás sepas que, si no morí, mis padres van a buscarme. ¿No piensas que encontrarán al Camaro?

—No negaré que ellos te están buscando, pero ¿a que no sabes? —Su sonrisa se vuelve petulante—. Estarás desaparecida de por vida —enfatiza las dos últimas frases.

De por vida.

Eso no puede ser cierto.

—No te creo. No es lógico. Eso no puede ser.

—Lo que no puede ser es que nunca se haya resuelto el extraño caso del Vuelo 19[2] —dice con perspicacia y yo frunzo el ceño.

— ¿El Vuelo 19?

—Olvídalo, pequeña humana —murmura.

—No, espera. ¿Estás diciéndome que los tripulantes del Vuelo 19…? —no termino mi pregunta y cierro la boca con dudas. Él no se inmuta, sólo me ve.

—Te llevaría con Charles, pero no puedes salir de aquí.

—¿Qué? —alzo la voz—. ¿Charles Taylor? —mi voz se apaga—. ¿Está aquí? —Él no responde—. No juegues con eso, es algo serio.

—Pensé que no sabías de lo que estaba hablando. —Manotea sin importancia. Si Evan no fuera mi amigo yo no sabría sobre el vuelo 19.

—Wow, ellos están aquí —murmuro con interés.

—Siento destruir tus esperanzas, pero borra de tu mente la idea de contarlo a todo el mundo. Nunca saldrás de aquí.

—No eres un ángel —suelto y él se cruza de brazos mirándome con expectación. No recuerdo haber leído sobre un ángel en el Segundo Cielo—. ¿Qué eres?

—Ya me estoy aburriendo de tu charla —murmura con fastidio—. Quizás empiece a arrepentirme de haberte salvado.

—Pues, yo no te pedí que lo hicieras —ladro y él se pone serio.

—Quizás debí dejar que murieses, hubiese sido un espectáculo ver como los *Huxell* te llevaban al infierno.

— ¿Los qué?

—Te importa saber sobre los seres que te llevarán al infierno más que el lugar a dónde te llevarán, eso es nuevo.

—No me importa nada —alzo la voz—. Me da igual el lugar.

—No debería darte…

—¡Pues, no me importa! —exclamo y él me taladra con la mirada. La pesadez me hace jadear.

Sé que él lo está haciendo. Me está atormentando. Ahora sé que estoy volviéndome loca. ¿Por qué? Porque estoy aceptando todo lo que me está pasando.

—Deja de hacer eso. —Mis piernas tiemblan y me niego a caer al piso.

---

[2] Era una misión de 5 aviones bombarderos estadounidenses que desapareció sin dejar rastros sobre el Triángulo de las Bermudas.

—Yo doy las órdenes aquí —habla y algo se rompe dentro de mí. El miedo llega y la frustración se mezcla con la confusión—. No puedo hacer nada para deshacerme de ti.

—Eres… —trago y respiro con dificultad.

—¿Cuál es tu nombre?

—No quiero. —Arrastro mis pies a la cama—. Yo no debo estar aquí —mi voz tiembla—, mi mamá… —Me dejo caer boca abajo en el colchón, mi cuerpo se siente pesado, es algo muy parecido al sueño.

—Ella no vendrá —lo escucho decir.

—Entonces, mi papá.

—Tampoco vendrá —me interrumpe con dureza y cierro los ojos.

—¿Quién eres?

—No importa quién sea yo, lo que importa es lo que serás tú a partir de ahora.

—¿Quién seré yo? —ronroneo en la línea que divide la consciencia de la inconsciencia.

—Mi Jephin.

¿Su qué?

—Estás… tú… —Mi lengua no responde y lo último que escucho es un gruñido antes de quedarme dormida.

En contra de mi voluntad me pongo a pensar en las posibilidades que hay de que todo esto sea cierto. Es decir, no soy idiota. Sé perfectamente que no es un sueño, lo que pasa es que me cuesta aceptar todo lo que dijo ese hombre. No es fácil aceptar que ahora estás en el «Segundo Cielo» y que no saldrás nunca de aquí. Ni hablar de cómo se deben estar sintiendo mis padres.

Seguro que mi mamá se desmayó cuando vio al Camaro aplastado por un árbol y sin rastros de mi cuerpo. Quizás sin rastros de sangre. Al parecer *él* prefirió traerme a su mundo en vez de dejar que muriese en paz, al menos así mis padres sabrían que morí y luego lo superarían, pero de esta forma no, siempre van a buscarme y no tendrán paz en su corazón.

En cuanto a mi hermano sé que se está lamentando por no haberme prestado veinte dólares. En fin.

Mi desaparición será igual de extraña que la de los tripulantes del Vuelo 19. Quizás no tan famosa, pero sí será extraña.

Suspiro y miro la pila de ropas blancas que hay en el rincón. Frunzo el ceño y salgo de la cama. Me arrodillo en el frío mármol y empiezo a revisar cada pedazo de tela. Son sábanas, otros pedazos parecen ser cortinas y otros edredones. Miro con interés algunos pedazos que parecen ser unos camisones, me animo y empiezo a registrar entre toda la pila en busca de algún short o pantalón de algodón.

— ¡Aleluya! —exclamo con alegría cuando consigo un pantalón de chándal cerca de mi talla. Lo dejo a un lado y empiezo a buscar una camisa sin mucho éxito. Toda esta tela está limpia, no entiendo por qué está tirada aquí como si no valiera ni un peso.

Me doy por vencida y me lanzo encima del montón de sábanas y edredones. El aroma a limpio me calma y me hace recordar todas las veces que mi mamá me obligaba a lavar y ordenar toda la ropa después que estaba seca. Saber que no la veré más me entristece. ¿Qué iba a imaginar que yo sería raptada al estilo Vuelo 19?

—Jephin. —Doy un respingo al oír una voz femenina y con gran dificultad me incorporo. ¿En qué momento me hundí en toda esta tela?

Miro hacia la puerta y alzo las cejas con sorpresa al ver a una mujer con cabellos rizados de color dorado en medio de la habitación. Sus ojos son verdes, tiene la cara redonda y mejillas sonrosadas. Lleva puesta una falda de color blanco larga hasta los tobillos y una pequeña camisa con mangas cortas. Ah, y puedo ver su ombligo. Por lo cual no es una pequeña camisa sino un top. Genial. ¿Por qué ella se ve bien y yo parezco una paciente de hospital?

—¿Quién eres tú? —discuto saliendo del montón de tela con dificultad.

—Le he traído alimento. —Ella se aparta hacia un lado y me deja ver una mesa movediza con… ¿comida? Bueno, no veo bien.

—¿Tú también le sirves al…?

—No, él no tiene sirvientes —me interrumpe con amabilidad—. Estoy aquí para enseñarte lo que debes hacer.

—Ah, ¿sí? —Me cruzo de brazos—. ¿Y qué vas a enseñarme? Sé lavar, cocinar, limpiar…

—La servidumbre en la Tierra no es igual que aquí. —Sonríe.

—Espera, ¿eres humana? —susurro con curiosidad y ella baja un poco la mirada sin dejar de sonreír.

—Sí, lo soy —responde al fin.

—Oh, gracias al cielo tú sí me entenderás —balbuceo y me acerco a ella tomando sus manos—. Dime que sí hay una forma de salir de aquí.

—Ella sigue mirándome como una madre a una hija. Aparenta tener unos veinte años a lo mucho.

—No la hay. —Sonríe—. No tienes por qué desear volver, aquí es mucho mejor.

—¿Por qué es mejor?

—Una de las razones es que no envejeces —contesta y yo frunzo el ceño. Bueno, ¿eso es bueno o malo?

—¿No moriré mientras esté aquí? —pregunto y ella asiente.

—Estás en el Segundo Cielo. —Se encoje de hombros.

—Esa es otra cosa. ¿Existe el primero acaso?

—En el primero hay otra corte —habla con normalidad.

—¿Corte? Pero… ¿Hay ángeles por acá? —indago—. ¿El hombre raro es un ángel?

—No puedo decirte la naturaleza de tu Poseedor.

—¿De mi qué? —me atraganto con las palabras—. Yo no soy de nadie —espeto y ella sonríe mostrando unos dientes perfectos y blancos.

—Él te trajo aquí. Mientras él no te diga su nombre, será llamado de esa forma. Dicen que él no ha traído Hijas Del Hombre a su morada.

La miro con extrañeza. Wow, creo que tengo que acostumbrarme a sus términos.

—Me envió a mí porque aún no eres capaz de sobrellevar este cambio sobrenatural.

—¿Eh?

—En unos días él podrá estar cerca de ti y tú no te debilitarás, pero para eso, tu cuerpo, alma y espíritu tienen que adaptarse a este sitio.

—Bueno, déjenme salir.

—No pienses que puedes salir de aquí por tus propios medios —me ataja—. Cuando hablo de Segundo Cielo, es literal. —Alzo las cejas.

—Pero, yo quiero volver y tener una muerte digna para que mis padres no sufran toda la vida buscándome. No puedo condenarlos a eso, no soy egoísta.

—Ven. —Me coge de la mano y me lleva a la cama—. Necesitas comer.

—No, no quiero. —Me siento en la cama—. Tú deberías entenderme, es decir… ¿No te trajeron aquí en contra de tu voluntad? —La miro y ella mira a su derecha con gesto pensativo.

—No, simplemente desperté acá —contesta—. A ti tampoco te trajeron en contra de tu voluntad, simplemente tu Poseedor decidió que no murieses.

— ¿Ah sí? —Me ofendo—. Pero él sabe que yo no quiero estar aquí, eso se traduce como un secuestro.

—¿Preferías morir? —me interrumpe mirándome fijamente.

—Sonará raro, pero sí. ¿Crees que quiero imaginarme a mis padres buscándome toda su vida? No tendré paz jamás.

—Te costará mucho acostumbrarte a este lugar, pero mientras más rápido aprendas a ser una Jephin, mejor te adaptarás.

—¿Qué es una Jephin?

—Así llaman a las siervas hembras en este sitio. —Ella acerca la mesa llena de comida a mí y yo frunzo el ceño.

—No creo que quiera ser una Jephin.

—Tu Poseedor se arrepiente de haberte traído aquí, así que no hay otra opción.

—Es decir, ¿se arrepiente? ¿Yo no iba a ser una Jephin? —indago y ella sonríe. Joder, ¿no puede dejar de parecer tierna?

Parece que está feliz de estar aquí.

— ¿No te tranquiliza saber que tus padres te creen viva? —habla y la miro ceñuda—. Es decir, si tu Poseedor...

—No lo llames así, suena horrible —me quejo.

—Si *él* no te hubiese sacado del automóvil tus padres hubiesen llorado mucho tu partida, ¿no es cierto?

—Hubiesen llorado, sí, pero sabrían que ya no hay opción —hablo—. No de esta manera. Desaparecí, ellos me buscarán toda su vida, sufrirán. Así que no trates de convencerme de que debo estar agradecida, porque no lo estoy. Mi familia me ama, yo los amo, y solo pienso en todo este tiempo que llevan llorando por mi desaparición.

—No todo está mal.

—Y cuando encuentren el Camaro y no mi cuerpo…

—*Él* me dijo que te informara que colocó un glamour en sitio del accidente.

— ¿Colocó un qué?

—Lo explicaré mejor —dice—. En realidad, nadie sabe dónde estás. —Arrugo la frente con confusión—. Incluso si alguien se acerca al lugar donde se encuentra el auto, no lo verá.

—Espera, ¿estás diciéndome que el Camaro está en el lugar donde tuve el accidente y nadie podrá verlo nunca?

—Exacto —asiente—. Tus padres aún te están esperando en casa, nadie sabe del accidente. Estaba lloviendo, no había casas alrededor. —Se encoge de hombros.

— ¿Cómo sabes que estaba lloviendo?

—*Él* me informó todo.

—¿Y a qué te refieres con que me están esperando en casa? ¿Crees que me esperarán toda la vida? Por Dios. —Me enfado con su inocencia.

—Bien, ¿cuánto tiempo crees que ha pasado desde que despertaste? —habla y la miro pensativa.

—¿Dos días? —hablo con dudas—, en realidad no lo sé.

—En la Tierra ha pasado a lo sumo una hora.

—¡¿Qué?! —chillo y ella ríe.

No puede ser.

—Aquí no hay tiempo —me explica—. Aunque parezca que pasen los días y las noches, el tiempo no nos pasa factura. Podrías preguntarme cuánto tiempo llevo yo aquí, y yo te respondería que miles de noches y miles de días, pero no es así.

—¿Cuánto tiempo llevas aquí?

—Trescientos cuarenta años —responde al instante y siento que me no me llega el oxígeno al cerebro.

—¿Qué día…?

—El verano de mil novecientos noventa practicaba esquí en Minos, hubo una avalancha… —su voz se apaga y su mirada se pierde en sus recuerdos—. Luego desperté acá.

—Oh, madre mía, yo ni siquiera había nacido… —Dejo caer mi espalda en el colchón—. Llevas aquí trescientos cuarenta años y en la Tierra sólo han pasado ¿veintisiete años?

—Sí —asiente con una pequeña sonrisa.

Bueno. ¿Una hora? No llevo mucho tiempo desaparecida. Aún debe estar lloviendo en Berwyn.

—Con el tiempo te acostumbras a esto.

—Es decir, que Charles Taylor tiene aquí más de mil años… —murmuro ignorándola—. Yo no puedo vivir aquí sabiendo que mis padres aún estarán vivos dentro de quinientos años —bajo la voz y luego me tapo la cara con horror.

Esto no puede estar pasándome. Aunque viéndolo desde un punto de vista diferente, el tiempo no está corriendo en la Tierra. Aún tengo tiempo de cambiar las cosas.

—Escucha. —Me incorporo y miro fijamente a la chica—. ¿Estás segura que no hay forma de volver?

—Yo sólo me limito a decir lo que me han dicho desde que estoy aquí —responde y algo se ilumina en mi mente.

Ella tiene razón. Solo sabe lo que le han dicho, pero, ¿y si no le han dicho la verdad?

—¿Nunca quisiste volver?

—Al principio sí. —Aparta la vista, me está ocultando algo—. Es complicado, aún tu Poseed… aún él no te ha dicho lo que hará si no aceptas tu destino. —Me mira con seriedad y yo trago duro.

—¿Qué me hará?

—No me corresponde a mí decirlo —sonríe con respeto—. Lo único que puedo decir es que no tuve otra opción que adaptarme a mi entorno. Luego, empecé a amar todo esto. Es importante que sepas que no todos los humanos que habitan en el Segundo Cielo tienen acceso a este tipo de conocimientos —me explica y asiento lentamente—. De hecho, no somos tantos.

—¿Una cifra aproximada?

—No sé la cifra exacta, pero no más de quinientos. —Alzo las cejas al oír eso.

—¿Quinientos? —me extraño—. Son muy pocos, pensé que había miles.

—Nuestros Superiores no son muy tolerantes con la especie humana.

—Son ángeles —la interrumpo con seguridad—. Los Superiores son ángeles, ¿por qué no puedes decirlo? —Ella se perturba y luego mira la comida.

—Tienes que comer, ya te di la información que podía darte, ahora tienes que alimentarte.

Decido callar al ver su actitud de miedo. Desde que llegó aquí no había mostrado señal de nervios o miedo, y ahora está mostrando las dos. *Por mi pregunta impertinente.*

Por ahora, tengo que concentrarme en superar todo esto. Nunca leí algo igual en ningún libro, y bueno, no es que haya leído muchos.

—¿Cómo te llamas? —pregunto en voz baja.

—Gema Dorada —responde ofreciéndome un plato de cerámica con una extraña comida en ella.

—¿Gema Dorada? —la impertinencia se adueña de mi voz. Pero demonios, ¿qué nombre es ese?

—Así me bautizó Ahilud —me explica—. Ahilud es mi Poseedor.

—¿Por qué no usar la palabra *dueño*? —le propongo—. Suena mejor.

—Bien, Ahilud es mi amo. —Hace una reverencia y yo frunzo el ceño.

—Bien —digo suavemente—. ¿Qué es esto? —pregunto mirando el plato con comida extraña.

—Es salmón. —La miro extrañada.

—No parece salmón. —Entorno los ojos—. ¿No me estás envenenando? —ella se ríe y me contagia—. Vale, ¿y esto que es?

—Pan.

—Pan angelical, genial —murmuro tocándolo con el dedo. Está suave y es completamente blanco.

Empiezo a comer y noto que le falta mucha sal. Creo que ni siquiera tiene sal. En realidad, no sabe a nada. Después de comer el «salmón con pan» ella me ofrece un vaso de cristal.

—Oye creo —alejo el vaso de mis labios—… creo que tenían que echarle sal a la comida, no al agua.

—Es purificación —dice y la miro con extrañeza—. Necesitas purificarte.

—¿A qué te refieres…? —doy una arcada sin querer y me tapo la boca. Ella coloca mi plato vacío en la mesita movediza junto con el vaso vacío y luego se apresura a llegar a la puerta.

—¿A dónde vas? —pregunto con malestar—. Tengo ganas de vomitar, ¿hay baños en el cielo? —ella abre la puerta—. ¡Gema Dorada —exclamo siguiéndola—, ¡no te vayas! —ella cierra la puerta dejándome sola.

Oh, me toco la barriga y siento que mis tripas truenan. Joder, ¡Joder! Seguro me envenenó. Me toco la frente para corroborar que estoy sudando y luego me sobo la barriga como si eso fuese ayudar.

—Dios mío —susurro y miro mi alrededor—. ¡Maldita sea! —chillo al ver que no hay otra maldita puerta que me indique que es el baño—. ¡Maldita sea! —vuelvo a exclamar y la puerta se abre de golpe. Doy un respingo involuntario y me giro, mi «Poseedor» me mira con ganas de estrangularme.

—¿Qué fue lo que dije sobre maldecir?

Wow. Sí que es estricto. No pensé que se tomara tan en serio lo de jurar. Bueno, en mi casa también está prohibido decir malas palabras.

—¿Viniste solo porque maldije? —pregunto incrédula y mi estómago se contrae—. ¡Joder! Necesito un baño—me doblo con dolor—... ¡ahora!

—Lo que tomaste sólo está eliminando las impurezas de tu cuerpo, no vomitarás ni nada por el estilo —lo escucho decir—. ¿Gema Dorada no te lo dijo?

—Ay... —Caigo de rodillas en el suelo abrazándome el abdomen y el dolor aumenta—. Duele mucho... —Las lágrimas pican en mis ojos—. Oh... ¡Ay!

—El proceso no durará mucho.

—¡Prefiero morir! —caigo al suelo jadeando—. ¡Duele! —lloriqueo.

¿Diarrea? Hmm, este dolor no se compara a nada que haya sufrido antes. No he tenido úlceras ni gastritis, pero parece. ¡Duele mucho, demonios!

—Mátame —le suplico haciéndome un ovillo en el piso—. Por favor... —sollozo cerrando los ojos con fuerza.

—El proceso eliminará muchas cosas, pequeña humana —su voz se oye cerca—. Tanto físicas como mentales. Sólo espero que no sigas diciendo incoherencias.

Dos segundos después escucho que la puerta se cierra.

Oh, madre mía, esto duele. Sin dudas moriré. Tengo que morir, no soportaré este dolor que me está estrangulando de adentro hacia afuera. Es insoportable.

Mi mamá siempre estaba conmigo cuando me sentía enferma, y desearía con toda mi alma que ella estuviese aquí ahora. El saber que no volveré a verla me parte en muchos pedacitos. ¿Todavía estará esperando que llegue en el Camaro? ¿Pensará que aguardo a que escampe a la orilla de la carretera? ¿Qué pasará cuando hayan pasado días?

Oh, mami.

CAPÍTULO 3
Hija del Hombre

Haziel

—No lo creo.

—No lo repetiré —bufo.

—Eso no puede ser aceptable —sentencia—. ¿Cómo has podido hacer una cosa así? —No me inmuto. Sólo sigo jugueteando con la bola de goma, *propiedad de los humanos*—. Dijiste que jamás harías eso, sabes perfectamente que hace doscientos años terrestres se prohibió la toma de humanos.

—Es mi primera humana —digo como si nada y dejo la bola de goma encima de su escritorio de madera.

—Eso no justifica tus acciones.

—El Código sólo aplica para los que ya han tomado humanos con anterioridad.

—Si los miles que no han traído humanos al Beta se enteran que tú has traído a una Hija del Hombre querrán hacer lo mismo.

—¿Qué harán? —indago restándole importancia—. ¿Traerán Hijas del Hombre? No lo harán. —Ella me mira con seriedad y yo no me inmuto.

—Sabes lo que cuesta domar un humano después que despiertan aquí —habla—. Muchos simplemente nunca lo consiguen, y ya sabes lo que pasa si no se logra domar.

—Bueno, si la Hija del Hombre no es apta, entonces…

—¿En serio se la darás al querubín caído si no logra adaptarse? —me corta y ya siento la tensión. Ella no suele nombrar al querubín caído—. ¡Eso fue lo que provocó crear el Código! —golpea la madera—. Satanás se llevó a muchas almas. El Altísimo mandó a la tierra a todos aquellos que no pudieron domar a las Hijas del Hombre por su culpa.

—Sé la historia —digo empezando a fastidiarme.

—Entonces, ¿por qué trajiste a la…?

—No lo pensé, ¿contenta? —discuto—. Estaba rondando el lugar y vi su desdicha.

—¿Por qué no simplemente la dejaste morir?

—Ese es un buen punto —objeto enderezándome sobre la silla—. Ella iba a morir y su alma iría al infierno. Ahora, si ella no se adapta al Beta, Satanás vendrá por ella y la llevará al infierno. ¿Qué diferencia hay? —apenas termino la frase me muevo con velocidad para que una pequeña estatua no impacte en mi rostro. El objeto termina impactando con la pared de mármol y yo miro a la criatura de ojos oscuros. Su pelo crispado se ha alborotado más.

—Si el Creador observa que Satanás viene al Beta por una humana te enviará a la Tierra. ¿Eso quieres? —escupe y yo me encojo de hombros.

—Eso no pasará —aseguro.

—¿Ah no? ¿Qué harás para que no pase? —me reta—. Si el querubín caído viene aquí a llevarse…

—Zemer, el querubín no se la llevará. —Ella entorna los ojos y yo procuro estar pendiente de que no me lance la mesa entera.

—Bien. —Me regala una sonrisa forzada y coloca sus codos sobre la mesa—. Dime, ¿cómo va la humana? ¿Ha mostrado signos de sumisión? —indaga y yo aprieto los dientes.

—Sabes que los primeros días son algo hostiles, pero ya verás que será un primor.

—Si tu Jephin no te respeta y no te sirve como debe ser, estarás en problemas. —Pongo los ojos en blanco cuando dice eso—. Satanás se enterará y vendrá al Beta. Sabes que el querubín caído no viene desde hace doscientos años.

—Zemer, no tienes por qué preocuparte —digo con seriedad.

—Me preocupo porque la última vez que vino se llevó a mil humanos —alza la voz—. Sólo nos dejó quinientos. ¡Quinientos! Los que perdimos después no importan.

Miro sus manos. No debo de perder de vista sus manos, de lo contrario terminaré estampado contra el mármol.

—Miles de nosotros nos quebrantamos al no poder hacer nada —dice con dolor y yo trago duro.

Para nadie es un secreto que desde hace millones de años, miles de nosotros nos refugiamos en el Beta. El primero en traer a un humano aquí fue Dienesterk. Él se conmovió al ver cómo una humana se ahogaba en una playa cerca de la actual Bora Bora[3]. La humana supo adaptarse con rapidez al Beta. Luego muchos hicieron lo mismo, el Altísimo sabe que no fue por capricho. Siempre que llegaba un humano acá era porque había sido salvado de la muerte, por lo cual nosotros interveníamos en el destino de cada alma, ya que no iba al infierno, pero tampoco moraba en el Tercer Cielo. Eso provocó el eterno odio de Satanás hacia los habitantes del Beta.

Al pasar de los años, Satanael venía de cuando en cuando a buscar a los humanos que simplemente no se adaptaban al Beta y que eran irreverentes. Por eso, más de la mitad de nosotros simplemente no bajaba a la Tierra, solo así no nos conmovíamos por los humanos.

En mi caso, no tenía por qué meterme en todo esto, yo jamás había traído a una Hija del Hombre al Beta, jamás me había conmovido al ver a alguien a punto de morir. De hecho, no me conmoví.

—Satanael vendrá. —Zemer me saca de mis cavilaciones—. No creas que pasará desapercibido el hecho de que tú trajiste una humana —Hay seriedad en su voz—. Que tú hayas roto una regla…

—No rompí ninguna regla, Zemer —gruño—. No traer humanos al Beta es una ley para los que ya han traído humanos. Esa Hija del Hombre es mi primera adquisición.

—¡Eso es lo que no entiendo! —exclama golpeando de nuevo la madera. Dios. No entiendo cómo puede golpear la mesa sin romperla en dos pedazos—. ¿Tú? ¡¿Tú?! ¡Jamás lo pensé de ti! Nadie pensó que tú fueras capaz de traer una humana acá.

—Siento mucho decepcionarte —dramatizo.

—¿Por qué? —pregunta—. ¿Por qué la trajiste? —me cruzo de brazos ante sus preguntas—. Tiene que haber una razón muy fuerte, no puedo creer —sacude la cabeza—… no puedo aceptar que tú lo hayas hecho.

—Zemer, sólo vine aquí para decirte que no informes a las Jerarquías sobre mi Jephin.

—Te recuerdo que aún no es tu Jephin. Hasta que no la domes no será tuya.

Aprieto los dientes y ella sonríe con malicia. Odio que conozca mis emociones. ¿No pudo tener otro don?

—La domaré —aseguro con seriedad.

—Han pasado tres días en el Beta —me dice—. Lo que equivale a tres horas en la Tierra. Te quedan exactamente…

---

[3] Es una de las islas de Sotavento, de las Islas de la Sociedad, en la Polinesia Francesa.

—Veintiún días en el Beta—la corto—. Lo sé.

El período para que Satanás venga aquí a buscar a la humana es de veinticuatro horas terrestres, lo que equivale a veinticuatro días en el Beta. ¿Por qué veinticuatro horas? Porque hace doscientos años se fijó el tiempo mínimo para que el querubín caído viniera al Beta con todas las de la ley a buscar al alma desobediente que fue salvada de morir.

Él no desperdicia ni un alma, cualquier vida tiene que pertenecerle, su lucha constante en competir con su Creador es, en gran parte, porque le queda poco tiempo.

—Solo mantenlo en secreto.

—No avisaré a las Jerarquías hasta que se cumplan los veinticuatro días —me dice—. Les avisaré horas antes de que llegue Satanás, no quiero que…

—Nos vemos en veintiún días —la interrumpo caminando hacia la puerta.

—Recuerda que la humana no debe salir de tu morada, no quiero que nadie la vea.

—Adiós, Zemer. —Abro la puerta.

—Ora para que Ark no se antoje de hacerte una visita. Ah, y tampoco deberías tomar la Jephin de Ahilud para adoctrinar a la humana —alza la voz y yo me detengo debajo del marco de la puerta.

¿Cómo se enteró de eso?

—Ahilud vino una hora antes que tú, querido. Fue imposible para él ocultarme sus emociones —dice y puedo imaginar la sonrisa que tiene en su rostro.

—Vendré en veintiún días con mi Jephin —hablo y cierro la puerta a mis espaldas.

Magnífico.

Tengo que alejarme de este lugar para poder estallar de rabia. No me gusta exponer mis emociones cerca de Zemer ni de ningún otro que pueda percibir las emociones de los otros.

Lo menos que quiero es que ella detecte mi preocupación. Estoy claro. Sé que Satanás vendrá por la humana, y en realidad no me importa tanto que se la lleve, lo que realmente me interesa y me revienta es que no soportaré ver la burla en el rostro del querubín caído. A eso se le suma el hecho de que pueden echarme del Beta y mi único destino sería la Tierra como un arcángel caído. ¿Por qué? En el Primer Cielo habitan seres con los cuales no puedo congraciarme, al

Tercer Cielo no puedo ir, ese lugar está prohibido para nosotros por el Creador.

El Delta, o Cuarto Cielo es uno de los lugares más aburridos. En mis tiempos de gracia solía pensar que ese era un lugar tranquilo y al cual podría ir cuando quisiera, pero ahora sólo puedo pensar en lo aburrido que es estar observando trayectorias y otros tipos de cosas que fueron creadas con sabiduría.

Ni hablar del Sexto ni del Séptimo Cielo. Son lugares no aptos para una criatura como yo. Sólo me queda domar a la humana cabezota que salvé. Tengo veintiún días. Eso tiene que ser más que suficiente.

—Ella tiene que ser una buena Jephin.

Claro que sí. Lo será.

CAPÍTULO 4
TU SANGRE ME ASQUEA

¿Techo de mármol?

Aire liviano.

Demonios. Sigo en la habitación.

—¡Agh! —salgo de la cama con tanta rapidez que apenas pongo mis pies en el piso me desplomo.

Pensé que Gema Dorada me había envenenado. Ni siquiera me acuerdo cuando me quedé dormida.

—Ay. —Me sobo las nalgas cuando me levanto con cuidado.

El proceso eliminará muchas cosas, pequeña humana. Tanto físicas con mentales, sólo espero que no sigas diciendo incoherencias.

¿Ah sí? Pues, yo me siento igual, claro que el aire aquí es más liviano, como si no estuviese respirando, pero por lo demás estoy igual.

Miro la cama cuando algo me llama la atención y alzo las cejas al ver... oh, no, no. ¡No puede ser!

Trágame tierra y escúpeme lejos.

Me dirijo a la puerta y toco insistentemente. Esto es muy vergonzoso, pero si él no hace algo para ayudarme será mucho más vergonzoso. *Mucho más*. Y no lo soportaré.

—¡Hey, tú! ¡Por favor! ¡Es una urgencia! —exclamo con nerviosismo y fatiga en mi voz—. ¡Es urgente! ¡De verdad! —mi voz sube una octava—. ¡Maldeciré si no vienes por las buenas! —amenazo y me aparto de la puerta por si se le ocurre abrir de golpe.

Tres segundos después, la puerta se abre y yo trago duro. Oh, Dios esto será vergonzoso.

—¿Bien?

—Dijiste que el proceso eliminaría cosas f-físicas, pero... —balbuceo con la mirada baja y luego, con toda mi valentía señalo hacia la cama—. Mira... eso —musito y miro de reojo que él cierra la puerta y camina hacia la cama con sutileza. La pesadez de su presencia llega inmediatamente y me golpea con fuerza.

—¿Es sangre?

Qué idiota es.

—Necesito… —carraspeo mirando mis manos—. N-necesito… —ahogo un grito cuando él me coge del brazo. Al instante siento como si estuviese dando miles de vueltas. No, siento como si estuviese dentro de una lavadora, o peor aún, en una montaña rusa. En una montaña rusa con la vista nublada, y sin poder respirar.

Mi aullido de miedo retumba en mis oídos y no sé cuánto tiempo pasa hasta que siento algo rústico debajo de mis pies. Cuando miro hacia abajo me mareo y caigo a cuatro patas. Mis manos registran hojas secas, mi vista sigue borrosa y yo tanteo el suelo como si se me fuera la vida en eso. Son hojas secas.

—¿Hola? —hablo escuchando mi voz lejana. ¿Mis oídos están llenos de agua?

Siento que una mano se aferra a mi brazo y me pone de pie para luego arrastrarme hacia adelante. Mis pies tropiezan sin querer, y soy consciente de que *él* me ha traído a otro lugar. Miro mí alrededor, pero por más que entorne los ojos mi vista no se aclara. Sólo sé que es naturaleza verde, ¿me trajo a casa? De tan sólo imaginarme eso mi corazón se acelera.

—Eso es inconcebible. —Sacudo la cabeza al oír su voz y toso. Ya mis oídos parecen oír con claridad—. Casi me haces maldecir, pequeña humana.

—Por favor, detente… —balbuceo intentando no tropezar—. ¡Ay! —chillo al pisar algo duro. Una piedra, y más piedras—. ¡Ay, ay! —Doy botecitos y cuando mi vista se aclara miro que nos acercamos a una casa de madera. Hay muchos árboles alrededor y mis esperanzas de volver a casa se desvanecen.

—Aquí permanecerás hasta que puedas purificarte —dice él con voz neutra y yo giro un poco mi cabeza para verlo.

—¿Estoy contaminada acaso?

—Cada gramo de ti lo está —protesta y una piedra me lastima el talón. Quisiera poder cogerla y enterrársela en la frente.

—Espera… —gimoteo y él sólo me ignora—. ¡Puedo caminar sola! —exclamo soltándome de un tirón—. Me dejarás cardenales —lo acuso mirando mi brazo—. Sé caminar sola desde que tenía nueve meses de nacida —escupo y procuro no pisar más piedras hasta que llego al pequeño porche de la cabaña.

Espera. ¿Hay bosques en el cielo?

—¿Dónde estamos? —murmuro cuando él abre la puerta sin siquiera usar llave. Mis pies están lastimados.

—¿Nueve meses? Nada mal. Ahora entra. —Me empuja hacia dentro y las luces se encienden solas.

—¿Cómo haces eso? —pregunto y noto que estoy manchando—. Oh —me tapo la boca con nerviosismo sin saber qué decir.

—Volveré en un momento —dice y cuando me doy la vuelta para encararlo él ya no está.

Por instinto corro hacia la puerta para ver si abre, pero es inútil. Él no es tonto. La tonta soy yo al pensar que podré salir de este problema.

¿Por qué de repente parece que me estoy resignando?

—Todo tiene una solución —me digo y respiro hondo. Miro mí alrededor y noto que al parecer estoy en una sala.

Las paredes son de madera pulida, pero se nota que nadie vive aquí desde hace mucho. No hay ventanas, sólo un oscuro pasillo. Y claro está que no iré allá. ¿Qué tal si no tiene apagador?

—Oh —me estremezco y camino hacia un rincón. Estoy sola en una cabaña. *Sola.* Y odio estar sola. Por lo menos en la habitación de mármol tenía la seguridad de que había gente afuera.

Calculo que no pasan más de cinco minutos hasta que la puerta se abre con sutileza. *Gracias a Dios, pensé que tendría un ataque cardíaco.* Centro mi vista en el ser que entra. Pantalón negro. Camisa negra dejando claro que tiene un cuerpo muy atlético y botas.

Alzo una ceja involuntaria y trago duro para luego apartar la mirada.

—Aquí tienes —dice y yo miro ceñuda una bolsa de supermercado—. Te servirá. Creo.

—Necesito un baño —murmuro evitando mirarlo. Espera, ¿por qué no se siente aquella pesadez que sentía en su habitación?

—Si te dignas a caminar hacia el pasillo lo encontrarás —su voz musical y ronca me pone los pelos de punta. ¿Será porque me parece que es capaz de picarme en pedacitos mientras canta una canción de Celine Dion?

—Eh, bueno, parece que no hay luz allí —balbuceo encogiéndome más. Odio sentirme vulnerable. Es obvio que lo soy, pero se siente horrible cuando se hace tan notorio.

—¿Temes a la oscuridad? —pregunta y aprieto los dientes.

Genial. Ahora va a burlarse como suele hacer mi hermano.

—Bien, ya hay luz. —Alzo la mirada hacia el pasillo para comprobar que él dice la verdad.

—Sería tan genial que te fueras —refunfuño haciendo un corto gesto con mi mano—. No quiero que me veas.

—Ya vi que tienes la bata llena de sangre —dice con voz neutra y lo miro.

—Por favor, esto es bastante humillante —digo entre dientes y él se cruza de brazos haciéndome desviar mi vista a sus enormes bíceps. *Madre mía…*

—Es importante que sepas que no puedes salir de aquí —me informa y me extraño al ver que parte de la luz que se filtra al lugar proviene de las ventanas.

—No había ventanas aquí —farfullo observando las dos que hay.

—Sí.

—No, no estoy loca —increpo.

—Impedí que tu cerebro las viera, pero siempre estuvieron —dice—. Cuando me fui hace minutos sólo pude proteger las puertas por si te ocurría la mala idea de escapar.

Es decir… ¿Pude haber escapado?

—Estamos en la Tierra —afirmo con seriedad, él sólo me mira y luego chasquea la lengua.

—Tu sangre me asquea, ¿podrías irte a lavar? —no sé por qué, pero sus palabras me hieren. Es decir, soy mujer. ¡Y eso es un insulto!

Respiro hondo y no me muevo. ¿Qué espera para irse?

—¿Podrías por lo menos darte la vuelta? —pregunto con fastidio y él lo hace con parsimonia.

Me apresuro a llegar al pasillo. Me oculto y respiro hondo, me atrevo a asomar mi cabeza hacia la sala y frunzo el ceño al ver que él se encuentra inclinado levemente hacia la pared con las manos en ella. Cualquiera diría que está cansado, pero más bien parece que está tomando respiraciones profundas.

Él no es un ángel. No puede serlo. Recuerdo que dijo que me había llevado al Segundo Cielo volando, y no tiene alas. ¿Qué es entonces?

—¿Qué esperas para irte a lavar? —su voz me sobresalta. Aún sigue en la posición y juraría que está temblando.

Trago duro y corro a la primera puerta del pasillo. Cuando veo que está oscura cierro la puerta con fuerza. Camino hacia la segunda y última puerta y también está oscura. Suspiro profundamente y me trago mi miedo. Me atrevo a meter la mano con los ojos cerrados y tanteo la pared en busca del interruptor. Cuando lo encuentro, lo presiono con dedos temblorosos y la bombilla parpadea dos veces hasta que no se apaga más. Entro y corroboro que es el baño, el cual es pequeño. No debe medir más de dos por dos.

—Bien. —Respiro hondo y rezo porque en la bolsa haya jabón, champú y otras cosas importantes para el aseo.

Hurgo en la bolsa y encuentro un camisón rosado. Lo miro con desaprobación y luego saco un paquete de toallas higiénicas. ¿Será casualidad que haya traído mis favoritas? Hago una mueca y después saco una toalla enorme de color azul pálido y mis mejillas se ruborizan cuando ven dos prendas interiores.

Esto. Es. Vergonzoso.

Trato de convencerme de que él ni siquiera es humano. No tengo por qué sentirme abochornada porque me haya comprado un par de bragas. *Muy lindas, por cierto.*

Respiro con alivio al ver que también hay papel higiénico, jabón, champú, crema dental, ¿cepillo de dientes? ¿Peine? ¿Tampones? Wow.

—Bien. —Hecho un último vistazo a las dos últimas cosas que contiene la bolsa y veo un desodorante de spray y un par de gomas para recogerme el cabello.

Pruebo si la ducha sirve y cuando el agua cae meto la mano en la cascada y grito al sentir lo helada que está.

— ¿Qué pasa? —doy un respingo y me giro para encontrarme con el Ojos Grises.

— ¿Por qué entras sin tocar? —pregunto alarmada y él recorre el pequeño lugar con su vista como si corroborara que estoy sola—. Sólo grité porque el agua está fría —mascullo como si fuera lo más obvio.

—Sólo lávate.

—¡No seas tonto! ¡Está muy fría! —me quejo—. ¿No podrías…? —carraspeo—. ¿No podrías calentarla con tu magia? —él me mira con cara de póquer.

—Lávate, ya —dice con dientes apretados y luego cierra la puerta.

—Voy a congelarme —gimoteo quitándome la bata con rapidez y mi piel se eriza. Ni siquiera me he metido en la ducha y ya estoy temblando.

Definitivamente la suerte no existe.

Salgo del baño envuelta en el camisón rosado. Odio caminar descalza.

Respiro hondo y sufro un espasmo. ¡Maldita agua fría!

—M-m-maldi-i-i… —no termino la frase y miro con curiosidad que la primera puerta que abrí está abierta. Me acerco con sutileza. Asomo mi cabeza y alzo las cejas. El Ojos Grises está arreglando la cama con concentración. Trago y luego miro que también hay una peinadora. Esta sí tiene espejo.

—No era necesario que te lavaras el cabello.

—C-compraste un champú. —Me encojo de hombros y respiro hondo a causa del frío.

Lo observo con disimulo mientras él sigue con su trabajo. Tengo que decirlo. Él me intimida, es decir, ¿por qué estaría yo con un hombre tan perfecto en una habitación? Es normal que su presencia me cause algo de fastidio, pero también es normal que acepte que es malditamente atractivo. Sí que lo es, Elsie me daría la razón. Creo que hasta Blay.

—El clima está frío. —Termina de enfundar la almohada y se gira con expresión de fastidio. Sí que es atractivo. Ni siquiera sé por qué no me di cuenta antes—. El dolor que soportaste ayer no te purificó. ¿Sabes por qué? —Parece aburrido—. Porque tu organismo estaba preparándose para la menstruación. Eso dificultó las cosas. Lo que significa que si no te purificaste podrías enfermarte.

—Eso sería algo normal. —Manoteo entrando a la habitación—. ¿Esta es mi nueva cárcel? —pregunto.

—Sí.

—Mmm, gracias. Quisiera saber por qué me trajiste aquí.

—No puedes estar en el Segundo Cielo en tu estado —responde.

—¿Por qué no?

—Porque todos captarían la inmundicia en mi morada.

En serio duele. Sé que yo odio la menstruación, pero ¿por qué tiene que decir la palabra *inmundicia* para referirse a mí? ¡Que se vaya a joder! No tiene derecho a insultarme de esa manera. Creo que me ofendería menos si me dice que soy una imbécil.

—No te preocupes, esta será la última vez que veas la regla. —Lo miro rápidamente.

Bueno. Eso no suena mal.

—¿En serio? —indago con curiosidad y luego dejo la bolsa en una mesa. Es el único mueble aparte de la cama que hay en la habitación.

—Después que veas la regla regresarás al Segundo Cielo —me informa y pienso en las posibilidades que tengo de decirle que me cabrea que me haya dicho inmunda, pero no quiero que piense que puede herirme tan fácil.

—¿Aquí sí pasa el tiempo normalmente? —pregunto apresurándome a llegar a la cama. El piso está frío y mis pies ya no lo soportan.

—No.

—¿No?

—Mientras yo esté cerca no será normal —se limita a decir y yo no puedo evitar poner una cara de tristeza.

Me subo a la cama, me quedo sentada sin apoyar mi espalda en la cabecera y luego suspiro.

—¿Qué estás pensando? —Alzo la mirada para encontrarme con la suya.

—Tú no lo entenderías —murmuro—. No eres humano.

—No sabes lo que soy —dice y bufo.

—¿Qué eres? —pregunto con aburrimiento. Él entorna los ojos.

—¿No te interesa saber qué soy?

—No eres un ángel. Los ángeles no son malos —digo y poco a poco una media sonrisa maliciosa se forma en su rostro—. Los ángeles no harían lo que tú haces, eso de secuestrar humanos y retenerlos en contra de su voluntad.

—Sé de seres que estarían encantados de escoltarte hasta el infierno en contra de tu voluntad —dice y yo frunzo el ceño—. Allí ibas a ir, ¿querías eso?

—Ajá, y tuviste compasión de mí.

—¿Es una pregunta? —dice y pongo los ojos en blanco.

—Antes, sí me interesaba saber qué eras, pero en realidad me importa muy poco saber del monstruo que me trajo a una dimensión extraña.

—¿Dimensión? —pregunta con diversión y aprieto los dientes. Bien, prefiero cuando está serio e inmutable—. Deberías interesarte por la naturaleza de tu dueño, pequeña humana.

—No soy una pequeña humana y no eres mi dueño —replico enojada. Bueno, no soy alta, pero eso es ofensivo. Él está atacando a mi raza.

Bueno, pensándolo bien, creo que es buena idea saber qué es él. *Así puedo atacar a los suyos.*

—Bien, ¿cuál es tu nombre?

—Oh, qué interesante —murmuro. Pensé que lo sabía.

—En realidad no importa cómo te llames —me habla y lo miro confundida—. Tendrás otro nombre de ahora en adelante.

—¿Qué?

—Hay cosas que deberías saber.

—Gema Dorada es un nombre raro, ¿piensas que aceptaré que me cambies el nombre? —ataco.

—Me perteneces desde que te salvé, por lo cual tengo todo el derecho de nombrarte como me dé la gana —sisea y se pasea por la habitación con mirada pensativa—. Aún no tengo uno.

—No dejaré que lo hagas.

—Lo pensaré mejor, y por tu bien es mejor que no me presiones —me aconseja ignorando lo que dije—. Si me presionas puede que no lo elija bien y deberías saber que en el momento en el que pronuncie tu nuevo nombre ese será por toda la eternidad.

—¿Qué? —Está loco—. No vas a cambiar mi nombre —suelto.

—Bueno… —Se cruza de brazos ladeando la cabeza—. Entonces, ¿cuál es tu nombre?

—Ciara —miento y él hace una mueca aprobatoria.

—Morena —dice y frunzo el ceño—. Morena de cabello, ese es su significado. En tu caso, sería ideal.

—Gracias —digo con sarcasmo y me acomodo en la cama.

—Estás mintiendo. —Alzo la vista al escucharlo.

—Eso no lo sabes. —Me encojo de hombros.

—Creo que sí.

—¿Cómo sabrías eso? —pregunto con tono amenazante.

—El olor de tu sangre me dificulta algunos aromas de tu esencia.

—¿Qué? ¿Eso qué tiene que ver?

—Acabo de detectar un suave aroma a canela —explica sin mucho interés—. Es nuevo, así que estás mintiendo.

—¿Tú… detectas aromas? —masculló—. ¿Es un don o qué? —me sorprendo cuando el asiente con lentitud y seriedad.

—El más desagradable es el aroma que despides cuando estás airada —dice—. Y para eso tienes que saber las diferencias que hay entre ira y enojo.

—¿Mi aroma cuando estoy airada es desagradable? —pregunto asqueada de mí misma, pero luego lo miro con dudas. Claro, es desagradable para él. No tengo por qué intimidarme—. ¿Cuál es?

—Madera de Ahilud.

—¿La madera de quién? —mi voz sale chillona—. ¿Ahilud no es el dueño Gema Dorada? —pregunto y luego me enojo conmigo misma. *¿Dije la palabra dueño?*

—Tu ira hiede a las mesas pulidas de Ahilud —dice y aprieto los dientes.

Respira hondo.

—¿Hiede? —rezongo. Joder. Las perras callejeras hieden. ¿Cómo se atreve a decir que yo hiedo?

—Sí, apestas cuando estás airada —dice y camina hacia la puerta—. Ahora mismo hiedes a talco amaderado.

—¿A qué? —Odio cuando me sale la voz de pito.

—¿Estás enojada? —indaga con curiosidad—. En realidad, el olor a talco es nuevo.

Joder. ¡Me ha dicho que hiedo! ¿Cómo no voy a enojarme? ¡Es un grosero!

—¿Por qué mejor no me dejas en el infierno? —escupo y él se pone serio—. ¡Estaría mejor allí que aquí contigo! —exploto—. ¡Ni siquiera sé tu nombre! ¡Si es que tienes nombre!

—Baja la voz.

—Claro—ironizo—. Hiedo a madera, ¿no? ¡Pues si tanto es el hedor, puedes irte al infierno tú!

—Basta —responde molesto.

—¡¿Por qué me haces esto?! —chillo—. ¡Hubiese preferido una muerte normal! —Mi voz se quiebra al final—. ¿Acaso Dios permite que hagas esto? ¡¿Lo permite?!

—No metas al Creador en esto —dice con tranquilidad.

—¡Quizás ni exista tu Creador! —exclamo y mi espalda choca con el cabecero de la cama provocando que mi cabeza impacte con la pared.

Ahogo una queja y luego me toco la cabeza.

—No sabes lo que dices. —Mi mirada se va hacia donde está él—. Quizá se te olvida que serás mi Jephin, y un comentario como ese puede costarte mucho.

—Me acabas de maltratar, ¿todos maltratan a sus Jephin? —siseo—. ¡Entonces no seré tu Jephin!

—Ya lo eres, lo siento mucho —espeta—. Vivirás en el Segundo Cielo mucho tiempo, sirviéndome. —La malicia impregna su voz—. Es necesario que sepas que el Creador es consciente de lo que pasa, Él sabe que te tengo, y Él lo permite porque así lo quiso.

—¿Aprueba esto? —pregunto decepcionada sin dejar de sobarme el chichón que acaba de aflorar en mi cabeza—. Eso no es lo que enseñan en la iglesia.

—¿Qué te enseñaron en la iglesia?

—Dios. Ángeles. Demonios. —Sacudo la cabeza sin dejar de sobarla—. Humanos. Jamás leí de seres como tú que maltratan a los humanos —digo con repugnancia—. Jamás leí sobre el Segundo Cielo, ni… nunca leí sobre seres despiadados como tú.

—Es bueno que entiendas algo —me interrumpe con fastidio—. Estás diciéndome que soy despiadado porque impedí que fueras al infierno…

—¡La Biblia no dice que puedas ser eterno sin un destino! —exclamo—. O vas al infierno o…

—Duermes hasta el Gran Día, o simplemente vas al Séptimo junto al Creador —me interrumpe.

—¿Qué?

—En realidad los que duermen hasta el Gran Día y los que van al Séptimo tienen el mismo futuro —habla sin mirarme y con aburrimiento—. Son los Hijos de Dios, pero el Creador decide si duermen hasta el Gran Día o si están en su presencia de una vez.

Clases bíblicas. Interesante.

—¿Qué hay de los que van al Segundo Cielo? ¿No participarán de nada?

—No verán infierno, y tampoco verán las maravillas de que tiene el Altísimo.

Estúpido.

—Allí entra Satanael. —Alzo la mirada.

—¿Quién?

—Él quiere que todas las almas le pertenezcan. —Se encoje de hombros—. Tantos miles que se van al infierno y todavía quiere un par más —murmura—. Hace miles de años, cuando el primero de nosotros llevó un humano al Segundo Cielo, Satanael no estuvo de acuerdo con que esas almas no fueran al infierno, él las quería todas, y encontró una forma de llevárselas.

—¿Qué hizo?

—Fue al Altísimo, nos acusó alegando que los humanos que mis semejantes habían llevado al Beta eran almas desobedientes, maldicientes, que merecían el infierno —explica con la mirada perdida—. El Altísimo siempre ha querido que la raza humana le ame, por eso... —Suspira—. Por eso no hizo nada en contra de Dienesterk... el Altísimo pensó que de una manera u otra el alma que Dienesterk había traído al Beta se había salvado de las fosas del infierno. Pero, luego mis compañeros traían más. Todos los humanos tenían que llegar de la misma forma, salvados de la muerte. Lo que no sabían eran los problemas que algunos humanos traían consigo. Muchos de ellos no aceptaban estar allí. Eran desobedientes, malagradecidos, rebeldes, preferían ir al infierno. —Oh, claro. Ahora soy una malagradecida.

—Ellos sólo querían volver a ver a sus parientes —hablo—. ¿Te cuesta tanto entender eso?

—Si no te hubiese salvado, hubieses muerto. ¿Crees que hubieses visto a tus parientes otra vez? —pregunta con sorna—. Es hora de que te resignes.

—Si no me resigno, ¿qué pasará? —lo interrumpo con seriedad. Lo miro fijamente y él responde dos segundos más tarde.

—Satanás vendrá por ti. Te llevará al Seol —responde serio y yo trago duro.

Procésalo rápido, Nia.

Me llevará al infierno y no veré más a mis padres. Joder, se siente tan mal. Peor que el chichón de mi cabeza.

Nunca más los veré.

Siento que una lágrima se desliza por mi mejilla y mi labio tiembla. Respiro y luego rompo a sollozar.

—Es... es muy duro —sollozo.

—Sólo acéptalo.

Claro, para él todo es fácil. No tiene padres. ¿O sí? Como sea, no me importa. Quizá él tenga razón y deba resignarme a no ver más a mis padres. ¡Dios! No será fácil, no creo que pueda olvidarlos, no creo que eso pase.

—¿No puedes borrarme la...? —cierro la boca cuando veo que él se ha ido. Me limpio las lágrimas dando leves sollozos—. Oh.

Muchas cosas llegan a mi mente y, aunque intento evitarlo, rompo a llorar con ganas. Mi alma se parte en pedacitos y no creo que pueda reconstruirlos. ¿Cómo se supone que aceptaré que no veré más a mis padres?

—N-no es justo —lloro golpeando una almohada.

«No es necesario que los olvides, Nia» ¿Ah, no? ¡¿Cómo viviré recordando que ellos están destrozados buscándome?! ¡¿Cómo sobreviviré a eso?!

Mi llanto aumenta a medida que empiezo a pensar en las cosas que jamás volveré a hacer y a ver. Mi familia, mis amigos, mis sueños. ¡Todo se fue el caño!

Y lo peor de todo: Seré sirviente de alguien.

Daría todo por regresar el tiempo y no haber ido a la universidad. Debí hacerle caso a mi mamá, ahora ella se lamentará todos los días de su vida pensando que me perdió el día de mi cumpleaños. Todos se sentirán mal. ¿Se les pasará rápido el duelo? ¿No me extrañarán en un par de meses?

Basta, Nia.

Basta.

CAPÍTULO 5
AMOR FILIAL

Haziel

—Eso es normal. Gema Dorada fue así durante un par de semanas.

Asiento lentamente ante la explicación de Ahilud y luego exhalo. Ella sigue en el baño. ¿No dejará de llorar? ¡No me gusta el olor de sus lágrimas! Santo Cielo, es una mezcla de rosas blancas, miel... y... ¿jengibre? Lo peor es que no sé cuál de esos tres pertenece a las emociones que está sintiendo ahora mismo.

—¿Me estás oyendo? —alzo la vista para encontrarme con ojos negros de Ahilud.

—Estoy pensando en todo el trabajo que tengo que hacer aquí —digo y suspiro mirando mi alrededor.

—¿No pudiste escoger un lugar más cálido?

—Mientras haya menos población cerca mejor —hablo cortante.

—Los secuaces llegarán así no haya humanos a miles de kilómetros —me recuerda y pongo los ojos en blanco—. Cuando perciban un alma llegarán como hormigas a la miel.

—¿No era abejas?

—No lo sé. —Se encoge de hombros restándole importancia al tema.

Sólo hay dos sillones entre estas cuatro paredes, no me he tomado la tarea de traer más muebles, no es como si fuera a durar más de tres días aquí. Es una sala espaciosa.

—¿Qué harás cuando las potestades lleguen? —pregunta Ahilud y lo miro con cara de póquer.

—Nada.

—¿Nada? —ríe—. Estás usando tu poder para graduar el tiempo del Beta en este lugar. Despedazarán a la humana. Sabes que ellos nos odian, cuando sepan que estás aquí con tu Jephin se la llevarán antes de que puedas darte cuenta.

—No pasará —contesto—. Colocaré una barrera, ninguno podrá atravesarla.

—¿Todavía puedes hacerla? —pregunta frunciendo el ceño—. Yo hace miles de años que no hago una, no es como si necesitara esconder algo aquí en la Tierra.

—Bueno, no soy el primero, ¿o sí?

—No, creo que eres el segundo —dice con burla y yo sacudo la cabeza—. Bueno, ahora háblame con seriedad.

—¿Qué quieres saber?

—La verdadera razón por la cual salvaste a esa Hija del Hombre.

—Bueno, ¿no es obvio? Me apiadé de ella. —Me encojo de hombros y él se carcajea.

—¿Tú? ¿Apiadándote? No me hagas reír. —Manotea—. Sabemos que estás en el Beta por un milagro.

Bien. Quizás sí.

En el Beta están los que son… ¿término medio?

Por una parte, están los ángeles buenos, los adoradores del Altísimo. *Lo que yo fui un día.* Por otra parte, están los que cayeron. ¿Culpa de quién? De ellos mismos, echarle la culpa a Satanael es un acto de cobardía. Nosotros —los ángeles del Beta—, estamos en el medio de todo ese problema.

No traicionamos al Creador. No apoyamos a Satanás en su rebelión, sólo… sólo nos refugiamos en el Beta mucho tiempo después de que Satanás y la tercera parte de las Estrellas se fueran con él. Adoramos y respetamos al Creador. Nuestro único acto de rebeldía es sólo estar en el Beta sin hacer nada más que convivir entre nosotros, por eso se nos expulsó del Tercer, del Sexto y del Séptimo Cielo. *Holgazanes quizás.* Puedo ir al Cuarto, pero… no soporto las miradas inquisitivas de los que allí sirven con gracia y respeto.

No nos encontramos en ningún libro. Creo que eso es considerado nuestro castigo, que nadie sepa de nosotros, y, a decir verdad, muchos de nosotros ven eso como un castigo. *Menos yo.*

—Si alguna Potestad viene se encontrará con algo por encima de su capacidad de lucha —digo con seguridad y luego hago un gesto de cansancio.

—Me ofrecería a traer a Gema Dorada, pero estaría en peligro aquí —dice y lo miro—. Jamás correría el riesgo de perderla.

—Ahilud —digo con seriedad y él me mira atento—, sé sincero. ¿Qué tipo de amor sientes por tu Jephin? —La pregunta lo coge desprevenido. Lo puedo ver en su expresión. Además, huele a canela. *Está nervioso.*

—¿Piensas que he cometido el error que cometieron los Vigilantes? —alza la voz.

—No pregunté eso —mi voz se mantiene neutra—. Pero el haber salvado a una humana me llenó de dudas.

—Quiero mucho a Gema Dorada —confiesa—. Cuando el querubín caído se llevó todos aquellos humanos hace doscientos años, se fueron tres de mis Jephin. Tres. —Su mirada, aunque dura, refleja dolor. Él todavía se lamenta por eso—. Sólo me quedó ella.

—¿La amas?

Él lo piensa.

—La amo. Es mi Jephin, pero jamás cometería el error de acostarme con ella —su voz firme me deja claro que tiene sus reglas fijas y claras—. Es un amor filial, el mismo que siento por mis semejantes. El que debemos sentir entre nosotros mismos.

—Bien, lamentaría verte caer a la Tierra si cometes el error de los Vigilantes.

—Sabes las consecuencias de llegarse a una humana. Soy consciente de lo que puedo y lo que no puedo hacer —dice—. No seré el primero en romper esa regla después de tantos milenios.

Bueno, esa pregunta se les hace a todos que los que tienen Jephin en sus moradas. Ark puede saber si estás mintiendo, y todo aquel que le mienta y sienta amor ágape hacia una Jephin es expulsado del Beta. No por Ark, sino por mandato del Altísimo.

—Ah, y se me olvidaba —se pone de pie—. Bienvenido a los Unos.

—¿Los qué?

—Los Unos, somos los que sólo tenemos una humana hembra o varón a nuestro mando.

—Ah. Interesante. —El sarcasmo impregna mi voz.

—Eres el décimo. —Aplaude y hace una reverencia.

—No creo que entre a ese grupo, Ahilud.

—¿Por qué no?

—Porque seré de los pocos que no exhiben a sus Jephin en reuniones.

—Oh, hablando de eso —manotea—, odié que Gema Dorada le hiciera creer a tu humana que la palabra *Jephin* significa *sierva*. —Se pone serio—. Debes decirle que *Jephin* es el nombre que se le da a las hembras que llegan al Beta. Además, tú no decides que ella te sirva. Tu Jephin lo decide por sí misma.

Jephin significa «mi hembra salvada» o «mi amada salvada». Se asocia al amor filial. Al amor que puede tener un padre a una hija en términos humanos. Pensándolo bien, hice bien en mentir, no me imagino diciéndole el significado a la humana tonta que traje.

—Y también, debes desmentir eso de que estás arrepentido de haberla salvado, y que por ese motivo ella se convertirá en tu sierva. —Niega con la cabeza—. Eso está mal. Si querías hacerla tu sirviente, sólo le hubieses dicho eso y ya. No mentir. Si Zemer se entera que mezclaste la palabra *Jephin* con sierva te echará.

—Eso no pasará —aseguro—. Hablaré con la humana, le aclararé todo.

—Es hora de que lo hagas —me regaña—. Basta de rodeos, debes contarle todo lo que te dije cuando llegué, ella debe saber lo que le espera desde ahora. Debes ser amable con ella, se supone que la quieres como a una hermana, es tu hermana.

—Bien, basta de regaños.

—Y no la aflijas.

—No la aflijo.

—Sabes que si la salvaste fue porque conmovió tus entrañas, ¿verdad? —pregunta y yo asiento lentamente—. Cuando Ark te pregunte ante todas las Jerarquías acerca de tu verdadero motivo para salvarla, si mientes… —Niega con la cabeza y exhala— Tú no la quieres, y tampoco quieres decirme tus razones para salvarla.

—Ahilud, basta.

—Es que no lo entiendo. —Se pasea por el lugar—. Siempre he sabido que eres un ser que no se interesa por mostrar afecto a un humano, está en tu naturaleza, tus idas a la Tierra parecían ser con propósitos turísticos, no pensé que salvarías a una humana.

—Ahilud.

—Todos nosotros hemos salvado a humanos por una razón —Me mira—. El Creador los hizo a su imagen y semejanza. ¿Por qué no podríamos quererlos?

—El Creador no tiene los cabellos largos y no tiene tetas —digo y él me mira feo. Vale, no se me da bien bromear.

—La única razón aceptable para que dejes a la humana en el Beta es que digas que tus entrañas se conmovieron al ver la desdicha que se avecinaba —dice y yo aprieto los dientes—. Tiene que ser un amor filial, ¿lo sabes verdad?

Amor filial. Genial.

—La quiero como te quiero a ti —miento y él entorna los ojos.

—Más te vale que sea así. Y si no es, pues aprenderás a quererla como una hermana.

Sería perfecto que la humana pudiera ser una Jephin normal. Podría andar por el Beta como si fuera uno de nosotros. En realidad, ese era el propósito de Dienesterk. Muy pocos eran lo que no exhibían a sus Jephin en reuniones. En cuanto a la servidumbre, ellos lo hacen si quieren, al final se convierten en nuestros hermanos por el simple hecho de convivir entre nosotros. Eso es el amor filial. En el Beta todos somos hermanos, obviamente somos superiores, pero todos nos servimos unos a otros.

—Ella debe ser realmente rebelde para que le mintieras de esa forma.

—Tenía que ser así, Ahilud —le digo con seriedad—. No creo que pueda estar paseándose por el Beta demostrando felicidad. Siento que no podrá adaptarse a la perfección, sólo saldrá de mi morada conmigo. Nada más.

Y tampoco es que me agrade la idea de que Niamh se pasee por el Beta. Por eso no le daré luz verde para que salga por ahí, de esa forma no saldrá de mi morada sin mi consentimiento.

—Bueno, tengo que irme. —Se dirige a la puerta y luego se detiene—. Si necesitas mi ayuda aquí estaré. —Hace una reverencia y luego se va.

Respiro hondo y frunzo el ceño. ¿Vainilla?

—Hmm, ¿está durmiendo? —Me giro pensativo. Cuando duerme no despide aroma, ¿por qué la vainilla?

Suspiro y camino hacia el pasillo. Esta humana cada vez me sorprende más con los diferentes aromas que puede emitir.

CAPÍTULO 6
VOLAR NO ES UN DON

Quizás hice mal en no ir más a la Escuela Dominical con mi abuela. Es posible que todo esto sea un castigo de Dios para mí. Yo lo veo como un castigo. En cambio, si esto le hubiese pasado a Elsie, ella lo hubiese tomado con mucha euforia, ella es fan de la inmortalidad, le encantan las películas de vampiros, hechiceros, todo lo que tenga fantasía; lo que muchos llaman «ficción». Joder, si supieran que Charles Taylor está en el Segundo Cielo.

No me extraña que nada de esto se mencione en ningún libro. Si yo fuera Dios, también hubiese escondido este secreto de los humanos. Conociendo lo vanidosos que pueden ser, no me extrañaría que muchos de ellos vivieran haciendo sacrificios para venir al Segundo Cielo o Beta, como sea que se llame.

—Beta —pronuncio haciendo una mueca.

Siento una presencia extraña a mi alrededor. Miro las paredes, entorno los ojos y veo que parecen como si estuvieran difuminadas. Me estrujo los ojos con los dedos para ver mejor y el efecto de difuminado desaparece. Sólo después me doy cuenta de que hay una silla acolchada en un rincón. Creo que tengo muchas preguntas que hacerle al Ojos Grises. ¿Cómo puede traer cosas así no más? ¿Cuántos dones tiene él? ¿De qué está hecho?

Demonios, debí empezar con esas preguntas desde hace mucho. La curiosidad que siento ahora me está matando, es como si de repente me emocionara saber más sobre su naturaleza. Es como si estuviera frente a un personaje de una película de ciencia ficción o fantasía paranormal.

—¡Agh! —exclamo fastidiada al recordar que tengo que ir al baño urgentemente. Creo que dormí un par de horas.

Refunfuño cosas mientras me muevo al borde de la cama con sutileza. Lo que menos quiero es manchar la cama de sangre.

—Vamos, con cuidado —me animo mientras coloco los pies en el piso. Respiro hondo y me pongo de pie—. Oh, por favor… —suplico caminando con lentitud hacia la puerta.

Desde que tuve mi primera menstruación he sufrido de dismenorrea. Mis reglas son largas y muy fluidas.

—¡Maldita sea! —bramo cuando la sangre se desliza por mis piernas—. ¡Joder! —hago un berrinche mientras me apresuro a llegar al baño.

¡Qué asco, maldición! No me gusta esto, odio que me pase esto. Lo odio. Lo odio. Lo odio.

—¡Mátame ya, Dios! —exclamo cuando me percato que dejé la bolsa con mis implementos en la habitación. Miro el piso y veo el desastre que he hecho, ni siquiera quiero mirar mis piernas. Y dejé la bolsa en la habitación. ¡Estúpida bolsa!

Se me escapa un sollozo y golpeo la puerta con mi puño. No saldré de este baño. ¡No lo haré! Quiero morirme ya. ¡Ahora!

De seguro el Ojos Grises ya debió haber visto el pasillo sangriento. Maldije, así que, claro que debe haber escuchado.

—Abre la puerta, traje tu bolsa —Me frustro cuando oigo su voz al otro lado de la puerta.

—¡Déjame en paz! —ladro limpiando mis lágrimas—. Esto es humillante —digo en muy baja voz para que él no me oiga.

—Es más humillante que llores.

—¡Ya vete de aquí! —exclamo golpeando la puerta otra vez. Claro, él seguro tiene un oído súper humano—. Si no quieres matarme entonces vete. No me sirves —escupo.

—¿Ahora quieres morir?

—¡Sí! —rezongo—. ¡Si te pusieras en mi lugar me entenderías!

—Es increíble que aún no te resignes —lo escucho decir y me cabreo más.

—No hablo de eso —gruño—. ¡Quiero morirme porque llené todo el pasillo de sangre! —lloriqueo.

—Entonces, ¿ya te resignaste a…?

—¡Ya, déjame en paz! —lo corto y me doy cuenta que mi tono es el de una niña berrinchuda de doce años.

—Abre la puerta o llenarás todo el piso de sangre —dice y miro hacia abajo. ¡Qué asco, Señor!

—Deja la bolsa en el piso y vete —refunfuño—. No quiero verte.

—Necesito saber algo —su voz tiene un matiz de curiosidad—. ¿Toda esa sangre de dónde viene?

—¿Eh? —alzo la voz y siento que mis mejillas se acaloran—. ¡¿De dónde crees que viene?!

—Pues, podría pensar que te has hecho daño —suelta—. Es mucha sangre, abre la puerta.

—¡No lo haré! —pataleo—. Deja la bolsa en el piso y vete.

Alzo las cejas cuando el seguro de la puerta se quita y luego el pomo gira y él entra.

—¡No hagas eso, por el amor de Dios! —exclamo retrocediendo un par de pasos. Él entra y me escudriña de arriba hacia abajo con rapidez.

—Bien —dice con normalidad, deja la bolsa en el lavabo y sale cerrando la puerta.

—¡Abusador! —le acuso y luego jadeo.

Oh, Dios. Esto es tan humillante.

Asomo mi cabeza por la puerta y respiro hondo. Aprieto los dientes al ver las huellas de sangre en todo el piso del pasillo y luego salgo con la bolsa en mis manos. Doy saltitos para no pisar el desastre y luego entro a la habitación. Corroboro que él no está y respiro aliviada. Rápidamente dejo la bolsa en el piso y camino hacia la cama.

Con rapidez le quito la funda a una almohada y cuando me dispongo a salir de la habitación miro con recelo unas zapatillas negras en un rincón. Me acerco a ellas con dudas y me pongo una. Alzo las cejas al ver que son de mi talla.

—Interesante —murmuro poniéndome la otra. Salgo de la habitación y cuando camino hacia el baño miro con curiosidad el pasillo hacia la sala. Me muerdo el labio y cambio mi rumbo.

Sé que ahora tengo que concentrarme en limpiar la sangre del piso y en todo esto de la «servidumbre», pero sólo quiero preguntarle si hay una posibilidad de ver a mis padres por última vez, así sea de lejos. Me conformo con eso, luego aceptaré mi futuro. Hasta lo prometería por el meñique. *Como hacía Elsie.*

Escudriño la sala con curiosidad y sólo veo dos sillones acolchados en medio de las cuatro paredes. Las ventanas ni siquiera tienen cortinas, por lo cual puedo ver claramente que es de noche.

Suspiro y luego camino de regreso al baño. Abro el grifo y pienso dos veces antes de mojar la funda blanca. Bueno, no es como si tuviera muchas opciones para limpiar el piso. La cama sólo tiene doble funda, y el edredón. La funda de alguna de las dos almohadas era mi opción. Aquí no hay nada más.

La sala es grande, por lo cual deduzco que la cocina forma parte de ella, luego está este pasillo con dos puertas, mi habitación y el baño. Con lo que deduzco que la cabaña es muy pequeña, de esas cabañitas que se encuentran en medio de un espeso bosque donde el vecino más cercano se encuentra a muchos kilómetros.

—Dios, por favor —suplico mientras limpio con rapidez mi sangre del piso—. Así sea por primera vez en mi patética vida, te ruego que esto no dure más de tres días —susurro—. Por favor, no sabes lo que es durar más de una semana con la regla. Bueno, quizás sí lo sepas, eres Dios, ¿no? Tal vez ni siquiera me estés escuchando, no es como si tuvieras tiempo de escuchar lo que todo el mundo tenga que decirte…

—Dios es omnipresente. —Doy un respingo exagerado al oír su voz. Me giro con mi cara de «vuelves a aparecer así y te pateo las pelotas». ¿Tendrá…?

—¿Qué piensas?

—Nada —musito sonrojándome y volviendo a mi trabajo.

—¿Siempre hablas con Dios? —pregunta él y yo frunzo el ceño.

—No estaba… hablando con él —farfullo apresurándome a limpiar lo poco que falta.

—Ah, ¿no?

—Bueno, sí —suelto—. ¿Tienes algún problema con eso?

—Ninguno.

—Entonces, vete y déjame terminar de limpiar mi desastre.

—Algo me llama la atención —dice y pongo mis ojos en blanco en respuesta—. Dijiste que duras más de una semana con la regla —mis mejillas arden—. ¿Es cierto eso?

—Oye, de verdad —me pellizco el puente de la nariz—, he pasado muchas cosas humillantes contigo, ¿será que puedes dejar de hacer preguntas tan embarazosas?

—Necesito saberlo —ataca y decido ignorarlo—. No puedes durar una semana y media así.

—Pues, eso puedes discutirlo con mi organismo —ladro—. ¿Crees que yo no lo he hecho? No es agradable para mí sangrar durante tanto tiempo, pero ¿qué puedo hacer?

—No podemos durar tanto tiempo aquí.

—Me da igual donde tenga que estar —mascullo—. ¿O es que acaso puedo elegir?

Sigo limpiando con más afán y exhalo con exasperación al sentir una pesadez en mi sistema.

—Tiene que haber una forma para que te dure menos —habla—. Tengo veintiún días, no tengo tiempo que perder. —Él se calla y yo jadeo.

—Me estás… me estás haciendo daño. —Me siento en el piso y me deslizo hasta que mi espalda se apoya en la pared.

—No deberías hacerme enojar.

Cierro los ojos y lucho internamente para no llorar. ¿Cómo no voy a querer llorar? No puedo imaginar mi eternidad con él. No lo tolero.

—Termina de limpiar eso —dice con asco—. Luego, quiero que vayas a la sala. —Escucho que se aleja y luego el ambiente se normaliza.

Respiro hondo y cojo la funda húmeda. Odio estar arrodillada en mi estado, pero no tengo otra opción.

Cinco minutos después me dirijo hacia la sala mirando el camisón rosado que tengo por ropa.

No he sido exigente a la hora de vestirme, pero sin dudas esta apariencia no va conmigo. Si Elsie me viera gritaría de horror. Solía ir de compras trimestralmente con mi madre, mi hermano… no pensé que diría esto, pero lo extraño. Diariamente tenía que gritar su nombre con fastidio unas cien veces. Tiene veinte años, *mi hermano mayor*. Mi madre lo adora, mi padre lo adora, mis tías lo adoran, todos lo adoran, y yo… también. Es decir, suele molestarme todo el tiempo, pero es mi hermano. ¿Estará preocupado por mí?

El tronar de mis tripas me saca de mis pensamientos, me llevo las manos al abdomen y cruzo hacia la sala. ¿Acaso huele a comida china? Me detengo de golpe y alzo una ceja al ver los dos sillones en medio de la sala. Hay un envase de comida china.

—¿Ojos Grises? ¿Qué querías? —llamo—. Aquí estoy. Aparece.

Me abofeteo mentalmente. Bueno, ¿no puede aparecer como si nada? Casi siempre me sorprende haciendo eso.

Camino hacia el sillón y al oler el aroma que despide la comida mis tripas se retuercen más. Destapo la Pepsi y luego cojo el envase de comida y me siento en el sillón. Engullo toda la comida en un santiamén y al final me quedan ganas de más Pepsi. Amo el arroz chino y este parece ser el mejor arroz chino que he probado. Las letras del envase están en chino, ¿estoy en China? Es decir, ¿Por qué no traducir algunas palabras?

—Insólito. Eso no puede ser —balbuceo y me sobo la barriga. Demonios, estoy muy llena. Creo que debí comer despacio.

La puerta se abre y miro cómo entra él con un bolso negro. Lo lanza al piso y luego gira su cabeza hacia donde me encuentro.

—¿Puedes tele-transportarte? —Él duda en responderme, como si decirme sus ventajas y desventajas fuera una mala idea.

—¿Exactamente qué quieres saber?

—Llegas rápido a todos lados, ni siquiera siento cuando apareces. —Me pongo de pie y dejo el envase encima del sillón.

—Soy rápido —se encoje de hombros—. Pero si lo que piensas es que puedo aparecer así no más, pues estás equivocada.

—Ah, ya entendí —asiento—. Cuando maldigo apareces de repente porque eres muy veloz, ¿quizás, como Superman? —indago y el frunce el ceño.

—Confórmate con saber que soy muy veloz cuando me lo propongo.

—¿Y puedes hacerte invisible? —Entorno los ojos y él se cruza de brazos.

—Sí.

—¿Puedes escuchar los pensamientos de los demás? —Él ladea la cabeza.

—No exactamente —contesta y alzo las cejas. Esto es interesante.

—Explícate. —Me siento en el sofá con curiosidad y él me mira fijamente.

—*No hay nada que explicar.*

—¡¿Cómo hiciste eso?! —me aprieto la cabeza—. ¡Oh, por Dios! —Él sonríe y yo me paralizo.

Santa Madre. Linda sonrisa. ¿Por qué no me había dado cuenta antes? ¡Joder, no tengo que pensar esas cosas!

—Espera, ¿tú me hablaste en mi cabeza? —mascullo y él asiente.

—Puedo hacer eso, pero no puedo oír lo que piensas —explica—. Tú también puedes hablarme de la misma forma.

—¿Qué?

—Se necesita práctica, quizás en cien años puedas hacerlo —murmura y yo me confundo más—. Todo depende de tus capacidades.

—¿Dices que puedo poner pensamientos en tu mente como tú acabas de hacer?

—Sí —contesta—, en cien años —agrega y pongo los ojos en blanco por subestimarme.

—Mmm.

Bien. Eso sí que es interesante. Su voz se siente como un eco cálido en mi mente.

—¿Y puedes volar? —pregunto segundos después y él alza una ceja.

—No me estás preguntando eso.

—¿Por qué? Quiero oírlo de tus labios.

—Sí, puedo volar.

—¿Dónde estás tus alas?

—Haces muchas preguntas.

—Sólo dime, quiero saber —refunfuño y él parece estar debatiéndose en si decirme o quedarse callado.

—No lo entenderías —habla—. No aún. —Contengo hacer un puchero y luego doy un suspiro.

—¿Qué otro don tienes?

—Escucha, ser veloz y volar no es un don —me aclara.

—Hablo de percibir las emociones de los demás por los aromas.

—Ese quizás sí sea un don —se encoje de hombros.

Es increíble que esté allí hablando conmigo sin mover nada más que sus brazos y hombros. Parece que estuviera clavado en el piso. Parece intraspasable y muy seguro de sí mismo, ojalá yo pudiese aparentar eso.

—¿Todos los aromas son iguales? —masculló con algo de vergüenza.

Vale, lo admito. Aún estoy enojada con mi «hediondez» a madera de Ahilud, y me sentiría mejor si él me dice que todos apestan a madera cuando están enojados.

—En algunos de mis hermanos sí —responde con normalidad.

Oh, entonces, ¿eso quiere decir que puede que otro apeste a madera?

—¿Qué estás pensando? —Alzo la mirada para encontrarme con sus ojos grises. Bueno, puede que el tono varíe, pero azules no son.

—Nada. ¿De qué color son tus ojos? —indago para cambiar de tema y él no se inmuta.

—Negros.

—¿Eh? —Me extraño, bueno ahora mismo parecen grises oscuros, pero los he visto mucho más claros.

—¿Por qué preguntas eso? ¿De qué color los ves ahora?

Silencio incómodo.

—¿Grises? —No estoy segura—. Un color plata increíble. La luz aquí no es que me ayude mucho, pero tengo claro que no son negros.

Él parece estar confundido, frunce el ceño hasta parecer nervioso y aterrado, luego desvía la vista ladeando un poco la cabeza. Allí es donde logro avistar algo dorado en su cuello. ¿Tiene una cadena? Algo dudoso en mí se activa cuando veo que el músculo de su mandíbula se contrae.

—Oh, por favor —suplico jadeando—. Deja de hacer eso. No me atormentes.

—¿Qué hago?

—Me siento débil, siempre que te enojas pasa eso.

—No estoy enojado.

—Mientes —lo acuso tomando una bocanada de aire.

Se siente como si me estuvieran exprimiendo el alma. O peor aún, como si me estuviesen estrangulando.

—Ya comiste. Nos vamos. —Alzo la cabeza de golpe cuando oigo eso.

—¿Qué? ¿A dónde? ¿Por qué?

—Parece que no quieres irte —murmura cogiendo el bolso y caminando hacia mí con seguridad. Parpadeo con incredulidad aún y cuando pienso decir algo él me toma del codo y mi grito sale antes de que vuelva a sentirme como en una maldita montaña rusa.

Lo único diferente es que esta vez cuando abro los ojos no estoy tirada en el suelo, sino de pie en medio de una carretera de tierra. Y es de noche.

—Vamos. —Miro a mi izquierda y él empieza a caminar arrastrándome en su andar.

—¿Por qué? ¿Por qué está oscuro?

—Aquí es de noche —se limita a contestar y le sigo el paso a regañadientes.

—¿Por qué dejamos la cabaña?

—No podía estar allí con todo ese olor a sangre —dice y siento que me sonrojo de vergüenza.

—Bueno, lamento decirte que yo soy la que produce esa sangre.

—Es complicado —me interrumpe.

—No me digas que vamos a estar saltando de casa en casa por culpa de mi sangre. —Miro a mi derecha y observo los árboles. Pinos. Sólo pinos y maleza.

—En realidad no es tu culpa.

—¿No? —Intento soltarme con sutileza—. Te dije que podía caminar sola.

—Tengo que estar en contacto contigo hasta que lleguemos.

—¿Por qué? ¿Acaso me van a raptar?

—Eso no lo sabes —murmura y yo resoplo.

—No puedo caminar tan rápido —gimoteo tropezando constantemente—. Mis piernas no son largas.

—Lo sé, pequeña humana.

—No me llames así —refunfuño.

—Bien, hasta que no me digas tu verdadero nombre ese será tu apodo.

—Pues, no me gusta.

—No me interesa.

—Escucha, creo que empezamos de mala forma —hablo—. Pienso que no me caerías tan mal si no… si no me hubieses… —Prefiero callar. En realidad, me cae muy mal—. Deberías ser más respetuoso conmigo, soy una mujer, los hombres no deben tratarnos con tanta brusquedad.

—Me sé sus leyes —dice—. Sin embargo, he sido respetuoso si me comparan contigo.

¿A dónde carajos vamos? La pequeña carretera de tierra cubierta de hojas parece no tener final. Y lo peor de todo es que parece que vamos escalando. No entiendo qué tiene con las montañas.

Si no hubiera un clima frío, juro que estaría sudando como una maratonista.

Espera, ¿Cómo sabe que le mentí acerca de mi nombre?

—Bueno, por lo menos está sí está equipada. —murmuro con aprobación mientras exploramos otro ambiente—. ¿Quién vive aquí?

—¿Por qué sacas esa conclusión? —me giro para verlo. Está de brazos cruzados. *Inamovible, como siempre.*

—Porque hay comida, no hay polvo, —me acerco al lavaplatos— y alguien recién abrió el grifo. —Sonrío con suficiencia y él hace una mueca de duda.

—Eres inteligente, debo reconocerlo.

—Oh, gracias —alardeo—. Ya lo sabía —añado y él reprime una sonrisa.

—Esta casa es de un... —Él cierra la boca pensando mejor lo que va a decir y luego habla de nuevo—: de alguien que conozco.

—¿Te la prestó? —pregunto curiosa y él asiente con lentitud.

—Aquí estarás más segura cuando estés sola.

—¿Qué? ¿Corro algún peligro? ¿Por qué? —me altero un poco y él frunce el ceño—. No puedes dejarme sola entonces, debes cuidarme, soy tu sirvienta... ¿no?

—¿Gema Dorada te...? —sacude la cabeza—. Parece que sabes mucho de mis obligaciones contigo.

—Oye, en serio —balbuceo—. Odio admitirlo, pero ya que no tengo más opción —respiro hondo— debes saber que le temo a... —Un golpe en la puerta principal me hace soltar un gritito.

Busco a Ojos Grises, pero no está en la pequeña cocina. Corro hacia la sala y me detengo de golpe al ver que entra un tipo casi de la misma altura que Ojos Grises, sólo que este tiene los ojos del más claro de los azules. Me quedo un poco sorprendida al ver esa tonalidad de ojos y luego desvío la vista hacia la pared.

—*¿De qué color tiene los ojos?*

—¡Ay! —me toco la cabeza y retrocedo un paso. Abro la boca para gritarle que no vuelva a poner su voz en mi cerebro, pero me retracto.

—Creo que conseguiste una humana esquizofrénica —miro al Ojos Azules y me pongo seria—. Oh, lo siento. —Alza sus manos en rendición y yo resoplo—. Así que, esta es la mascota. —Da un paso hacia mí, pero Ojos Grises se lo impide alzando una mano.

—Ve a tu habitación. —me ordena cortante y yo lo miro.

Odio cuando me hablan con autoridad. ¡Ni padre lo hacía!

Me trago mi orgullo y camino hacia el pasillo derecho. En esta casa hay dos pasillos, el derecho lleva a dos habitaciones, ambas con su propio baño. El otro pasillo lleva hacia el baño de visitas y un cuarto para huéspedes. Ojos Grises ya me enseñó toda la casa. Lo que me extraña es que a diferencia de la otra cabaña esta sí tiene vecinos cerca y hay televisión satelital.

Entro a mi habitación, decorada para un hombre, supongo. Las paredes son de color blanco y gris. Hay una cama, una peinadora sin espejo, una biblioteca, dos armarios de madera, un sillón.

—Odio esto —refunfuño mirando todo con desaprobación. Claro está que esta habitación es de alguien más.

En realidad, lo que me sorprende es que Ojos Grises tenga contactos aquí. No tengo muchas cosas claras —casi nada— pero ya estoy aceptando que las cosas imposibles sí pueden suceder.

Mi habitación en Berwyn estaba pintada de tonos pastel. Morado, rosa y blanco. Algo infantil, pero antes estaba pintada de blanco y rosa glamoroso. Hasta tenía escarcha, ¿Por qué? Porque siempre me ha gustado un toque brillante. Me recuerda a las estrellas. Yo amo observar el cielo nocturno, las incógnitas que giran en derredor del universo, todo eso me encanta.

—Oh. —Algo en la ventana llaman mi atención. Me acerco casi corriendo y aparto las cortinas. Me tapo la boca con ambas manos para no gritar.

¡No me jodas!

Observo con ojos abiertos los miles de luces a lo lejos. Siento que mis ojos se abren más y más. Oh, se ve tan hermoso.

Sin duda tiene que ser una gran ciudad, lo que me hace concluir que la casa fue hecha para contemplar su belleza de noche desde lo más alto. Puedo ver las calles y los minúsculos puntos luminosos de los autos en movimiento.

Hay muchos edificios en el centro y hacia el este lo que parecen ser vecindarios. Al oeste parece haber una zona industrial. Al fondo está una larga carretera, con edificios a ambos lados. ¿Qué ciudad será esa? ¿Dónde demonios está esta casa?

Escruto la ventana y miro que se abre deslizándola hacia arriba. Cuando lo hago y esta cede alzo las cejas con sorpresa. Inmediatamente saco mi cabeza y ahogo un grito al ver que hacia abajo sólo hay una espesa negrura.

—Te morirías de un infarto mucho antes de que tu cuerpo toque el fondo. —Me golpeo la cabeza al intentar alzarla, con cuidado retrocedo tocándome la parte afectada y al instante la ventana se cierra sola. Me giro con cara de pocos amigos.

—Por favor, toca la puerta antes de entrar.

—No tengo por qué hacer eso.

—¡Claro que sí! —pataleo—. Podría estar desnuda.

—Eso no hará ningún efecto en mí. —Se encoje de hombros y trato de ocultar mi enojo.

—Aunque fueras gay no me agradaría que me vieras desnuda —escupo.

—¿Gay?

—Sí, y no te preocupes si lo eres.

—Si no fueras mi Jephin probablemente ya te hubiese partido en dos.

—Dijiste que sabías las leyes humanas —le recuerdo con ironía—. Como sea, sé que hubo ángeles que procrearon con humanos antes del diluvio... —Cierro la boca cuando él sonríe.

—Wow, así que puedes leer.

—Pues, sí. —Me cruzo de brazos alzando la barbilla.

—Pues, no sabes nada —contesta imitando mi actitud—. ¿Leíste eso en la Biblia? Deberías apoyarte en otros libros. La Biblia no explica mucho esa historia.

—Bueno, pero no estoy lejos de la verdad.

—Quizá algún día tenga tiempo de contártela —murmura con aburrimiento.

—Pues, no me interesa. —Manoteo—. El caso es que así no tengas erecciones no quiero que me veas desnuda.

El ambiente cambia. Esta vez no siento la pesadez sino una terrible incomodidad. Quizás sea porque dije algo fuera de lugar y mis mejillas están ardiendo. *Ah, y a mi mente llegó una imagen de él desnudo.* Genial. Muy, muy, muy genial.

—No creo que me provoques eso. —Evito mirarlo.

—O sea que, no tienes... bueno, quiero decir... —Carraspeo y lo miro—. No estoy interesada en saber qué eres, pero ¿tienes...? —Decido callarme al no saber qué palabra usar.

Ni siquiera sé por qué estoy preguntando eso. Bueno, tal vez quiera quitarme la sospecha de que él pueda violarme o qué se yo.

Por dentro sabes que no, Nia. Sí, lo sé.

—Emm... No escaparé. Acabas de asegurarte que no saltaré por la ventana. —Señalo hacia la ventana—. Ahora tengo sueño.

—Son las siete de la mañana, hora del Beta.

—Pues, no estoy acostumbrada a esa zona horaria —comento caminando hacia la cama.

—Sí, lo sé —dice—. No te sorprendas cuando pases más de doce días sin dormir y que después duermas otros diez.

—¿Qué?

—Tiempo del Beta. Tiempo terrestre. Luego lo explicaré.

No entiendo, pero no preguntaré. Estoy cansada de ser la tonta que no sabe nada.

Como sea, desvía el tema si no quieres que él te vea la cara de idiota.

—Quiero ropa nueva —digo a la defensiva—. También unas Flip Flops de color oscuro, también un sujetador, o quizás tres. —Quito las sábanas de la cama con brusquedad.

—¿Algo más?

—Sí —lo miro—. Chocolate y yogurt de fresa con cereal. —Aparto la mirada y me meto a la cama—. Apaga la luz, gracias.

Pasan cerca de tres segundos antes de que la luz se extinga.

Me quedo en silencio y luego resoplo.

En mi mente empieza a rondar la pregunta de si aquí transcurrirá el tiempo como si estuviéramos en el Segundo Cielo… ¿Significa que la noche durará más de lo común? De hecho, ¿A cuánto equivale una hora terrestre en el Beta? ¿Un minuto? ¿Un segundo?

—Debería darme clases intensivas —murmuro y cuando cierro los ojos me doy cuenta que no tengo sueño.

Sería tan fácil manejarme en mi zona horaria. ¿Qué hora es en Berwyn? Es tan frustrante.

Bueno, nunca es tarde para empezar con otra ronda de preguntas.

Salgo del baño con expresión aburrida y camino hacia la sala. Cuando enciendo el televisor pantalla plana retrocedo un paso al ver que suena como si fuese a estallar. En medio de mis nervios logro apagarlo con el corazón a mil por hora.

—¡Agh! —Hago un mohín de enojo y me siento en el sofá familiar—. Dios —me quejo—. Por favor, si estás viendo mi situación haz algo por mí —le ruego y luego suspiro ruidosamente.

¿Ya me estarán buscando? ¿Qué hora es?

Doy un leve respingo cuando Ojos Grises se hace presente. Lleva unos jeans negros y una gabardina oscura. Cabe destacar que su rostro tiene forma de diamante, ¿o rectangular? Demonios, debí prestar más atención cuando Elsie me dio una charla acerca del tipo de rostro y qué tipo de corte de cabello usar.

—¿Por qué en el Beta no te vistes así? —pregunto rompiendo el silencio y él se gira a verme.

—¿Cómo sabes que no lo hago? —pregunta con normalidad.

—Bueno, cuando entrabas a mi cárcel siempre ibas sin camisa y en pantalón deportivo.

—Bueno, sería extraño vestirme así en el Beta —habla—. Además, me gusta andar sin camisa. —Se encoje de hombros.

—¿Podré elegir qué ropa usaré en el Beta? —indago y él lo piensa—. Espero que sí. Gema Dorada estaba hermosamente vestida y yo no andaré con estos harapos.

Él parece estar considerando lo que dije.

—Hablando del Beta. Creo que llegó la hora de explicarte algunas cositas —dice acercándose con seguridad. Aguanto la respiración pensando que va a estrangularme o qué sé yo y luego exhalo aliviada cuando él se sienta en el sofá individual de color beige. Trago duro y carraspeo.

—¿Qué cosas?

—En el Beta, muy pocos son los humanos que tienen amos. —Frunzo el ceño—. Creo que sólo seis.

—Oh, seré la séptima —digo con indignación—. ¡Eso será vergonzoso! —Me tapo la cara con las manos.

—Cuando digo que tienen amos es porque su única obligación es vivir en la morada de la persona que los llevó al Beta —me aclara—. Me he dado cuenta que tienes un mal concepto de servir.

—Ajá —me cruzo de brazos—, ¿qué es servir para ti?

—Cuando sirves a alguien lo haces por propia decisión, no hay obligación en ello. Así de simple.

—Es decir, ¿ellos eligieron servir? —Él hace una mueca de «tal vez» y yo me enfurruño—. Pero yo no elegí servirte.

—Como decía, entonces ellos viven con sus amos —me ignora—. Y al vivir con ellos, simplemente se dan a la tarea de servir.

—¿No los obligan a servir?

—No —responde y frunzo el ceño. Él suspira—. Necesitas saber algo muy importante —dice. Me preparo para lo peor al oír su tono de seriedad.

—Dilo. Sin anestesia —lo animo.

—Quizás sí necesites un poco de anestesia —dice—. Eres humana. Los humanos suelen herirse con facilidad, y sé que vas a llorar.

—Hmm, sólo habla.

—Quedan pocos humanos en el Beta. Luego de que Satanás acusara a muchos que eran desobedientes —carraspea—. Él se llevó a miles de humanos. Sólo quedaron unos pocos. La relación entre un humano y uno de nosotros es la misma que hay entre hermanos o entre un padre y un hijo.

Oh.

Eso está bien.

—¿Qué hay de malo en eso? —pregunto.

—Bueno, todos los de mi raza que tienen humanos los aman como a ellos mismos, como si fueran sus hermanos de raza.

—Oh.

—Si pudieras ver el amor con que los humanos del Beta se tratan con los de mi especie te darías cuenta que en realidad no hay diferencia entre ellos. Todos son iguales.

Me muerdo los carrillos. Él parece sincero.

—Los humanos que viven con los ángeles que les salvaron es porque se aman tanto que no pueden separarse.

—Oh, ¿como si estuviesen casados?

—¡No! —exclama y yo doy un bote—. Es decir, no. —Se calma—. Es como si la madre quisiera vivir por siempre con su bebé. Algo así.

Me sorprendo al oír eso.

—La razón por la cual los de mi especie llevaron humanos al Beta es porque los aman con amor fraternal —me explica—. Puede que muchos de nosotros no tengan uno en casa, pero no significa que no los amen.

—Gema Dorada dijo que muchos de tu raza no toleran a los humanos —le digo en forma de reclamo.

—Cuando dijo que no toleran es porque... —Se rasca la nuca rápidamente—. Muchos de ellos se quedaron sin los humanos que habían salvado hace siglos, y lo peor es que tienen prohibido hacerlo de nuevo. —Alzo las cejas—. La mayoría de ellos no salen de sus moradas. Y los que salen, simplemente evitan hablarle a los de tu raza.

—¿Por qué?

—Porque temen encariñarse con un humano y que después se les arrebate.

Creo que ya empiezo a entender algunas cosas. En el Segundo Cielo todos se aman y son felices. Yo soy la mala leche.

—Viene lo peor. —Lo miro extrañada—. Yo he sido el primero en llevar un humano después de que se creara el Código hace doscientos años. Pude hacerlo porque nunca antes lo había hecho, y el Código no es aplicable para mí. —Asiento con lentitud—. Todo aquel que lleve a un humano al Beta tiene sólo veinticuatro horas terrestres hasta que Satanael venga a comprobar que ese humano es totalmente sumiso.

—¿Eh? —mi voz se eleva—. Espera, ¿Satanás es…?

—Satanás. Satanael. Satán. Diablo. Lucifer. —Se encoje de hombros—. Es el mismo. —Trago duro y siento que no me llega la sangre al cerebro.

—¿Qué pasará si no soy sumisa?

—No es sólo eso. —Él parece incómodo y fastidiado—. Allí estará Ark y otros que tengan el don de percibir la mentira. —Trago más duro—. Yo… yo tengo que quererte, pues yo te llevé al Beta.

Oh. Ya me veo llegando al infierno.

Respira hondo, Nia.

—Me llevarán al infierno. —Me paso las manos por los cabellos hasta desordenarlo.

—Pensaba que allí querías ir —murmura.

—Es diferente —ladro—. No podré ser sumisa y tú no me quieres con amor fraternal, ni carnal, ni nada —respiro hondo—. ¡Y veré al mismísimo diablo en persona! —exclamo aterrada.

—¿Qué es lo que aterra más? ¿Qué yo no te quiera, o que verás al mismísimo diablo?

—Me importa muy poco que no me quieras, pues yo no te quiero —le respondo con brusquedad mientras me pongo de pie.

—Pues, debería importarte —lo miro—. Si yo no te quiero, te llevarán al infierno y a mí me desterrarán.

Oh. Ya veo cuál es su preocupación.

—¿Qué hay sobre mi espíritu sumiso?

—Puedes fingir serme sumisa si te lo propones —habla—. Pero yo no puedo fingir quererte.

Eso sí que dolió.

—No puedo permitir que me deporten del Beta. No puedo ver el rostro triunfante y burlador de Satanael cuando me despoje de mi única humana.

Eso no sonó tan mal, y ni siquiera sé por qué.

—No puedo permitir que te lleve con él. —Me mira fijamente con decisión y seguridad al hablar.

Es un idiota. Obvio que verá el rostro triunfante y burlador del Diablo. Obvio que me llevarán al infierno. Y obvio que lo deportarán. Todos se darán cuenta que no soy sumisa y que él no me quiere.

Estoy perdida.

—No te resignes.

—¿Percibiste el aroma de mi resignación? —pregunto sentándome con expresión de derrota.

—No, no fue necesario —dice—. Con sólo verte lo deduje.

—Pues... —resoplo relajándome en el sofá—. Deberías resignarte.

—No.

—¿Entonces qué harás? —alzo la voz—. No puedes quererme así no más, no seas ridículo.

—No te quiero porque eres insoportable.

—No me hieras. Me lo han dicho con anterioridad —miento matizando mi voz con algo de aburrimiento.

—Primero trabajaremos en tu sumisión. —Decido ignorarlo cerrando los ojos—. Ahilud vendrá aquí, nos ayudará.

—Ah, ¿sí?

—Sí. Puede que con él sí seas amable.

—¿Me azotará o qué? —ironizo.

—Oh, ¿si te azoto me obedecerás? —pregunta y respiro hondo para no insultarlo—. Hubieses dicho eso antes.

—No seas ridículo.

—Ahilud vendrá.

—No quiero ver más seres de tu especie.

—Ahilud tiene experiencia con humanos.

—Bueno, dile que te enseñe cómo tratar a una chica —escupo y al instante me pone de pie de un jalón brusco.

—Escúchame —me alza un poco cogiéndome de ambos brazos y me sorprendo al no temer. ¿Será porque sé que él no puede hacerme daño? Él no quiere ser deportado. No puede herirme.

Punto para Nia.

—Quiero ser paciente contigo. He tratado de hacer lo que él me ha dicho, pero eres insoportable.

—Dijiste que todos aquellos de tu raza salvaron humanos porque los querían. ¿Por qué demonios me salvaste? —lo miro fijamente y un segundo después él me deja en el piso.

—No hablaré de eso.

—Pues, deberías.

—Vete a tu habitación.

—¡No quiero! ¡Y no puedes darme órdenes! —exclamo empujándolo fuera de mi alcance, pero él me toma de las muñecas haciéndome daño, abre la boca para decirme algo, pero no lo oigo.

La pesadez penetra por todo mi sistema dejando mi vista en negro. Se siente como si me hubiesen desconectado de todo lo que me rodea. Y en cierto modo, así es.

CAPÍTULO 7
OJOS GRISES

Cuando abro los ojos, miro hacia la ventana como solía hacer cuando me despertaba en casa. Al ver que la cortina de la ventana no es la misma de mi habitación suspiro con resignación.

¿Cuándo llegué a la cama?

Recuerdo que le grité al Ojos Grises y termino concluyendo que me desmayé por causa de su extraño poder de debilitarme hasta los tuétanos.

Me levanto de la cama y camino cuidadosamente hacia el baño. Si supiera una receta para cortarme la regla la haría ahora mismo.

Salgo al pasillo y me detengo al oír voces en la sala. Hago una mueca de «qué me importa» y camino hacia el baño. Luego de asearme me entran las ganas de llorar.

—Es tan duro —me digo aspirando.

—Niamh. —Doy un bote al oír mi nombre y me seco las lágrimas con rapidez, luego abro la puerta para encontrarme con el tirano.

—¿Cómo sabes mi nombre? —pregunto a la defensiva.

—Quizás después te explique.

—Pues, odio que lo digas completo —espeto—. Es N-I-A. Nia.

—No. En realidad es Niamh —pronuncia con acento irlandés y aprieto los dientes—. Pero lo dejaré simple. Niamh —lo dice con acento inglés y trato de no mirarlo fijamente. Sé que mis ojos están enrojecidos y agradezco que no haga alusión a ellos.

—Haz lo que te dé la gana —suelto—. No me interesa si te enojas, no me interesa si me provocas otro desmayo.

—¿Provocaste que se desmayara? —pregunta otra voz masculina y Ojos Grises se quita de mi campo de visión para dejarme ver a otro tipo.

A simple vista se ve que mide más de un metro noventa, o quizás más, tiene un traje de dos piezas, pero se ve a kilómetros que es todo músculos. Tiene el cabello casi al rape y debe tener unos cuatro días sin afeitar su barba. Un Chris Hemsworth con ojos dorados.

Trago duro y miro al Ojos Grises, el cual me está mirando con los ojos entornados.

—Él es Ahilud —dice y yo vuelvo a ver a Chris. Digo, a Ahilud.

—M-mucho gusto —farfullo nerviosa y vuelvo a tragar—. Puedes llamarme Nia.

—Es un placer Nia —dice haciendo una reverencia—. ¿Por qué no me acompañas a la sala? —Mis pies responden por sí solos y camino hacia él ignorando al Ojos Grises.

Ahilud deja que yo camine delante de él. Cuando llego a la sala me dirijo a un sillón tapizado y me siento; en cambio él se sienta en el sofá.

Por los clavos de Jesucristo. Tengo que decirlo. Este tipo parece ser un dios de la sensualidad. Joder, la sensualidad la demuestra hasta en el mínimo gesto.

—Ahilud —la voz de mi «ángel» me saca de mis pensamientos indecentes y yo lo miro de reojo. Le da una mirada de advertencia a Ahilud, el cual asiente. Lo sé. Sé que se están comunicando con la mente. Y eso me parece que es de mala educación.

—Cuéntame, ¿cuántos años tienes? —giro mi cabeza hacia Ahilud.

—Emm… diecinueve —respondo.

—Oh, Gema Dorada tiene veinte. —Sonríe encantado—. Bueno, en realidad tendría cuarenta y nueve años.

—¿A cuánto equivale una hora terrestre en el Beta? —Me apresuro a preguntar y él me mira fijamente.

—Un día —contesta con normalidad.

Lo que me da a entender que un día equivale a veinticuatro días en el Beta.

—¿Y un año?

—Un año en la tierra equivale a veinticuatro años en el Beta más ciento veinte días.

—Quiere decir que Gema Dorada tiene más de cuatrocientos años en el Beta y no trescientos como ella dijo.

—Ella no te mintió —dice—. Es sólo que no lleva la cuenta del tiempo que lleva en el Beta. —Alzo las cejas—. En realidad, lleva seiscientos cuarenta y ocho años en el Beta, lo equivale a veintisiete años terrestres.

—Oh, sí que ama estar allí entonces —murmuro alzando una ceja.

—¿Tú sí llevas la cuenta? —indaga y me sonrojo.

—No —musito viendo mis nudillos.

—Pues, llevas cuatro días. —Ojos Grises debe estar en algún rincón a mis espaldas.

—¿Qué? —Me pongo de pie—. ¿Me quedan veinte días para disfrutar antes de que Satanás venga por mí con su tridente? —mi voz sube una octava. La risa de Ahilud me hace fruncir el ceño.

—Es gracioso ver que tu Jephin se resignó a algo que no pasará. Y piensa que Satanás tiene un tridente —le dice él a Ojos Grises.

—Han pasado cuatro horas en mi casa —balbuceo—. Oh, ya deben... ya deben estar preocupados por mí... —Siento que voy a largar el llanto.

—Esa es la parte más dura, cariño. —Alzo poco a poco la mirada para ver a Ahilud y creo que oí un gruñido por allí—. Pero es más fácil hacerles creer que estás desaparecida que explicarle que en el Segundo Cielo hay humanos. —El argumento de Ahilud sólo ha detenido un poco mis ganas de llorar.

No significa que me haya resignado completamente a que mis padres vayan a vivir toda su vida pensando en qué fue de mí.

—¿Eres un ángel? —le pregunto a Ahilud y siento que el ambiente se vuelve incómodo.

—Niamh, es mejor que...

—No me llames Niamh —le refunfuño al Ojos Grises sin mirarlo.

—Ese es tu nombre —suelta y me muerdo el labio para no decirle una mala palabra.

—Bien, dime Niamh y yo te diré ángel. —Me giro para verlo con desafío y él ladea la cabeza.

—No me estarías insultando.

—Bien, ángel —pronuncio y él aprieta la mandíbula.

—Sí —giro mi cabeza al oír a Ahilud—, somos ángeles. —Alzo levemente las cejas.

—¿Por qué Gema Dorada no me lo dijo?

—Porque yo le dije que no hablara de eso. —Ignoro a Ojos Grises y vuelvo a sentarme.

—Me temo que es un tema delicado para ustedes, ¿no les gusta que le llamen ángeles? —pregunto—. ¿Dónde están tus alas?

—Aquí no puedes verlas —dice y me sorprendo. Él parece encantado de responder mis preguntas.

—¿Son blancas? —indago y él sonríe.

—Sí, como la nieve.

—¿Las de él también? —señalo a Ojos Grises con mi pulgar y lo oigo gruñir.

—Sí.

—¿Tú también percibes las emociones de las personas mediante sus aromas? —bajo un poco la voz. Él sonríe y luego niega con la cabeza—. ¿No tienes un don?

—Oh, sí. Algunos. —Se emociona.

—¿Cuáles?

—Bueno, puedo hacerte sentir alguna emoción —contesta con diversión y yo frunzo el ceño—. ¿Quieres que te lo demuestre?

—Bueno…

—Aquí vamos —dice y cierro los ojos como si me fuese a tocar.

Respiro hondo y luego a mi mente viene un recuerdo. Mi amigo Blay bailando I'm Sexy And I Know It, de LMFAO. Rompo a reír como lo hice aquella vez y luego abro los ojos. Ahilud me mira satisfecho y yo me confundo.

—Espera, dijiste que podías hacerme sentir una emoción, pero no dijiste que podías traerme recuerdos.

—Ellos vienen solos. Ni siquiera sé qué recordaste —me dice sonriendo y yo de repente me pongo triste.

—No volveré a verlo más —musito y mis ojos pican.

—¿Qué recordaste?

—A mi mejor amigo —balbuceo respirando hondo para no llorar—. Bueno, como sea. ¿Hay ángeles del sexo femenino? —opto por seguir con mis preguntas para olvidar a Blay.

—Emm… —Intercambia miradas con el otro ángel—. Bueno, sí —asiente mirándome—. Tienen rasgos femeninos. Muy femeninos. Pero no son mujeres, pues las mujeres son descendientes de Eva. Por lo tal… no puedes llamarlas mujeres.

—Ya entendí —musito.

—Son ángeles femeninos simplemente.

—Mmm... Siempre pensé que eran asexuados —murmuro y él ríe con suavidad—. ¿Qué haces aquí? —le digo y él se confunde—. Ojos Grises dice que estoy inmunda y apesto —él mira ceñudo al personaje y yo los escruto a los dos.

Ojos Grises hace una expresión rara como si se estuviera excusando a regañadientes ante Ahilud.

—¿Sí apesto? —pregunto.

—¿Le dijiste Ojos Grises? —habla y yo asiento con obviedad—. ¿Por qué?

—Porque tiene los ojos grises —hago un ademán de obviedad. Él vuelve a mirar al sujeto y luego me mira a mí.

—¿Estás diciéndome que puedes ver que él tiene…?

—Basta. ¿Qué es lo que se traen ustedes? —pregunto molesta—. ¿Qué es lo que no puedes creer? Él tiene los ojos grises y tú de color dorado. —Él echa la cabeza hacia atrás como si le hubiese abofeteado.

—No me habías dicho eso, Haziel. —Abro los ojos al oír cómo ha llamado a Ojos Grises. Ahilud se pone de pie con algo de nerviosismo. Expresión que jamás pensé ver en él.

—Iba a decírtelo hasta que ella empezó a llorar en el baño —acusa él y yo no sé si enojarme o fastidiarme.

—¿Y a qué huelen mis lágrimas? —pregunto como si nada.

—Niamh, ve a tu habitación.

—No, ella se queda —dice Ahilud y yo me sorprendo.

—Ella es mi Jephin.

—Zemer y todas las Jerarquías deben saber que ella…

—Ni se te ocurra hablar de esto con alguien más —le amenaza Ojos Grises.

—Esto es muy importante, Haziel.

—Haziel —pronuncio lentamente y en voz muy baja como si estuviera tratando de hablar otro idioma procurando pronunciar las palabras correctamente.

Es un nombre raro. Bueno, es la primera vez que lo oigo. Suena muy bíblico. Igual que Ahilud.

El silencio a mi alrededor me indica que estoy sola en la habitación, pero cuando miro mi alrededor encuentro a los dos ángeles mirándome atónitos.

—¿Qué me ven?

—¿No te dije que no pronunciaras mi nombre?

—¿Y qué me harás? —pregunto poniéndome de pie—. Iré al infierno, que me mates antes sólo adelanta algo inevitable. —Me encojo de hombros y me dirijo hacia el pasillo.

—No es eso —habla Ahilud—. Es el hecho de que lo pronunciaste en idioma angelical —alzo las cejas.

—No hice eso.

—Sí lo hiciste —me acusa Haziel—. No vuelvas a repetirlo en lengua angelical jamás.

—Escucha, ni siquiera sé cómo lo hice, Haziel —pronuncio rápidamente y asiento—. Lindo nombre, amo. —Hago una reverencia y él entorna los ojos.

—Odio tu sarcasmo.

—No eres el primero que me lo dice. —Nos miramos fijamente y él desvía la vista—. ¿Hay macarrones? —pregunto y me encamino hacia la cocina. Miro de reojo que ellos me siguen como escoltas.

Me encantaría decir que no estoy acostumbrada a estar rodeada de hombres, pero solía estar con Blay y Evan detrás de mí y de Elsie.

Hago un gesto de sorpresa cuando abro la nevera. Santo Dios, él sí que se pasó. ¿Cuántas cajas de yogur con cereal compró? Mis ojos parecen derretirse al ver todo este oro aquí. Hago una mueca y cojo un yogurt. Cuando me giro evito dar un respingo. Los dos ángeles están debajo del marco de la puerta. Eso me permite detallar que ambos tienen la misma altura, pero Ahilud es mucho más musculoso que Haziel.

Claro está que el Ojos Grises tiene un cuerpo atlético, no se ve opacado para nada por Ahilud, pero es obvio quién tiene más músculos y podría comparar los músculos de Ahilud con La Roca. Sin embargo, no me gustan los tipos así, prefiero a Ojos Grises.

—He llegado a la deducción de que no es usual que un humano vea el verdadero color de sus ojos —les digo buscando una cucharilla limpia en las gavetas—. Él dijo que los tenía negros, ¿de qué color dices tú que los tienes, Ahilud? —pregunto acercándome a la encimera.

—Negros.

—¿Negros también? —no me lo creo. Él asiente con lentitud.

—Todos los ángeles del Beta los tienen de ese color.

—Pues, yo veo que no es así.

—Esto tiene una explicación —me dice—. Tenemos que llevarla a Zemer —le dice a Ojos Grises. Quise decir, a Haziel.

—¿Quién es Zemer?

—No lo entiendes, esto es muy importante —ellos me ignoran y yo decido hacer lo mismo sentándome en la encimera y destapando mi yogurt.

—Ahilud, sé que es importante, pero hasta que no sepa el porqué de todo esto no la llevaré ante Zemer.

—¿Por qué? —exige saber Ojos Dorados.

—Porque es mi Jephin y no me da la gana.

—Bueno, en ese caso —hundo mi cucharilla en el yogur y luego agrego el cereal—… iré a hablar con Arrius.

—¿Por qué?

—Tenemos que saber si este incidente ha pasado antes.

Observo que Ojos Grises se queda en silencio.

—Puede que haya habido humanos con el poder de ver el color de ojos del que fuimos despojados por preferir vivir en el Beta.

—No lo creo.

—Escucha, yo sólo sacaré el tema a relucir. No hablaré de esto.

—Ark siempre está cerca de Arrius —el tono de Haziel es brusco—. Sabrá que mientes. Olvida el tema.

—Haziel, debe haber un por qué.

Miro de reojo que Ojos Grises se queda viendo fijamente a Ahilud y este niega con la cabeza.

—Oigan, eso de hablar mentalmente delante de otros debería ser de mala educación —opino en voz alta, pero ellos me ignoran. Nuevamente.

—Haziel, no te… —Ahilud cae de rodillas y a mí se me cae la cucharilla de las manos. Me lleno de miedo cuando la bombilla parpadea y parpadea hasta apagarse.

Doy un gritito y salto del taburete.

—¿Qué está pasando? —pregunto alarmada y me altero más cuando el suelo empieza a temblar—. ¡¿Qué está pasando?! —chillo aterrada y mi vista localiza las ventanas de la cocina gracias a la poca luz que se filtra desde afuera, gracias a las estrellas, ya que parece que no hay luna esta noche. El corto temblor desaparece dejándome aún mareada, pero consciente de que algo malo está pasando.

Escucho un murmullo constante y sin pensarlo dos veces corro hacia donde se supone que están los seres angelicales. Cuando me acerco me veo en la obligación de rodear a la figura que supongo que es Haziel.

Recorro el pasillo a ciegas y choco con una pared. Grito y cuando al fin veo las ventanas de la sala corro hacia donde debe estar la puerta. Bueno, por lo menos mi vista ya se adapta un poco a la oscuridad y puedo definir algunas cosas como los sofás.

Con el corazón a mil por hora, giro el pomo de la puerta y siento que mi corazón se detiene para luego palpitar frenéticamente cuando esta cede y se abre. Respiro hondo antes de salir corriendo como alma que lleva el diablo por el sendero. Mi zapatilla derecha me abandona y no me atrevo a detenerme por eso, sólo me concentro en sacar fuerzas de donde no tengo para seguir corriendo y encontrarme a algún humano que me ayude.

Me atrevo a mirar hacia atrás y el miedo me atrapa. Todo está oscuro, el cielo estrellado me permite ver el camino de grava, pero ¿a dónde voy? No puedo evitar sentir miedo de todo esto, sé que estoy rodeada de un bosque de pinos y hayas, pero este camino parece el de una película de terror que vi hace un par de meses con Elsie. Y todo por culpa de poder ver que Ahilud tiene los ojos de color dorado.

Mientras corro recuerdo el momento en el que Ahilud cayó de rodillas. Tengo más que claro que Haziel le hizo algo. Al parecer, que yo vea que sus ojos no son negros es una gran noticia para el Beta.

Calculo que llevo más de cinco minutos corriendo, lo que me sorprende mucho, ya que en Educación Física no corría más de cincuenta metros sin caer rendida, y juro que llevo más de quinientos metros.

Mi pie desnudo tropieza con algo y caigo hacia delante. Lo primero que me arde es la rodilla derecha, después la palma de las manos, y, por último, mi pie. Me coloco boca arriba jadeando y en busca de oxígeno. Mi corazón late tan fuerte que podría salirse de un brinco por mi boca, de hecho, creo que tengo otro corazón en la cabeza. Y en el pie.

Me pongo de pie sin importarme una mierda que esté manchando. Miro hacia atrás. Nadie. Mejor dicho, nada.

Tomo una bocanada de aire y empiezo a caminar cojeando. Algo se desliza por mi rodilla derecha y asumo que es sangre. Respiro hondo y empiezo a trotar pensando en que quizás, esta sea una oportunidad para escapar y poder salir de toda esta locura con la cual nunca estuve de acuerdo.

Cien metros más allá logro avistar una luz.

Sonrío al pensar que podré hacer una llamada a mis padres, y luego pienso en que puede que no haya teléfono allí, o puede que esas personas hablen otro idioma.

Me detengo un segundo para respirar hondo y cuando doy un paso algo aterriza frente a mí obligándome a gritar y a retroceder un par de pasos torpes hasta caer de sentada.

—¿Huyendo? —pregunta la figura que tengo delante. Entorno los ojos para darme cuenta que el tipo lleva puesto sólo unos vaqueros y juro por mi madre que tiene algo atrás.

Alas. Alas negras. ¿Por qué estas sí puedo verlas?

—¡Ayuda! —grito horrorizada y antes de que pueda respirar, tengo su mano encima de mi boca.

—Shhh… —susurra—. Yo no gritaría si fuera tú —su voz es suave y engañosa.

—Te recomiendo que alejes tus manos de esa humana —por primera vez me alegro al oír esa voz ronca y musical.

— No estás en tu territorio —se queja el tipo y retrocede conmigo a rastras hasta estar a más de diez metros de la otra figura que por supuesto es Haziel—. Creo que no puedes darme órdenes.

—¡Suéltame! —empiezo a patalear con voz estrangulada.

—No te muevas, Niamh.

Su voz en mi cabeza me paraliza. Bueno, sonó nervioso y algo en mi cabeza me dice que no debí haber salido como una loca de la cabaña.

—Esta es mi nueva adquisición —dice el tipo—. La dejaste escapar, ella está fuera de tu alcance. —Habla y frunzo el ceño.

—Ajá… ¿vas a soltarla o qué? —Haziel se cruza de brazos y yo trago duro. Este tipo me está apretando mucho.

—Supe que un ángel del Beta había adquirido una humana —habla—. Dime, ¿quién eres?

—Es interesante saber que estabas acechando a mi Jephin desde la oscuridad.

—Claro, no siempre se puede fastidiar a un ángel del Beta. Sé lo mucho que aprecian a sus humanos —murmura. Miro de reojo que las alas del ángel, en realidad, tienen un aspecto trasparente de color negro.

—Basta, Uziel.

—¿Cómo sabes mi nombre?

—Vivías en el Beta —contesta Haziel con normalidad y me falta un poco el aire cuando el brazo que rodea mi cintura se cierra más—. Es increíble lo rápido que se contaminan todos ustedes. —Sigue diciendo y el tipo ríe con malicia.

—No tienes ni una maldita idea.

—Mmm, entonces, ¿acechabas la casa sólo para capturar a mi humana?

—Sí. Te sorprenderías al saber que no soy el único. —Toso en busca de aire—. Creo que… es la primera vez que un ángel del Beta arriesga a su Jephin de esta manera. ¿No sabías que una vez que llegan al Beta no pueden bajar a la Tierra? ¿No sabes lo que un ángel caído puede hacerle? —pregunta en voz baja. Es decir, no es necesario que griten. Ellos tienen oído súper humano.

—Aire… —jadeo con el corazón acelerado.

—Quédate quieta.

¡A la mierda! ¿Qué se cree? ¡Me duele más que él me hable en mis pensamientos!

—Bien, suponiendo que ganas. ¿Qué le harás? —indaga—, ¿comértela?—se burla él y creo que farfullo una grosería.

—¡No me la comeré! —exclama Alas Negras—. ¡Voy a poseerla!

—¡¿Qué?! —grito pataleando—. ¡No! ¡Déjame!

—A callar —me apremia Alas Negras sujetándome con más fuerza.

—Cálmate.

Mi cerebro falla por un segundo, pero pude escuchar la voz de Haziel con mucha claridad. ¡Idiota! ¿Acaso no ve que este tipo me va a romper? ¡Me está apretando mucho!

—¿La poseerás? —Haziel emite una corta risita ronca.

—Sí. Hay rumores de que los humanos del Beta son especiales, por algo ustedes tienen prohibido traerlos a la Tierra.

—Bueno, creo que eso no es cierto —opina Haziel con serenidad. Y solo ahora me doy cuenta que no le importo ni un poco.

—¿Ah, no?

—No —habla—. Yo la traje a la Tierra. Si eso fuese cierto no la hubiese traído… —él se ve interrumpido por la carcajada del tal Uziel.

—Recién la llevaste al Beta, hermano. La única razón por la cual ella está aquí es porque no pudiste purificarla antes de que llegara la costumbre del mes.

Ya me tienen harta con el tema de mi "inmundicia". Cuando pienso empezar a forcejear miro de reojo que extiende sus alas.

—¡No vayas a volar! —chillo aterrada y luego empiezo a toser. Él me está apretando mucho, demonios.

—¿Cómo…?

Un segundo después, caigo hacia delante lastimándome la rodilla derecha. Chillo y el sonido del tronco de un árbol rompiéndose llama mi atención. Me giro y miro con horror como tres siluetas se revuelcan en la orilla del camino, ¿Por qué ese pino se está inclinando hacia acá?

—No… —profiero un grito mientras me pongo de pie y corro sin dejar de ver el pino que viene cayendo en mi dirección. No dejo de gritar y de correr hasta que escucho que el pino cae haciendo un ruido atronador. Miro hacia atrás y me quedo patidifusa viendo cómo otros pinos caen.

Santo Cielos. Ellos se están matando. ¿Pueden morir?

— Quédate allí, Niamh.

Por ende, doy un respingo al sentir el pinchazo en mi cerebro. Aún no me acostumbro a que él me hable de ese modo.

—No, no q-quiero, me matará—farfullo mirando a mi alrededor como una desquiciada.

¿A dónde puedo ir? Lo único que sé es que si corro hacia el frente estaré yendo de regreso a la cabaña, y si retomo el rumbo que llevaba hace minutos estaría yendo a donde supongo hay una casa, el problema es que el tronco del pino me está estorbando el camino, y... hay otros pinos cayendo. ¡Todo es un caos!

Tengo que hacer lo correcto.

CAPÍTULO 8
EL PEOR ÁNGEL DEL BETA

Haziel

Siempre tiene que haber un problema cuando estoy en la Tierra. Claro, jamás me había pasado algo tan grave, pero ahora mismo puedo afirmar que bajo presión se toman decisiones acertadas; y cabe destacar que la decisión de un ángel no es igual que la decisión de un humano. Ellos no saben nada sobre tomar decisiones.

—¡No pueden hacer eso! —grita una voz distorsionada y sujeto con fuerza al que una vez convivió en el Beta al igual que yo.

—Lo siento mucho, Uziel —jadea Ahilud acercándose con un andar afanoso.

Mi brazo hace presión alrededor del cuello de Uziel mientras que el otro está sujetando su brazo izquierdo con tanta fuerza que si se mueve podría partírselo, y eso le dolería mucho, pues puede sentir dolor desde el instante que el fuego fue sacado de él.

—Tiene dos opciones, hacer un juramento o pasar por el proceso de recuperación de piel y huesos. —Le informa y Uziel dice algo ininteligible.

—Muévete —lo apremio con voz rasposa y Ahilud saca una daga.

—¡Espera! ¡Espera! —chilla Uziel con terror. Él sabe lo que le espera si no hace el juramento—. ¿Me picarán? ¿En serio? ¡Yo era uno de ustedes! No pueden.

—A penas te hiera con esta daga sabrás por qué los humanos son cuidadosos con los cuchillos —le informa Ahilud con cierto aire malicioso.

Él tiene razón. Esa daga le pertenece a un ángel. Puede que sea de un ángel del Beta, pero puede rebanar a un ángel caído con facilidad.

—Eh… ustedes… ¿Saben cómo les llaman por aquí? —le pregunta Uziel.

—*Sólo está ahorrando tiempo, Ahilud. Empieza ahora.*

—¿Cómo nos llaman? —le dice y evito poner mala cara. Ahilud siempre ha sido un curioso de pacotilla.

Si yo estuviera en su lugar, desde hace mucho que hubiese utilizado esa daga.

—Hmm. Ángeles casi-caídos —responde con cierta burla—. ¿Acaso no es cierto? —escupe—. La diferencia entre los caídos y ustedes es que todavía conservan el color blanco en sus alas.

—Y que Dios no nos condenó. Vivimos en el Beta. No nos llegamos a las hijas del Hombre. No procreamos. No seguimos al querubín. No incitamos el mal —Ahilud enumera todo con aburrimiento—. Ah, y somos inofensivos —añade y se arrepiente al instante—: Inofensivos para los humanos —agrega.

—¡Yo tampoco sirvo al querubín! —brama Uziel intentando moverse pero yo aplico más fuerza a mi agarre—. No le sirvo a nadie. ¡A nadie! —tose y luego suelta una corta risa—. Y... ¿no se llegan a las humanas? —ríe más fuerte, pero aprieto más haciéndole toser.

—Como sea, no queremos que vayas diciéndoles a todos que tenemos una humana por estos lados.

—Lamento desilusionarlos... pero hay tres más. Puedo sentirlos, aunque estén lejos —gorgotea mi oponente y yo miro a Ahilud, el cual hace un corte en la garganta de Uziel antes de que yo parpadee.

Dejo caer el cuerpo del que una vez fue mi hermano y dos segundos después encuentro a Niamh corriendo hacia la cabaña. Bueno, al fin hace algo coherente. Ella se detiene cuando yo me atravieso en el camino.

—¡Casi me parten en dos y no hiciste nada! ¡Te odio! —exclama y me cruzo de brazos.

Mis sentidos se activan en busca de otros intrusos cerca, pero sólo percibo a Ahilud y a Uziel. Quizás éste último mintió acerca de los otros tres que también están interesados en mi Jephin, o quizás estén muy lejos.

—Volveremos a la casa —le anuncio cogiéndola del brazo.

—No quiero que uses tu rapidez sobrenatural para... —la dejo en el piso del porche de la casa antes de que ella termine de rezongar—. ¡No lo hagas, Haziel! —exclama pataleando y hago un enorme esfuerzo por no admitir que se siente bien que un humano pronuncie mi nombre.

—Tarde. —Abro la puerta—. Entra.

—¡No! Ese tipo vendrá otra vez.

—Él no te hará daño.

—¡Claro que sí!

Me quedo quieto cuando ella empieza a llorar. *Miel.* ¿Sus lágrimas sabrán igual?

—Esto es horrible. Tú no me quieres, no t-tengo porqué confiar en ti —llora limpiando sus lágrimas con desdén—. Mi vida no te importa, te desterrarán y yo…

—Entra de una buena vez —la meto a la fuerza tratando de no apretar mucho su brazo—. Tu rodilla está sangrando…

—No quiero que me toques. —Ella me aparta. Bueno, intenta apartarme, pero yo la sujeto de ambos brazos.

—No te dije que escaparas —la regaño zarandeándola—. Si te hubieses quedado en la cocina todo estaría bien.

—¡Claro que no!

—¡Claro que sí! —le grito y ella jadea—. No tenías que salir huyendo al exterior. —Ni siquiera sé por qué la barrera de poder que puse alrededor de la casa la dejó salir.

—¡Tú estabas matando a Ahilud y eso me aterró! —me acusa. Por lo menos ya ha dejado de llorar, tal vez mi enojo lo hizo. Creo que ella tenía razón aquella vez que me acusó, siempre que yo me enojo ella palidece. Y la última vez se desmayó. *Tengo que perfeccionar eso.*

—No lo estaba matando —le susurro con nerviosismo. Bueno, Ahilud tiene un excelente oído como yo, pero está ocupado.

—Sí, lo estabas matando.

—Shhh. —Le tapo la boca—. Te diré lo que estaba haciendo cuando él se haya ido.

—¿Eh?

—*Lo que le hice fue para que olvidara la cuestión de los ojos* —le digo mentalmente y ella me mira con confusión.

—¿Me estás dando explicaciones? —susurra incrédula y la miro con exasperación.

—Todo tiene un propósito.

—Bien. ¿Quién era ese tipo? —pregunta a la defensiva—. ¿Por qué dijo que iba a poseerme? ¿Qué carajo se cree? ¿Por qué no lo atacaste antes? ¡Iba a partirme!

—Agradecería que no dijeras malas palabras. —La tomo del brazo y la arrastro hacia su habitación, luego hacia su baño—. Toma una ducha. —La suelto y ella escruta el baño asegurándose que está vacío.

—Haziel… —Aprieto los dientes—. ¿Estás seguro que no vendrá? —farfulla.

—No vendrá.

—P-pero él tenía…

—Toma una ducha y hablaremos.

Salgo del baño con un extraño sentimiento. ¿Remordimiento? Pues, sí. Mañana ella tendrá muchos cardenales y yo seré el culpable. ¿Para eso la salvé? ¿Para que un caído la maltrate? Debí ser yo quien rebanara a Uziel. Y lo peor de todo es que Niamh piensa que no me importa, ¿Acaso cree que la salvé por diversión? *Yo podría responderte eso.* No, gracias. Ya sé la respuesta, y no me agrada.

En fin… no sé tratar con humanos.

—Soy el peor ángel del Beta —suelto pasándome las manos por la cabeza.

—Hey, tienes que tener más cuidado —Ahilud cierra la puerta a sus espaldas—. Uziel tenía razón, hay más caídos alrededor.

—No los sentí.

—Porque no estaban cerca, sal allá afuera y verás.

—Bien, ella no saldrá de la Luz Beta —le informo—. ¿Cómo le irá a Uziel?

—Calculo que en un mes podrá hablar, pero tardará más de cuarenta días en recuperar la totalidad de su piel. —Manotea y yo asiento—. En conclusión, para cuando pueda hablar ya estarás en paz con tu Jephin.

Hmm. Se oye fácil.

—Los caídos están rodeando la cabaña. Te dije que si usabas tu poder para rodear el sitio con el tiempo del Beta ellos encontrarían el lugar.

—¿Ellos no te vieron? —cambio de tema y él lo capta.

—Usé glamour. —Se encoje de hombros—. Procura usarlo siempre que salgas. Ahora, ¿qué crees que hará Nigel cuando sepa que su casa está rodeada de buitres?

—Nigel no volverá aquí después que yo abandone el lugar.

—¿Ah, no?

—No, él sabe que una vez que no haya nadie aquí, los caídos y los Huxell harán desastres —le explico—. Así que tengo el permiso de desaparecer el lugar antes de irme.

—Lástima, la casita está linda —murmura y luego arruga su frente—. ¿Dónde está tu camisa? —pregunta y miro mi abdomen desnudo.

—¿Dónde están tus pantalones? —bromeo y él mira hacia abajo con horror y luego respira aliviado.

No sé en qué momento perdí mi camisa. Él conserva la suya, hecha jirones y sucia, pero la conserva.

—Haziel —lo miro—, Nia advirtió lo que el caído iba a hacer antes de que nosotros le atacásemos.

Eso es algo que no puedo explicar. Mi inteligencia está empezando a defraudarme. ¿Cómo es que no sé si un humano ha podido ver lo que Niamh ve? Un humano no, desde luego que no.

—¿Crees que vio sus alas? —Ahilud baja su voz hasta un punto confidencial.

—Uziel se movió en un ángulo sospechoso, es obvio que ella pudo interpretar eso como que Uziel iba a volar —le digo con tanta normalidad que casi me lo creo.

Ahilud hace una mueca asintiendo lentamente y el alivio llega a mí. Lo que menos quiero es volver a borrar parte de su memoria, y eso es una violación en nuestra raza.

—Ahora, dime qué pasó. —Se cruza de brazos y yo me encojo de hombros—. Debe haber una razón para que decidieras borrar diez minutos de mi memoria.

—Dije algo vergonzoso —miento y él hace una mueca.

—Me tomaría ese atrevimiento con mucho enojo, pero… si tuviste que recurrir a esa opción, significa que era algo muy importante.

—Sí, es mejor que olvides el tema.

—Vale, si es por nuestro bien.

—Es por el bien de todos los que habitan en el Beta —le aseguro con seriedad y él asiente.

—Pero… No perdí el control, ¿verdad?

—No.

—Bueno, tengo que irme. —Hace un gesto de cansancio. Algo inusual en nosotros, pero considerando que peleamos con un ser del mismo calibre…

—Gracias, Ahilud. —Hago una reverencia.

—¿Quieres que venga mañana?

—No, yo iré por ti si cambió de opinión. —Él asiente y luego se va.

Creo que no iré por él durante el tiempo que me queda para arreglar todo este problema con mi Jephin rebelde.

CAPÍTULO 9
ALAS NEGRAS

Me apresuro a enjabonarme con manos temblorosas. Inhalo y exhalo repetitivamente al sentir el ardor en mis rodillas —claro está que la derecha está peor—, tengo pequeños rasguños en las palmas de mis manos y a eso puedo sumarle que tengo dificultades para respirar gracias al fuerte agarre de Alas Negras. ¿Será que me rompió una costilla? Hmm, no lo dudaría porque cuando respiro hondo siento una punzada en mi costilla izquierda. Eso es una señal, ¿no?

Miro el camisón con asco y luego hago un mohín de frustración al ver que no tengo más nada.

Salgo del baño envuelta en una toalla y casi cojeando, camino hacia la puerta y asomo mi cabeza.

—¡Haziel! —exclamo hacia el pasillo y dos segundos después él aparece. Recorre el pasillo con aire despreocupado y cuando está cerca de entrar me aparto.

—Agradecería que no exclames mi nombre —me dice entrando.

—Necesito ropa —exijo.

—¿Qué?

—¿Ropa? ¿Una camisa? ¿Pantalón? —Pongo mi cara de «¿Eres tonto o te haces?» y él suspira.

—Ya vuelvo. —Él sale de la habitación y mientras tanto, yo me coloco mis bragas y luego me siento en el borde de la cama envuelta en el edredón.

Pienso en la oportunidad que tuve de salirme de este problema y luego recuerdo que igual Haziel me hubiera encontrado. Soy tan tonta, ¿cómo no pensé que él podía encontrarme con facilidad gracias a su rapidez sobrenatural?

—Ten. —Alzo la mirada.

—¿Qué tienes con las camisas? ¿Piensas que una chica puede vestirse así? —le reclamo cruzándome de brazos. Además, supongo que la camisa es de él. Pero ni loca le preguntaré eso.

—Tenemos muchas cosas de qué hablar, así que… —Me lanza la camisa en la cabeza—. Muévete.

Respiro hondo para no soltar un insulto y luego suspiro ruidosamente. De mala gana me pongo la camiseta con mangas, el dobladillo me llega un poco más arriba de las rodillas. Genial.

Camino hacia la ventana y observo la ciudad. Aún está hundida en las tinieblas, han pasado muchas horas y aún es de noche. Haziel tenía razón, el tiempo pasa como en el Beta. Mientras que aquí pasan horas, allá afuera sólo pasan minutos.

Suspiro con cansancio y me siento en el borde de la cama mirando mi rodilla aporreada, ese rasguño durará días curándose. Aunque me he dado de cuenta que ya no sangra, creo que está sanando rápido. *Bueno, no es algo nuevo.*

Mis padres deben estar buscándome, bueno, mi madre. Mi padre está de viaje, y lo más probable es que mi madre le haya llamado como loca. En fin, ellos nunca encontrarán las pruebas que le indiquen que yo «medio morí», ellos nunca encontrarán el Camaro. Probablemente mis amigos se sientan culpables pensando en que quizás si me hubiesen dejado ir antes de la universidad yo estaría bien.

—Bien, es hora de tener una seria conversación. —Alzo la mirada y observo a Haziel recargado de la puerta con mirada grave. Olvido mis pensamientos y me centro en él tratando de no pensar en la hermosura sobrenatural que posee.

—¿Por qué le borraste la memoria a Ahilud?

—Bien, empecemos por allí si quieres. —Hace una mueca—. Le borré la memoria porque… ¿Acaso eres tan tonta? Él sentía curiosidad por lo que haces.

—Ajá, ¿y por qué tanto drama con eso? ¿Acaso nadie más ve que tus ojos son grises? En todo caso, ¿por qué serían negros?

Él resopla con exasperación y luego asiente.

—Bien, te diré —suelta—. No te diré cuándo, pero hace muchos años, cuando los que habitamos en el Beta decidimos…

—Ajá, Dios permitió que ustedes se quedaran en el Beta y ustedes eran felices hasta que Dienesterk…

—Déjame hablar —me interrumpe alzando la voz—. Hay una diferencia entre los ángeles de Dios, nosotros y los ángeles caídos.

—Asiento lentamente—. Cuando el Altísimo dejó que habitásemos en el Segundo Cielo —carraspea desviando la vista— nos quitó parte de nuestra gracia.

—¿A qué te refieres?

—No podemos llegar al Séptimo Cielo y adorar al Altísimo como si nada.

—¿Por qué no?

—Porque a pesar de que no nos condenó como hizo con Satanás y sus seguidores, sí nos arrebató ciertas cosas —farfulla—. Entre ellas —se rasca la nuca—… es decir, todos los ángeles son hermosos por el color de sus ojos, digamos que reflejan nuestro ser.

—¿Tu ser es oscuro ahora?

—No se trata de eso —suelta—. No sabes lo lindo que es tener color en nuestros ojos, tú eres humana y no lo entiendes.

—Bueno, mis ojos no son tan especiales. —Me encojo de hombros.

—Vale, te daré un ejemplo—propone—. Tus ojos son color avellana; ahora, imagínate que se vuelven completamente blancos. —Me mira con expresión de «te lo dije».

—Okey, entendí —masculло.

—Todos los que habitamos en el Beta tenemos los ojos negros.

—Espera. —Me alarmo—. ¿A qué te refieres con negros? ¿Completamente negros? —me horrorizo.

—No seas tonta, Niamh —ladra y me ofendo—. Sólo el color del iris.

—Oh.

—Como sea, ya casi había olvidado que una vez tuve los ojos grises —masculla y chasquea la lengua—. Ahora son negros para todas las razas, bien sean humanos, bien sea ángeles, demonios.

—Pero, yo los veo grises —musito—. Gris claro, gris oscuro. Creo que la tonalidad cambia según tu humor, ¿no? —él me mira fijamente.

—¿En serio los tengo grises?

—Haziel, ¿ni siquiera Dios los ve como son en realidad? —pregunto con suavidad.

—Tengo miles años sin ver a mi Creador. —Él baja la mirada como avergonzado—. Solía revolotear cerca del trono, solía adorar junto con los demás ángeles en mi turno, solía… solía hacer muchas cosas que no puedo decirte —dice con nostalgia y me muerdo el labio.

Vale, lo diré. Él parece tierno en estos momentos.

—Pero luego empecé a rondar los demás Cielos, y el Segundo estaba habitado por otros ángeles condenados. Después que los sacaran de allí, un grupo de ángeles se encargó de embellecer el lugar —me explica—. Yo estaba en la misión, cuando terminamos amé el Beta. Allí no había algo específico que hacer, cualquier ser angelical podía ir y simplemente… estar allí. Luego, pasaba más tiempo allí que en otro lugar. Hacía mucho que Satanael había caído, sin embargo, se presentaba ante el Creador.

—¿Como lo dice en Job? —interrumpo y el asiente.

—Exactamente. Miles de años después él nos acusaba alegando que no servíamos al Creador. Quizás, de tanto insistir el Altísimo se cansó de las acusaciones de Satanael y nos dio a elegir.

—¿Por qué eso no está ni siquiera en un libro apócrifo? —pregunto ceñuda.

—Hay cosas que simplemente no deben salir a la luz.

—Oh, bien —musito.

—Dios sabía qué había en nuestro corazón, Él sabía que nosotros no teníamos odio ni envidia. —Después de varios segundos de silencio se encoje de hombros—. Así que, simplemente nos dejó en el Beta. Pero, sin derecho a tomarnos algunas de las atribuciones que teníamos antes.

—Y como señal, todos ustedes tienen los ojos oscuros. —concluyo.

—Los únicos ángeles con ojos negros son los del Beta y los ángeles caídos —dice—. Por eso se nos reconoce con facilidad. De hecho, entre los humanos, sólo el uno por ciento de la población mundial tiene los ojos negros.

—¿Pasa lo mismo con ustedes, no? —indago y él sonríe.

—Quizás.

—Ya entendí por qué tienen sus ojos oscuros, pero lo que no entiendo es por qué yo nos los veo así —digo lo último casi refunfuñando.

—Eso no lo sé —responde mirándome fijamente—, no hay antecedentes de eso. Ningún humano del Beta ha tenido esa rareza.

—¿Los humanos de la Tierra sí pueden?

—Nadie puede. Sólo Dios.

—Pero yo no soy Dios y puedo verlo —digo con odiosidad.

—No te preocupes, sabré pronto el por qué. —Respira—. Ahora, es bueno que sepas que cuando estemos en el Beta harás como si todos tuviésemos…

—Los ojos negros —completo su oración con aburrimiento.

—Aprendes rápido.

—Gracias —alardeo—. Lo supe desde que le borraste la memoria a Ahilud. Pensaría que me estás protegiendo, pero sé que sólo te proteges a ti mismo.

Él sólo me mira.

—Quiero saber otra cosa —dice hiriendo mis sentimientos al no desmentir lo que dije.

En serio no me quiere. ¡Se siente feo! ¿Por qué no me salvó alguien como Ahilud? Es más que obvio que éste no me quiere, y no me atrevo a preguntarle de nuevo por qué me salvó, no quiero que me diga que por lástima o algo peor. Por Dios, yo sí tengo sentimientos.

—Uziel es un ángel caído —me informa y lo miro confundida—. El por qué te quería, no lo sé.

—¿Te hacías el sordo o qué? —ladro—. Él quería poseerme.

—Buen punto —asiente—. Lo que me lleva a una hipótesis que no sabía, y que posiblemente mis compañeros del Beta no saben.

—¿Cuál?

—Los humanos que llegan al Beta son revestidos de cierta fortaleza —contesta—. Por lo cual, los caídos piensan en poseer sus cuerpos.

—¿Qué? ¿Cómo?

—No te hagas, sabes que muchos ángeles estuvieron con humanas.

—¿Ellos tienen que poseer un humano para poder...? —dejo la pregunta en el aire y él parece fastidiado.

—¿Qué se necesita para procrear? —pregunta con aburrimiento y no respondo—. Por Dios, eso lo dan en las clases de Biología —espeta.

—No entendí tu pregunta —digo con enojo—. Lo que se necesita es un... un órgano reproductor femenino y un...

—Sí, un pene y una vagina —suelta y yo me sonrojo como una idiota—. Pero yo hablo de los espermatozoides y los óvulos.

—¿No tienes espermatozoides? —pregunto sorprendida—. Wow, no sabía eso.

—Nosotros no fuimos creados para procrear —rezonga—. Por eso antes de caer los ángeles poseyeron cuerpos, de una manera u otra ellos lograron tener bebés de esa forma —agrega.

—Oh.

—Las probabilidades de procrear son muy escasas —dice.

—Oh —repito.

—Es bueno que sepas que eso sólo se podía hacer cuando tenían gracia. Es decir, antes de caer.

—¿O sea que, un ángel caído no puede procrear?

—No.

—¿Entonces, para qué…?

—Idiotas —concluye y yo asiento—. Aún piensan que pueden. Son tan tontos que poseen humanos. —Él debe ver la confusión en mi rostro porque sigue explicando—. No pienses que cuando hablo de poseer es que a los humanos se les distorsiona la voz y se le ponen los ojos blancos y todas esas locuras.

—¿Ah, no?

—No. Los ángeles caídos son una cosa y los demonios otra.

—¿Qué? —frunzo el ceño—. Siempre he pensado que son lo mismo.

—Los ángeles caídos tienen forma humana. Puedes tocarlos, golpearlos, respiran, tosen. —Se encoje de hombros—. Algunos conservan sus alas. Negras, pero las conservan. En cambio, los demonios son también ángeles caídos, pero existe una gran diferencia y por eso se les llama demonios.

—¿Por qué?

—Porque nos los puedes ver.

—Son seres espirituales —musito.

—Excelente. Entiendes rápido —Hace una reverencia con su cabeza y yo alzo una ceja—. Hay demonios que pueden materializarse, pero no por mucho tiempo.

—¿Así como un humano?

—Ajá, pero para que sepas diferenciar entre un demonio un humano debes saber que sus ojos no tienen vida.

—Guardado. —Me toco la sien.

—Los demonios no tienen alas propias, simplemente te hacen creer que las tienen —sigue diciendo—. Algunos caídos sí las tienen, pero parecen transparentes, los humanos no pueden verlas.

—Espera, ¿ningún humano puede verlas? —indago y él sacude la cabeza—. ¿Ni un humano del Beta?

—No.

—¿Así como no puedo ver las tuyas? —sigo curioseando.

—Las mías podrás verlas en el Beta.

—¿Qué? ¿De verdad? —me emociono.

—Sí, pero las de los caídos simplemente no puedes verlas. Jamás.

—¿Por qué?

—Porque son materia espiritual —me explica.

—¿Tú sí las ves?

—Sí.

Me quedo callada. Sólo mirándolo fijamente sin nada que decir, pero pensando en que soy muy extraña. Demasiada extraña.

No sé si es buena idea decirle que pude ver las alas de Uziel.

—Pudiste ver las alas del caído. —La afirmación de Haziel me hace alzar las cejas.

—¿Cómo supiste? ¡Dijiste que no podías leer mis pensamientos! —refunfuño y él parece enojado y fastidiado.

—¿Pudiste verlas? —pregunta con dureza y luego se pasa las manos por la cabeza.

—Y-yo —trago—… no sé cómo. Es decir, yo… —Él empuña las manos y me da la espalda—. ¿Vas a matarme porque soy rara? —jadeo sintiendo cómo mis oídos se tapan.

—No. Hables. Más. Niamh —gruñe sin girarse.

—Yo no tengo la culpa de ver. —Mi espalda cae en el colchón y cierro los ojos.

—No sé qué está pasando. No sé por qué tú puedes hacer estas cosas, no entiendo por qué tú puedes ver lo que se supone que no puedes. Nadie puede.

—Haz... —ronroneo sumiéndome en la inconsciencia.

Abro mis ojos y observo con extrañeza un cuadro abstracto en la pared.

—Ay… —me quejo tocando mi cabeza y al instante la puerta se abre.

Haziel entra sin molestarse en cerrar la puerta. Camina hacia mí con gesto serio, al parecer estaba esperando que yo despertara para terminar de exterminarme.

Creo que esto se le está saliendo de las manos. No puede seguir enojándose y haciéndome daño. Bueno, ¿para qué reclamarle? Mi destino ya está escrito.

—Volviste a hacerlo —chasqueo la lengua. Tengo sed.

—No fui consciente de lo que te estaba haciendo —dice rápidamente—. No pensé que ibas a desmayarte nuevamente —traga y yo llevo mis manos a mis oídos. Me sorprendo al ver que hay algodón en ellos—. —No sé por qué sigo haciéndote daño, pero esta vez creo que… —él no termina la frase y yo me saco los tapones de algodón y los observo. Sólo tienen un leve rastro de sangre.

—¿Te enojaste porque yo vi las alas del ángel caído? —susurro ceñuda.

—No es eso —dice con suavidad y puedo ver un pequeño rastro de angustia en su expresión—. Y fue mala idea recordarme eso. —Se pasa las manos por la cabeza y yo me agito de sólo pensar que puede volver a hacerme daño.

—Oye, respira hondo —le ruego—. No te enojes, no te alteres…

—¿Lo estoy haciendo de nuevo? —pregunta con leve preocupación. Al ver su expresión parpadeo con incredulidad.

Bien.

—No, sólo temí que lo hicieras —musito desviando la vista—. Como sea, si quieres puedes borrarme la memoria. Así no volveré a mencionar lo del… eso.

—¿Quieres que te borre la memoria?

—Sí —lo miro—. De esa forma no recordaré lo del caído y no te enojaras y no me harás daño —él retrocede un paso como si yo le hubiese empujado.

—No te hago daño a propósito, Niamh —dice y aprieto los dientes. Bueno, de sus labios mi nombre no se oye tan mal.

—Como sea, al final —suspiro con cansancio— sólo soy una simple humana. —Me encojo de hombros—. En unas semanas estaré en el infierno.

—No irás al infierno —asegura interrumpiéndome y yo pongo los ojos en blanco—. Y no me voltees los ojos —agrega con dureza y lo ignoro.

—Tus órdenes me dan igual, ya lo sabes —murmuro acostándome.

—No deberían.

—Oh, lo siento. —Me incorporo de golpe—. No te enojes, por favor —le ruego y él aparta la mirada.

—No soy un desalmado, Niamh.

—Me hiciste sangrar por los oídos —musito y luego alzo la mirada para encontrarme con una expresión arrepentida casi adolorida.

¿Cómo alguien puede tener una expresión dura y fría y luego triste y arrepentida?

—Emm, bueno… —Trago—. No lo dije en serio —mascullo apenada.

—No te disculpes.

Lo sé. Soy mala disculpándome, es sólo que me cuesta disculparme cuando hiero a una persona. No me gusta hacer eso, de hecho, con él es diferente. Pienso que lo he insultado mucho, pero él nunca había puesto una cara de «valgo menos que la mierda».

—Es decir, yo… —exhalo—. Olvídalo. —Vuelvo a acostarme.

Hago pucheros al recordar que todo esto es culpa mía. Es decir, ¿Quién no obedeció a sus padres y salió en el Camaro? Yo. La hija testaruda de Noah Browne. Bueno en todo caso mi hermano también es testarudo, quizás más que yo, pero por lo menos él tiene su propio carro y me imagino que no tiene que verse en la obligación de estacionarse cada vez que llueve porque su papá tiene sueños extrañamente proféticos.

En fin, si hubiese sido una hija prudente ahora mismo estuviese… ¿Qué estuviese haciendo?

—Niamh —Me sobresalto al oír mi nombre.

—¿Haziel? —Me incorporo—. Pensé que te habías ido. ¿Por qué sigues aquí?

—¿Me tienes miedo, verdad? —indaga y yo sólo lo miro.

—Emm… debería, ¿no? —le digo con dudas y él suspira como si estuviera enojado.

Oh, allí viene otra vez.

—Debe haber una forma de no lastimarte cuando yo me enoje —dice—. Porque es más que obvio que estando contigo viviré enojado.

—Lo estás haciendo… —jadeo sacudiendo la cabeza.

—Oh, Dios —murmura acercándose—. No sé cómo lo hago. —Se sienta en el borde de la cama y se inclina hacia delante en un gesto de concentración—. Vamos, Haziel… tranquilízate —se ordena a sí mismo.

—Hey, tampoco hagas drama —digo recostándome del cabecero—. Haremos un trato. —Respiro hondo y cuando la pesadez se aleja toso dos veces—. Yo trataré de no hacerte enojar y tú harás lo mismo.

—Eso no suena como un trato. —Gira un poco su cabeza para verme.

—Bueno, yo quiero conservar mi salud y si para lograr eso tengo que contarte chistes, pues, lo haré. —Alzo la barbilla y él sonríe.

—Entendido. —Se cruza de brazos—. Empieza.

—¿Qué? —Frunzo el ceño.

—Dime un chiste —dice y yo trago duro.

—Es que… —Miro mis manos—. No soy buena en eso. ¿No notaste mi sarcasmo?

—Por eso lo dije.

—No seas tonto —rio y él frunce levemente el ceño.

—Sigue riendo.

—¿Ah?

—Sigue riendo —repite—. No sé qué aroma despides cuando ríes. Así que sigue riendo hasta que lo averigüe.

—No haré eso —mascullo sonrojándome. Él respira hondo y luego asiente.

—Bien. Debo dejarte sola. —Se pone de pie.

—¿Vas a salir? —pregunto con nerviosismo y él me mira con los ojos entornados—. No pude decirlo la otra vez, pero —carraspeo— es bueno que sepas que le tengo miedo… es decir, yo tengo miedo de estar sola aquí. Estaría mejor si me dijeras que permanecerás en la casa —exhalo y me doy cuenta que tengo mis manos unidas y apretadas.

—Permaneceré en la casa. Sólo me iré de tu habitación —me dice y asiento. Él camina hacia la puerta y yo respiro hondo.

—Haziel —lo llamo. Él se gira y yo me armo de valor—. ¿Crees que soy rara?

—¿Qué? —él se confunde.

—Yo puedo ver cosas que otros tienen prohibido —balbuceo—. No sé qué consecuencias trae eso, pero estoy confundida. No puedo ser la primera que puede hacer eso, debe haber…

—Nunca supe de algo similar —me corta—. Pero sé quién puede facilitarme esa información. El problema es que sospechen algo.

—¿Por qué no arriesgarte? —indago—. Tengo miedo de lo que puedan hacerme o qué sé yo, pero tú no me quieres, ¿por qué no arriesgarte? —repito—. Sólo soy una humana.

—No eres sólo una humana —me aclara—. Eres mi humana —enfatiza la frase—. Tal vez no te quiera como se debe, pero no puedo soportar que… —no termina la frase.

—Dilo. Vamos.

Él aprieta su mandíbula y traga.

—Te heriré, eres inteligente y entenderás lo que quiero decir.

—Dilo, ya.

—No podré soportar que la primera humana que adquiero sea motivo de discordia en el Beta —confiesa y asiento—. Sería muy vergonzoso.

—No estaba tan lejos de la respuesta —hablo fingiendo normalidad.

Bien. Ya lo tienes claro. Le importas un pepino, ahora no sentirás remordimientos con lo que puedas ocasionarle en un futuro. ¿Quién va a hacer que lo destierren, pero no se sentirá culpable? Yo. Niamh Browne.

—Sé cómo debes estar —murmuro.

—Bueno, no creo que te afecte saber que temo que por tu culpa yo sea avergonzado en los Siete Cielos.

—Entendí, no te preocupes.

Silencio.

—Quiero comer galletas de coco —le digo chasqueando la lengua—. También se me antoja una pizza. Quizás sí te deje salir en busca de eso.

—Bien —él asiente algo confuso y sale de la habitación.

Cinco minutos después salgo de la cama y recorro el pasillo. Corroboro que él no está en la casa y me dirijo a la puerta principal.

Apago la luz de la sala y luego con manos temblorosas agarro el pomo de la puerta y lo giro. Suelto el aire por la boca y abro la puerta. Instantáneamente la brisa mueve los mechones que se me escapan de la coleta y siento que mi corazón se acelera más.

Duda resuelta.

—Soy extraña.

Bien.

Entonces, sí puedo llevar a cabo mi plan. Pienso huir a pesar de que él aún no ha me respondido algunas incógnitas —que no he preguntado—, pero a las que me he encargado de buscarle las posibles respuestas. Puede que estén erradas o qué sé yo, pero tampoco quiero quedarme aquí para preguntárselas. Con saber que él no me tiene estima es suficiente, ¿o tal vez él debería saber que el sentimiento es mutuo?

Él sabe que no hay solución, y lo único que le importa es que yo no lo avergüence.

—Vamos, Nia —me animo al ver que sólo tengo puesta una camisa gris de Haziel. Bueno, por lo menos tengo el cabello limpio. Aún no se me han hecho los cardenales por lo cual… deduzco que desde que me desmayé hasta que me desperté no ha pasado más de media hora. Así que, no parezco una loca. Cualquiera puede brindarme su ayuda, ¿no? Sólo tengo que controlar mis dolores de costillas y el de mi rodilla. *Ni hablar del pie.*

Recorro el pasillo con rapidez y entro a la cocina. Empiezo una intensa búsqueda de algo filoso o puntiagudo, pero como lo sospeché, Haziel se deshizo de todo eso.

Salgo de la cocina y antes de cruzar hacia la sala observo la habitación de huéspedes y me dirijo hacia allá. Nunca intenté abrir esa puerta, en todo caso… ¿por qué no lo hice? Creo que sólo ahora me he dado de cuenta que no he tenido tiempo de nada.

Giro el pomo y asomo mi cabeza, observo que la habitación sólo tiene una cama pequeña y muchos trastes viejos. Entro al ver que tiene una ventana, muevo las cortinas y frunzo el ceño al ver que el cristal está oscuro, intento abrirla, pero es imposible.

—Gracias, Haziel —refunfuño con sarcasmo y empiezo a mover y a revisar cada mueble en busca de algo que pueda hacer daño.

Todo el lugar está lleno de polvo. Sin embargo, algo llama mi atención después de mover un gran cuadro que se encuentra recargado de un armario y una pequeña biblioteca. Hay un pequeño mueble en medio de estos dos, lo raro es que… no parece tener polvo, lo que indica que fue limpiado o pulido no hace mucho.

Me acerco con curiosidad y abro las gavetas una a una sin encontrar nada valioso. Al llegar a la última dudo, pero luego la abro con brusquedad.

—Woah —alzo las cejas al ver una daga. ¡Bingo!

¿Será de Haziel? ¿O será del dueño de la casa?

Observo que en la gaveta sólo hay hojas de papel, cojo algunas, pero las dejo en su lugar al ver que están escritas en otro idioma; árabe o… algo similar. También hay varios bolígrafos y la valiosa daga que se encuentra en el fondo.

Meto la mano en la gaveta y respiro hondo antes de sentir el metal en mis manos y frunzo levemente el ceño al notar lo liviana que es. La hoja está tallada, tiene runas por ambos lados, y tengo que decirlo: es hermosa, las runas son líneas curvas. Entorno más los ojos y noto que en realidad no son runas sino una escritura en otro idioma, no parece árabe, ni hebreo, ni japonés, ni nada; lo que me lleva a concluir que son letras angelicales. *Estoy sosteniendo una obra tallada por un ángel.*

Supéralo, Nia. No es la gran cosa. *Sí, claro.*

—Bueno, supongo que hará más daño que los cuchillos de plástico que hay en la cocina —me digo saliendo de la habitación. Haziel se encargó de deshacerse de todo lo puntiagudo y filoso de la casa. *Como si me fuese a suicidar.*

Camino hacia la sala con pasos rápidos y luego me dirijo hacia la puerta principal. Agarro el pomo y me doy cuenta que no es buena idea tener la daga al aire libre. En todo caso, ¿dónde la escondo? Sólo llevo esta camisa puesta y mis bragas, nada más.

Exhalo con exasperación.

Tendré que esperar otro momento. Ahora no puedo hacerlo, me quedé corta de tiempo, o tal vez tenga mucho miedo de ser capturada in fraganti.

Eso es, tengo miedo de que no me salga bien el plan y Haziel me estrangule.

Quizás pueda pedir alguna cosa que Haziel tenga que esperar para que esté lista, una pizza parece suficiente, pero no debo fiarme, él es un ángel veloz y lo que menos quiero es que me descubra.

Necesito media hora para llegar a la casa que vi a quinientos metros de aquí, lo haré caminando esta vez, con tranquilidad, no quiero que algún ángel caído me perciba y me haga daño. *Y tampoco es que pueda correr cojeando.* Aunque si uno de esos ángeles caídos me quiere poseer estoy segura que no lo hará en el instante en que me capture, así que tengo algo de esperanza para escapar de alguno de ellos también.

Sólo tengo que ser cuidadosa. Por ahora, guardaré la daga, sólo espero que no sea de Haziel.

—Tonta, sólo déjala en su lugar y luego vas por ella —me regañó.

Bien.

¿Qué pediré cuándo él venga con la pizza?

Hamburguesa y un batido. Puede que también pida algo como los tacos que hacen especialmente en Tijuana. *O quizás le dé otra oportunidad.*

Él dijo que eras inteligente, Nia. Piensa. Piensa. Piensa.

CAPÍTULO 10
REMORDIMIENTOS

Haziel me observa mientras termino de comerme el segundo pedazo de pizza. Sin dudarlo agarro otro y evito establecer contacto visual entre el ángel y yo. *Cabe destacar que no es fácil.*

Desde que llegó he tratado de no pensar en nada que él pueda percibir a través de mi aroma. Joder, ese don de él es un gran problema. Ni siquiera sé qué aroma tiene cada una de mis emociones —sólo mi enojo—, y hasta he llegado a pensar que él esté mintiendo y sólo quiera intimidarme. En ese caso ¿por qué lo haría?

—¿Te gusta esa comida? —pregunta él sacándome de mis profundas cavilaciones.

—Sí —respondo con la boca llena y él apoya su tobillo sobre la rodilla de su pierna contraria y ladea su cabeza. *Una postura sexy, sin dudas.*

—En el Beta no comerás eso —me informa y yo me encojo de hombros.

Me concentro en comerme mi pedazo de pizza sin molestarme en mirarlo fijamente. Él se encuentra sentado en una silla de madera en el rincón. Tiene la misma ropa, y juro que parece cansado. Desde aquí sus ojos se ven oscuros, me atrevería a decir que parecen negros, pero es sólo la iluminación.

—¿Ibas a la universidad? —pregunta y alzo la mirada.

—¿Eh?

—Quiero saber qué hacías antes de tener el accidente con tu automóvil.

Frunzo el ceño y luego trago el bocado. Cojo otro pedazo de pizza y suspiro.

—Estaba en la universidad —musito y recuerdo con melancolía el pastel que mis amigos…

No vayas a llorar, Nia.

—¿Qué estudiabas?

—Idiomas Modernos —contesto y le doy un mordisco a mi pizza.

—¿Tienes hermanos? —Asiento y él hace una mueca esperando a que yo trague.

—Tengo un hermano mayor —hablo—. Se llama Jack. Le pusieron así por mi madre, ella se llama Jacqueline —agrego.

—Si mal no recuerdo, te desviaste de la carretera porque ibas a estacionarte a la orilla —dice y lo miro—. ¿Por qué?

—¿Estabas viéndome desde entonces? —alzo la voz—. ¿Por qué no simplemente quitaste lo que sea que se haya atravesado en la carretera y ya? —le reclamo y él parece ponerse un poco nervioso.

—Niamh, sólo responde. ¿Por qué ibas a estacionarte?

Es cierto, ¿Por qué reclamar algo que ya no tiene solución?

—Estaba lloviendo —contesto de mala gana y lanzo la mitad del pedazo de pizza en la caja—. Mi madre me había llamado para regañarme y recordarme que no debía manejar el Camaro si estaba lloviendo.

—¿Por qué?

—Porque mi padre había tenido sueños raros. —Me encojo de hombros y él me mira esperando que le diga más—. En sus sueños, veía que estaba lloviendo y que el Camaro derrapaba. Él había salido de viaje y yo lo convencí para que me dejara usar el Camaro, pero me hizo jurarle que no iba a conducirlo si llovía.

—¿Por qué no le hiciste caso?

—Se supone que iba a salir rápido de la universidad y luego llegaría a casa antes de que lloviera —balbuceo acomodándome un mechón de cabello por detrás de la oreja—. Y así iba a ser, pero… tuve que ir a la cafetería con mis amigos y eso me retrasó.

—¿Por qué?

—Porque mis amigos son muy… —busco la palabra y no la encuentro—. Ellos querían cantarme cumpleaños y tuve que ir a la cafetería. Luego salí de la cafetería, pero había empezado a llover cuando salí de la universidad.

—¿Estabas cumpliendo años?

—Sí —espeto y cojo la lata de Coca-Cola de la mesita de noche—. Es horrible desaparecer el día de tu cumpleaños, y más sabiendo que es el primero que pasas sin tu papá y probablemente él se esté sintiendo mal.

—¿Dónde estaba tu padre?

—De viaje —refunfuño—. Él no quería ir, pues siempre había estado en mis cumpleaños, pero... era muy importante ese viaje. —Recuerdo que me enojé con él, de hecho.

Oh, papá. Espero que no te estés sintiendo culpable ni nada parecido.

—¿Tú papá siempre tiene sueños proféticos? —indaga y lo miro ceñuda.

—¿Sueños proféticos? —repito.

—Fue un sueño profético —afirma colocando el pie que tenía apoyado en su rodilla contraria en el piso—. Fue una advertencia, Niamh. —La seriedad impregna su voz—. Le estaban advirtiendo todo esto.

—Espera —respiro hondo—... ¿estás diciéndome que le advirtieron que tú ibas a...?

—Le advirtieron que tendrías un accidente en el Camaro —me interrumpe y veo que está mirando hacia otro lado—. Otra pregunta. —Me mira—. ¿Aparecías tú en sus sueños?

—Emm —lo pienso—... en realidad nunca le pregunté, él sólo hacía el comentario acerca de sus sueños.

—¿Cuántos sueños tuvo?

—No lo sé, creo que tres.

—¿Desde cuándo él tenía esos sueños?

Su ronda de preguntas rápidas parece estar fundiéndome el cerebro.

—Desde hace un mes o quizás menos. No lo sé.

—¿Por qué no te lo tomaste más en serio? —Se pone de pie.

—Hey, cálmate —le advierto y él respira hondo—. Sólo ahora vengo a darme cuenta que realmente sus sueños eran una advertencia —suspiro con exasperación—. Debí haber hecho caso. —Me golpeo la cabeza con el dedo índice.

—Cuando algo está escrito en el destino de alguien simplemente pasa.

—¿Eh? —lo miro—. ¿Estás diciéndome que yo tenía que terminar junto a ti?

—Puede que sí —murmura.

—¿Quién va a querer que tú y yo nos juntemos eternamente? —Él me mira—. Es decir, cuando dije juntar en realidad quise decir que...

—Entendí —me corta y trato de controlar el sonrojo de mis mejillas—. Jamás me tomaría lo de «juntarse» como aparearse.

—Jamás quise decir eso —digo ofendida—. De todas formas, gracias por recordarme que no me aparearé con nadie. —Miro hacia la pared.

—¿Querías aparearte con alguien? —pregunta en un tono más alto.

—Ya, déjame en paz —me enfurruño.

—Es importante que me lo digas.

—Eso no te incumbe —espeto—. En todo caso —lo miro—, pues, sí. Hubiese sido interesante saber... —carraspeo— eso.

—¿El qué? —nos miramos fijamente y yo entorno mis ojos. ¿En serio quiere que lo diga? Bien, ¿qué más da?

—Elsie siempre hacía comentarios acerca de sus —busco la palabra—... encuentros sexuales, ya sabes —trago desviando la vista—, ella siempre ha sido sincera y me ha confiado todo sobre sí misma, por lo cual no le era difícil decirme si su novio lo hacía bien o lo hacía mal. Además, yo disfrutaba riéndome de sus locuras.

—¿Pero?

—Blay también opinaba acerca de su esposa, según él, ella era una experta en la cama y todo eso. —Continúo ignorándolo—. Evan era más reservado. Luego estoy yo —resoplo—. La virgen del grupo. Bueno, la eterna virgen ahora. —Hago una mueca—. Tampoco es que me hubiese interesado mucho acostarme con un chico, supongo que —me encojo de hombros—... no era el momento adecuado. —Lo miro—. Nunca tendré el momento adecuado.

—¿Cuándo pensabas que era el momento adecuado?

—No lo sé, ¿a los veintidós? ¿Treinta años? —Le resto importancia—. No se trata de fijarse una fecha sino de... encontrar a la persona que de verdad merezca ser el primero. Supongo que no tuve tiempo de encontrarlo.

—¿Siquiera lo buscaste?

—No lo estaba buscando de todas formas —suspiro—. Los comentarios acerca de «la primera vez duele demasiado» no me daban mucho ánimo.

—Bueno, ¿por qué no le pediste consejo a tu amiga se-lo-cuento-todo-y-sin-restricciones?

—Por Dios, Haziel —manoteo—, Elsie era como mi hermana. Ella no tenía hermanas con quién hablar, es hija única, y supongo que se sentía bien diciéndomelo. Blay lo hacía para alardear delante de Evan. —Bufo—. Y ella tampoco me animaba mucho —confieso con pena—. Hace tres meses fue que perdió su virginidad y aún sigue con ese chico, y... —cierro la boca de golpe.

¡Era un secreto! Oh, demonios, se lo juré por el meñique; no me imagino el drama de Elsie si algún día se llegase a enterar de que le conté esto a alguien.

—En fin, ella dijo que sí duele —digo casi gimoteando—. Y yo no estaba interesada en experimentar ese dolor con cualquier pelele. Quería encontrar la persona que de verdad... —supiera hacer las cosas.

—Mmm.

Lo miro y encuentro algo de curiosidad en su expresión, quizás algo de seriedad también. Es como si estuviese pensando en darme un consejo o quedarse callado.

—¿Tú que piensas? —le pregunto y él frunce el ceño—. Sé que eres virgen y me entiendes. Hubieses hecho lo mismo que yo —digo con algo de burla y él se inclina hacia delante colocando sus codos en sus rodillas y luego lleva su rostro a sus manos—. ¿Qué pasa? —pregunto ceñuda y luego escucho un jadeo—. ¿Te estás riendo?

Él niega con la cabeza, pero el leve movimiento de sus hombros me indica que...

—¡Te estás riendo! —lo acuso indignada—. Te estoy contando algo personal porque me queda claro que no tendré alguien más con quien conversar, pero tú te echas a reír. —Me cruzo de brazos y él quita sus manos de la cara.

Efectivamente.

Sus ojos están brillantes y está sonriendo.

—¿Qué te hizo reír? —pregunto.

—Dijiste que soy virgen.

—Oh —mi semblante enojado cambia a apenado.

Es cierto, él me dijo que no fue creado para procrearse. ¿Por qué no soy más tonta?

—Pero, igual eres virgen —espeto —. Que no hayas sido creado para procrear no significa que ni siquiera pueda llamarte virgen.

—Hasta cierto punto estás en lo correcto, pero hay algo en lo que estás equivocada.

—Yo...

—Primero, eres muy inteligente al querer esperar el momento adecuado, si la mayoría de las humanas jóvenes pensaran de esa forma no habría tanta sobrepoblación —opina.

—Da igual —me encojo de hombros—. Ese momento adecuado nunca llegó ni llegará. —Hago una mueca de tristeza—. O puede que sí haya llegado, pero que yo no desperté pasiones... —decido callarme.

—¿Por qué no ibas a despertar pasiones?

—Bueno, nunca recibí un comentario como «Hey, Nia, quisiera averiguar que hay debajo de tus bragas». —Él ríe y yo sonrío—. Así le dijeron una vez a Elsie. Deberías escuchar los demás piropos, son más atrevidos. El caso es que no me hubiese gustado escuchar esos piropos. —mis ex novios sabían cómo era yo, y supongo que… supieron cómo «enamorarme» sin ser tan pervertidos.

—Bueno, cuando te quité la ropa que traías el día del accidente te vi completamente desnuda —dice él y me sonrojo.

Recuerda que no debes sonrojarte. Él no tiene deseos carnales, imagina que él es Elsie.

Bien.

No será fácil.

—Y eres una humana hermosa, no tienes nada de qué acomplejarte. —Lo miro con cierta timidez y respiro hondo.

Posible traducción si él no fuera un ángel: sí despiertas pasiones.

—Gracias.

—Siento mucho haberte quitado el privilegio de amar, de casarte, de tener relaciones sexuales, de tener…

—Vale, haz la lista corta —lo interrumpo y sonríe.

—Yo no planeé esto —continua—. Quizás sí debiste hacerles caso a tus padres.

—Quizás. —Hago una mueca de tristeza.

—Está claro que no fuiste destinada a ser una Jephin, por lo menos no para mí, tú eres todo lo contrario a lo que se quiere. Si fueses diferente quizás fuese más fácil para mí, pero no.

No entiendo su afán en decir cosas hirientes así como si nada.

—Tengo que ir al Beta. —Alzo la mirada al oír eso—. No quiero que temas, no te pasará nada —me asegura con cierta perturbación. *Yo diría que son nervios con un matiz de preocupación.*

—¿Qué? ¿Por qué?

—Estarás bien aquí, volveré en un par de horas —me informa y trato de controlar mi emoción—. En la cocina hay comida. En esa bolsa que traje hay ropa. —señala hacia la peinadora y frunzo el ceño. ¿Cuándo la trajo? Bueno, quizás yo sea muy despistada—. Es necesario que te recuerde que no puedes salir, y no sentiré culpa cuando intentes abrir la puerta y termines con una descarga eléctrica.

No sentirá culpa de mi dolor.

Genial.

—No te matará, pero te dolerá. —Camina hacia la puerta.

—¿Por qué pude salir al exterior cuando estabas matando a Ahilud?

—No lo estaba matando.

—Bueno, como sea. ¿Por qué sí pude salir?

—Porque lo permití.

—Explícate —exijo.

—Hay una barrera de poder. Eso es todo.

—¿La barrera se quitó cuando estabas borrándole la memoria a Ahilud? —Entrecierro los ojos.

—Sí.

—Bien, no estoy loca. —Manoteo con desdén—. Además, ¿por qué querría escapar? No quiero que un caído me posea.

—Eso no pasará jamás —me interrumpe y lo miro ceñuda.

—Claro, no te conviene —murmuro.

—Lo siento, Niamh, yo no planeé esto —dice para luego dejarme sola en la habitación.

Perfecto. En cierto modo se sintió bien hablar con él de algo donde no mencionó que soy un estorbo. Lo único malo fue mencionar lo de Elsie, no soy del tipo de amigas que no guardan secretos. Además, no volveré a verla y Haziel no le dirá a nadie.

Yo no planeé esto.

Sí claro. Yo sé que no. Yo tampoco lo planeé.

Es ahora o nunca.

Rápidamente vacío el contenido de la bolsa en la cama, dos pantalones de chándal del mismo modelo y en el mismo color negro. Observo el par de camisas negras, ¿Qué con el negro? ¿Por qué él sí puede usar el blanco?

Miro el pantalón de chándal de color negro con aprobación, es una talla más grande, pero es mejor que usar camisones. Me coloco una camisa y me halo los cabellos al notar que es dos tallas más grande que mi talla usual.

—Dios, ¿por qué no me tomó las medidas? —refunfuño metiendo los pedazos de pizza envueltos en servilletas en la bolsa.

Suspiro nerviosa y observo la habitación antes de salir cerrando la puerta con más fuerza de lo que quería. Recorro el pasillo y me dirijo hacia la sala tomando grandes bocanadas de aire. Bueno, ¿para qué llevarme esta bolsa? Llegaré a esa casa a pedir ayuda y no será necesario llevar ropa ni comida. De hecho, se verá más creíble mi «secuestro», es decir, ¿qué secuestrada huye con una bolsa llena de pizza, con un desodorante y ropa?

—Tonta —me digo y lanzo la bolsa en el sofá más cercano.

Escondo la daga en la cinturilla de mi pantalón de chándal y abro la puerta. Observo el exterior con el ceño fruncido. El camino de piedra está oscuro, de la misma forma en que lo estaba cuando salí corriendo de aquí quien sabe hace cuantas horas. Yo calculo que hace cuatro, o tal vez menos.

Pongo un pie fuera de la casa y me concentro en respirar con normalidad, ¿qué tan bueno es el oído de un ángel? En ese caso, ¿qué tan bueno es el oído de un ángel caído?

Salgo del porche con pasos temblorosos, evito mirar hacia otro lado que no sea el camino de piedra que tengo al frente, y me muerdo los labios al ver que hago mucho ruido al caminar. ¡Y eso que tengo zapatillas! Oh, por cierto… ¿Cómo consiguió Haziel la zapatilla que perdí? Ah, claro. Él es un ángel y tiene todo sobrenatural, incluyendo la vista.

Evito mirar hacia atrás hasta que camino más de cien metros. La cabaña no se ve desde aquí, lo que me resulta extraño, se supone que deben verse las ventanas, por algo no apagué las luces.

Respiro hondo y camino más rápido.

Yo no planeé esto.

Basta, olvida eso. Seguro lo dijo por el momento. Ya verás que luego se enoja y te hace daño.

Escucho el sonido constante de algo aparte de mis pasos, un segundo después me doy cuenta que se trata de mi corazón, el cual martillea como si yo estuviese corriendo. Genial. Ahora sólo falta que me desmaye del miedo. «¿Qué le pasó a tu miedo a la oscuridad?» Por Dios, esto es diferente, no es lo mismo estar en tu habitación y que de repente se vaya la luz y seas consciente de que no hay nadie en casa a estar caminando en medio de un bosque en el cual las horas pasan lentamente.

Mientras camino pienso en que no sé dónde estoy. Según Haziel sólo han pasado unos cuatro días en el Beta, lo que significa que han pasado cuatro horas aquí. Entonces… no estoy en mi país, porque en Berwyn eran más de las diez de la mañana cuando salí de la universidad, y si han pasado cuatro horas quiere decir que deben ser más de las dos de la tarde, y en este bosque es de noche. ¡De noche! ¿Dónde demonios estoy? ¿En Rusia? ¿Tokio? ¿Qué demonios?

Eso es lo que me falta, que las personas de aquí hablen otro idioma.

Acelero mis pasos cuando algo se mueve en las orillas del bosque. Por inercia me detengo y miro hacia allá con el corazón en la mano, respiro hondo y trago duro para no correr. Exhalo nerviosamente y sigo mi camino con pasos más rápidos.

Cinco minutos después estoy casi corriendo y mirando cada tres segundos hacia atrás con la paranoia en *mode on*. Sé que alguien me está acechando desde el bosque, por Dios, casi puedo imaginar a esos seres caídos... ay, no... ¿Y si me matan sin siquiera darme un último suspiro? *Mente positiva, Nia.*

Lo único que no siento ahora es arrepentimiento, digamos que mi futuro se reduce a que Satanás vendrá a buscarme para matarme y llevar mi alma al infierno, pero que sepa que mi futuro sea ese no significa que no quiera luchar por cambiarlo. No creo que la disculpa de Haziel me haga cambiar de opinión tampoco.

Mi rostro se ilumina de esperanza cuando veo la luz de la casa. ¡Sólo cien metros más, Nia!

Comienzo a trotar ignorando el vago dolor en mi rodilla y en mi pie. Jadeo y siento que mi corazón se sobrecalentará y dejará de latir con toda esta presión en mi sistema. *Estás cerca, Nia. Vamos, corre.*

Efectivamente es una cabaña, está a unos treinta metros del camino. La luz que veía es de la farola que se encuentra cerca del portón. Todas las luces de las ventanas de la casa están encendidas y sonrío esperanzada. Jadeo y cuando estoy a veinte metros del portón me tropiezo al ver una figura recostada de un pequeño árbol a menos de diez metros del portón de hierro.

—¿Por qué tan sola? —Doy un respingo al oír la voz masculina y la figura sale al camino dejándose iluminar por la tenue luz de la farola.

Me quedo paralizada sintiendo el palpitar de mi corazón en mis sienes, creo que ni si quiera estoy respirando. Se trata de un chico muy alto, de contextura atlética y cabello rubio, tiene las manos metidas en los bolsillos de su sudadera oscura.

—¿Eres muda?

—No.

—Descuida, no voy a comerte. —Dice con una sonrisa socarrona en su rostro y ladea la cabeza para escanearme de arriba hacia abajo.

Ya me jodí.

116

Bueno, vi venir todo esto, no sé por qué me sorprendo; de todas formas, quisiera correr, pero estoy en shock. ¿Será un caído? No, no puede ser uno de ellos. Él no tiene alas.

—¿Por qué estás sola? —pregunta colocando sus manos detrás de su espalda. Tiene unos vaqueros rotos en las rodillas y zapatos oscuros.

La sudadera gris le da un aire de universitario, pero ¿qué haría un universitario en un bosque? Es obvio que él es un ángel caído. Recuerdo perfectamente que Haziel dijo que sólo algunos ángeles caídos poseen alas, lo que quiere decir que otros no. Y éste parece ser un «otros no».

—Yo me…—trago sin saber qué decir.

Bueno, tenía mi discurso aprendido, pero era para un humano. A él no le puedo engañar.

—¿De dónde saliste? —retrocedo dos pasos. Él sonríe maliciosamente y alza la mirada. Alzo una ceja involuntariamente. Tengo que decirlo, si no lo hago moriré. Es una… belleza. Tiene un extraño parecido a Sam Claflin en *Los Juegos del Hambre*.

—Escapaste —susurra mirando por donde vine y yo retrocedo un paso—. Ni se te ocurra correr, no estoy de humor.

—¿Vas a secuestrarme tú también?

—Bueno, no estás lejos de saberlo.

Escucho su risa ronca y respiro hondo.

—¡Auxilio! —grito corriendo hacia la cerca de la cabaña, pero él me engancha con su brazo alrededor de mi cintura.

—Típico de las presas luchar contra el cazador —espeta atrayéndome hacia él.

—¡Suéltame! —forcejo y él me zarandea—. ¡Déjame! ¡Ayuda! ¡Ayuda! —grito a viva voz.

—Shhh. —Me pone la mano en la boca y me aprieta contra su pecho—. No sé las razones por las cuales saliste de tu refugio, pero hay otros cerca, puede que no se hayan imaginado que escaparías tan fácilmente, pero no quiero que los alertes.

Sigo pataleando mientras él camina hacia el bosque de pinos y hayas, pero cuando recuerdo la daga, desisto. Debo dejar de moverme o se me caerá el arma filosa.

—Bien, chica buena —dice y me siento como una mismísima idiota. Él me lleva contra su pecho como si yo fuera una muñeca de trapo—. No te alteres, no voy a picarte en pedazos. Tranquila —susurra en mi oído y mi corazón late con más fuerza cuando siento algo raro en mi trasero.

Sacudo la cabeza para que quite su mano de mi boca, pero él no parece entender. Esquiva algunos árboles y salta algunas raíces con mi espalda pegada a su pecho despejando mis dudas. ¡Lo que me faltaba! Él tiene una erección que golpea mi trasero con cada movimiento. Y él está consciente de todo.

Espera, ¿erección? No puede ser. ¿Será que los caídos si poseen miembros reproductores?

—¿No dejarás de respirar tan rápido? —me susurra—. Sentir como tu abdomen se contrae contra mi mano me altera. —Sigo hablando contra su palma, pero sólo salen gruñidos.

Él acelera sus pasos y al cabo de diez minutos salimos a un claro donde se ve una carretera de pavimento a menos de cincuenta metros.

—Tranquila. —Él quita su mano de mi boca en el instante en que me deja en el suelo y corre arrastrándome con él. Me acomodo la daga con la mano libre y trato de no tropezar.

—¡Suéltame! —intento escapar, pero él me detiene halándome con brusquedad hacia él.

—No podrás conmigo, así que deja de luchar y corre conmigo. —Me ordena con rudeza. Claro, como a él no le duele la rodilla.

Me sujeta de la muñeca y vuelve a correr, esta vez decido obedecerle al ver que no tengo escapatoria. Sabía que esto me sucedería, sólo tengo que idear otro plan. *Por lo menos no me hizo daño al instante.* Y debo admitirlo, cuando lo vi, casi me resigné a que iba a morir antes de tiempo.

Llegamos a la carretera y pienso en las posibilidades que hay de que él me lleve a otro lugar.

—¿A dónde vamos? —jadeo.

—¿No seguirás forcejeando? —me pregunta cruzando la calle, sólo allí me fijo en la motocicleta que está en la orilla llena de maleza—. Eso sería bueno, así no tendría que usar coacción en ti.

—¿Ah? ¿Por qué no la usaste…?

—Sí la usé. —Escupe—. Pero, no sirvió. Deduzco que es por la cantidad de Luz Beta que hay en el bosque.

—¿Luz Beta? —jadeo.

—Gracias al ángel que te tenía en la cabaña. —aclara deteniéndose al lado de la moto—. Las cosas son así: te montas en la moto y te agarras de mí o no te montas y te pico en dos.

La piel se me eriza de pies a cabeza y mi corazón amenaza con detenerse.

—¿Eres un ángel caído? —tartamudeo y él se cruza de brazos.

—Sí, lo soy —admite.

—¿Por qué no hay otros aquí también?

—Responderé todas tus preguntas después, ahora ¿entendiste lo que dije antes?

—Sí.

—Si corres te juro que voy...

—Me montaré —lo corto tratando de controlar mi respiración acelerada. Él no dice nada, se monta en la moto, la enciende y luego me mira con desdén, al instante reacciono y me subo temblando como una idiota. Bueno, tengo mis razones.

Sólo espero que mis planes me salgan tan bien como los estoy imaginando.

—Rodea mi torso con tus manos —me ordena y obedezco—. Sería un desperdicio que te cayeras. —Él arranca y yo hundo mi rostro en su dura espalda.

Bueno, al fin y al cabo, Haziel admitió que yo era un caso perdido. Él sabe que jamás íbamos a ganar, solo le ahorré soportarme más días.

119

CAPÍTULO 11
JURAMENTO DE SANGRE

Mi corazón salta de alegría al ver que llegamos a una ciudad, calles con alumbrado público, tiendas, gente caminando por la calle, anuncios por todos lados.

Espera un momento...

¡¿Dónde estoy?! El idioma usado en los carteles y en las tiendas no es mi idioma.

—¿Tienes hambre? —Frunzo el ceño al oír la pregunta del caído—. ¿Quieres algo de comer?

Vale. No me culpo por tener esta reacción, es decir... ¿Cómo debería actuar? ¿Con normalidad?

—No —respondo en voz alta y él cruza hacia la derecha.

—Como quieras.

Diez minutos después él apaga la motocicleta en la oscuridad de un callejón. A ambos lados del callejón hay edificios de por lo menos ocho pisos. De hecho, puedo oír el televisor encendido de alguien...

Frunzo el ceño al ver que estoy caminando detrás del rubio como un perrito faldero, él accede al edificio y para mi mala suerte escoge las escaleras. Pero, no todo es malo para mí, su guarida está en el primer piso.

Empiezo a ponerme nerviosa y junto mis manos como si fuera a orar. Él abre la puerta y se hace a un lado para que yo entre. Una vez dentro, observo que el apartamento está casi vacío. En la sala sólo hay dos cajas, un par de sofás individuales, y...

—No es mío —dice y me giro—. Muy bien. —Él asiente y siento un hormigueo en mi cabeza.

—¿Qué? —susurro ladeando mi cabeza y él sonríe con malicia.

—Usé coacción —confiesa con descaro y yo miro mi alrededor en busca de una ventana—. Ah, y no podrás escapar de aquí.

—Escucha, lo que harás está mal. No tienes por qué hacerme daño.

—No te haré daño —avanza un paso y se cruza de brazos.

—¿Ah no? —pregunto con incredulidad y camino sigilosamente hacia un rincón—. Sé que quieres poseerme, no mientas.

—Sí, pero no te haré daño —contesta con tono obvio—. ¿Piensas que dolerá? —se acerca a mí con cautela y mi corazón empieza a acelerarse poco a poco.

Alerta roja. Alerta roja.

—No te acerques —mascullo.

—Tienes la costumbre del mes —dice con tono neutro y yo resoplo. Este también.

—Para mi mala suerte tengo que esperar que estés sin la regla —hace un puchero dramático.

—Como sea, no puedes hacerlo —farfullo—. Yo no te he hecho nada, yo no le hecho nada a nadie, simplemente quiero regresar con mi familia.

—Hagamos un trato —dice con tono confidencial—. Tú me prestas tus servicios y yo te llevo a tu casa.

Uno.

Dos.

Tres.

—¿Qué?

—¿Sí o no?

—Pero yo no… —Sacudo la cabeza con confusión y miles de cosas se me vienen a la mente.

Se supone que iba a rogarle para que me dejara vivir un par de horas más y así poder idear un plan para escapar, no pensé que él iba a decirme eso. ¿Estará jugando conmigo?

—Puedo llevarte a tu casa, pero tengo mis condiciones.

—No —digo alzando la voz con confusión—. No, no deberías decirme eso.

—Ajá, el ángel de Beta te dijo que yo iba a descuartizarte.

—No, no dijo eso.

Buen punto.

Sólo ahora me doy cuenta que en realidad Haziel no me dijo nada más con relación a los caídos.

—¿Qué te dijo?

—Otras cosas —balbuceo mirando mis manos.

—Bueno, yo no voy a matarte —me aclara, pero hay algo en su voz que no me termina de convencer—. Eres muy importante, no soy un imbécil.

—No entiendo muchas cosas —refunfuño masajeándome las sienes con frustración.

—Sólo tienes que saber que eres la primera humana que sube al Beta y vuelve.

—¿Y eso qué?

—Que desde hace mucho tiempo se corrió el rumor sobre la posible razón por la cual los ángeles del Beta nunca traen a sus humanos a la Tierra —me explica con aburrimiento—. Sabemos a la perfección que una vez que entras al Beta eres fortalecida hasta cierto punto, luego de la purificación te haces aún más fuerte, por esa razón algunos de ustedes con el tiempo pueden adquirir algunos dones menores que poseen los ángeles.

Wow.

—Probablemente los humanos del Beta sean tan fuertes como una vez lo fueron los humanos en la época de los patriarcas.

—¿Qué?

—Ya sabes, en la época de Noé, los humanos vivían más de novecientos años. ¿Por qué crees que vivían tanto? —pregunta y yo sacudo la cabeza—. Porque el mundo de aquel tiempo no es igual a este; los patriarcas eran mucho más fuertes, y los ángeles podían poseerlos sin hacerles daño.

—Oh, y así tuvieron a los gigantes.

—Bravo. —Aplaude—. Luego, los Vigilantes fueron expulsados y bla, bla, bla.

—¿Después que los vigilantes fueron expulsados, la...?

—La edad de los hombres se acortó, ya no eran tan fuertes, ya no fue posible para ningún caído procrear.

—Los que engendraron gigantes fueron ángeles que aún no habían caído.

—Sí, pero estamos a punto de ver si los caídos pueden procrear, pues en aquel entonces no había ángeles caídos.

—Me perdí.

—Los ángeles caídos son aquellos que cayeron con los Vigilantes, fueron muchos los que siguieron cayendo año tras año hasta que al parecer todo se detuvo gracias a las acciones tomadas con dichos caídos —me informa—. Luego, siguieron cayendo ángeles, pero todos venían del Beta.

—¿Qué?

—¿Crees que un ángel de Dios va a desafiar a la autoridad de su Creador sabiendo lo que le espera? —pregunta con odiosidad—. Los del Beta son los que caen de vez en cuando y mientras más caen más ángeles nuevos llegan al Beta —Chasquea la lengua.

—¿Y tú caíste con los Vigilantes o eras del Beta?

—Del Beta —responde y alzo las cejas.

—Oh.

—Por eso sé que tienes cierta fortaleza.

—¿Vas a abusar de mí? —indago.

—No haré eso.

—¿Qué se supone que harás?

—Poseer tu cuerpo, seré yo mismo, pero en un cuerpo humano —explica con normalidad—. No pienses que adoptaré tu apariencia, solo quiero la fortaleza de tu alma.

Eso es estúpido.

—¿Vas a chuparme el alma? —frunzo el ceño.

—Algo parecido, solo robaré las fuerzas que ahora posees por ser una Jephin. Quedarás intacta.

—Dices que no dolerá. —Lo miro con duda.

—No.

—¿Cuánto tiempo durará?

—Eso depende —murmura manoteando.

—¿Horas? ¿Días? ¿Meses?

—Quedémonos con las horas —contesta.

—¿No dejará cicatrices, ni perderé la memoria? —indago entornando los ojos y él no se inmuta.

—Dije que no.

—Bien, ¿y cuándo me llevarás a casa? —pregunto y él sonríe de oreja a oreja.

—Sólo dime dónde vives.

Suspiro con cansancio y quizás con algo de alivio. Jamás pensé que sería tan fácil. *Sólo aleja el pesimismo. Todo saldrá bien.*

Bien, trataré de no pensar en nada más que mi regreso a casa. ¡Veré a mis padres otra vez!

—Primero dime dónde estoy.

—En las fronteras de Alemania.

—¡¿Qué?! —chillo y él sonríe.

—Por tu idioma, puedo decir que vienes de…

—Bueno, nos espera un largo viaje —le digo cruzándome de brazos y me muerdo la lengua al querer insinuar que como él no tiene alas no podremos ir volando.

—Quizás.

—¿Puedes volar? —pregunto fingiendo inocencia.

—No, pero… —mira hacia la puerta—. Sé quién puede llevarnos sin pedirnos pasaporte.

—Bien.

—Pero puede que no sea en primera clase —agrega divertido.

—Lo único que quiero es llegar a mi casa —refunfuño y él se quita la sudadera quedándose en una remera blanca.

—Vale, entonces… —Él saca una navaja del bolsillo delantero de sus jeans y yo me alarmo—. No te asustes, sólo haremos un juramento.

—¿Un qué?

—Jurarás que dejarás que yo te posea cuando yo quiera desde el instante que pises tu casa —dice con seriedad y yo trago duro.

Eso suena terrorífico. *Y difícil.*

Difícil y muy comprometedor.

—Emm… —carraspeo y cuando pienso decir algo él cierra su mano alrededor de la navaja y luego la saca con brusquedad. Doy un gritito de horror y veo como mana la sangre oscura de su mano hasta caer en el piso, él se acerca a mí y cuando retrocedo mi espalda choca con la pared.

—Haz lo mismo —me ordena poniendo su navaja en mi mano.

—Oh, espera yo aún tengo preguntas, no sé si cuando me poseas yo estaré viendo lo que haces.

—No. Solo me darás tu energía, tu fuerza, ¿lo captas?

Joder.

Eso suena muy fácil, y eso no es todo, siento que estoy confundida, como si no pudiese entender bien las cosas.

—Ahora —me apremia cerrando mi mano derecha con fuerza alrededor de la hoja filosa.

—¡Ay! —me quejo al sentir el corte. ¡Diablos, cómo duele!

—Jura. —Su voz es dura, y ni siquiera me ha dado tiempo de pensar las cosas. ¡Esto no lo tenía planeado, demonios!

Nia. Nia. Nia. No lo hagas.

—Y-yo… —Él estrecha con fuerza su mano sangrante con la mía y siento un hormigueo en mi pecho, específicamente en el lado del corazón.

—Juro que te llevaré a casa sana y salva, de lo contrario te dejaré en paz —dice con seriedad y firmeza. Sus ojos son oscuros. *No me había fijado en ellos.*

Él aprieta mi mano como diciéndome «es tu turno, muévete» y yo doy un alarido.

—J-juro q-q-que… —Carraspeo—. Juro que, si me llevas a mi casa sana y salva lo más pronto posible, dejaré que… poseas mi fuerza c-cuando así lo quieras —lo último que dije fue en un susurro.

—Perfecto —dice rompiendo nuestro lazo. Se limpia la sangre con la sudadera y luego me la lanza.

Allí, en mi rincón empiezo a arrepentirme de lo que acabo de hacer. ¿Será que usó coacción?

Oh, esto no lo tenía planeado.

—Venga, o te quedarás sin sangre —refunfuña él y me doy cuenta que está envolviendo mi mano herida en la sudadera.

—Yo… —No sé qué decir.

Siento como si acabara de hacer algo muy malo. Así como cuando te escapas de casa a medianoche para ir a una fiesta. Yo no lo he hecho, pero me imagino que se debe sentir horrible; bueno, yo me sentiría fatal. Decepcionar a mis padres no está en mi lista de rebeldía, y lo que acabo de hacer se siente exactamente igual, sólo que no sé a quién acabo de decepcionar.

Quizás a mí misma.

—Tenemos que irnos —me anuncia él con voz cantarina y observo que abre una de las cajas y me da la espalda para que yo no vea lo que él está haciendo.

—¿Cómo te llamas?

—Puedes decirme Zack —dice.

Desde que él cortó mi mano, tengo mucha sed.

—Zack, ¿qué hora es?

—Son… las doce y treinta y seis de la mañana—responde viendo el reloj de su muñeca—. Si salimos rápido de aquí podremos llegar al aeropuerto en menos de una hora.

—Pero si es medianoche ¿el tiempo está normal? Es decir…

—Saliste de la cobertura de la Luz Beta cuando te montaste en mi moto, querida —me explica—. Por cierto, ¿tu nombre es…?

—Nia.

—Okey, Nia. Debemos irnos. —Él se gira y camina hacia mí. Me coge de la muñeca y me saca del edificio.

Hago un gesto de molestia al ver la moto. ¡Es muy incómodo subirse con la regla! ¡Agh!

—Haremos una parada antes de llegar al aeropuerto.

—¿Para qué?

—Solucionaré tu problema.

—¿Qué problema? —Él sube a la moto y yo me subo detrás de él con mucho esfuerzo.

—La costumbre del mes, Nia.

Oh. Buena suerte con eso, Zack.

CAPÍTULO 12
Ángel Vengador

Haziel

La primera cosa rara que noto al entrar a la cabaña es la bolsa que está en el sofá. Camino hacia ella y la rompo para ver lo que hay en su interior.

Respiro hondo.

Muy hondo y el corazón se acelera como el motor de un Zenvo.

—¡NIAMH! —bramo con los puños apretados y la busco por toda la casa—. ¡Joder! —le doy un puñetazo a la pared haciéndola añicos.

¿A dónde pudo haber ido con todos esos cardenales? Si la hubieses protegido bien no le hubieses dejado esos cardenales. Pude haberla sanado, pero no se lo merecía, no tan pronto.

Joder.

Salgo al porche y controlo mi ira. Mi pecho sube y baja al imaginarme todo lo que puede pasar y todas las posibles cosas que estoy por hacer me vuelven loco. Cierro los ojos y respiro hondo muchas veces, trato de concentrarme alejando todos los malos pensamientos de mi mente y el aroma de Niamh emerge.

Abro los ojos y empiezo a seguir su estela con pasos cautelosos. No puedo ir rápido, no percibiría su aroma de esa forma, tengo que caminar.

Cuando llevo dos kilómetros pierdo el aroma a sangre de Nia. Mi rabia no me deja concentrarme y odio ser tan débil. Detesto no poder controlarme.

—Vamos, Haziel —me digo cerrando los ojos—. Luego te enojarás, ahora sólo debes encontrarla. —Suspiro y cuando inhalo el aroma aflora.

Le sigo el rastro con impaciencia. ¿Cómo pudo haber escapado? Porque eso es lo más obvio, sólo percibo su aroma, ella caminó todo esto sola, nadie la obligó, ella escapó porque así lo quiso. El dilema es, ¿por qué se atrevió? ¿Lo estaría planeando con premeditación?

En realidad, lo raro sería si no se hubiese escapado.

—Basta, Haziel —me reprendo y cuando llego a la primera casa percibo otro aroma.

Azufre.

Oh, Dios.

—Oh, no, Niamh. —Me paso las manos por mis cabellos y sigo los dos aromas imaginándome el peor de los casos.

Oh, Señor Dios. Grande en misericordia y tardo para la ira. No permitas que el caído le haga daño.

Para cuando llego a la carretera mi primera oración durante milenios se corta de golpe. Los aromas terminan acá, ¿Por qué? ¡¿Por qué?! ¡¿Por qué tiene que pasarme esto a mí?!

Vamos, cálmate. No digas la mala palabra, contenla un poco más.

—¿Dónde? ¿Dónde? ¿Dónde? —Miro a todos lados y por más que me concentro no percibo otro aroma.

Cielos. Él se la llevó en una moto. ¡Esto no puede estar pasándome!

—Oh… —Caigo de rodillas y mi respiración se agita. Mi corazón espiritual empieza a doler y eso no pasa desde que llegué al Beta.

Mi consciencia empieza a echarme la culpa y yo me enfurezco. ¡¿Por qué tendría la culpa yo?! *No la quieres y se lo dejabas claro cada vez que podías.*

—¡Por los ángeles del Coro Celestial! ¡¿Qué hay de malo en ser sincero a medias?! —estallo y gruño golpeando el pavimento con mi puño cerrado. Como es de suponerse, hago un hueco golpeándome con algunos fragmentos que saltan hacia arriba.

¡Dios! ¿Qué hay de malo en ella? ¿Por qué tiene que ser así? ¿No podría mostrar algo más de respeto hacia mí? Ella siempre me sacó de quicio, no puedo tener la culpa de todo esto sólo porque ella me dio razones para no quererla como se debe. *De hecho, la quieres como no se debe.*

—¡Oh! ¿Qué tenemos aquí? —Mi espalda se endereza al oír la voz—. ¿Se llevaron a tu humana? —se burla y luego se desternilla de la risa—. Esto es increíble.

—Si no quieres terminar despellejado, te recomiendo que desaparezcas y me dejes en paz.

—Oh, tranquilo, tranquilo. Sólo déjame ver tu rostro, ¿a quién tengo la oportunidad de conocer…? —No lo dejo terminar la frase.

Estampo mi puño en su rostro, él profiere una exclamación y se queja, pero supongo que con el rostro desfigurado no se puede hablar.

El ángel caído termina de rodillas tocándose el rostro con ambas manos y yo me coloco detrás. En un movimiento rápido le arranco un ala; el olor a podredumbre invade mis fosas nasales y me apresuro a desenvainar una de mis espadas —que Nia nunca ha visto—, y le corto la otra sin compasión. Su llanto desgarrador debe ser oído por los demás ángeles caídos que se encuentran cerca, y ya todos deben de haberse dado cuenta que el ángel dueño de la humana es un ángel Castigador.

Jamás había le había arrancado un ala a uno de ellos —siempre uso el instrumento adecuado— por lo cual la espalda del caído ha quedado totalmente desfigurada, se ha ido más piel de lo que pensé junto con la base de esa ala que arranqué, solo por eso me tomo un segundo más para cortar más asegurándome que el trabajo será permanente.

—Umael'ken —su quejido amargo apenas se oye.

—Te dije que desaparecieras —escupo pateando el ala que ha empezado a desintegrarse y acto seguido vuelo hacia el Beta.

No tengo tiempo para pensar en si lo que hice estuvo bien o estuvo mal. ¿Quién va a enterarse de que despojé a un ángel caído de sus alas cuando no era necesario?

Ahora, lo que me interesa. ¿Dónde está mi Jephin? ¡Si tan sólo pudiera tener una visión! *No fuiste creado para tener visiones.* Quizás sí para dar la interpretación a quien la haya tenido, pero nada más.

Cuando llego al Beta voy en busca de Ahilud. Sé que me propuse no meterlo en este problema, pero no tengo otra salida, él tiene que ayudarme.

—Haziel, hermano —me hace una reverencia y camino hacia donde él se encuentra, observando los paisajes del Beta desde el ventanal sur de su morada.

—La perdí —es lo primero que digo y él me mira con confusión—. A la humana. La perdí.

—¿Qué? ¿Qué quieres decir con «la perdí»? —pregunta y yo me paso las manos por la cara con exasperación.

—Ella… —Me trago lo que iba a decir, pues ni siquiera yo sé explicar cómo violó la barrera protectora—. Algo pasó y un ángel caído se la llevó —miento con seguridad y él abre los ojos desmesuradamente.

—¡¿Qué?! ¡Santos querubines! —exclama llegando frente a mí con rapidez—. Pero le seguiste el rastro, ¿verdad?

—Hasta cierto punto, luego… nada. —Sacudo la cabeza y luego me paso las manos por la cara otra vez—. Esto es un desastre. No debí dejarla sola, ¡No debí!

—Primero cálmate, tenemos que planear una búsqueda exhaustiva por todo el lugar.

—El caído debe haberla llevado a la ciudad que se encuentra cerca, pero sabes que es inmensa, sabes que tú y yo no la podremos rastrear solos. —Nos miramos fijamente.

—Iré en busca de refuerzos entonces —dice y antes que pueda irse lo cojo del brazo.

—Sé discreto, por favor —le pido con seriedad.

—Haziel —él sonríe con complicidad—… sabes que no confiaría este problema a nadie que no conociera bien.

—Confío en ti, hermano —asiento y él se va.

Niamh está respirando en el ambiente terrenal y lo único que pienso es en todo el tiempo que se me está yendo de las manos. Si pudiera darle un par de nalgadas lo haría. Juro que lo haría.

—¿Cómo pudo escapar? —Me giro y miro a Gema Dorada de pie en la sala. Wow, sí que está trabajando el ser silenciosa.

—No escapó —miento—. La raptaron.

—Pues, ¿cómo la raptaron?

—Violaron la barrera.

—Eres Haziel, nadie podría romper…

—Pues, no sé cómo lo hicieron —le replico con brusquedad olvidando que debo hablarle con respeto.

—Fue una mala idea llevarla a la Tierra.

—¿Qué querías que hiciera? Mejor dicho, ¿qué hubieras hecho tú? —Me cruzo de brazos y ella se pasea hasta llegar al ventanal.

Tiene puesto uno de sus tantos aladinos translúcidos y una camisa bastante corta que deja ver su abdomen. Sus cabellos dorados están recogidos en una coleta alta y por primera vez me doy cuenta que están realmente largos. Tiene un cuerpo aceptable, en la Tierra podría ser considerada una diosa carnal, pero aquí pasa desapercibida; y no es raro, pues, en una comunidad donde sólo habitan seres limpios no llama mucho la atención la belleza, ya que es algo obvio.

—Yo no la hubiese salvado.

—¿Qué? —pregunto frunciendo el ceño.

—Yo no la hubiese salvado —alza la voz manteniendo su vista al frente—. Quizás… ella no sea como la mayoría de las personas que han llegado aquí con anterioridad —dice y al ver que no digo nada, me mira—. Mis hermanos se han olvidado de lo que fueron un día, muchos de ellos se creen ángeles también.

—¿Tú no has olvidado lo que fuiste? —indago y ella sonríe para luego volver a mirar el paisaje verdoso.

—Son más de seiscientos años aquí —confiesa y entorno los ojos.

—¿Por qué le mentiste a Niamh sobre eso?

—Niamh —pronuncia—. Lindo nombre. ¿Qué significa? —Aprieto mis manos al notar algo de burla en su voz.

—*Brillante* —respondo en tono neutro.

—El nombre explica muchas cosas —murmura.

—Gema Dorada, no respondiste lo que te pregunté.

—Le dije que tenía trescientos años aquí porque no quería alarmarla, sé lo que se siente llegar a un lugar totalmente extraño y conseguirse con semejante compañía.

Respiro hondo. Esta es la primera vez que hablo más de cinco segundos con ella y el único aroma que he percibido de ella es a frambuesa. Bueno, no me interesa profundizar en sus aromas. Eso es algo que necesita cierto interés de mi parte; mientras no quiera percibir algún aroma sólo huelo la esencia natural de las cosas.

«Pero siempre andas profundizando en los aromas de Niamh.» Basta, consciencia.

—¿Tienes algún don? —indago con despreocupación y ella me mira.

—*Puede que sí.*

—Genial, eso es común. Llevas mucho tiempo aquí, es natural que puedas hablar telepáticamente —le digo cruzándome de brazos y ella sonríe.

—*Pues, no suelo hablar mentalmente con todo el mundo.*

—Mmm. Sigue siendo común. —Me encojo de hombros y ella no se inmuta.

—Tengo visiones —dice con normalidad, como si no le interesara—. ¿Es común?

Ni en el Beta ni en la Tierra.

—¿Qué visiones has tenido?

—Cuando cumplí quinientos años aquí tuve la primera —responde ignorando la verdadera pregunta.

—¿Ahilud lo sabe?

—Por supuesto —dice un poco ofendida—. No le oculto nada a Ahilud.

Ahilud nunca me había dicho eso. ¿Acaso no soy su hermano? Los humanos que podían tener visiones se fueron con Satanás cuando se creó el Código. Ahora hay una que puede hacer eso y Ahilud lo oculta.

—¿Zemer lo sabe? —pregunto.

—Sí.

—Mmm, eso es interesante —murmuro—. Supongo que le prestas tus servicios. —Ella me mira ceñuda.

—Tener visiones no es un servicio —se defiende—. ¿Piensas que si alguien quiere saber algo solo viene a mí y yo tengo la visión?

—¿Cómo es entonces?

—Llegan solas.

—¿De qué son?

—Pregúntale a Ahilud —me da la espalda y pongo los ojos en blanco. Dios, jamás solía hacer eso, empecé a hacerlo desde que vi a Niamh haciéndolo. Es verdad lo que dicen acerca del contagio de las mañas de los humanos.

—Haziel, estamos listos. —Me giro y miro a Ahilud en compañía de tres hermanos.

Los tres ángeles son miembros del Clan Vengador o Castigador del Beta, el primero es el término correcto, el segundo es usado por la mayoría de los ángeles caídos, de esa forma ellos les llaman a los ángeles que «castigan» a otros hermanos cortándoles las alas para luego desterrarlos. Usamos la palabra "Clan" porque se parece mucho a la original en el idioma prohibido. En total somos siete, y solemos estar en los juicios graves con las Jerarquías y arcángeles del Séptimo. *Mi único trabajo con las Jerarquías.*

Hago una reverencia de respeto.

—No te veo desde hace una semana y me entero que trajiste una humana al Beta —me reclama Enid y sonrío—. No, Haziel. Eso no se hace. ¿Dónde está tu lealtad?

—Deja el drama —le digo y ella hace un ademán—. Tengo mis razones.

No me sorprende que no muestren más sorpresa ante mi osadía en traer a la humana, ellos… no ven lo imposible sino lo increíble. Enid es miembro de los ángeles vengadores, los humanos la definirían como «femenina», y bueno, sí. Es femenina.

—Bueno, debemos bajar —opina Bered y asiento—. Si es verdad que los caídos quieren poseer a la humana es porque deben estar muy seguros de que pueden procrear.

Se me eriza la piel de solo pensar eso. Mi humana siendo la primera en ser usada para procrear desde la época de Enoc. Eso no será posible. Claro que no.

—¿Quién está al mando de la misión?

—Haziel, ¿quién más sino él?

—No. —Sacudo la cabeza—. Será Jared. —Miro al pelinegro—. Él estará al mando.

Es el indicado. «Sin compasión, sin premeditación», ese es su lema y sé que si él está al mando yo podré estar más pendiente de Niamh.

—Entendido —dice él y asiente con respeto para luego dirigirse a todos nosotros con expresión dura—. Usaremos glamour. Tenemos autorización para cortar alas a cualquier caído que se vea involucrado, han violado algo muy preciado para el Beta. No quiero dudas a la hora de ejecutar alguna orden, no quiero errores y no quiero que nadie pierda el tiempo hablando con algún caído, ¿entendiste, Ahilud?

—Entendido —decimos todos al mismo tiempo y miro por el rabillo del ojo a Gema Dorada con la vista fija en la pared.

—La misión debe ejecutarse en menos de una hora terrenal, sabiéndose que el tiempo es lo más preciado en estos momentos. —Suspira—. Es una misión completamente personal, ninguna de las Jerarquías debe enterarse, ¿entendido?

—Entendido.

Acto seguido salimos de la morada de Ahilud.

Bien, ahora sólo debo trabajar en mi control.

No debo lastimar a Niamh.

No debo enojarme.

No debo tratar de estrangularla.

No debo intentar darle de nalgadas.

No debo. No debo. No debo.

CAPÍTULO 13
GLAMOUR

Bajo de la moto y todavía pienso en si debo darle las gracias a Zack por permitir que fuera a un baño antes de seguir el camino hacia el aeropuerto. No creo que le interese mucho mi agradecimiento.

—Sólo sígueme y no hables hasta que se te haga una pregunta. —Indica y asiento.

Me aferro al gran abrigo que él me facilitó después de pasar por una tienda en la cual yo no entré. Él simplemente se bajó de la moto y diez minutos después volvió. ¿Por qué no escapé? Coacción.

—Puedes terminar de comer tu pastel —me dice y alzo las cejas.

Del bolsillo izquierdo del abrigo saco lo que queda del pedazo de pastel de fresa que él me compró. Le doy un mordisco cuidando de no comerme la servilleta. Miro de reojo que el lugar es un aeropuerto clandestino. No me sorprende, he visto esto en películas, y si existen ángeles en el segundo cielo que secuestran personas. ¿Por qué no un puto aeropuerto clandestino?

No creo que algo tan trivial me sorprenda de ahora en adelante.

—Ella es la chica. —Alzo la mirada cuando Zack se detiene. Un tipo alto, muy fornido y rapado me mira de arriba hacia abajo. Humanamente aparenta unos treinta años y tiene los ojos oscuros.

—Un metro sesenta, piel morena, ojos avellanas, cabello oscuro… —Hace una mueca—. Y con la regla —dice con desdén—. Hubiese sido genial una tipa rubia, metro setenta y cinco, ojos azules, piel…

—¿Por qué no mejor algo más común? —me burlo y él tipo me mira con enojo.

—No, nena. Tú eres común —espeta.

—Sí claro, como si yo no hubiese visto un rapado musculoso con aspecto de gorila de bar de mala muerte, además no mido un metro sesenta —murmuro y le doy otro mordisco al pastel.

—Hey, no la lastimes, no tenemos otra —advierte Zack y hago una mueca de fastidio.

Idiotas.

—Bien, ¿cómo sé que no es falsa? —pregunta el tipo y trato de no ofenderme.

—No seas imbécil —punto para Zack—. La chica salió de la cabaña de Nigel. Al parecer el ángel del Beta no estaba.

—Ajá, ¿el ángel no tenía la barrera de Luz Beta en el lugar? ¿Cómo demonios escapó? —Ambos me miran con interrogación y yo trago duro el último pedazo de pastel.

—Tengo la regla —miento y ellos se miran tratando de decir «es posible».

—Fui al chacal de Minerva —dice Zack—. Le pedí una bebida. Me dijo que en menos de cinco horas la sangre se detendrá.

—¿Qué? ¿Me diste una poción? —pregunto con un matiz de enojo.

—Te dije que no hablaras hasta que se te…

—Okey —refunfuño.

Bien. Debí suponer que cuando me compró la botella de agua y esperó a que le diera dos tragos para quitármela e irse por el pastel era para verter algo en ella. Con razón me obligó a bebérmela toda cuando regresó. En realidad, él robó el pastel y el agua. ¿Qué panadería está abierta a las dos de la mañana?

Bueno, lo único completamente abierto a estas horas es mi mente. Las palabras de Haziel no cesan de repetirse en mi mente y no entiendo por qué. Parece como si alguien las estuviera repitiendo a propósito, como si me lo estuvieran susurrando para tratar de retractarme.

—Zack, necesito otra venda —murmuro viendo que la que tengo alrededor de la mano derecha está ensangrentada.

—No entiendo por qué estás sangrando tanto. ¿Acaso la estás abriendo a propósito? —refunfuña cogiéndome la mano y examinándola—. Puse bastante tela…

—¿Hiciste un juramento con ella? —pregunta el rapado.

—Sí, no soy tonto, Dominic —espeta quitándome el alfiler para luego desenvolver la larga tira que una vez estuvo blanca.

Observo con algo de fastidio y afán como él saca del bolsillo de su chaqueta más vendas. Miro que la herida no ha sanado nada, pareciera que estuviera recién hecha, a eso se le puede sumar que no me duele ya que no la he movido.

—¡Ay! ¡Duele! ¡Espera! —chillo cuando él empieza a colocar la venda con algo de brusquedad.

—Tiene que sanar, no entiendo por qué no sana —dice con algo de nerviosismo mientras aprieta bien.

—Con cuidado, por favor —gimoteo y lucho para que no se me escape ni una sola lágrima—. Ay… con cuidado.

—¿Tienes problemas con las plaquetas? —me pregunta el rapado con algo de preocupación y lo miro con rabia—. Puede que esa sea una de las razones por la cual la herida se vea tan cruda.

—¡Zack! —chillo cuando él aprieta más el vendaje.

—Así no sangrará —asegura—. No la empuñes, mantenla así —me indica y yo inhalo y exhalo repetidas veces para olvidar el dolor o al menos para que las lágrimas no salten. En realidad, quiero impactar mi palma en sus mejillas.

—Bueno, dile que vaya al baño —dice el rapado—. Iré por Muriel, despegaremos en media hora.

Zack me conduce hacia donde supongo es la torre de control. Todo el lugar parece abandonado, sólo un jet privado se encuentra en el campo de aterrizaje. El cielo aún está oscuro, según el reloj digital de mano de Zack son las dos de la mañana, ¡Las dos! ¿Qué hora es en Berwyn? Creo que… cerca de las cuatro de la tarde, por esa sencilla razón no tengo sueño. Hubiésemos llegado hace una hora, pero Zack es muy lento para hacer las cosas; dijo que iba a hacer una sola parada, pero hizo como diez. Ah, y estas vendas también las robó.

—Ve al baño.

—No quiero —espeto y mi vejiga protesta—. En todo caso, ¿adónde queda el baño?

—Ven. —Me hala hacia el galpón que se encuentra a unos veinte metros de la torre de control y cuando entramos me sorprendo.

—Glamour —digo anonadada.

Aquí adentro es igual al interior de un aeropuerto normal. Hay ventanales que me permiten observar la avioneta desde aquí. Desde afuera parece un galpón de concreto, sin ventanas, sin pintura y totalmente descontinuado, pero… adentro es otra cosa. Puedo ver la sala de espera, la cual está vacía, hay un pastor alemán en cada puerta, atento a cada movimiento, de hecho… me están mirando.

—¿No muerden o no son reales?

—Son reales.

—¿Por qué no puedo ver todo esto desde afuera?

—Ah, es glamour —me dice como si nada—. Es como hacerte creer una cosa que no es. También el término se usa para cuando un ángel… no es visible a la vista humana. De hecho, son términos humanos, pero está prohibido usar el idioma prohibido para definir ciertas cosas, por lo cual, simplemente lo llamamos: glamour.

Bueno. Al menos él sí me explicó bien el término.

—Magia suena mejor.

—No es magia, la diferencia es descomunal —rezonga ofendido—. Haz tus necesidades, nos espera un largo viaje —me dice dejándome frente a una puerta con el símbolo de «damas».

—El avión tiene baños.

—Ve al baño —me ordena y resoplo con exasperación.

—Tampoco te he dicho la dirección de mi casa.

—Iremos haciendo escalas.

—Sí, pero…

—Zack, ven un momento por favor. —El rapado se encuentra de espaldas a una doble puerta.

Zack me deja sola y yo respiro hondo antes de entrar al baño.

—Wow —musito al ver lo impecable que está.

Me miro en un espejo durante mucho tiempo. Mi cabello es un desastre, ¿acaso peleé con el peine o qué? Resoplo con exasperación, no me gusta tener el cabello desordenado, podría faltar de todo en mi mochila, pero un peine o un cepillo jamás. Trato de hacer algo para no verme tan despeinada y luego inspecciono mi rostro. No tengo ojeras, ¿en serio? Yo me imaginaba un rostro más patético, ni siquiera estoy pálida. *Eso creo.*

Saco la daga de su escondite y decido meterla en el bolsillo derecho de mi abrigo. Ya me venía haciendo daño cada vez que caminaba, el roce con mi muslo no era agradable.

—Bien —farfullo mirando mi mano vendada—. Tendré muchas cosas que explicar cuando llegue a casa. —Cierro los ojos y respiro hondo.

¿Qué diré respecto al Camaro? ¿Me creerán si hago drama y digo que pude deslizarme antes de que impactara? De hecho, puedo decir que la cortada en la mano me la hice con un vidrio; calculo que no han pasado más de seis horas en Berwyn. Es obvio que deben de estar buscándome. Puedo mentir diciendo que me encontraba inconsciente en el auto, o puedo convencer a Zack para que alegue que vio el momento del accidente, fue por mí, me rescató y me llevó a un hospital y bla, bla, bla. Claro, eso se oye más creíble.

—¿Meditando? —giro mi cabeza a la derecha y observo como una tipa rubia con falda tubo entra a un cubículo sin mirarme y se me ocurre algo.

—Disculpa, ¿tienes teléfono? —susurro muy bajo—. Es que necesito…

—Ten —Alzo la mirada hacia el cubículo y observo que su mano está hacia afuera por debajo de la puerta. Me acerco con rapidez y cojo el teléfono—. El patrón de desbloqueo es una L.

—Oh, bien —masculio desbloqueándolo.

—¿Una llamada internacional?

—Sí.

—Bien —dice y frunzo el ceño. ¿Será un ángel? No lo creo. No tiene por qué estar en un baño, ¿No es como si orinaran o sí?

Sacudo la cabeza y el único número que se me ocurre marcar es el de Blay. De hecho, los únicos números telefónicos que me sé son el de Blay y el de Elsie.

Uno.

Dos.

Tres…

—¿Hola?

—¿Blay?

—¿Nia? ¿Eres tú…? —pregunta y me muevo de un lado a otro cuando se escucha con interferencias.

—¿Me oyes?

—¿Nia…? Tu madre… loca… ti… ¡¿Dónde estás, mierda?!

—No te oigo bien, espera un momento —hablo subiéndome a los lavabos—. ¿Blay? ¿Me oyes?

—… demonios…

—¡Blay! —exclamo con exasperación y la llamada se corta. Hago un mohín de enojo.

No puede ser.

Tengo que marcar de nuevo.

—Nia, muévete —Me giro de un salto ocultando el teléfono, pero Zack sólo ha abierto un poco la puerta.

—Emm, sí…

—Ya. Sal de ahí —me ordena y contengo una rabieta.

—Ya voy —refunfuño y él cierra la puerta. Me acerco al cubículo de la rubia—. Oye, gracias. Dejaré el teléfono en el lavabo.

—No te preocupes, Nia. —dice y suspiro.

—Gracias de nuevo —murmuro y salgo del baño.

Mi única oportunidad y todo sale mal. Espera, si llamé a Blay de un número local…

—¡Demonios! —rezongo y cuando pienso entrar al baño Zack me coge de la muñeca.

—Se adelantó el vuelo, querida —canturrea.

—Sí, pero…

—Pero nada, ¿no quieres ir a casa?

Gran pregunta.

Sigo a Zack hacia fuera del lugar, cuando salimos lo primero que llama mi atención es que el jet privado nos está esperando, pues la escalera-puerta está abierta.

—No siempre sale un vuelo a las dos de la mañana, Zachiel —dice el rapado y sin darme cuenta veo que tengo mi brazo enroscado en el de Zack. Odio todo esto de la coacción.

—Bueno, no siempre se consigue una humana Beta.

Hmm. Una mercancía. Eso es lo que soy. En realidad, no me ofende mucho, pues dentro de poco veré a mis padres. De hecho, tengo que informarle a Zack sobre mi plan de «Zack me sacó del Camaro y me llevó al hospital». Tiene que ser un buen actor.

—Para más seguridad el Jet irá cubierto, no queremos interrupciones.

¿Cubierto? ¿Por ángeles caídos?

—¿Irás también? —le pregunto al rapado y este pone los ojos en blanco y no me contesta—. Si me hago un rasguño el juramento no tendrá validez —él me mira con seriedad.

—¿Y qué quieres? —espeta—. ¿Te cargo? —pregunta con sarcasmo y yo sonrío.

—Oh, ya que insistes —dramatizo y me coloco delante de él—. Cuidado con mi mano, gracias.

—¿Qué?

—Eres un idiota, Dominic —ladra Zack.

—Quizás me doble el tobillo subiendo las escaleras —canturreo con odiosidad y dos segundos después Dominic gruñe para luego subir las escaleras conmigo en brazos.

—Cuidado con la cabeza —advierte el otro caído—. Cuidado con los pies —sigue diciendo.

—La hubieses subido tú, maldito gilipollas —rezonga Dominic y frunzo un poco el ceño al ver que está jadeando. ¿Está cansado?

—Yo no lo sugerí, bastardo —escupe Zack.

El rapado me deja en el suelo alfombrado y miro que el sitio es cómodo. Hay dos pares de asientos uno al frente del otro a ambos lados. Miro a mi derecha y doy por sentado que más allá de la cortina hay un acceso a la cabina de pilotaje; a mi izquierda, después de los asientos, también hay una cortina, pero… supongo que no sé lo que hay si la cruzo. ¿Baño? ¿Cocina?

—¿Qué asiento elegirá la señorita? —pregunta Dominic con burla y yo lo ignoro.

Avanzo y me siento en el asiento derecho al lado de la ventana, hay un pequeño cubo acolchado en un rincón, el cual coloco en frente y estiro mis pies. Respiro con alivio y me relajo un poco sintiendo la daga en el bolsillo derecho del abrigo. Zack se sienta en el asiento del frente y se me queda mirando.

—Tú no tienes alas, por eso usas el Jet.

—Sí, ¿cuántos años tienes?

—Diecinueve —contesto fijando mí vista en la ventana.

—¿Tienes novio?

—No.

—¿Novia?

—No —alzo la voz.

Observo cómo se cierra la puerta poco a poco. Dominic me mira con odiosidad y luego desaparece tras las cortinas purpuras.

—¿Dominic es como tú?

—Desearía él —suelta Zack.

—¿Es humano? —pregunto sorprendida.

—Es inferior a mí, pero superior a ti.

—Abróchale el cinturón o puede que se parta una uña —ordena el rapado desde las cortinas y luego vuelve a desaparecer.

Zack me ayuda a abrocharme el cinturón y yo permanezco incómoda mientras el jet despega. Esta es la cuarta vez que subo a un avión y creo que es hora de recordar el odio que les tengo. ¿Es tan difícil despegar sin moverse con brusquedad? ¡Santo Cielo!

—No pasará nada. —Alzo la mirada para ver a un Zack tranquilo, parece aburrido en realidad.

—P-para ti que eres inmortal —farfullo.

Suspiro con alivio cuando el jet deja de moverse. Respiro hondo y relajo mis hombros. Por la ventana puedo ver las diminutas luces que vamos dejando atrás, sé a la perfección que Haziel ya debe estar buscándome con un látigo en la mano, pero... ¿Acaso él se preocupaba por mí? Está loco si llegó a pensar que yo aceptaría vivir toda la eternidad con él, de solo imaginármelo me horrorizo. Ni siquiera sé si puedo decir que él es distinto a mí, pues no lo conocí bien. Sólo sé que era un ángel del Beta que me salvó por lástima y que luego se arrepintió y me trataba con desprecio la mayor parte del tiempo.

Y luego se disculpó. Ya no me hagas sentir mal, subconsciente. Que se haya disculpado no significa que yo acepte quedarme con él.

Quizás más nunca vuelva a ver sus ojos grises —ni sus abdominales—, pero tenía que hacer esto, yo no quiero ir al infierno, y él ya daba por hecho que íbamos a perder. ¿Qué iba a pasar si llegaba el día y él no me quería? Es un completo estúpido, ni siquiera pensó en un plan de escape, es obvio que si me quedaba con él iba a ir al infierno por su culpa.

—Zack.

—¿Qué?

—Si eras del Beta, debes saber que Satanás esperaba veinticuatro horas para...

—Sí, pero ahora ya eso no aplica.

—¿Cómo es eso?

—Cuando el plazo se cumpla y todos sepan que tú ángel te perdió... —Hace una mueca—. No creo que le castiguen tan feo, si a eso te refieres.

—¿Y qué hay de mí? ¿No corro peligro?

—Zemer jamás daría información sobre tu alma a Satanás.

Algo se estruja en mi estómago.

Yo no planeé esto.

Yo tampoco.

—Nia, ¿no sientes cariño por el ángel? —Miro a Zack con el ceño fruncido—. Es decir, convivieron cerca de cuatro días, ¿no le cogiste aprecio? —él me mira con expectación y yo pienso mi respuesta.

—Él no me trató bien —farfullo y él arruga la frente.

—¿Qué? ¿A qué te refieres?

—Era un odioso —confieso de mala gana—. Desde que abrí los ojos él sólo… él sólo me recordaba que salvarme había sido un error, y hasta me maltrató cuando intenté decir que su Creador no existía.

—¿Estás diciéndome que el ángel no te trató con amor? —pregunta con incredulidad y yo resoplo.

—Era un tirano —bufo.

—Haziel —dice y yo lo miro al instante—. Sólo él podría salvar a una humana y luego arrepentirse, de hecho, es obvio que se hubiese arrepentido, pues él jamás hubiese…

—¿Qué dices?

—Así lo hubieses negado yo tendría claro que el ángel que te salvó fue Haziel. —Mira por la ventana—. Ese desgraciado siempre fue así de brusco.

—Zack…

—¿Te hizo daño? —indaga ceñudo y yo aparto la vista.

—Cuando se enojaba creaba un ambiente pesado —balbuceo—. Una vez me desmayé y en otra ocasión hizo que mis oídos sangraran.

—No debió tratarte mal, se supone que eres su hermana, su Jephin.

—¿Qué significa esa palabra?

—¿Jephin? —pregunta y asiento—. Algo como «mi amada salvada» o «mi hembra amada». —Siento que me sonrojo cuando él dice eso y me revuelvo incómoda en el asiento—. Por eso debía respetarte y tratarte con dulzura. Pero es más que obvio que Haziel te salvó por error.

—Pues, yo no lo elegí —suelto.

—¿Cómo tuviste el accidente?

—No quiero hablar —espeto acomodándome como si fuese a dormir—. Tengo sueño. —Cierro los ojos y escucho que él suspira.

—Haziel es un ángel de la venganza —me dice y contengo las ganas de preguntarle qué es eso—. No significa que no tenga amor para dar, sólo que… su carácter es fuerte. Como ángel vengador siempre se mostró rudo y fuerte. Para ejecutar una orden no hay que tener compasión y él fue creado con ese propósito. En el Beta sólo hay siete ángeles vengadores, pero Haziel… es de otro rango.

—¿A qué te refieres? —abro un ojo y él sonríe.

—A que los otros seis ángeles vengadores estarían subordinados a Haziel si estuvieran en el Séptimo Cielo. —Alzo las cejas—. Pero Haziel no aceptó su jerarquía como líder en el Beta. Sin embargo, sigue siendo el más serio.

—Serio y arrogante —espeto mirando hacia la ventana.

—Es un arcángel, Nia. —Abro los ojos desmesuradamente al oír eso—. Por eso te hacía débil su presencia.

Oh.

Eso tiene sentido.

Mucho sentido.

—¿Haziel es un arcángel?

—Es el único que no ocupa un liderazgo en el Beta —habla—. Ninguno de los arcángeles que conviven en el Beta ha salvado de la muerte a algún humano, todos forman parte de las Jerarquías que rigen al Beta y Haziel es el único idiota que renunció a ser parte de las Jerarquías.

Eso no tiene sentido. ¿Por qué no querría ser líder? Es un tonto.

—Quizás eso sorprenda a muchos —murmura Zack—. Wow, sí que la ha cagado, con razón te trataba así.

—¡Hey! —me ofendo—. Basta de decir que mi presencia es cargar una cruz de madera sobre la espalda.

—Lo es para Haziel —responde—. Ningún arcángel ha hecho eso. Es como… hacerse vil.

Ahora sí. Soy una bazofia.

—No te ofendas, pero muchos caídos estarían jodidamente felices por presenciar el momento en el que le arrancan las alas a Haziel, él ya ha arrancado miles —dice riendo y yo aprieto los dientes—. Arriesgarse por una humana… —Se carcajea como si le hubiesen contado un chiste fenomenal, hasta se ve diabólico.

Yo no planeé esto.

Solo era una carga para él. Además, solo me debe estar buscando para ahorrarse las burlas de todos cuando me echen al infierno. ¡Él no me quiere!

Un sentimiento raro se empieza a formar en mi pecho. Es parecido al arrepentimiento, pero por un lado pienso que la única que iba a salir perjudicada de aquí era yo.

Yo no planeé esto.

Oh… pero, yo sí planeé escaparme.

Pero… aun sabiendo que me iría al infierno en unos cuantos días y que él saldría ileso de todo… siento culpa. No soy mala.

No creí decir esto, pero creo que no debí haber escapado.

CAPÍTULO 14
NUEVA YORK

Creo que no puedo morderme más el labio. Bueno, sí puedo, pero si sigo lo romperé. Llevo tres horas tratando de dormir, pero me es imposible. Primero: jamás había durado más de dos horas en un avión y segundo: mi mente culpable no me deja.

—Ten —me dice Zack y alzo la mirada. Agarro lo que me ofrece y observo que es un paquete de galletas.

—No quiero —hago una mueca—. Me has dado muchas cosas dulces, ¿qué pretendes?

—Minerva dijo que mientras más azúcar consumas más rápido dejarás de sangrar.

—¿De qué estaba hecha la bebida? —le pregunto abriendo el paquete de galletas.

—No lo sé.

—¿Por qué confías en ella? ¿Qué tal si me ha envenenado? —Él se ríe al oír mis palabras y eso me enoja.

—Minerva sabe lo que hace.

—¿Ah sí? ¿Qué tal si se equivoca?

—Minerva sabe mucho de plantas, tiene mucha sabiduría en…

—Zack, no es necesario que le cuentes tanto —dice una voz masculina y me giro para observar a un tipo de pie cerca de la salida—. Ella no necesita saber ese tipo de cosas.

Desvío la mirada del tipo y me concentro en comer mis galletas. No preguntaré quién es porque en realidad no me interesa. No me importa nada acerca de los ángeles caídos que van aquí o bien sea humanos o qué sé yo.

Después de terminar el paquete de galletas me acomodo en el asiento y cierro mis ojos. Trato de relajarme y de hacerle creer a Zack que estoy dormida. No quiero hablar con él. Llevo tres horas escuchando su excitación de tener a la Jephin de un arcángel. Juro que quiero estamparle mi zapato en la cara, así quizás deje de ser tan imbécil.

Los minutos pasan y no dejo de pensar que en el Beta han pasado tres días, pero si Haziel me está buscando entonces vamos a la par con el tiempo. Y él me está buscando. Lo que menos quiero es que en un par de años él llegue a mi casa y me estrangule alegando que pasó todo ese tiempo buscándome para hacerme pagar por haberle hecho tanto mal.

—Ay. —Me hundo en mi asiento sintiéndome la peor persona del mundo.

—¿Te sientes bien? —pregunta Zack y abro mis ojos.

—No, no me siento bien —le respondo con brusquedad.

—¿Qué tienes?

¿Qué qué tengo? Sería mejor pregunta lo que no tengo. Sería más fácil.

Lo único: que quiero reclamarle a alguien todo lo que me está pasando.

No. En realidad, necesito un consejo. Un consejo de vida o muerte. Pero ¿quién puede aconsejarme? Las personas a las que les pediría consejo no están aquí, están en Berwyn. Ah, y mi abuela que está en Toronto.

Simplemente, lo siento. Yo no planeé esto.

—Responde. —Zack me zarandea sacándome de mis cavilaciones.

—¡Auch! —me quejo tratando de empujarlo y él me suelta al instante—. ¿Piensas partirme acaso? —exclamo enojada y me pongo de pie.

—¿A dónde…?

—No escaparé —espeto atravesando las cortinas y me refugio en el baño.

Contengo las ganas de llorar y hago un mohín de frustración.

Calma, Nia.

—A lo hecho, pecho —musito y respiro hondo.

No puedo dar marcha atrás. Lo que hice, ya lo hice, y no puedo devolver el tiempo. Y lo peor quizás sea que, aunque pudiera regresar el tiempo no lo haría. Yo quiero ver a mis padres, no quiero ir al Beta. Allí no hay nada que me pueda interesar, ni creo que pueda haberlo.

—Se trataba de él o de mí —susurro con la frente pegada a la pared.

Y yo elijo lo que me conviene y lo que deseo. Y lo que deseo es ver a mis padres. Y eso me conviene, ¿no?

—Nia, ¿qué te pasa?

—Zack, tu mercancía se encuentra bien —espeto—. Sólo estoy de mal humor.

—Bueno, sería genial que supieras que debes controlar tu humor —suelta y me muerdo la lengua para no decirle una mala palabra.

Termino de comerme una barra de chocolate, en las últimas tres horas he comido muchos dulces, puede que me dé un dolor de barriga. Pero no me importa, quiero que se me vaya la menstruación y en las últimas dos horas me he dado cuenta que la sangre ya casi ha dejado de fluir.

—Zack, ¿seguro que no puedes conseguirme otra poción mágica?

—No es una poción mágica —dice por enésima vez.

—Pero así podría tomarme una el mes que viene —le digo y él me mira.

—Deberías dormir —dice apartando la vista hacia la ventana.

—¿Cuánto falta para llegar?

—No lo sé —murmura y cuando abro la boca Dominic aparece en mi campo de visión.

—Abróchense los cinturones de seguridad, el aterrizaje será algo movedizo —dice con diversión y yo trago duro.

Bien. Por lo menos avisó.

—¿Cuánto llevamos viajando? —le pregunto.

—Siete horas —responde tajante y yo alzo las cejas. Pensé que llevábamos cinco o seis horas.

—¿Y a dónde aterrizaremos?

—En una pista de aterrizaje —responde con odiosidad y yo ruedo los ojos.

—Hablo de la ciudad —espeto y él sonríe.

—No en una ciudad; en el condado de Nueva York —dice para luego desaparecer por las cortinas.

La emoción aparece en mi sistema y no puedo evitar sonreír. ¡Estoy más cerca de casa! Joder, este condado da con la frontera de Canadá. Podría llorar de la emoción justo ahora.

Zack me ayuda a colocarme el cinturón de seguridad.

—Bien, ahora, sería bueno… —Zack se calla cuando las luces parpadean y el avión se mueve bruscamente como si le estuviesen lanzando bombas o qué sé yo.

Grito aterrorizada al notar que va descendiendo muy rápido y de un momento a otro paso de la felicidad al terror.

—Cálmate, ya pasará.

—¡Voy a m-morir! —exclamo aterrada y mi espalda choca con el asiento con brusquedad. Siento un inmenso dolor en mi mano derecha, la cual se está aferrando con fuerza al reposa-manos y recuerdo que está herida.

—Sólo será un aterrizaje forzoso —sigue diciendo él con total tranquilidad. Claro, sí él es inmortal, no es como si fuese a partirse una pierna o morir achicharrado aquí.

—¡Dios mío ten piedad! —exclamo casi llorando y el avión se sacude con fuerza haciéndome gritar como una loca.

—Ya aterrizó, Nia. Deja el drama.

—¡Imbécil! —bramo y efectivamente los movimientos bruscos cesan poco a poco.

Me quito el cabello de la cara y noto que las luces ya no parpadean. Zack tiene una sonrisa impecable y burlona en la cara. Jadeo nerviosamente y carraspeo para luego recuperar la compostura. Miro mi mano derecha y me exaspero al ver que nuevamente las vendas están llenas de sangre.

—Joder, ¿por qué no sana? —espeta él quitándose el cinturón de seguridad y agachándose delante de mí.

Mientras me examina el avión apaga sus motores. Miro a través de la ventana que es de noche. Demonios, desde que salí del Beta es de noche. No veo la hora de ver la luz de un día normal.

—Iré por vendas —me dice y asiento.

Respiro nerviosamente y me muerdo el labio. Quisiera darme un baño, no sé por qué de pronto me siento tan sucia al ver la herida. Aún no ha sanado, parece como si me la hubiese hecho hace una hora y eso me está preocupando. ¿Tendrá algo que ver con el Beta? ¿O será algo referente a mi rareza con los ángeles?

—¿Dónde está Zachiel?

—Buscando vendas —balbuceo sin molestarme en alzar la mirada.

—Mírame cuando hablo —rezonga y frunzo el ceño. Alzo la vista y observo que no se trata de Dominic sino del otro tipo que parece más un caído que otra cosa.

—Te estoy mirando, ¿ahora qué? —espeto y él ladea la cabeza con mirada seria. Seria y ruda.

—¿Te crees muy superior a mí, humana?

Confirmado. Es un ángel caído.

—No lo soy, pero —hago una mueca—… sí soy más importante que tú.

—¿Sabes algo? —susurra con voz llena de veneno—. Juro que seré el segundo en poseerte y no…

—No podrás hacer eso —espeto—. Sólo juré con Zack. —Él sonríe con malicia y asiente.

—Oh, cierto. Lo olvidé —dramatiza—. Mis disculpas. —Hace una reverencia y lo miro ceñuda.

A veces sé leer entre líneas.

Y necesito escapar ahora mismo.

—¿Dónde carajo está Zack? —Doy un respingo al oír otra voz y esta vez sí se trata de Dominic—. Aker, te mandé a buscar a Zack

—Fue por unas vendas—alzo la voz y Dominic me ve.

—¿Aún no te sana la herida? —pregunta y el tal Aker me mira con interés. Coloco mi mano hacia abajo para que ellos no la miren.

—No, pero es necesario cambiarlas —digo con convicción—. Es higiene, ¿no sabías?

—Hmm, sigue diciéndome imbécil —ladra Dominic y yo sonrío.

—Necesitamos saber hacia dónde volaremos ahora —me informa Aker con desdén—. Así que, ¿dónde vives?

Eso es algo que debieron preguntar antes.

—¿Cuándo despegaremos? —desvío el tema.

—Di la maldita dirección.

—Los Angeles —miento y Dominic asiente. Este lugar está más cerca de Canadá, aquí es donde debo escapar.

—Bien, no sé por qué, pero lo sospeché —le dice a Aker—. Llama al Principado de Torrance, dile que la Jephin está residenciada en L.A. Probablemente todas las Potestades estén… —él baja la voz a medida que se aleja con el caído y yo me horrorizo de pies a cabeza.

¿Principados? ¿Potestades? Eso suena como mal. Es decir, ¿todos los ángeles caídos van a saber dónde vivo? ¡Eso no estaba en el plan! No pienso poner a mis padres en peligro, están locos si creen que sí.

Bueno, por lo menos hice bien en darles la dirección incorrecta. Los Angeles está muy lejos de Berwyn. Gracias a Dios.

Ahora, la pregunta del millón: ¿Cómo escapo?

—Nia, no hay vendas en este maldito avión —rezonga Zack y lo miro con cara inocente.

—Pues, ya me quitaste...

—Sí, lo sé. Lo sé —gruñe.

—Debes darte prisa —lo apremio enseñándole la herida abierta.

—Joder, eso se ve mal —dice y se pasa las manos por la cara.

—Bueno, eres súper veloz, ¿no? Ve rápido por las vendas...

—¿Eres idiota o te haces?

—Oye, no me insultes.

—No soy súper veloz —espeta.

—¿Ah no?

—No, soy un caído —ladra como si me estuviera reclamando—. Puede que sí sea un poco más ágil que los humanos, pero no soy súper veloz como solía serlo cuando tenía gracia.

—¿Ni en el Beta?

—Mientras más tiempo un ángel dure en la Tierra... poco a poco su súper velocidad va disminuyendo —me explica con fastidio—. Pero, en mi caso... desde que caí perdí un poco ese privilegio, ya que me cortaron las alas también.

—¿Entonces, si yo corro no me alcanzarías? —indago con curiosidad y él sonríe.

—Sí.

—Pero dijiste que no tenías súper velocidad.

—Súper no, pero sí velocidad —alardea—. A lo que me refiero es que... no puedo correr cien metros en un segundo.

—¿Diez?

—Quizás —hace una mueca y asiento.

—Ya entendí. —Sonrío forzadamente.

—El caso es que, si pensabas que iría corriendo en busca de las vendas, pues estás equivocada —dice y camina hacia las cortinas que dan hacia la cabina de pilotaje.

Bien. Ya sé algo nuevo. Los caídos no son súper veloces como Haziel.

Lo que sí tengo claro es que son fuertes. Ahora... ¿Qué hago? ¡Ilumíname Dios!

—Nia. —Muevo la cabeza hacia la derecha y en vez de mirar a Zack miro como la puerta-escalera se abre.

Es como si saliera una luz de allí con una voz que me dice «Venga, Nia. Escapa. Es tu oportunidad», pero… no es tan fácil como suena.

—Iré por las vendas.

—¿Estamos en un aeropuerto clandestino? —pregunto.

—¿Siquiera has mirado por la ventana, Nia? —dice con aburrimiento y al instante miro a través del ojo de buey.

—No veo nada —alzo la voz—. De todas maneras, yo quiero ir contigo.

—No, te quedas.

—Pero, ellos no me dan buena espina —susurro y él pone los ojos en blanco.

—Yo tampoco te doy buena espina, no te hagas.

—Sí, pero contigo hice un juramento, con ellos no.

—Solo iré al interior del aeropuerto, volveré en diez minutos —me dice disponiéndose a bajar.

Miro de reojo que Dominic está de brazos cruzados mirándome con desaprobación.

—Yo sólo quiero ir a un baño más… —Finjo estar incómoda—. Más cómodo —añado.

—Vale, muévete —me dice y casi corro hacia él.

Bajamos las escaleras y observo que, a diferencia del otro aeropuerto clandestino, este no tiene un glamour para que no lo vean. Desde aquí puedo ver claramente que todas las ventanas panorámicas están iluminadas desde adentro y hay personas caminando de un lado a otro.

—Este aeropuerto es más popular.

—Estamos en el condado de Nueva York —dice cogiéndome la mano sana y arrastrándome en su andar—. Es un aeropuerto privado.

—¿Cómo es que pudieron aterrizar aquí?

—En la torre de control trabajan tipos que pueden usar coacción para que todo salga perfecto y no haya pruebas.

—¿Cómo es que se puede hacer todo eso sin que nadie nunca sospeche?

—Lo hacemos realmente bien, te sorprenderías de todas las cosas ocultas al entendimiento de muchos humanos —habla—. De presidentes hacia abajo.

—Pero… es tan raro —murmuro.

—Confórmate con saber que hay cerca de dos mil ángeles caídos trabajando en las grandes organizaciones de seguridad mundial; en realidad —carraspea—… no debía decirte eso —musita.

—¿Te parece que quiero que todos me llamen loca al tratar de propagarlo mundialmente? —bromeo para ocultar mis nervios.

No es fácil prestar atención a lo que él dice y estar planeando un plan de escape. Y menos con una mano que te duele como si te hubieses aplastado todos los dedos.

—Bueno, hay caídos infiltrados en gobiernos, organizaciones, en todo tipo de negocios importantes. —Suspira—. Por eso siempre hay cosas que pasan y que no tienen explicación, no puedo negar que a veces se nos pasa alguna que otra cosilla, pero… por ahora no te preocupes. Nadie vendrá a inspeccionar el jet, de hecho, nadie está viendo que la puerta del avión está abierta, ni que tú y yo vamos caminando hacia allí.

—¿Qué? ¿Soy invisible?

—No.

—¿Entonces?

—Dios, eres muy preguntona —espeta apresurando sus pasos. Meto cuidadosamente mi mano derecha en el mismo bolsillo donde está la daga—. Solo ven dos tipos con uniforme militar, sólo cálmate.

—¿Dos tipos? ¿Y si hablo y se dan cuenta…?

—No hables y ya.

—¿No pude ser una tipa militar? —refunfuño y creo que está sonriendo.

Entramos al aeropuerto, el cual es más grande que el aeropuerto clandestino. Miro de reojo que en la sala de espera está una chica pelinegra custodiada por dos escoltas, y sigo recorriendo discretamente el lugar, las paredes son blancas, y el personal de limpieza al parecer está limpiando algún desastre cerca de la entrada. Zack me conduce por un pasillo y al final están los baños.

—Entra —me indica y cuando voy a decirle algo veo que dos chicas que venían detrás de nosotros se dan la vuelta y se van.

—¿Por qué se…?

—Coacción —me dice abriendo la puerta y arrastrándome hacia adentro.

—Oye, no es bueno que entres.

—¿Qué tienes en el abrigo? —pregunta con seriedad poniéndole cerrojo a la puerta.

—¿Qué?

—Toqué algo duro en tu abrigo —me acusa acercándose peligrosamente. Mis sentidos se alertan y creo que estoy a punto de gritarle que se aleje, pero lo pienso mejor y no lo hago.

—No es…

—Déjame ver —exige tomándome por la muñeca.

—No tengo nada —gimoteo y él mete su mano en el bolsillo donde está la daga.

—¡No es posible! —Da un salto alejándose de mí como si la daga le hubiese cortado un dedo.

—¿Qué te pasa? —espeto con un deje de nervios, pero fingiendo seguridad—. Es sólo un… cuchillo.

—¿Desde cuándo lo traes? —exige saber con mirada alterada.

—Desde que… —Trago y siento que la mano me duele más—. Desde que escapé.

—¿Y por qué no me dijiste que la traías? —rezonga y se acerca a mí nuevamente, pero irradiando enojo.

—Espera, ¿por qué te enojas?

—No sabes el daño que hace la… —cierra la boca de golpe—. Quítate el abrigo —extiende la mano y yo me confundo.

—¿Qué? ¿Para qué quieres el abrigo?

—Dame el maldito abrigo —ladra y la minúscula confianza que le tenía desaparece. De hecho, ¿le tenía confianza?

—Bien —accedo quitándomelo, pero antes de dárselo saco la daga.

—¡Deja eso adentro! —exclama enojado y algo en mí se activa al ver que sus ojos parecen estar llenos de veneno.

No sé qué tiene la daga que lo pone tan nervioso, pero… ¿Y sí puedo herirlo con ella? Sé que la daga es de Haziel, o puede que sea del otro ángel que le prestó la casa, y si Zack está tan nervioso y asustadizo por la misteriosa daga eso quiere decir que…

—Zack, tranquilo —le digo con calma fingiendo que meto la daga en el bolsillo mientras me acerco a él. Cuando él estira la mano para quitarme el abrigo yo se lo lanzo en la cara y rápidamente lo ataco con el arma blanca.

—¡Demonios! —chilla cayendo de rodillas.

Retrocedo de un salto y con el corazón a mil al ver que él jadea y se queja como si le hubiese quemado con hierro caliente, y lo único que le hice fue… un minúsculo corte en el brazo. ¡Por Dios, es sólo un rasguño!

—¿Zack? —susurro con el corazón acelerado y la respiración entrecortada. *Estoy muy asustada, nerviosa, preocupada, alterada…*

—Te mataré, te mataré… —masculla y trata de ponerse de pie y yo me acerco con pasos rápidos.

Él no es humano. Y yo debo escapar.

—Lo siento, Zack…

—Detente… —jadea y yo trato de rodearlo, pero él se abalanza sobre mí.

Profiero un grito al mismo tiempo que mi mano izquierda se lanza hacia delante y cuando abro los ojos —que no sé cuándo cerré— veo que él está convulsionando. Miro la daga que sostengo en mi temblorosa mano y observo la sangre tan roja que parece negra.

Él no es humano, ¡Escapa ahora, carajo! Reacciono con las palabras de mi subconsciente y rodeo el cuerpo que se sacude con violencia, agarro el abrigo y escondo la daga en él. Giro el pomo de la puerta y salgo.

Jadeo apresurándome hacia la salida. No puedo mentir diciendo que jamás he utilizado una daga, pues mi hermano estuvo en escuelas de Artes Marciales y desde pequeño sabe mucho del manejo de dagas, espadas, y todo tipo de armas. Por esa razón Niamh Browne aprendió alguna que otra cosa gracias a su querido hermano. No puedo negar que también quise aprender profesionalmente lo que mi hermano aprendió, pero mi madre nunca estuvo de acuerdo, siempre decía que eso era para hombres. Si supiera que mi hermano me enseñaba algunas cosas a escondidas…

—Oh, Dios… —me pongo el abrigo con dificultad a causa de mi mano herida. Joder, me está doliendo más.

Salgo del pasillo y miro de reojo que las dos chicas de hace rato se acercan riendo, me miran y cuchichean cosas con miradas coquetas. Oh, cierto, piensan que soy un hombre militar. Les sonrío cuando ellas pasan por mi lado y acto seguido apresuro mis pasos.

Cruzo la sala de espera evitando hacer contacto visual con las personas. Me dirijo a la salida casi trotando sin importarme que pueda parecer sospechosa, ni siquiera me imagino si las chicas que iban hacia el baño ya se habrán encontrado con un tipo militar convulsionando. Lo reconozco, eso que hice… lo debí haber hecho en otro sitio, o por lo menos debí haber arrastrado a Zack hasta el interior de uno de los cubículos, pero mis nervios no me dejaron. *Típico.*

Cruzo las puertas dobles y cuando salgo exhalo con alivio ignorando que mi piel lleva minutos erizada.

— *Niamh.*

Me giro en busca del portador de la voz, pero sólo veo a los vigilantes y otras personas que están entrando al aeropuerto.

—*Niamh, ¿dónde estás?*

¿Haziel? No puede ser él, pero, ¿quién más puede hablarme mentalmente?

—*¡Niamh!*

Definitivamente es la voz de Haziel. ¿Estaré enloqueciendo?

Miro hacia delante y observo la carretera muy transitada, y lo más extraño es que hay dos taxis vacíos. ¿Pareceré un militar todo el tiempo? No me gusta cómo suena eso.

Ahora, evaluemos la situación: no sé dónde estoy, no tengo dinero, no tengo...

— *Niamh, habla. Sólo grítame. Dime que estás viva.*

Oh, no puedo... los caídos pueden oírme también. Debo alejarme de aquí.

Trago duro. No hay dudas, Haziel está cerca. Y lo peor, está enojado, lo que significa que me hará daño con su *súper poder* de arcángel.

Miro calle abajo y empiezo a andar. Apresuro mis pasos cada minuto que pasa y rápidamente ideo un plan. Si el disfraz de militar me dura poco, entonces andaré vestida ridículamente con un pantalón de chándal negro y un abrigo. Bueno, por lo menos las zapatillas son decentes.

Observo las tiendas que hay por la calle y al ver que hay muchas personas caminando de aquí para allá deduzco que, aunque es de noche, es temprano. Quisiera preguntarle a alguien la hora, pero no sería lógico para alguien escuchar a un militar hablar como una chica de diecinueve años.

Me detengo a descansar y siento punzadas ardientes en la mano donde tengo la cortada. Contengo una queja —milésima desde que salí del aeropuerto— y sigo caminando. Al pasar por el escaparate de una tienda miro mi reflejo en el cristal.

Camino sin rumbo, sé que estoy en el Estado de New York, pero no sé en qué ciudad, Justo cuando voy a hacer un mohín de enojo miro que se acerca una viejita por la acera, aparenta tener más de ochenta años. Si tengo que probar que ya no parezco un militar, esta es mi oportunidad.

Oh, quizás a la abuelita le dé un infarto al oír una voz femenina en el cuerpo de un hombre.

—Disculpe, abuela. ¿Puede decirme en qué ciudad me encuentro? —pregunto con amabilidad y ella me sonríe. Joder, era condado, no ciudad.

—Una joven bastante perdida, ¿eh? —bromea y yo respiro aliviada. Al parecer ya no soy un militar, sólo soy Nia.

—Oh, no es eso —farfullo apenada.

—Hasta donde sé estamos en Búfalo —dice y alzo las cejas.

¿Búfalo? Bueno, obvio que he oído de ella, pero... no recuerdo bien en dónde está.

—Oh, gracias —sonrío haciendo una corta reverencia y sigo mi camino.

¿Por qué hice una reverencia al estilo princesa? Tonta Nia.

Bien, ¿ahora qué? No quiero dormir en la calle o en un callejón de mala muerte. La idea de robar a un pobre diablo me llega a la mente y la descarto rápidamente. No haría eso. *A menos que esté demasiado desesperada.*

Le pregunto la hora a una chica embarazada y luego le doy las gracias. No me sorprende ver los establecimientos de comida abiertos. *Y yo con hambre.* Mucha hambre. El hambre me recuerda todos los dulces que comí y a la vez eso me recuerda que hace una hora que mi flujo de sangre se detuvo. La poción hizo efecto, al parecer.

—Oh... —me quejo llevando la mano herida a mi regazo—. Oh... Dios... Dios... —El dolor aumenta y las lágrimas afloran. Busco un lugar oscuro donde pueda esconderme y me doy cuenta que tengo taquicardia.

La ciudad tiene edificios, de hecho, caminé más de un kilómetro desde el aeropuerto privado hasta esta ciudad, y no es como si estuviese plagada de callejones oscuros, quizás sí, pero... por esta avenida no. Decido cruzar la calle con la mirada gacha, lo que menos quiero es que las personas me vean llorando.

—Oh, por favor... —lloro entrando a un callejón sin poder contenerme. No está tan oscuro, pero... parece un cliché.

Me recargo de una pared y trato de dejar de sollozar, pero se me hace imposible. Ahora sí deseo que Haziel aparezca, no me importa si me hace daño, creo que hasta sería bueno desmayarme, así no siento dolor.

Mis quejidos van en *crescendo* al igual que las punzadas de la palma de mi mano derecha. Justo en ese momento dos tipas que pasan por acera escuchan mi llanto. Genial, lo que me faltaba. Bajo la mirada al ver que se acercan con curiosidad.

—¿Te encuentras bien? —pregunta una de ellas y se me escapa un sollozo mientras sacudo la cabeza. Ya no vale la pena mentir.

—¿Estás herida? —pregunta la otra chica y asiento—. Oh, Maddie. Parece que está muy mal —le dice con nerviosismo a su amiga.

—¿Dónde estás herida? —La chica se acerca y yo extiendo la mano con dudas—. ¡Dios! Eso se ve profundo, necesitas puntos de sutura. Debemos llevarte al hospital…

—No —gimoteo limpiando mis lágrimas y sólo moverme me produce un dolor en todo el cuerpo.

—Claro que sí vamos. ¿Cómo te hiciste esa cortada? —pregunta sutilmente.

—M-me la hicieron —sollozo. Bueno, no estoy mintiendo.

—Vivo en estos edificios, ven conmigo.

—No, no puedo —reprimo mis sollozos, pero mi mano palpita con más fuerza, como si me estuviese reclamando una decisión.

—Por favor, no te haremos daño, sólo…

—Esperaré aquí —me seco las lágrimas con manos temblorosas.

—Ve, Maddie, yo me quedaré con ella —dice la chica y miro disimuladamente que es rubia platinada.

La otra chica no discute y se va trotando hacia las escaleras de incendio. La rubia se queda conmigo diciéndome que todo saldrá bien y de vez en cuando me pregunta cómo me hice la cortada. Decido no hablar y sé que ella está imaginándose que seguro me robaron o algo peor. Lo cierto es que no me atrevo a hablar. Odio hablar cuando estoy llorando y con hipo.

—Podemos llamar a la policía —sigue diciendo ella y yo niego con la cabeza. Estoy agachada con la espalda apoyada en la pared de ladrillos—. ¿Quién te hizo eso?

—Un h-hombre —sollozo y dejo caer mi trasero en el piso.

Mi manera de llorar siempre ha sido dramática, mi hermano solía decir que parecía tierna y a la vez sexy mientras lloraba, por ese comentario casi siempre le terminaba lanzando un zapato. Él siempre trataba de hacerme reír para que dejara de llorar.

—Pero, ¿cómo lo hizo? —sigue preguntando y cuando pienso responder una voz masculina llega a mis oídos.

—Buenas noches. —Por un instante no me llega sangre al cerebro, de hecho, siento como si el dolor de mi mano y antebrazo hubiese desaparecido. Alzo la cabeza y miro que la chica se encuentra tirada en el piso en posición fetal como si estuviese durmiendo.

—¿C-cómo…? —hipeo recorriendo un cuerpo varonil de abajo hacia arriba empezando por sus botas negras, luego por sus jeans oscuros, camisa blanca, chaqueta de cuero negra y unos ojos oscuros que en realidad son grises.

—Hola, Niamh —dice con voz neutra y me mira fijamente con expresión seria.

En realidad, hay ¿decepción? ¿tristeza? ¿enojo? No lo sé, de lo único que estoy segura es de mi arrepentimiento. Nada de esto me estuviese pasando si no hubiese escapado, no tendría este inmenso dolor mortal en la mano si no hubiese escapado. *No me sentiría como la mierda si no hubiese escapado.*

Bajo la mirada emitiendo leves sollozos de dolor. Estoy avergonzada porque me porté mal, las cosas no me salieron como yo esperaba. De hecho, admito que nada me salió bien. Empezando porque nunca imaginé que un caído me obligase a hacer un juramento diabólico. Tampoco me imaginé abordar un avión con seres despiadados, ni tener este dolor tan horrible. Ni este remordimiento.

Soy una tonta.

—Lo siento… —sollozo con un hilo de voz—. Lo siento mucho… —Niego con la cabeza y dejo salir más lágrimas—. Si quieres… puedes matarme, haz lo que quieras conmigo.

—Niamh.

—Fui una tonta. Una real… idiota. —Lloro desconsoladamente—. No pensé bien.

—Basta.

—Sólo quería ver a mis padres… —mi voz tiembla y va disminuyendo—. Sólo quería y ya no importa. Supongo q-que soy la peor Jephin que ha existido.

—He dicho: basta.

—Debería morirme —gimoteo y siento que me cargan lastimándome la mano—. ¡Ay! ¡Duele, duele!

—¿Qué te duele? —espeta sacudiéndome—. ¿Los pies de tanto caminar? —ladra y grito con todas mis fuerzas cuando él se eleva.

¡Se eleva! Mejor dicho ¡Está volando! ¡Dios Santo, está volando conmigo!

—¡Oh por Dios! —exclamo en medio de mi llanto.

—Deja de llorar Niamh —me regaña y me encojo del frío.

—¡No! ¡Déjame! ¡Auxilio! ¡Bájame! ¡Voy a caeeer! —chillo y él desciende en picado.

No dejo de gritar como una desquiciada hasta que mis pies tocan el suelo. Me tambaleo alejándome de él.

—¡No vuelvas a hacer eso! —bramo limpiándome las lágrimas con la mano sana—. ¡No lo vuelvas a hacer! —grito con toda mi alma y él coloca su mano en mi boca.

—Cierra la boca —me advierte con voz filosa—. No estás en situación de estar gritándome.

—Haziel —interrumpe una voz masculina bastante gruesa y éste me quita la mano de la boca—. A ella le duele algo, está herida. —El tipo aparta a Haziel casi de un empujón y sin dudarlo agarra mi mano derecha—. Oh, esto se ve muy feo. Hizo un juramento…

—¡¿QUÉ?! —brama Haziel y yo cierro los ojos—. Hazte a un lado. —Aparta al tipo y me coge la mano con brusquedad.

—Ay…

—¿Hiciste un juramento, Niamh? —me pregunta con voz peligrosa y trago duro.

Vamos, lo único que puede hacerte es partirte en dos en un solo suspiro, no le temas.

—Él me obligó… —Empiezo a llorar como una niña pequeña otra vez—. Simplemente p-puso la navaja en mi mano y apretó. Y no s-s-sana… la herida no sana.

—Oh, pobre…

—Déjanos solos, Bered —ordena Haziel—. Diles a todos que ya la tengo, que regresen al Beta, yo iré en cuanto pueda a la morada de Ahilud. Espérenme allí.

—Entendido —conviene el ángel y luego nos deja a solas. Miro de reojo que estamos en una carretera de piedra. *Solos*. Ahora sí me va a matar, y sin testigos.

—¿Quién te obligó? Dime el nombre.

—Zachiel… —susurro tratando de contener mi llanto—. No quiere sanar… seguro es otra rareza mía —la pesadez llega con fuerza, caigo de rodillas jadeando y me llevo la mano herida a mi estómago.

—No tengo la culpa. Estoy muy enojado.

—Necesito aire… —jadeo—. Vete… vete…

—No me iré hasta que me digas donde está Zachiel —espeta—. En el avión donde te trajeron no había ningún caído llamado así.

—Baño… en el baño.

—¿Del aeropuerto?

—Sí, yo le… —toso y luego noto que Haziel se ha ido.

¿A matar a Zack? ¿Puede morir un ángel?

Permanezco tirada en el suelo casi cinco minutos hasta que decido ponerme de pie con leves sollozos. Respiro temblorosamente y miro mí alrededor. Parece una pradera, una oscura pradera.

El miedo me ataca y echo a correr no sé hacia dónde sin importarme que me duela todo el cuerpo, ¿Habrá ángeles caídos también aquí?

—¡Haziel! —le grito a la noche y el dolor de la mano se extiende por el brazo. Doy un grito de desesperación cuando me detengo al ver que la carretera parece no tener fin—. ¡Esto es horrible! —chillo aterrada al sospechar que no estoy sola del todo—. ¡Haziel!

¿Por qué me dejó sola? ¡¿A dónde ha ido?!

—¡Haziel! —grito con todas mis fuerzas y sin darme cuenta empuño mis manos olvidándome de la que está herida.

—¡Niamh! —me regañan y me detengo para luego girarme.

—¡No vuelvas a dejarme sola! —lloro y él se acerca con dudas.

—¿Le temes a la oscuridad ahora?

—¡Sabes que sí!

—Mmm… Cuando escapaste de la cabaña no le temías, ¿verdad? —pregunta y me detengo. Si no hubiese dicho eso, probablemente ya estuviera frente a él asestándole un par de golpes. La vergüenza ha vuelto.

—Quizás no —farfullo bajando la mirada aún con el pecho agitado por mi gritería.

—Pues…

—En realidad, pensé que… —trago— podía venir un caído —musito.

—Ven.

—¡No! —Retrocedo—. No quiero volar…

—Venga Niamh, no me hagas perder la paciencia. —Me hala hacia él de la mano sana y antes de que pueda gritarle que no lo haga, me carga.

Esta vez se siente, nuevamente, como si estuviera en una montaña rusa y tengo ganas de vomitar. Dos segundos después estoy de pie y desorientada en medio de una habitación…

—¿Me… trajiste al Beta? —pregunto arrastrando las palabras.

—Duerme —lo oigo decir para luego caer en una inconsciencia inducida por él.

Yo no planeé esto.

¿Quién lo planeó entonces?

CAPÍTULO 15
ARCÁNGEL

Me despierto escuchando una dulce melodía. No sabría decir cuáles son los instrumentos que escucho, pero juro que hay violines.

Abro mis ojos con pereza y respiro hondo.

—Ay… —me quejo perezosamente y me llevo la palma de la mano hacia mi campo de visión—. ¿Eh? —Me incorporo y observo que la herida ahora es… una fina y recta línea rosa de unos cuatro centímetros. La palpo cuidadosamente y siento un leve dolor, como una punzada, pero está cicatrizada, como si hubiesen pasado dos semanas.

Lo segundo que noto es que tengo una bata blanca de seda. Y lo tercero… estoy de nuevo en mi primera cárcel.

—Bueno… —suspiro resignada—. ¿Qué más da? —Vuelvo a acostarme y alzo las cejas al ver que hay almohadas en la cama. Me arropo dejando solo mi cara a la vista. De lo único que estoy segura es de las ganas que tengo de olvidar todas las malas decisiones que he tomado hasta ahora.

La melodía se escucha lejos, como el silbar del viento. Oigo violines, y… flautas. Nada de percusión, solo instrumentos de viento y de cuerdas. ¿De dónde viene ese sonido?

—¿Niamh? —mis ojos se van hacia la puerta cuando escucho la voz. Él está sin camisa y con un pantalón de chándal. *Wow*.

¿Ya he dicho que es atractivo? Dios, ¿cómo podré vivir eternamente con un ser así en plan «amor filial»?

Bueno, no sé por qué me hice esa pregunta. De hecho, ¡¿de dónde vino la pregunta?!

—¿Qué pasó con Zack?

—No sé si tomar tu pregunta de buena manera —dice con tono neutro.

Su típico tono neutro. Creo que es parte de su personalidad. Si escribiera mi historia en un libro, lo titularía «Neutroziel». Wow, eso suena horrible.

—Quiero saber si le hiciste sufrir —espeto—. Él me cortó sin mi autorización —gimoteo como una niña pequeña—. Entonces, ¿qué le hiciste?

—Lo encontré herido, lo que es —me mira ladino—… intrigante. ¿Cómo escapaste de él?

—Haziel, si me desvestiste significa que encontraste la daga que robé de la cabaña, deja el drama. —Manoteo y miro que los músculos de su mandíbula se contraen.

—Bien, estuvo mal que hurtaras eso, pero no te regañaré, al final tu mala acción salvó tu vida —dice y suspiro aliviada. Por lo menos no está enojado—. Fue valiente lo que hiciste. La daga no era mía, ni siquiera sabía que Nigel la tenía.

—¿Nigel?

—El dueño de la cabaña —responde restándole importancia—. La daga pertenece a un ángel. Sólo un arma angelical puede herir a un caído y, por ende, sólo un ángel del Beta o que aún conserve su gracia debe poseerla. Ni siquiera sé por qué él la tenía.

—Entonces, Nigel la robó.

—Sí, ya hablé con él acerca de ese asunto —espeta—. Ahora, hablemos de tu juramento. ¿Qué juraste?

Trago grueso y desvío la mirada. No quiero recordar mis malas acciones. Odio recordarlas, es como si me estuvieran diciendo, «te lo dije, Nia». Mis padres solían decirme esa frase pocas veces.

—Habla, ¿qué juraste con Zachiel?

—Juré dejarlo poseerme si me llevaba sana y salva a casa.

—Dime exactamente las palabras.

—Por Dios, ¿hablas en serio? —Él no se inmuta y yo hago un mohín—. No recuerdo bien.

—Habla, Niamh —me apremia y yo resoplo.

Joder. ¿Tan importante es?

Bien.

—Juro que si me llevas a mi casa sana y salva lo más pronto posible, dejaré que me poseas cuando te plazca —relato con aburrimiento—. Eso fue lo que dije.

—Mmm, ¿y tan tonta eres? —dice con tranquilidad y no me ofendo.

En realidad, sí, soy una tonta.

—Él podía fácilmente poseerte en el instante en que pisaras el porche de tu casa. Podía hacerlo cada vez que le diera la gana y tú no podrías negarte —me regaña.

—Yo sólo quería estar con mis papás —mascullo.

—Él iba a matar a tus padres, a tu hermano, a todo lo que le impidiera tenerte.

—¿Qué? —exclamo—. Claro que no…

—Niamh, él juró contigo, no con tus padres —espeta.

Click.

—Oh, por Dios… —Me tapo la cara con las manos.

¿Por qué no me detuve a pensar? ¡Haziel tiene razón! Por eso Zack tenía una expresión de burla. ¡Por eso las «Potestades» iban a esperarme en L.A.!

—¡Qué imbécil fui! ¡Soy una idiota! —lloriqueo.

—Bueno, ya —rezonga—. Zack no te llevó sana y salva a casa, el juramento está anulado.

—¿En serio? —Lo miro esperanzada.

—Si no les diste la dirección exacta de tu casa, entonces tus padres están fuera de peligro —dice con despreocupación—. Un grupo de ángeles caídos no dejaría ni una sola pista de ellos, pero…

—No les di mi dirección —alardeo poniendo mi cara de «ni que no tuviera cerebro».

—Perfecto, ahora… déjame ver tu mano. —Se acerca a mí y yo frunzo el ceño. Trago ocultando mis nervios y él coge mi mano y la examina con expresión profunda.

Miro de reojo su abdomen. Dios, ¿hay gimnasio en el Beta? Señor, esto aún no lo asimilo. ¿Cómo es que estoy aquí y no en Berwyn?

Basta de cháchara, Nia. Sólo acéptalo.

Agh, vale.

—Me extraña que sanara tan rápido, parece que hubiesen pasado días —murmuro y él suelta mi mano con cuidado.

—Has dormido tres días.

—¡¿Qué?!

—Tres horas terrenales. En tu ciudad son casi las seis de la mañana, quizás aún tengas sueño.

—¿En Berwyn son las seis de la mañana? —balbuceo recordando que no volveré a ver a mis padres.

Oh, joder. ¡Tienes que resignarte Nia! Vamos… llegará un día en que lo superarás.

Oh, Dios, pero que ese día llegue rápido.

—Bueno, casi las seis —murmura él. Dejo caer mi espalda en la cama y siento como mis pechos se mueven.

—Oh, a esta hora estaría preparándome para ir a la universidad... —Me callo y frunzo el ceño—. Espera, ¿han pasado tres días? —Él asiente lentamente y yo observo que está mirando mis...

—Nos quedan seis días —dice desviando su vista bruscamente hacia la pared.

—¿Estabas mirando mis pechos? —le pregunto con confusión y él me mira fijamente.

—Sí —responde con normalidad.

—¿Los ángeles femeninos no tienen pechos? Bueno, no importa. —Manoteo sin importancia.

Ya sé que no puede sentir emociones sexuales, seguro estaba viendo mis pechos porque le parecen intrigantes. Como ver un sexto dedo en la mano de alguien.

—Sí —dice y lo miro confundida.

—¿Sí qué?

—Sí tienen pechos, mucho más pequeños, casi ni se notan, pero no tienen pezones —responde y yo me confundo más. Él pone los ojos en blanco al ver mi confusión y se cruza de brazos—. Los ángeles femeninos sí tienen senos, pero no poseen pezones.

—Eso debe verse... raro.

—No. ¿Por qué tendrían pezones? —habla—. No necesitan amamantar a nadie.

—Oh. —Hago una mueca y me incorporo—. ¿Por eso mirabas los míos? —le pregunto con naturalidad—. Bueno, las humanas tenemos pezones.

—Ya lo sé —dice con cierto enojo.

—¿Los has visto? —indago con curiosidad y un poco de diversión. Es como... hablar con un extraterrestre.

—Sí.

—¿Los de una mujer humana? —Entorno los ojos con una sonrisita burlona.

—Sí.

—Bueno, tienes una larga vida vivida, y no preguntaré por qué has visto pezones, pero es raro viniendo de un ángel —hablo como si estuviera hablando de un tema popular.

—Tampoco te respondería —dice y ruedo los ojos.

—Bueno, no todos los pezones son iguales.

—Sí, lo sé.

Debe ser intrigante para él ver pezones. No es como si sintiera algún tipo de excitación viéndolos. Él es como un… como un joven inocente que no sabe la diferencia entre eyacular y tener un orgasmo. Y yo lo sé gracias a los documentales que pasan por la TV.

—Haziel. ¿En serio eres tan —no encuentro la palabra—… ya sabes, tan santo e inocente?

—¿Santo?

—Sí, es decir, no puedes excitarte, ni sentir placer, ni nada de eso. —Manoteo y él permanece neutro, sólo escuchándome con atención, sólo allí recuerdo la erección de Zack—. Espera… —frunzo el ceño—. ¿Tienes pene? —pregunto como si estuviera preguntándole: ¿Tienes número telefónico?

Él sólo me mira con expresión neutra. Como si estuviese aburrido y a la vez como si no oyera, o como si no hubiese entendido mi pregunta.

—¿Siempre despiertas preguntando sin cesar?

—No, es sólo que… —Meneo la cabeza con confusión—. Zack…

—¿Qué pasa con Zachiel? —pregunta con rapidez.

—Él tenía… ya sabes… —Manoteo como si fuera obvio—. Él tenía una erección, es decir, tenía pene. —musito aún con el ceño fruncido.

—¿Qué? ¿Cómo sabes que tenía una erección? —demanda con cierta alarma y lo miro.

—Bueno, me llevaba muy apretada contra él después de haberme capturado cuando escapé de aquí —murmuro algo apenada—. Pero, tenía una erección. —Me altero—. ¿Por qué él sí podía tener erecciones?

—Zachiel… —él lo piensa y chasquea la lengua y mira hacia otro lado como si no quisiera decirme—. Bueno, es un caído.

—¿Los caídos sí tienen miembro? —pregunto atónita y él asiente con lentitud.

—Sí —sisea y yo entorno los ojos.

—Sabes, en realidad nunca me has negado que tengas pene —hablo mirándolo de reojo y él ladea la cabeza y me mira—. Recuerdo que dijiste que verme desnuda no haría ningún efecto en ti, pero jamás dijiste que no tenías…

—Ajá —me interrumpe con voz neutra—. ¿Cuál es el punto?

—Bien. —Trago duro—. ¿Tienes o no tienes? —me cruzo de brazos.

—¿Por qué quieres saberlo en todo caso? —él también se cruza de brazos.

—B-bueno, debo saber si…

—¿Piensas que voy a penetrarte? —pregunta y aprieto los dientes.

Prefiero apretar los dientes que morderme el labio, además… ¿Por qué carajo se me erizó la piel? Mejor dicho… ¿Por qué apreté los muslos también?

—Niamh.

—¿Eh?

—¿Piensas que voy a penetrarte? —repite con el mismo tono y yo lo miro.

—No, claro que no. —Manoteo sonriendo nerviosamente y luego me pongo seria—. O sea que… ¿Tienes pene? —susurro y sé que mi cara debe ser ridícula.

—Nos quedan seis días para que venga Satanás —me dice desviando el tema—. Son las nueve de la mañana, necesito enseñarte —carraspea—… mi morada.

—¿Qué? ¿Me la enseñarás? ¿Por qué no lo hiciste cuando desperté aquí? —salgo de la cama olvidando el tema anterior—. Duré dos días encerrada como un hámster.

—Estabas en proceso de aceptación, y como ya aceptaste… —Observo que abre la puerta y me hace señas para que salga.

Bueno, desde aquí adentro puedo ver que el pasillo parece ancho, ya que su pared está a más de cuatro metros de la puerta. Haziel vuelve a hacerme señas para que salga y yo trago duro antes de avanzar.

—Espera, no tengo zapatos —balbuceo mirando mis pies—. Además, tengo esta ridícula bata…

—El piso está impecable, no está frío, deja el drama y sal de aquí —habla atravesando la puerta. Doy un saltito y lo sigo.

Cuando salgo de la habitación alzo las cejas con sorpresa e incredulidad. El pasillo es largo, muy largo… todo de mármol reluciente, hay grandes, inmensos ventanales. ¿Ventanales? No parecen tener un cristal. Además, los biseles son de oro.

—Niamh —la voz de Haziel me hace girar mi cabeza hacia la derecha—. ¿Qué esperas? —me apremia y trago duro.

—¿Vives en un palacio? —mascullo con incomodidad—. Es decir —miro hacia arriba—, el techo es demasiado alto, el pasillo es… muy señorial, las ventanas son demasiado…

—Sígueme. —Me da la espalda y camina.

Mis pies reaccionan y troto hasta alcanzarlo. No sé qué me intimida más, si el lugar o que Haziel no tenga camisa. ¿Acaso piensa andar toda la vida así?

Llegamos al final del pasillo. Bueno, hacia el lado contrario el pasillo parece tener también un final que conecta con otra parte.

—El lugar es grande, probablemente te pierdas.

—¿Ah? —Doy un traspié cuando él gira hacia la derecha—. Bueno, ¿no tienes un mapa?

—Hmm, graciosa —murmura.

—Oye, es en serio —rezongo y miro hacia atrás—. ¿Qué hay hacia allá?

—Más aposentos.

—¿Por qué tendrías más aposentos si vives solo?

—Por lo que podrás observar este es un gran pasillo —dice señalando con ambas manos hacia ambos lados del pasillo—. En el primero se encuentra tu habitación, justo en la segunda puerta. En el segundo pasillo hay más aposentos, el tercer pasillo —señala— te lleva hacia el Jardín Terma.

—¿Tus jardines tienen nombre?

—Sí. El Jardín Terma posee entre muchas cosas, una cascada.

—¿Una qué?

—Te llevaré después —dice y luego se dispone a caminar.

—Espera, el tercer pasillo tiene dos direcciones.

—Hacia tu izquierda Jardín Terma, si caminas hacia tu derecha encontraras ventanales que te permitirán ver el Terma, pero al final te conecta hacia más pasillos que tienen más salas.

—¿Salas de qué? —espeto y él empieza a caminar.

—Bibliotecas, salas de talentos.

—¿Salas de talentos?

—Niamh, preguntas mucho.

—Bueno, necesito saber todo —refunfuño caminando detrás de él.

—Sí, pero tienes una eternidad para saber cada rincón de mi morada.

—Oh, gracias —digo con sarcasmo.

—Bueno, ya sabes lo que hay a tus espaldas.

—Sí, tres pasillos. Jardín Terma —digo con fastidio.

—Bueno, mira esto —dice y miro que se acerca un gran ventanal. Él observa lo que hay más allá de la inmensa ventana y sonríe, giro mi cabeza para ver lo que él ve y abro los ojos desmesuradamente mientras siento que mi quijada llega al piso.

Es como estar en la Tierra. El cielo es azul, tiene nubes blancas, hay árboles, árboles de diferentes especies, el césped parece estar compuesto de la más sutil de las hierbas, parece muy ¿suave? Bueno, desde aquí se ve espectacular, además, hay muchas flores, arbustos, enormes setos, laberintos de senderos que están rodeados con bancos, fuentes de todos los tamaños. Hay varios miradores de diferentes diseños, y en el cielo…

—¿Son aves?

—Sí.

—¿Son mariposas?

—Sí.

—Oh, pero… ¿Estoy en el Segundo Cielo? ¿Estás seguro? —pregunto con voz suspicaz—. Es tan… parece como si estuviera en la Tierra —bajo la voz—. Es muy hermoso, demasiado hermoso, pero el cielo es azul, y hay nubes.

—¿Qué te imaginabas? —pregunta y creo que está sonriendo, si tan sólo girara mi cabeza lo pudiera corroborar, pero no puedo dejar de ver hacia el frente.

—No lo sé, pensé que el Beta…

—El Beta es hermoso —dice con voz complacida—. Recuerdo cuando llegamos aquí, la misión era embellecer el lugar… e hicimos más que eso. El Altísimo estuvo muy… feliz al ver esto. Él temía que pasara lo mismo que pasó con la Tierra antes de que existiese el primer hombre.

—¿Puedo salir hacia allá? —mascullo ignorando lo que dijo porque lo que estoy viendo es más interesante—. Es que… no parece real. Quiero ver si no es una ilusión óptica.

Hay aves en el cielo. ¡Aves! También puedo ver las mariposas revolotear de flor en flor. Hay una planta extraña con flores azules a menos de cinco metros, parece un arbusto con flores, jamás había visto algo igual. Tampoco aquel árbol con hojas naranjas…

—No es una ilusión.

—¿Pero, puedo salir?

—No.

—¿Por qué? —lloriqueo.

—No quiero que ningún ángel te vea. Aún no —sentencia y bajo la cabeza para hacer un puchero—. Sígueme.

168

Lo sigo con enojo, y miro hacia atrás para ver los cuatro pasillos que cruzan hacia la izquierda. En el segundo está mi habitación, en la segunda puerta, ¿o era en el primer pasillo? Como sea.

Hacia mi derecha sólo hay ventanales de diversas formas modernas, aún veo los grandes setos. Llegamos al final del pasillo y entramos a una gran sala. Alzo las cejas mirando todo mi alrededor. Hay muchos cuadros gigantescos en las paredes con biseles de oro, muchos muebles de madera blanca pulida y de mármol resplandeciente, no hay estatuas, como se supone debería haber en un palacio como este. Porque eso es lo que es.

—Un palacio —digo—. Un hermoso… palacio—asiento y observo que hay ventanas panorámicas sin cristal, ¡Sin cristal! ¿Acaso no hay mosquitos acá?

—Esta es la sala de estar —me dice él y yo parpadeo.

—Parece un salón. —Avanzo dejándolo atrás—. De hecho, parece un gran salón de baile, aquí podrían estar doscientas personas bailando el Vals sin complicaciones.

Me detengo a ver muchos cojines en el piso, están colocados en redondo alrededor de una mesa redonda de cristal, como suelen haber en Asia. Más allá observo sofás, y más allá de los sofás hay sillas de madera señoriales que se parecen más a tronos que a otra cosa alrededor de una mesa de madera. Ah, también un par de mecedoras acolchadas cerca del ventanal.

—¿Es una mesa de juegos? —pregunto acercándome a la mesa de madera sospechosa.

—No, bueno, quizás —responde a mis espaldas—. Suelo armar rompecabezas.

—¿Solo rompecabezas? ¿Nada de Ajedrez, Naipes u otra cosa?

—Sólo rompecabezas.

—Mmm, interesante —musito. Yo amo los rompecabezas. Pero no se lo diré—. Si esta es la sala de estar, no quiero ver la cocina.

—Ven a verla —me anima y me giro con expresión divertida.

—Mientras haya yogurt… —Me encojo de hombros—. Ah, y amo los pasteles. —Me acerco a él—. En conclusión, amo los dulces.

Él rueda los ojos y por un instante ese gesto lo hace ver tan… humano. Bueno, parece humano, sólo que no lo es.

Lo sigo y mientras me conduce a la cocina me explica a donde llevan a algunos pasillos. Alberca Norte, Alberca Sur, al parecer hay otro pasillo que me lleva al Jardín Terma, y hay otro jardín llamado Crystal.

En la cocina hay alacenas en las paredes. Muchas alacenas. Hay una encimera en forma de L y otra en forma de C cuadrada. Lo que me llama la atención primeramente es que hay una araña de cristal en lo alto del techo, pero no veo interruptores por ningún lado.

—¿Hay electricidad aquí?

—Verás, es muy complicado explicarte esto, pero espero que entiendas y no hagas más preguntas —me dice en tono casual—. En el Beta hay cerca de dos mil ángeles que pueden controlar los factores que rigen la electricidad en tu mundo —explica y lo miro con seriedad.

Bien.

No preguntaré.

—Okey, ¿Dios también tiene cocina?

—Niamh, es necesario que sepas que —mira hacia la pared como buscando una respuesta—… comer no es indispensable para mí.

—¿Qué?

—Así no coma en un mes, no moriría de hambre —se cruza de brazos con despreocupación—. Tengo como tres meses sin ingerir nada —me explica y lo miro boquiabierta—. De hecho, ayer me vi en la obligación de traer alimentos para ti. —Mira alrededor—. Es por eso que traje algunos implementos que usan los de tu especie.

Aún no salgo de mi impresión, es decir, puedo aceptar ángeles de la «electricidad» o lo que sea, pero… ¿Comer no indispensable para él? ¿Trajo todo esto por mí? Hmm, eso es… vale, ¿tengo que darle las gracias o qué?

—Haziel, ¿estás diciéndome que anteriormente no había un batidor eléctrico? —le pregunto acercándome a un gran mesón de mármol que está pegado a la pared, agarro el batidor eléctrico de color azul brillante y se lo muestro.

—No.

—¿Ni la licuadora? —Manoteo y él niega con la cabeza—. Bien.

—Gema Dorada me ayudó a arreglar todo. —Carraspea.

—Y… ¿Y tus tripas no truenan? —murmuro dejando el batidor en su lugar—. ¿No te debilitas?

—No —responde y luego exhala—. Tú tampoco tendrás necesidad de comer, lo harás sólo por placer. —Lo miro ceñuda.

—¿Por qué? Yo sí quiero oír a mis tripas rugir.

—Pues, lo siento mucho. —Dramatiza de una manera que me hace enojar—. Hoy mismo voy a purificarte, ya no tienes la regla. —Sonríe con petulancia—. De hecho, dijiste que durabas muchos días, quizás es una casualidad, ¿no?

—No seas tonto —escupo y él se pone serio—. ¿Sabes por qué la regla duró poco? —Me cruzo de brazos y la sonrisa que él tenía ahora está en mis labios.

—¿Por qué?

—Porque Zack me dio a beber algo.

—¿Qué hizo qué? —pregunta con seriedad.

—No sé, una poción mágica. —Me encojo de hombros—. El caso es que fue efectiva. —Él se pellizca el puente de la nariz y yo entorno los ojos—. Haziel, aleja tus poderes de arcángel de mí —digo y él alza la mirada rápidamente.

Frunce el ceño con enojo mientras me mira fijamente. Sus ojos grises parecen casi negros, y hace cinco minutos estaban gris claro. *Un hermoso gris claro.* Bueno, en realidad, todos los tonos del gris se le ven estupendamente bien.

En fin, él se ha cabreado porque le dije *arcángel.*

CAPÍTULO 16
MELLIZOS

Haziel

No, no lo dijo.

Sí, sí lo dijo, Haziel. No seas estúpido. Ella te dijo arcángel.

—¿Qué fue lo que dijiste? —pregunto lentamente y ella se encoje.

Oh, genial, ahora le estoy haciendo daño. *De nuevo*.

—Te dije que alejaras… tus poderes de arcángel de mí —jadea agarrándose de la encimera. Ella es valiente, sí que lo es. Es decir, ¿quién se atreve a repetir lo que se supone que no debe repetir? *Niamh*. Sí, sólo ella.

—¿Quién te dijo…?

—¡Haziel! —exclama enojada, pero igual se debilita—. Sé que no te importo, pero…

—¿Quién te dijo?

«Le estás haciendo daño, contrólate.»

—Zack —jadea y puedo sentir que sus piernas están temblando.

Me giro e intento calmarme. Fue agradable sentir su aroma dulce hasta hace un minuto. Hasta que yo lo eché a perder con mi mal humor.

—¿Por qué te enoja que yo sepa que eres un arcángel? —pregunta y suspiro. Su voz se oyó más relajada esta vez, creo que esto de «respirar hondo varias veces» sí ayuda.

—Porque odio ver cómo te tratan sólo porque eres superior —respondo y luego me giro para verla.

Tiene las mejillas sonrosadas.

—Bueno, ¿y acaso piensas que voy a hacerte reverencias sólo porque no eres un ángel sino un arcángel? —espeta y aprieto los dientes para no reír.

¡Es increíble que quiera reírme ahora! Santo Dios, Pero ¿quién no? Esta humana sí que tiene valor. Bueno, lo que dijo me agrada, creo que no es tan tonta como ella admite y como yo suelo decirle.

—Bien —asiento y ella ladea la cabeza sin dejar de mirarme.

—Ajá —musita.

—Por lo que oí, entonces Zack sabía que eras la Jephin de Haziel.

—Bueno, sí. —Aparta la mirada y noto algo raro en la forma en que me está mirando—. Sólo bastó con decirle que el ángel que me secuestró era un cascarrabias —dice y esta vez me veo en la obligación de apretar los labios para no sonreír abiertamente.

—Zachiel era del Beta —le digo y ella me mira.

—¿Qué hizo para ser desterrado? —indaga con interés—. ¿Por qué no tenía alas?

Oh, cierto. Olvidaba las rarezas de Niamh, lo que me recuerda a otros asuntos.

—Niamh, tienes que saber algo —digo con rapidez y contengo las ganas de abofetearme. ¿Por qué no puedo ser más sutil?

—¿El qué? ¿Por qué mejor no primero respondes lo que te pregunté?

—El error que cometió Zachiel fue grave, por eso se dictó además de desterrarlo, cortarle las alas.

—Oh. —Su boca hace una perfecta O, y yo miro sus labios—. ¿Pero, qué fue lo que hizo?

Esa pregunta sí que no la responderé. Jamás.

—No puedo decirlo.

—Bien —refunfuña poniendo la mirada en blanco—. ¿Qué querías decirme?

—Vamos a la sala, quiero que te sientes en un sofá y que pongas tu mente a trabajar —le digo con seriedad y me giro—. Esto es muy importante.

—Suena importante —murmura siguiéndome.

Bien, la pregunta es: ¿Cómo empiezo el interrogatorio? Jared me dijo que si yo deseaba podría ser él quién interrogara a mi Jephin, pero últimamente he estado sintiendo algún tipo de celos, no quiero que nadie mire a Niamh. ¿Por qué? Porque sé lo interesante que ella se pone con sus preguntitas estúpidas.

—¿Del uno al diez, qué tan grave es? —pregunta ella a mis espaldas.

—Once.

—Wow.

Llegamos a la sala y ella se lanza en el sofá más grande con una cierta comodidad que me perturba. Hago una mueca y me siento en el sofá frente a ella.

—Está bien, admito que fui una tonta al jurar con Zack, pero no me arrepiento de escapar para volver a ver a mis padres. En mis planes no estaba ser raptada por un caído que me cortara la palma de la mano y todo lo demás —farfulla con rapidez y luego exhala con alivio—. Tenía que decirlo —agrega—. Ah, y acepto mi culpa.

—Bien —asiento—. Estás disculpada, ahora...

—¿Entonces, no era sobre eso? —me interrumpe y la miro con seriedad—. Okey, lo siento, no volveré a interrumpirte —dice haciendo un gesto de paz con la mano.

Eso es un cambio. ¿Acaso no está siendo menos grosera? Claro que sí.

—¿No te has preguntado por qué tu herida no sanaba? —le pregunto con normalidad y ella lo piensa.

Desde ayer en la mañana he estado planeando este interrogatorio y ahora me doy cuenta que no podré hacerlo sin tensarme. No es fácil hablar de este tema en el Beta, de hecho, me sorprende que Jared y Bered se hayan involucrado en esto. Si Zemer se entera de todo esto... ni siquiera sé qué pasaría con Niamh ni conmigo.

No sé si haya habido humanos como Niamh en el Beta antes de la creación del Código, pero no es algo de lo que se pueda saber así tan simple, de hecho, tanto como a Jared, a Bered y a Ahilud como a mí, se nos había olvidado que al Beta no podían ingresar humanos como Niamh, ¿acaso antes de salvar a alguna persona se le hace una prueba de ADN o se le preguntara sobre su genealogía?

—Lo deduje como otra rareza, ya que a Zack también se le hacía extraño que mi herida se mantuviera sin sanar.

—Bien, tienes razón. Eso es otra rareza.

—¿Sabes por qué no sanaba? —susurra.

—Llevas tres días durmiendo, en ese tiempo estuve planeando algunas cosas, y desde ayer estoy esperando las investigaciones de un —carraspeo—... de un grupo de ángeles que se han arriesgado conmigo en la búsqueda de tu problema.

—Oh, tengo un problema —dice para luego ponerse una mano en la frente y negar repetidas veces—. Soy rara, siempre lo supe —murmura para sí misma.

—¿Qué sabes sobre tu nacimiento? —pregunto de repente y ella me mira—. Ya sabes, si hubo alguna complicación u otra cosa importante.

Ella cierra los ojos y luego los abre para mirarme con aburrimiento.

—No recuerdo si tuve complicaciones para salir por la vagina de mi madre, lo siento.

—Niamh.

—Haziel, por Dios. —Manotea—. ¿Qué voy a saber yo...?

—No me digas que tu madre jamás te dijo algo referente a tu nacimiento.

—No, sólo normal —responde haciendo gestos tanto con las manos como con su rostro y tengo que decir que es agradable ver su manera tan dramática de ser—. Le hicieron cesárea porque no podía tenerme por parto natural...

—¿Por qué no podía tenerte por parto natural?

—No lo sé —musita—. Quizás debí profundizar en eso, pero a mi madre no le gustaba hablar del tema. Y a mi padre menos —mascula con incomodidad.

Está decidido. Sus padres le ocultaron algo.

—¿Tu mamá iba a tener gemelas, Niamh? —indago y ella abre los ojos desmesuradamente.

—¿Qué? ¡No! —Se ofende—. Sólo a mí.

—Escucha, ayer Jared fue a investigar si eso es cierto...

—Te digo que no, no soy gemela de nadie —refunfuña y yo resoplo.

—Entonces, en cualquier momento él vendrá a desmentirlo. Y quiero que sepas que no creo que eso pase.

—¿Por qué?

—Porque la única respuesta para que puedas ver las alas de los caídos y el verdadero color de nuestros ojos es... —no lo digas, Haziel.

—¿Sólo los gemelos pueden...?

—Olvida lo que dije, esperemos las investigaciones de Jared...

—No, yo quiero que me digas tus hipótesis —farfulla y miro como se pone de pie y camina hacia mí. Me tenso de pies a cabeza y cuando pienso ponerme de pie ella se sienta a mi lado—. A mi madre siempre le disgustó que yo le hiciera preguntas tontas como esas, y... bueno, no dudo de ella, pero puede que...

—Lo sospechas —la interrumpo con seguridad y ella se mira las manos. Inhalo profundamente con disimulo y capto su tristeza.

—Una vez escuché a mi padre decir que... —carraspea sin dejar de ver sus manos—. Le hubiese encantado enseñar a Niall a jugar fútbol

—musita y de alguna manera ella me parece tierna—. Lo abordé con preguntas y sólo conseguí que me dijera que… él quería tener un varón, pero que luego le dijeron que era una niña, y me pusieron Niamh.

Aprieto los dientes para contener las ganas de decirle que no se toquetee los nudillos. Es obvio que sus padres le ocultaron algo.

—¿Cuándo fue eso?

—Cuando yo tenía ocho —musita—. Me puse triste porque descubrí que mi papá quería otro varón y no a mí —balbucea.

—Bueno… —Me aclaro la garganta. ¿Qué se supone que debo decir o hacer? No sé nada de consuelos.

—*Haziel. Estamos afuera.*

—Llegaron —hablo y ella me mira confundida—. Llegaron las respuestas. —Me pongo de pie.

En realidad llegan en el mejor momento. Hubiese dejado que Jared le diera las explicaciones a Niamh desde un principio, pero soy tan necio que me adelanté sin esperar respuestas.

Niamh salta del sofá y se coloca a mi lado cuando ve que Jared y Bered se acercan a nosotros. Si ella hubiese puesto más atención los hubiese visto revolotear a través de la ventana. Quizás deba decirles que utilicen la puerta principal desde ahora. Bered mira a Niamh, pero Jared no se molesta en hacerlo.

—¿Entraron por la ventana? —me pregunta Niamh en voz baja.

—Él es Jared —digo cuando éste se acerca a mí sin mirar a Niamh, pero ella sí lo mira de arriba a abajo y enarca una ceja mientras lo hace.

—Y yo soy Bered, ¿me recuerdas?

—Emm, quizás —musita ella.

—Fui yo quien supo que estabas herida —dice Bered con gesto dolido.

—Oh, ya recuerdo.

—Bien, déjame ver la herida. —Él se acerca a ella con grandes zancadas y yo me tenso de pies a cabeza.

Jared se da cuenta y mira a Bered, el cual no nos pone atención, sino que sienta a Niamh en el sofá y observa su palma derecha con seriedad.

—No le hará nada.

—Jared, sabes que odio que…

—Lo siento, tu tensión se sintió sin necesidad de que yo lo averiguara.

Esa es una de las razones por las cuales a veces evito acercarme a Jared. Él puede percibir emociones fuertes. A diferencia de Zemer, quien las percibe aunque no sean fuertes. Con el tiempo he aprendido a controlarme para que se les dificulte saber mi estado emocional, pero Zemer es un arcángel y… si se concentra lo suficiente puede romper mi escudo protector.

—¿Tú me curaste? ¿Cómo? ¿Eres un ángel del…?

—Un ángel sanador —la interrumpe Bered y ella lo mira ceñuda. Evito preguntarle el color de los ojos de Bered y me concentro en Jared.

—¿Qué encontraste? —le pregunto a Jared en voz baja intentando ignorar las preguntas que le hace Niamh a Bered.

—Esto —me dice él y observo algunos papeles bastante viejos—. Las pruebas irrefutables de que Jacqueline iba a tener gemelos —agrega en tono serio y yo sólo miro las hojas de papel.

Bueno, no me sorprende. Imaginé esto, pero… ¿Niamh no es una humana normal? Oh, Señor, ¿por qué me pasa esto a mí?

—¿Por qué decidió ocultarle la verdad a Niamh? —le pregunto y él suspira.

—Fue difícil aplicar la coacción, pero respondió todo lo que le preguntamos, incluso mientras lloraba.

—¿Por qué lloraba?

—Cuando llegamos a su casa, acababa de despedirse de unos policías —me explica—. Están buscándola. —Él mira con desdén hacia donde se encuentra Niamh—. Bered aplicó la coacción inmediatamente y ella nos dejó entrar a su casa sin dejar de llorar en todo el interrogatorio. No pudimos aplicar coacción para que dejase de llorar.

—Bien.

—Niamh era gemela de un varón, el cual murió mucho antes de nacer , de hecho, Nia estuvo a punto de morir también —dice y nos alejamos más de Bered y mi Jephin—. Por lo que dice aquí, ella nació tres semanas antes de lo previsto.

—Al morir el varón, ella adquirió lo que él le estaba sustrayendo a ella —murmuro para mí mismo.

—Ella pesó un kilogramo menos que él. —habla—. Pero, se recuperó antes del mes, supongo que si él hubiese nacido hubiese medido dos metros, contextura fuerte…

—¿Cuáles fueron las causas de la muerte del varón?

—Es algo… inquietante —dice él—. Como ya sabrás, ambos estaban en la misma bolsa amniótica, pero Nia… —carraspea—. El cordón umbilical de Nia se enrolló alrededor del cuello del varón y ya sabes el resultado de eso; tuvieron que hacer una cesárea de emergencia.

¿Por qué siento que él pronuncia el nombre de mi Jephin con más suavidad?

Ajá.

—Tengo entendido que Niamh tiene un hermano mayor, ¿él es igual a ella?

—Jacqueline tuvo tres abortos antes de tener al hermano de Niamh. —responde—. Incluso después de tener a Jack tuvo dos abortos más, luego… vinieron los gemelos nefil.

—Bueno, eso es normal. Ya sabes que la mayoría tienen dificultades para concebir un nefil tener hijos, y así debe ser, de lo contrario… existen humanos como Niamh. —Comento en voz baja.

Y no deberían existir.

—Hey, ¿no piensas decirme mi anomalía? —ambos nos giramos al oír la pregunta de Niamh. Ella se encuentra sentada cruzada de brazos con expresión testaruda junto a Bered, el cual sólo sonríe.

—¿Anomalía?

—Dijiste que era rara, quiero saber qué tengo de malo. —Espeta.

—Ella lo tiene claro, Haziel. —Dice Bered y alzo las cejas al ver que Niamh, mi Jephin, le da un suave golpe en el hombro y Bered sonríe.

—Tus padres son descendientes de los nefilim. —Le digo con normalidad y Bered me mira con seriedad.

—*Ve más lento, Haziel.*

—A ella le gusta la sinceridad, Jared. —Murmuro.

—¿Qué? —espeta ella—. ¿Mis padres son qué? Leí eso en un libro de Elsie.

—Espero que entiendas porque no…

—Ajá, no lo repetirás, dilo. —Manotea con ansiedad.

Bered la mira y luego me mira a mí.

—*Sí, Bered, así somos ella y yo.*

—¿Recuerdas que te dije que hubo ángeles que estuvieron con humanos…?

—¿Lo que crearon fueron a los nefilim? —pregunta intentando pronunciar bien la palabra—. ¿En realidad sí fue así?

—Sí, específicamente, crearon a los grandes gigantes. —dice Jared—. Después del Diluvio todos desaparecieron, pero sin embargo, sabes que existió Goliat, y…

—Dijiste que habían muerto en el Diluvio.

—Escucha, no debo revelarte los misterios, sólo quiero decirte una cosa y nada más. —sisea Jared y mi cabeza gira lentamente hacia él.

—*No le hables así.* —Le advierto mentalmente.

—Bien, siento interrumpir. —Dice Niamh con amabilidad fingida.

—Nia, los nefilim puros se aparearon con humanos con el pasar de los siglos, perdiendo poco a poco sus genes alterados. —le cuenta Bered, él está siendo más sutil, por lo menos—. En esta época no deberían existir los genes nefilim, pero el padre de tu padre viene de un débil nefil…

—Los antiguos nefilim puros eran varones, muy pocas veces nacían hembras, por eso, tuvimos que localizar el árbol genealógico de tu padre, y encontramos que tu abuelo tenía leves rastros de sangre nefil.

—¿Acaso exhumaron sus restos? —pregunta ella a la defensiva.

—Niamh, por favor, baja la guardia —le ordeno y ella me mira con enojo.

—Es que no entiendo, ustedes no explican bien. —refunfuña.

—Tu padre tiene leves rastros de sangre nefil, igual tu madre —le explico manoteando—. Existe una pequeña, muy pequeña posibilidad, ya que no hay nefilim hembras…

—De que tus padres se aparearan y crearan a un nefil un poco más fuerte. —Interrumpe Bered—. Para que eso fuese posible tendrían que tener gemelos, así uno se alimentaba del otro mientras estaban en gestación. —Niamh se asquea y me mira como si no creyera nada, pero al ver mi expresión su rostro se vuelve dolido.

—No es normal que un nefil nazca por causas normales o naturales, es obligatorio que sean gemelos varones, al final sólo nace el más fuerte, y si nace… se convierte en mitad nefil cuando sustrae todo el poder de su gemelo débil en el alumbramiento. —Alega Jared y yo trago duro. Creo que es mucha información para ella.

Colapsará y se pondrá a llorar. Lo sé.

—Pero eso quiere decir que mi gemelo… no era varón, era hembra —ella me mira buscando una respuesta.

—Estaban en la misma bolsa amniótica, tu hermano era varón, no hembra.

—Entonces éramos mellizos no… —ella sacude la cabeza sin entender y Bered respira hondo con aburrimiento.

—No hay explicación humana para esto porque claramente los humanos no entenderían todo este asunto —habla Bered—, pero escucha esto: no fue un embarazo humano, entiéndelo.

—Eras un nefil gemela de un varón y punto —habla Jared con autoridad—. Cualquier humano que tenga una duda al respecto se morirá con dicha duda porque no está permitido explicarle los misterios de la raza de los nefilim.

—Tus padres tienen algo más del diez por ciento de genes nefilim. —Jared la mira—. Por lo cual, tú eres casi mitad nefil, ya que sustrajiste también los genes poderosos de tu gemelo, los cuales junto a los tuyos sobrepasa el cuarenta por ciento de genes nefilim. —Añade con tono confidencial y ella suspira con alivio.

—Eso no suena tan mal. —Murmura—. Pensé que no era humana del todo.

Los dos ángeles me miran con sorpresa y yo les devuelvo la expresión.

—*¿Ella no se pondrá dramática?*

—*¿No piensa maldecir?*

—No. —Le respondo a Bered.

—Pensé que era un monstruo o algo así, pero… —dice ella relajando sus hombros—. Espera… ¡¿Mi madre iba a tener gemelos?! ¡¿Yo me alimenté de mi gemelo?! ¡¿Lo maté?!

Oh. Era demasiado lindo para ser verdad.

—Niamh, cálmate.

—¿Pero, cómo pudieron mentirme? —ella se pasea de un lado a otro—. ¡Yo no sabía nada de gemelos! Con razón hablaba de Niall con tanto afecto, con razón siempre evadían mis preguntas sobre mi nacimiento, y sobre…

—Niamh.

—¡No fue justo! Mi padre me mintió… —solloza y yo bajo la mirada—. Yo debí haber sabido que era gemela de alguien.

Genial.

—Tu gemelo murió antes de nacer, seguro a tu madre le causó un gran dolor y no te…

—¡Un carajo! Prácticamente yo lo maté para chuparle su poder —rezonga ella y Bered se pone de pie.

—Tranquila, no llores. —Le dice y ella niega con la cabeza.

Jared me mira y yo le digo que me deje a solas con mi Jephin. Bered me mira y también asiente. Cuando ambos se van yo carraspeo intentando llamar la atención de Niamh, pero ella sólo sigue llorando echada en el sofá.

—Niamh.

—D-déjame. —Solloza—. Me importa m-muy poco ser mitad humana y mitad anormal, l-lo que me cabrea es que mi madre me haya m-mentido… —llora y yo aprieto los dientes.

—No te mintió, en realidad.

—¡Como sea! ¡No me mintió, pero me ocultó algo! —chilla y yo pongo los ojos en blanco.

Debo reconocer que me encanta el aroma de su tristeza cuando llora, pero no quiero que llore porque… no sé qué decirle para que pare.

—¿Cómo nació mi madre? Dijiste que no nacían nefilim hembras.

—Niamh, tu madre prácticamente no es nefil; tener un diez por ciento de sangre híbrida ni siquiera le hace menos humana. —Le digo sentándome en otro sofá—. Lo que pasó fue que… tu madre se juntó con un varón que poseía el mismo contenido de sangre híbrida.

—Espera. —Ella se limpia las lágrimas y se incorpora—. ¿Mi hermano también…?

—No, tu hermano quizás ni tenga rastros híbridos. —Le respondo y ella se calma un poco, por lo menos ha dejado de sollozar—. Con el pasar de los siglos, los descendientes van perdiendo la sangre híbrida, ya ves, tus padres sólo tenían un diez por ciento.

—Pero…

—Quiero que sepas que es casi imposible que dos personas de este tipo se apareen., habiendo tantos humanos normales en este mundo, es difícil que dos personas con rastros de sangre híbrida se junten. —Le cuento y ella limpia sus lágrimas evitando verme—. Sin embargo, tus padres pudieron, y tuvieron la mala suerte de embarazarse de gemelos. —Ella me mira ofendida.

—Debería insultarte, pero tienes razón. —Masculla—. Una de las razones por la cual vino el Diluvio fue por los malvados gigantes, o nefilim, como sea que se llamen. —Manotea y mira hacia la pared.

—*Nefilim* significa muchas cosas, entre ellas: gigante. —Le digo en baja voz baja y ella se encoje de hombros.

—Mido un metro sesenta y cuatro, ¿qué gigante voy a ser? —ladra—. Yo me siento humana, soy humana, no soy… no soy anormal.

—No eres anormal.

—Bueno. —Me mira—. ¿Qué hay de malo en mí? Si hiciste una investigación es porque hay algo malo, ¿Qué es?

Increíble.

Hubo un tiempo cuando este tema fue la comidilla del mundo angelical, gracias a Samyaza, hace más o menos... ¿Diez mil años? ¿Nueve mil? Huh, ya perdí la cuenta, el caso es que fui un tonto al no darme cuenta de que Niamh tenía raíces nefilim apenas me dijo que había visto las alas de Uziel.

Mi capacidad intelectual sobrenatural a veces me avergüenza.

CAPÍTULO 17
NEFILIM

—Pudiste ver que Uziel tenía alas porque de alguna manera… —él hace una mueca—. Eres… o mejor dicho, tú…

—Haziel, sólo dilo —hablo con impaciencia.

Dios. Parece un idiota ahora, sé perfectamente que le importa un pepino herirme con lo que tenga que decirme, no sé por qué está haciendo drama.

—La palabra nefil viene de *nephal*, significa «caer», mejor dicho, «los que hacen caer» —dice y yo asiento lentamente—. Un ángel tomó forma humana y copuló con una hembra humana y nació un nefil, que en aquel tiempo eran totalmente puros. —Me mira—. Los ángeles fueron castigados con el destierro, convirtiéndose en ángeles caídos. ¿Qué relación hay entre un ángel caído y un nefilim?

Me quedo mirándolo fijamente tratando de no expresar nada en mi rostro. Mientras que en su rostro sólo se refleja seriedad y un poco de inquietud sé que en mi cara sólo hay —aparte de rastros de lágrimas— decepción. Gracias a mis padres.

Bien, creo que ya tengo todo claro, o por lo menos casi claro. El problema es aceptar mis «rarezas».

—Es decir… pude ver las alas de Uziel porque de alguna manera él y yo vendríamos siendo… *familia.* —pronuncio «familia» con dificultad.

—Familia en el término medio, recuerda que sólo eres mitad nefil —habla y yo asiento para luego mirar mis manos.

—¿Ser nefil es muy malo? —balbuceo.

—Escucha, este tema no es importante ahora, ¿sabes por qué? —pregunta y sacudo la cabeza sin alzar la mirada—. Porque el problema con los nefilim acabó en el Diluvio, a pesar que después algunos genes quedaron por ahí, la maldad de los verdaderos nefilim puros se extinguió, ahora son como los humanos.

—Pero mis padres…

—Tus padres ya terminaron con la descendencia al crear a tu hermano el cual es cien por ciento humano. —dice y alzo poco a poco la cabeza para mirarlo.

—¿Quieres decir que yo…?

—Tú has revivido un poco esas raíces.

—¿Eso es malo?

—Sí.

Nos miramos fijamente por varios segundos. Espero que él diga que tiene que matarme o algo así, pero como no dice nada yo rompo el silencio.

—¿Hay otros como yo?

—Probablemente no —responde con voz neutra—. Nadie tiene una manera de saber quién tiene genes nefilim, ni siquiera el querubín caído, pero sí hay ángeles que pueden percibirlos mediante su aura. Y como te he dicho, la sangre híbrida se ha estado extinguiendo al pasar de los siglos…

—Haziel, quiero saber qué pasará conmigo —lo interrumpo con seriedad.

—Nada. ¿Qué tiene que pasar? —replica y pongo los ojos en blanco.

—Tengo sangre mala en mí, todos lo sabrán tarde o temprano.

—Niamh —dice casi cantando—. ¿No entendiste cuando te dije que no hay forma de saber quién tiene sangre nefil?

—Bueno, acabas de decir que hay ángeles que sí pueden.

—Sí, pero no estarás cerca de uno de ellos mientras yo esté contigo.

—¿Y qué hay de ti? ¿Cómo lo supiste?

—Lo supe porque pudiste ver las alas de Uziel y porque al juntar tu sangre con la de Zachiel en el juramento tu herida no sanó rápido.

—¿Eh?

—La sangre de Zachiel impidió que sanaras con normalidad —dice tajante y yo hago una mueca—. Eso fue lo que en realidad me dio una conclusión de tus genes híbridos, lo siguiente que hice fue enviar a Jared a tu casa.

—¿Ellos hablaron con mi madre? —pregunto alarmada.

—Sí, y no te preocupes, ella ni siquiera debe recordar que habló con ellos.

Suspiro algo aliviada.

—Leí información detallada y ya supe todo. —Él se encoje levemente de hombros—. Eres mitad humana, mitad nefil. Por esa razón, también puedes ver el color de mis ojos.

—¿Qué? —alzo la voz—. ¿Y qué hay de los caídos? —él espera que yo misma me dé la respuesta—. Bueno, Zachiel tenía ojos marrones y había un caído en el Jet que los tenía azules.

—Nadie sabe ese detalle —me dice entre dientes—. En realidad, la persona que podía hacer eso antes de ti, vivió en la época de Nemrod. —Frunzo el ceño. ¿Quién es ese? Creo que oído ese nombre, pero… en realidad no recuerdo—. Al parecer es como un don, pues sólo uno entre mil podían tener visión espiritual —musita—. Esa información la conseguí en un antiguo libro que adquirí hace cinco mil doscientos años humanos.

—Wow, es bastante viejo el libro —murmuro con sarcasmo.

—Y eso quedará entre tú y yo —afirma con seriedad y yo evito poner los ojos en blanco.

—Si quieres hacemos un juramento.

—No digas eso ni jugando, Niamh —dice con voz filosa y lo miro fijamente—. Hablo en serio.

—Ajá. —Me pongo de pie—. ¿Y qué es visión espiritual?

—Complicado. No lo explicaré ahora —dice cortante y yo exhalo.

—Entendido. Ahora, quiero que me digas si tendré alguna dificultad para hacer algo o…

—En el fondo sabes que siempre has podido hacer cosas que otros no hacen. ¿Piensas negarlo?

¿Qué? No recuerdo volar, o hacer otra cosa que un humano no pueda.

—No lo sé.

—Veamos… —suspira—. Tus heridas sanaban antes de lo previsto, ¿cierto o falso? —indaga y yo miro hacia la pared.

Bueno. Sí. Mi mamá lo asoció a mi alta cantidad de plaquetas.

—Sí —musito con algo de incomodidad.

—Eras buena en deporte. ¿Cierto o falso?

Veamos. Considerando que mis padres siempre me prohibieron practicar cosas arriesgadas.

—No podría asegurarlo —murmuro—. Pero a pesar de era más rápida que los de mi clase a la hora de correr jamás corría más de cincuenta metros sin querer lanzarme al suelo.

—¿Lo fingías?

—No lo recuerdo —sacudo la cabeza.

—Niamh, es necesario que sepas que eres superior a los humanos, eres mitad nefil, eres lo más cercano a uno totalmente puro. —La seriedad en su voz me hace tomarme las cosas en serio.

Miro de reojo que él está moviendo insistentemente su pie derecho. Los tiene extendidos, cruzados uno encima del otro. Una postura bastante cómoda y que a la vez me resulta perturbadora a pesar de la situación.

Concéntrate, Nia.

—Una vez le di un puñetazo a un chico en la cara y lo dejé inconsciente durante horas —le digo recordando el incidente—. Normalmente no era agresiva, pero realmente me hizo enojar, y recuerdo haberme concentrado tanto que sentí que me transformaba en un Power Ranger, apliqué todas mis fuerzas en el golpe. Se lo merecía —agrego asintiendo.

—Bueno, puedo agregar eso a tu naturaleza testaruda y rebelde —murmura él y lo miro con aburrimiento.

—Ya sabes de donde proviene mi rebeldía entonces —le digo y él sonríe.

—No culpes a tus genes alterados de tu testarudez —dice y yo ahogo una risa.

—No voy a ofenderme.

Él me mira fijamente y yo le sostengo la mirada. Bueno, lo único bueno de todo esto es que puedo ver sus hermosos ojos. Por cierto, los de Bered también son grises, pero… son diferentes a los de Haziel porque el color del iris de Haziel a veces tiende a parecer de un plateado brillante… y los de Bered, son sólo… grises, hasta parece que no cambian de color.

Si no soy un problema para la raza humana y angelical…

—Oh, lo siento —me interrumpe—. Sí eres un problema para la raza angelical.

—¿Qué?

—Pero ya te dije que nadie lo sabrá.

—¿Por qué soy un problema?

—Bueno, eres descendiente de la mezcla de nosotros con los humanos. Y los ángeles que no cometieron ese error comparten la idea de que los nefilim no deberían de existir, pues recuerdan la bajeza que cometieron nuestros hermanos que cayeron —me explica y yo alzo una ceja.

—¿Sólo por eso? —pregunto y él asiente—. ¿Qué culpa tengo yo de la lujuria de los ángeles? Ni siquiera sabía lo que soy hasta hace minutos.

—Bueno, no sé cómo se lo tomen ahora, pero no quiero averiguarlo.

—Haziel, si es así, yo no puedo estar aquí.

—Es aquí o en el infierno. Satanás vendrá. Si no solucionamos lo de tu sumisión te llevará con él y no creas que hará una distinción porque eres mitad nefil —espeta y me muerdo el labio.

—O sea que... ¿Tú no harás distinción tampoco? —él me mira y frunce un poco el ceño.

—Eres mi Jephin, si no hubiese aparecido Uziel yo jamás hubiese imaginado que eras mitad nefil —dice con sinceridad—. Eres normal, no quiero que pienses que eres un monstruo o algo así.

—Pero... —hago un puchero—. Los nefilim eran malos. Dios no los quería.

—Eso fue hace miles de años —alega—. Sólo tienes sangre híbrida que te hace un poco más inteligente. En cuanto a la maldad, no hay nada de eso en ti.

—Entonces, ¿por qué hiciste la investigación sobre mi origen?

—Necesitaba saber sobre mi Jephin —dice con cierta posesión y yo trago—. Mi investigación en realidad
era para salir de dudas, por lo demás todo sigue como antes.

—¿Cómo antes?

—Sí, sigues igual de rebelde y yo... sigo igual —se encoje de hombros y yo entorno los ojos.

—Dilo, sigues igual de odioso —lo acuso.

—Como sea, ya sé de donde vienen tus «rarezas» como dices, ahora debemos trabajar en tu sumisión.

—Hey, suenas como Christian Grey —espeto—. No hables de sumisión.

—¿Quién?

—Es un libro, olvídalo. —Manoteo—. Como sea. ¿Qué debemos hacer?

—Bueno, es fácil. —Se relaja—. Debemos cambiar tu rebeldía por amabilidad —aprieta los labios.

—Bueno, tenemos mucho trabajo entonces.

—Así es —dice y me quedo mirándolo fijamente.

Lo admitiré. En el fondo él parece ser un poco divertido. Zack me dijo que era un ángel vengador, y por eso se le dificultaba ser tierno.

Así que, digamos que se entiende su frialdad. Ahora centrémonos en mí. Yo no tengo excusas para ser como soy, por lo cual... definitivamente debemos trabajar en mi sumisión.

Y eso no será tarea fácil.

CAPÍTULO 18
HUMANA TONTA

Termino de ingerir el jugo de papaya que preparé y miro que Haziel está sentado alrededor de la encimera ojeando un libro de tapa gruesa.

—¿No terminarás de leer sobre las posibles causas de que me descubran?

—No leo sobre lo que sé que no pasará —dice sin apartar la vista del libro.

—¿Entonces?

—Estoy buscando algo sobre las consecuencias de tomar una poción hecha por un caído.

—Oh, suena interesante.

—Los conocimientos que adquirieron los humanos sobre pociones vienen de Samyaza y Armaros.

—¿Eran ángeles?

—Sí, ellos les enseñaron a los humanos cosas que no debieron —murmura y observo su pecho desnudo.

—Oye, es bueno que sepas que no me gusta que estés sin camisa —le digo y él sube la mirada hasta encontrarse con la mía.

—¿Por qué?

—Porque me perturba. —Me cruzo de brazos sintiendo que mis mejillas se tornan rojas—. Sabes perfectamente que eres hermoso, y por si no lo sabías soy humana.

Él arruga su frente sólo un poco y luego vuelve a mirar el libro.

—No cambiaré mis costumbres por ti.

—Bueno, entonces yo andaré desnuda para que veas lo incomodo que es —le digo y él se encoje de hombros emitiendo un sonido desinteresado.

¿Ah, sí? ¿No me cree capaz? Ya verá.

—¿Cuándo me darás la bebida que me dio Gema Dorada?

—Bueno, me agrada saber que quieres volver a pasar por ese dolor. Oh, había olvidado eso.

—Bueno, no quiero ver la regla el mes que viene —espeto.

—Te la daré esta noche, si así lo deseas.

—Bien, estoy de acuerdo.

—¿No te importa no volver a oír el rugir de tus tripas?

—Bueno, haría lo que sea por no ver la regla —respondo y me encojo de hombros—. Ahora mismo me apetece tomar una ducha, ¿dónde está el baño?

—Oh, cierto —dice y la sonrisa que aparece en su rostro me advierte de algo muy vergonzoso—. No pienses que hay baños con regaderas acá —dice poniéndose de pie.

—¿Ah no? —musito.

—Sígueme, te enseñaré el lugar dónde irás a bañarte siempre que quieras —dice saliendo de la cocina.

Trago duro y animo a mis pies a que lo sigan. No debe ser tan malo. ¿Sin regadera? Bueno, puede que sea en una bañera. Con tal y haya jabón, todo bien.

—Haziel, ¿no dirás nada acerca de mi ropa?

—¿Qué pasa con la ropa?

—Que no quiero usar batas —refunfuño—. Y tampoco quiero que mi habitación quede al otro lado del palacio.

—¿Palacio? —dice—. Bien. Pienso que las batas son cómodas.

—Pues ponte una para que veas —espeto y luego me muerdo el labio. Vamos, Nia. Trabaja en tu sumisión—. Son largas, no me gustan.

—Pues, a mí sí.

—¿Te gusta? Si quieres te la presto.

—No seas tonta —me regaña—. Sabes a lo que me refiero. Te quedan bien las ropas sueltas, sólo eso.

—Claro que no —digo bajando la mirada para ver la contextura de la bata.

Tiene mangas largas. Esto no es nada sexy. *¿Y para qué querrías algo sexy?* Es mejor que no opines, subconsciente.

—¿En serio no vas a complacerme? —gimoteo y él se gira de golpe haciéndome tropezar en mi intento de detener mis pasos.

—No, no quiero complacerte.

Trago duro y aparto la mirada porque ha sonado muy comprometedor. Pero supongo que es algo que él no entiende.

Y además hay una tensión que se siente ahora. Es una tensión vergonzosa que viene de mí. ¿Por qué? Porque eso que dijo él sonó… con doble sentido y mi mente no es tan santa que digamos; puede que él no piense siquiera en cometer el error que cometieron otros ángeles al tener relaciones sexuales con humanos, pero yo sí puedo imaginarme algunas cosillas morbosas.

—Niamh. —La voz de Haziel me saca de mis cavilaciones obligándome a mirarlo.

—Está bien, no me complazcas —me rindo—. Usaré estas túnicas. —Paso por su lado—. ¿Dónde queda el baño por fin? —pregunto mirando el ancho pasillo.

Pasillos por aquí y por allá y no sé en dónde carajo estoy, ni siquiera sé por dónde vine, si tuviera que regresarme a la cocina no sabría cómo.

—Espero que recuerdes el camino —dice él tomando la delantera de nuevo—. Es por aquí —me indica y yo resoplo.

Cinco minutos después entramos a un lugar bastante húmedo. A penas crucé la gran puerta supe que se trataba de una alberca. Sólo que no es una alberca como tal, son muchas albercas de diferentes tamaños conectadas entre sí.

—El agua corre, es parecido a un jacuzzi —dice y doy un paso hacia delante para admirar el lugar. Toda la decoración de las paredes es de mármol reluciente, pero el piso parece de piedra blanca.

—¿Esto es el baño? —pregunto sin creérmelo.

Él tiene razón, son como una serie de varios jacuzzis. Sólo que tiene pequeñas cascadas y desciende por todo el lugar. El agua parece correr hacia el exterior, ya que puedo ver un arco que da hacia lo que creo es una piscina olímpica que no parece estar dentro del palacio.

—¿No hay una pared…? —no termino la frase y camino hacia el primer jacuzzi redondo, miro a mi derecha y observo un jardín que rodea el lado derecho de la piscina olímpica del exterior. Bien, un baño con vista al exterior.

—No tienes que preocuparte de si alguien te verá, aunque tú puedas mirar afuera, los que estén afuera no podrán ver nada —lo oigo decir a mis espaldas—. Este será tu baño.

—¿El tuyo es igual? —pregunto aún perdida en el lugar.

—Sí —contesta—. Quizás un poco más… agradable.

—¿Por qué? —me giro para verlo.

—Porque es mío —dice y pongo los ojos en blanco tratando de disimular que la bata se está pegando a mi piel debido a la humedad.

—Bien, ¿y dónde están los jabones y...?

—Mmm, Gema Dorada debió colocarlos en aquella pared —dice y yo miro hacia la derecha y observo que hay una especie de rincón donde se encuentran varios casilleros—. Hay toallas y todo lo que necesites, también hay ropa.

—Bien, pensé que tendría que caminar desnuda hasta mi habitación al otro lado del mundo —murmuro con odiosidad.

—Cuando salgas de aquí te llevaré a tu habitación, sé que no recuerdas el camino.

—Gracias por decirme tonta —le digo y vuelvo a fijar mi vista en los tres jacuzzis que se unen entre sí a través de la cascada.

—Dijiste que no querías que tu habitación quedara al otro lado del palacio, pues quiero que sepas que estoy trabajando en tu nueva habitación desde hace dos días.

—¿Acaso la estás construyendo? —digo en baja voz y con cierto recelo.

Es que sólo con él soy así, no recuerdo haber tratado a Blay o a Evan de esta manera. Ah, a mi hermano sí. *Y mucho peor.*

—Puedes bañarte, sólo espero que no te ahogues —lo oigo murmurar mientras se aleja.

—Claro, qué tristeza para ti que yo me ahogue —musito.

—*Sería fastidioso sacar un cadáver del Beta.*

—¡Ay! —doy un respingo y cuando me giro él ya no está—. ¡No...! —cierro la boca a medio insulto y hago un mohín

No me gusta que me hable mentalmente, se siente como si me pellizcaran el cerebro.

—*Buena chica, estás mejorando.*

—Espera que aprenda a hablar mentalmente para que veas —murmuro caminando hacia los casilleros.

Me coloco una túnica blanca y hago una mueca de desaprobación, ¿No hay algo mejor que esto? Por lo visto, Haziel no piensa complacerme en cuanto a mi manera de vestir. ¿Cómo puede quedarme bien algo tan...? Ni siquiera encuentro la palabra.

Todos los sujetadores son de algodón, son sujetadores deportivos, creo. En cuanto a las bragas... es otra cosa. El caso es que no es que me considere sexy con mi ropa interior, pero siempre me ha gustado el encaje en la ropa interior, por lo menos, el cincuenta por ciento de toda mi ropa interior es de encaje.

Y estás bragas no son ni normales. ¡Son espantosas! ¡Horribles! ¿Acaso eran de la abuela de Haziel? Oh, cierto, él no tiene familiares.

—No me pondré esto —digo en muy baja voz y lanzo el pedazo de tela en la gaveta.

Empiezo a buscar en los demás casilleros, pero sólo hay toallas, y muchas cosas aromáticas, de las cuales, en su mayoría, no sé para qué son. Articulo una maldición sabiendo que Haziel puede aparecerse con su cara de enojo.

Bien, no es cómodo andar sin ropa interior, pero sólo iré a reclamarle con respeto y amabilidad al imbécil de Haziel por no traerme ropa acorde a mi edad. ¿Piensa que tengo ochenta años acaso? Esas bragas pueden pertenecer a su abuela, si tuviera, claro. Y lo peor, es que son nuevas, hasta tienen la etiqueta de «recién comprado», no puedo alegar que se las robó a una abuelita o algo así.

Salgo del enorme baño, joder, ni siquiera voy a llamarlo baño, ahora será «El gran cuarto de baño». Ni el hombre más rico y multimillonario de la Tierra tendría un cuarto de baño así de grande, ni así de lujoso, y… yo lo tengo. ¿Quién soy yo? Pues, nada más y nada menos que la Jephin de un arcángel.

¿Me estará afectando la vanidad y la arrogancia? Bueno, no está mal tener un poco de presunción mental.

Camino por los pasillos y aprieto los labios de vez en cuando. Es incómodo no tener bragas. Juro que sería capaz de andar desnuda para que Haziel me compre la ropa que deseo, pero… ¿Y si llegan sus amigotes? El pelinegro tenía una expresión dura, lo que lo hacía más atractivo que Bered; además sí me fijé en la manera de caminar del pelinegro y debo decir que es impactantemente increíble. Jamás me permitiría exponerme delante de ellos, sé que no sienten deseo sexual, pero tengo pudor. Por más que sean ángeles «santos» y todo eso, jamás les dejaría verme sin ropa. ¡Por Dios!, no soy nudista. El único hombre que me ha visto desnuda es Haziel, ya que ha tenido que cambiarme de ropa, pero desde que tengo uso de razón jamás he permitido que ni mi papá ni mi hermano me vean sin ropa; llámenlo órdenes de mamá o como quieran.

—¡Haziel! —exclamo frustrada. Me cruzo de brazos y espero a que el aparezca por algún pasillo—. Estoy perdida —digo en voz alta y me muevo impaciente en su espera.

—*Trata de encontrar la cocina. Estoy aquí.*

—¡No! —chillo llevándome una mano a la sien.

—*Te dolerá siempre que seas una cabeza dura. Concéntrate en escucharme y no sentirás nada.*

—¡Ouch! —me quejo de nuevo—. Se siente horrible, no lo hagas. —Cruzo hacia la derecha en el siguiente pasillo.

—*Pues, deberías dejarme entrar con facilidad a tu mente, aquí no hay teléfono y esta es la manera más eficiente para comunicarme contigo a distancia.*

—¡Haziel! —lloriqueo y pego mi espalda a la pared más cercana.

Esta es la primera vez que me habla tanto de esta manera. Mis manos están temblando, y siento cosquillas en mi cerebro. Cuando estaba aprendiendo a tocar piano, tenía que lograr que mis manos tocaran teclas distintas a la vez, melodías distintas. Mientras aprendía, sentía que mi cerebro se fragmentaba en pedazos «y en gran parte así era». Es como tener escalofríos en la cabeza.

—Luego aprenderé, por favor no me hables…

—*No, aprenderás ahora.*

—Oh… —cierro los ojos y sacudo la cabeza. Aprieto mis puños y gracias a Dios mis uñas no están largas.

—*¿Niamh?*

Aprieto los dientes y respiro hondo. Sacudo la cabeza varias veces, y empiezo a concentrarme como solía hacer cuando aprendía a tocar piano. ¡No fue fácil aprender! Hice muchos ejercicios para la independencia de mis manos, ni siquiera quiero recordar mis ataques de frustración cuando estaba aprendiendo a tocar ritmos tropicales. *Mano izquierda: graves. Mano derecha: agudos.* Bajo y arpegio.

Tiempo, tiempo, tiempo… ritmo, ritmo.

¡Joder! Se me va a escapar una mala palabra.

—*¿Niamh?*

—¡Ya basta! ¿Acaso no puedo concentrarme sin oír tu fastidiosa voz? —espeto en voz alta y miro a ambos lados del pasillo. Estoy sola.

Pensé que estaba cerca, ya que su voz… se escuchó firme y clara. Antes se escuchaba lejana. Eso es un cambio, ¿no?

Resoplo y me echo a andar. Observo las paredes pulidas, no he llegado a un pasillo con ventanas, juro que saltaré hacia el exterior si veo una. Quiero ver el cielo azul en toda su extensión, en realidad, quiero ver el jardín otra vez, es tan hermoso.

Mientras camino por un pasillo decido que ya no me interesa ir a la cocina, sólo quiero encontrar una ventana por donde pueda brincar. Hace cinco minutos pasé por una, pero era muy alta para mí.

Bueno, ¿qué más da? Estoy aburrida.

—Haziel, ven por mí. Esta mansión es muy grande —gimoteo—. Ya me duelen los pies. Tengo media hora buscándote.

—*Si me estuvieras buscando ya me hubieses encontrado.*

Ahora sólo fue un leve, pero muy leve pellizco en mi cerebro. Ya se está sintiendo mucho menos doloroso.

—Estoy desnuda, y tengo frío —miento cruzándome de brazos.

—*¿Por qué estarías desnuda?*

—Porque no pienso usar las túnicas, ni las bragas de tu abuela —rezongo sintiéndome como una idiota al hablar con la pared.

Espero dos segundos y él no aparece por ningún pasillo. Exhalo perdiendo la paciencia y nuevamente mis pies se mueven llevándome hacia el final de un pasillo en el cual hay dos corredores más, cruzo hacia la derecha, pero me retracto y voy hacia la izquierda. Apresuro mis pasos y alzo las cejas al ver que al final del pasillo empieza una escalera al mejor estilo del castillo Neushwainstein.

Me acerco sigilosamente y con recelo. Las escaleras son anchas, muy anchas, al estilo caracol, pero levemente. Miro hacia atrás y al no ver nada subo escalón por escalón, calculo que miro hacia atrás cada tres segundos, de todas formas, si no tengo permitido subir estas escaleras Haziel aparecerá y me dará un sermón.

—*¿Dónde estás?*

—¿No sabes? —susurro en muy baja voz y miro hacia atrás antes de subir otro escalón.

—*Perdí tu esencia, Niamh.*

Hago muecas con mis labios como si le estuviese haciendo burlas y no dejo de subir los escalones.

—*Sé que me estás oyendo. Y quiero que sepas que me estoy enojando, y también sé que tu cerebro se turba cuando te hablo mentalmente.*

—Hmm, eso está mejorando —musito en voz casi inaudible sacudiendo la cabeza.

Aún se sienten leves pellizcos, pero puedo vivir con eso. Además, ahora sé que no oye mis susurros. ¿O tiene algo que ver la distancia?

Él vuelve a preguntarme dónde estoy, pero no respondo. Recorro un pasillo del primer piso y al avistar una ventana grande y baja salgo corriendo hacia ella. Apoyo mis manos en el bordillo y me inclino hacia delante para deleitarme en el exterior. Cielo azul, con nubes, aves… no muchas, pero por lo menos hay señal de vida animal aquí.

—Oh, por Dios —pronuncio en baja voz y lentamente.

¿Acaso eso es un laberinto de grandes arbustos verdes?

Es… ¡Es hermoso! Oh, por Dios, creo que voy a llorar con tanta belleza, este inmenso jardín es indescriptible, tiene muchas fuentes antes de llegar a los grandes setos de arbustos verdosos que conforman el laberinto. Todo esto me recuerda a Harry Potter y el Cáliz de Fuego, sólo que es real y colorido. Hay un par de miradores junto a la fuente más grande, que se encuentra varios metros antes del inicio del laberinto. Los caminos para llegar a los miradores y pasearse por el jardín están hechos de adoquines, todo perfectamente construido.

Si pudiera tomar una foto ahora mismo, lo haría. Creo que viviría feliz de pie, aquí, mirando todo esto.

¿Quién no? *Y tú que preferías el infierno.* Bueno, eso fue… antes. De todas formas, tengo que escoger, o el infierno o este paraíso. La opción de «regresar a Berwyn» no está ofertada, así que no me queda de otra.

Los árboles están podados en forma de cuadrados y rectángulos, igualmente los setos; me gustaría brincar desde aquí e ir a pasearme entre todos ellos. Miro hacia abajo para ver si mi salto es seguro, pero no quiero partirme los pies.

—*Niamh, ¿qué estás haciendo?*

—¿Por qué? —pregunto en voz alta y luego me arrepiento.

—*Pensé que te habías quedado sin habla. ¿Por qué no percibo tu aroma? ¿Qué hiciste?*

—No hice nada —me quejo retrocediendo y miro a ambos lados. Estoy sola. Ya lo olvidaba.

—*Bien, ¿te escondiste en una habitación? Por Dios, hay más de cincuenta.*

—¡No exageres! —exclamo sorprendida.

—¿Qué haces aquí? —me giro de un salto y ahí está él. Caminando hacia a mí mientras me escanea de abajo hacia arriba—. ¿Por qué mentiste? —me regaña—. No debes mentirme.

—Bueno, tenía que lograr que vinieras a buscarme —digo y me cruzo de brazos.

—¿Acaso piensas que iba a correr a buscarte sólo porque estabas desnuda? —pregunta con dureza.

—Espera, no pienses que lo dije pensando que por estar desnuda ibas a correr en mi búsqueda sólo para verme sin ropa —suelto ofendida—. Sólo pensé que si te decía que estaba desnuda ibas a venir a regañarme.

—¿No es lo mismo? —suelta deteniéndose a cuatro metros de mí.

—¡No! Lo primero significaría que quieres verme desnuda, y lo segundo significa que… —no encuentro la palabra—. Es decir, ibas a regañarme como cuando un padre regaña a su hija de diecinueve años por estar desnuda en la casa —explico con obviedad y él frunce el ceño.

—¿Piensas que soy como tu padre?

—Algo así. —Manoteo—. Ya sabes, amor filial. —Él sólo me mira, y no sabría definir su expresión; es una mezcla de confusión con seriedad, un poco de enojo y quizás concentración.

Su mirada empieza a incomodarme y no me gusta mirarlo porque tiendo a bajar la mirada hacia su abdomen y lo que veo me gusta mucho. Y no debe gustarme. En todo caso, ¿Gema Dorada no tiene pensamientos indecentes acerca de Ahilud? Por Dios.

—Vamos —dice él girándose, mis pies reaccionan y lo siguen sin rechistar.

—¿No piensas regañarme más? —indago.

—No.

—Bueno, es un cambio —murmuro.

—De mi parte sí quiero hacer algo para que no me destierren —suelta y sin saber por qué, me hiere lo que dijo.

—Yo no quiero irme al infierno —murmuro avergonzada; después de ver este lugar, mi opinión cambió—. Hablas como si… —él se gira de repente y casi choco con él.

—¿Eso no era lo que querías? —me reclama y parpadeo incrédula al ver que está enojado—. ¿No era lo que me reclamabas cuando despertaste aquí? ¿No me dijiste que preferías haber muerto? —contraataca—. ¿Acaso no preferiste escaparte de la cabaña sin pensar en que podrías ir al infierno?

—Escucha…

—Te importó muy poco que me desterraran. ¿Qué tal si yo me voy de este lugar y te dejo aquí a la espera de que Satanás venga por ti?

—¿Qué? —me alarmo—. No puedes irte así no más, no eres tonto. ¿Acaso no sería eso igual que el destierro?

—Sólo estaba asimilando algo —suelta—. Sólo quería hacerte ver lo que hiciste.

—¿Y por qué me estás sacando eso en cara ahora? —digo con enojo—. Yo te pedí disculpas por ese error.

—Claro, ustedes los humanos creen que con una disculpa se soluciona todo, ¿verdad? —da un paso desafiante hacia mí y yo retrocedo.

—Es mejor que te calmes.

—Antes, lo errores no se perdonaban, una disculpa no valía de nada —dice con voz filosa y yo trago duro—. Para un ángel una disculpa no vale nada. Nada.

—¿Por qué siento que tus reclamos no son para mí? —alzo la voz—. Yo me disculpé, hice mal y…

—¿Qué tal si tu estúpida disculpa humana no me sirve? —da otro paso hacia mí—. ¿Qué tal si no quiero perdonar tu error? ¿Qué tal si nunca olvido que escapaste sin importarte mi suerte? —trago duro y bajo la mirada.

Bueno, en realidad, merecía algo así. Ya me parecía extraño que él no me reclamara mi pequeño error. Bueno, está bien, mi gran error, pero ¿por qué reclamar ahora?

—Escucha, yo no sé por qué estás enojado.

—No seas tonta —ladra y de repente noto que él está enojado, me está gritando y no ha llegado la pesadez a mi sistema—. Odio cuando te haces la idiota. —Alzo las cejas al oír su insulto—. No quiero que me mientas, sólo quiero que me obedezcas, que abras la boca sólo para responderme sí o no, que no hables ni hagas nada sin mi autorización.

—Yo…

—Si no quieres acabar en el infierno, eso es lo único que tienes que hacer —ya está gritando—. ¿Tan difícil es, humana tonta? —escupe y miro mis manos.

Joder.

Eso sí que dolió. Y lo peor: tiene razón. Me merezco este regaño. ¿Quién escapó lanzando por la borda más de ocho días? ¿De quién es la culpa de que sólo queden cinco días para su aniquilación? De Niamh Browne.

—Lo siento —musito sintiendo algo extraño en mi pecho, algo muy parecido al remordimiento. Sólo por eso acepto que él me haya hablado así. Al fin y al cabo, si salimos bien de esta viviré con él por siempre.

—No me importa si lo sientes —dice en voz baja—. Sólo quiero que seas obediente. Si quieres vivir, obedece.

Asiento sin alzar la mirada y sólo la alzo un poco para darme cuenta que ha empezado a caminar dejándome atrás.

Troto hasta llegar a él y trato de seguirle el paso. Sus piernas son más largas que las mías. ¿No tiene consideración? *Para la humana tonta que sólo la embarra no hay consideración.* Oh, cierto.

Soy un desastre.

CAPÍTULO 19
OBEDIENCIA

«La paciencia es una virtud digna de un ángel», suele decir Ahilud, y yo diría que sí. La paciencia es una virtud digna de un ángel. *Hasta que conoce a una humana.*

No sé por qué tiene que ser tan ella. Mi rudeza a veces me domina, y sé que no debí perder el control y decirle todo lo que se merecía, pero me perturbó. ¿Acaso no fue ella quien escapó y juró con Zachiel?

Siento que salvé a la humana más rebelde del mundo, y ya no puedo arrepentirme. *No puedes y no quieres.* ¿Qué? ¿Quién va a querer convivir con alguien como ella? Por Dios, siento que en cualquier momento voy a explotar.

No había sentido este tipo de desconcentración en mi sistema y ella es la culpable de que la esté sintiendo. Si no fuera tan desobediente yo no perdería el control. Por eso jamás pensé traer a un humano al Beta, era feliz solo en mi morada, sin escuchar voces humanas, sin tener que regañar a ningún humano. Ahora tengo que aguantarme a esta chica por mis idioteces.

Llego a la sala y le ordeno que se siente. Ella camina cabizbaja y hace lo que le pido. ¿Acaso no lo ve? Es tan fácil ser obediente. Ella sabe que es fácil, lo que pasa es que piensa que yo soy un estúpido con quien puede jugar a la pelota. *Te ve como un padre.*

Basta.

Ella te ve como un padre y eso fue lo que te enfureció.

—Niamh, deja de toquetearte los nudillos —la regaño y ella sólo une sus manos.

El hecho de que ahora pueda percibir un leve aroma a anís no alivia el enojo que sentí al no poder percibir su aroma cuando le preguntaba en dónde estaba y no respondía. ¡No respondía! Caramba, si no tuviera paciencia con ella…

Te ve como a un padre. Allí tienes a tu amor filial.

En realidad, fue extraño no percibir su aroma. ¿Acaso hizo algo para impedirlo? ¿Por qué ahora percibo un extraño aroma a anís? Ese es nuevo, solo lo he percibido en aquel callejón cuando se disculpó por haber escapado, y también cuando le dije humana tonta y ella aceptó que sí lo era, por lo cual asumo que el aroma a anís está ligado a su arrepentimiento.

Sus aromas casi siempre están ligados a dos o más sensaciones, eso es más extraño que percibir todas sus sensaciones. Rara vez noto más de tres aromas en los ángeles, incluso, en otros humanos percibía varios aromas, pero no eran tan distintos y variados como los de Niamh, es como si tuviera un aroma para cada expresión o sentimiento. Y eso es perturbador porque... siempre estoy concentrado en percibir todos sus aromas; es como mi experimento personal del cual no me gusta reconocer ni en mis pensamientos.

«Si no está en tu mente, entonces no existe».

Respiro hondo y evito hacer una mueca. El aroma a anís estrellado es cada vez más fuerte. Desearía saber qué está sintiendo o pensando en estos momentos, sólo así sabría cuál es el otro sentimiento que va ligado a su arrepentimiento.

Tengo que alejarme o terminaré obligándola a decirme lo que siente. *Y eso no es buena idea.* La coacción no debe aplicarse a la ligera.

—Niamh, buscaré un libro para que lo leas —le informo y ella ni se molesta en alzar la mirada, sólo asiente.

Respiro hondo y descubro que mi respiración fue nerviosa. El hecho de que ella esté allí, quieta y sin preguntar nada me hace querer gritarle algo. Pero hay un problema: no sé qué voy a gritarle.

Exhalo y me dirijo hacia la biblioteca Norte.

Niamh piensa que mi morada es un palacio, pero lo que no sabe es que es más grande de lo que parece.

Después de ojear y asegurarme que no hay nada sospechoso en el libro me dirijo hacia el gran escritorio donde sólo hay pilas de hojas de papel de hace un siglo terrestre. Muchas de ellas están en mal estado, pero no me interesa conservarlas en buen estado. No tratan de nada importante.

Reviso en la primera gaveta y cojo un cuaderno de notas bastante moderno. Agrego «anís estrellado» en la lista y luego escribo «arrepentimiento». La lista de los aromas de Niamh está creciendo. Café, coco, jengibre, mejor dicho, caramelo de jengibre... eso es una de las otras rarezas de Niamh, sus aromas me sorprenden, algunos no son simplemente un aroma, sino la mezcla de varios, hasta podría jurar que se trata de perfumes, pero no estoy seguro del todo.

Tal vez deba buscar un libro de aromas para leerlo mientras Niamh lee sobre los nefilim.

Regreso a la sala sin ánimos de percibir ningún aroma, por lo cual, sólo inhalo el aroma natural de mi morada. Suave, cálido y fresco. Trataré de no usar mi don con Niamh. *Ni siquiera solías usarlo, Haziel.* Bien. Desde que llegó Niamh mis sentidos olfativos han estado casi siempre encendidos a causa de ella, y lo admitiré, me gusta profundizar en sus aromas, ¿qué hay de malo en eso? ¿Quién puede impedírmelo?

—Niamh —alzo la voz y ella da un respingo. Me mira y noto que tensa la mandíbula.

Vamos, Haziel. No enciendas tu don, mantenlo apagado, ¿qué te interesan sus aromas?

—Quería pedirte que…

—Mantente ocupada —la corto extendiendo el libro hacia ella. A penas lo dejo en sus manos ella abre los ojos sorprendida por el peso del libro.

—Emm… —ella carraspea y aprieto los dientes. No te sientas tentado por sus aromas, Haziel.

Dios, ¿qué está pasando con mi mente?

Tengo que hablar esto con alguien, y el único a quien podría decirle que Niamh me provoca enojo es a Ahilud. Bueno, el caso es que no es sólo enojo, sino desconcierto. Creo que estoy pasando por estos momentos de sentimientos confusos porque jamás he compartido mi morada con nadie, por lo cual debe ser normal sentir enojo, preocupación, fastidio, confusión.

Agh.

—Esto es aburrido —la oigo decir sin levantar la vista.

—Ni siquiera has leído nada.

—Bueno, se trata de nefilim —balbucea—. Ya sé que soy mitad mutante, pero…

—Sólo lee.

Ella respira hondo y yo me tenso cuando veo que empuña su mano izquierda. ¿Qué está sintiendo? ¿Estará enojada ahora? ¿Se habrá ido el aroma a anís?

Los minutos pasan y ella no levanta la vista del libro. Está leyendo, lo que significa que ha sido obediente. Lleva más de media hora en su lectura y no ha dicho ni una palabra. Por mi parte no he usado mi don para percibir sus sensaciones, y a decir verdad... creo que tendré un ataque.

Bueno, ¿qué haré después que lea el libro? Nos quedan cinco días y lo único que he logrado son disculpas de su parte. *¡Eso es más que suficiente!* Me importan muy poco sus disculpas, conozco a los humanos, sé que suelen arrepentirse siempre que comenten un error, luego vuelven a cometerlos y luego a disculparse, y así sucesivamente, es un ciclo sin fin al cual no permitiré que mi Jephin se acostumbre. Si vivirá conmigo por la eternidad tengo que moldearla a mi gusto, así que su espíritu rebelde tiene que doblegarse y si la forma de lograr eso es afligiéndola, pues... así será.

¿Quién más que un Arcángel guerrero experto en doblegar rebeldes? *No estás en la época de tu apogeo. Preferiste el Beta.* Puede que no, pero mis dones siguen conmigo, mi espíritu áspero siempre está conmigo desde mi creación. No tengo la culpa de ser tan poderoso.

Alzo la mirada cuando escucho a Niamh tararear mientras pasa hoja tras hoja sin mucho interés. Su ronroneo apenas se oye, pero eso sólo me demuestra que no está interesada en lo que está leyendo, es decir, lo que le ordené que hiciera le aburre.

—Niamh, ¿sobre qué has leído? —le pregunto con voz neutra y ella me mira.

Sólo por dos segundos uso mi don y corroboro que el aroma a anís ha sido suplantado por un aroma dulce. Muy dulce.

—Emm, sobre un nefil llamado Obied —farfulla y me sonríe de la manera más falsa. El aroma dulzón es nuevo. ¿De qué carajos se trata?

Me cuenta en menos de un minuto la historia de Obied y yo sólo la miro con cara de póquer. De hecho, pienso que sólo se tardó un minuto porque mi cara de aburrimiento y de fastidio hasta a mí me intimida a veces.

—Sería perfecto que leyeras en completo silencio.

—¿Por qué? Yo solía leer con mis audífonos.

—No preguntes el por qué y sólo lee —le ordeno y se pone seria.

—¿Sabes? —dice mirándome—. El noventa por ciento del tiempo que he compartido contigo siempre has tenido esa expresión. ¿Jamás piensas dejar de aparentar un maniquí sin sentimientos?

Involuntariamente alzo una ceja.

Dios, esta humana sí que sabe cómo hacer que mi espíritu áspero aflore. *En realidad, no afloró, siempre lo has tenido.*

—De hecho, podría jurar que un maniquí tiene más sentimientos —espeta y vuelve a centrarse en el libro.

—Niamh, tienes que saber algo antes de que vuelvas a responderme de mala manera —pronuncio con voz peligrosa—. Tengo el poder de partirte en dos si quiero, puedo volverte loca torturándote mentalmente, puedo hacer que una úlcera sea menos dolorosa que el simple toque…

—¿Y sabes qué? —me interrumpe y siento como se levanta mi veneno metal alrededor—. Es agotador tener a alguien molestándote todo el día, y lo peor de todo, es que esa persona esté sin camisa, mostrando su condenada sensualidad impidiendo que una tonta e inservible humana se concentre en su aburrida lectura. —Ella se acomoda en el sofá y fija la vista en su libro con expresión dura.

Trago duro y el ambiente peligroso cambia.

¿Condenada sensualidad?

¿Sensualidad?

Respiro hondo y aprieto los dientes con fuerza al sentir algo en mi pecho. No diré qué es una sensación extraña porque no lo es, sé de qué se trata. Mi ego se ha alimentado con las palabras de Niamh, y se ha sentido de maravilla. De repente, todo lo que acaba de decir —con enojo, quizás—, me ha puesto de buen humor.

—*Haziel, estoy afuera.*

Resoplo al oír la voz de Ahilud. Demonios, lo que menos quiero es que él venga a distraer a Niamh.

Hablamos después de inducir a Niamh en su sueño de tres días, me costó mucho explicarle sobre mis sospechas acerca de la naturaleza de Niamh tanto a él como a los demás que me acompañaron en la búsqueda de mi Jephin. Actualmente, Ahilud, Jared, Bered y Enid mantenemos una promesa, la cual es muy diferente a un juramento —no lleva sangre, pues los ángeles no caídos no tenemos—, ellos están al tanto de que mi Jephin es mitad humana y mitad nefilim. Lo único que no saben es que puede ver el verdadero color de los ojos de los ángeles del Beta y de los caídos.

—*Lo siento, no puedo hablar ahora. Pronto iré a tu morada.*

—Tarde. —Miro hacia la ventana y lo observo de pie con expresión neutra. Él mira a Niamh—. No puede oírme ni verme. Por lo que veo aún no la has purificado.

Niamh se mantiene leyendo su libro, que no pueda ver ni oír a Ahilud es aplicable tanto para ella como para todos los humanos, por eso no pueden vernos y dicen que somos incorpóreos y que somos invisibles, en realidad, aplicamos un don que poseemos todos los ángeles. A veces podemos asociarlo al glamour, pero considerando que los humanos necesitan explicación para todo y que a los ángeles no les gusta darlas.

—Muévete. —Camina hacia el pasillo—. Te espero en la biblioteca Norte —dice desapareciendo.

Miro a mi Jephin y ella suspira con aburrimiento. Sí que es sincera. Me pongo de pie y ella ni se molesta en verme.

—Ya vuelvo —le digo y camino hacia donde se fue Ahilud.

Entro a la biblioteca y lo encuentro observando una hilera de libros cerca de mi escritorio.

—¿Pasa algo?

—Jared fue a mi morada, me contó todo —dice girándose para verme—. Bered dice que fuiste directo al grano con Niamh. Sé que tu actitud es poco cariñosa, pero te he dicho incansablemente que no debes ser tan brusco con ella —me regaña y de repente estoy soltando todo lo que siento.

—Tú no lo entiendes, Niamh es exasperante todo el tiempo, no acata las órdenes con rapidez, se la pasa contradiciéndome, no es…

—Espera —me interrumpe—. ¿Estás manoteando? —pregunta con incredulidad y yo lo miro.

—No.

—Sí —asiente—. Estás manoteando. Estás farfullando y, en pocas palabras, estás actuando con desesperación.

—Es que estoy desesperado —suelto—. No soporto a mi Jephin.

—Escucha, es normal para ti que te esté afectando el carácter de la humana —habla—. No eres el tipo de ángel que revolotea cantando baladas, o como Dinmark que sólo sonríe y trata a todos con amor y dulzura. Eres un arcángel, todos los de tu tipo suelen ser así de —busca la palabra—… serios.

—Cada ángel tiene su actitud, Ahilud, no tengo la culpa de…

—Por eso siempre te he dicho que debiste aceptar pertenecer a las Jerarquías del Beta —me regaña—. Todo esto te está pasando por tu ridícula idea de ser como ángel cuando no lo eres —alza la voz—. Eres un arcángel de la venganza.

—Yo no soy del tipo que puede estar juzgando cualquier cosilla que hace un ángel, no me gusta que todos me miren como si… —No encuentro la palabra correcta—. Como si… pudiera arrancarles las alas con solo pensarlo.

—Bueno, esa es otra autoridad que posees —murmura y me enojo—. No te enfurruñes, Haziel. Perteneces al Clan de los Castigadores…

—Ahilud.

—Eres el único arcángel del Beta que lo es —sigue diciendo—. También eres el único arcángel en el Beta que no pertenece a las Jerarquías, y el único que tiene una humana.

—Gracias, de verdad, muchas gracias —le digo con sarcasmo—. Eres un ángel bondadoso.

—Deja el drama.

—Yo no tengo la culpa de arrancarles las alas a los demás.

—Eso es una gran habilidad, desearía yo tener esa autoridad —murmura mirando hacia la pared—. Además, eres un cantor también —dice con diversión y yo entorno los ojos—. Vamos, ¿desde cuándo no cantas?

—Todos los ángeles cantan.

—Sí, pero no todos los que vivimos en el Beta pertenecimos al Coro…

—Ya basta. —Me paso las manos por la cabeza—. Eso fue antes de comandar el primer escuadrón.

—Eres un tonto, Haziel. Todo esto te está pasando por no aceptar tu puesto en las Jerarquías como debiste haber hecho —repite y siento la necesidad de patear algo.

—Nadie lo entiende.

—Tienes que aguantar este tipo de comentarios; si pertenecieras a las Jerarquías no tendrías por qué enojarte —dice—. Todos ellos poseen muchas habilidades. Muchos de ellos son arcángeles guerreros también, algunos pueden cortar alas, pero como decidieron pertenecer a las Jerarquías no se ven en la obligación de ejecutar esa tarea.

Por primera vez en mi vida siento la necesidad de arrancarle la lengua a un ángel.

—Estás en el Beta por un milagro, de hecho —continúa diciendo.

Sí. Siempre dice eso.

Yo era un arcángel que no quería trabajar con las Jerarquías que comandan en el Beta, pero tenía que prestar un servicio de arcángel, así que… decidí pertenecer al Clan Castigador. No soy malvado, pero no me afecta trabajar con los otros seis ángeles guerreros, que aunque no sean arcángeles, poseen esa habilidad. De eso se trata todo, de un orden. Un verdadero orden, no como el disfraz de la palabra «orden» que tienen los humanos.

—¿A qué viniste exactamente?

—Vine a repetirte que Nia es frágil —dice y me carcajeo—. Sería bueno que tu seriedad estuviese presente ahora mismo —dice y yo toso.

—Bien, bien. —Me aclaro la garganta—. Bueno, Niamh no es tan frágil, es un terremoto. Un ciclón que quiere desordenar todo a mi alrededor y yo no voy a permitir eso. —Me cruzo de brazos y lo miro tratando de decir: ¿Y quién va a impedirlo?

—Quizás ella sea así porque te comportas peor —deduce y yo frunzo el ceño.

—¿Qué sugieres que haga? ¿Que le cante una canción cada vez que se enoje? —ladro—. Yo no soy así Ahilud. No puedo estar riendo y aplaudiéndole sus estupideces.

—Tienes que aplacar la actitud de arcángel guerrero y vengador que mora en tu interior.

—No puedo dejar de serlo —rezongo.

—No te estoy diciendo que dejes de serlo —alza la voz—. Sólo que lo aplaques un poco. ¿Es tan difícil? Sólo piensa en su bienestar, caramba. —Se da la vuelta y resoplo.

Ahilud cree que puede regañarme como si yo fuera su hijo. *Y como Niamh te ve como su padre, entonces Ahilud sería su abuelo.*

—Aspenaz fue a mi morada hoy en la mañana —me informa aún con su tono de reclamo—. Por eso no pude acompañar a Jared y a Bered a la Tierra. —Se gira y me mira con seriedad—. Ah, cierto, Bered dijo que Nia necesita otras tres sesiones para que la cicatriz no sea percibida por Yrinca. Sabes que Yrinca va a examinar cada centímetro del cuerpo de Nia, así que te sugiero que Bered venga diariamente hasta el día del juicio.

Bered posee el don de sanar a las personas, pero también puede causar mucho daño. No es arcángel, pero tiene habilidades que muchos arcángeles no tienen.

Tal vez deba decirle a Niamh que la carita inocente de Bered pertenece a un ángel que corta alas sin siquiera pestañear.

—¿Ya te vas? —pregunto con fastidio y él cruza sus brazos sobre el pecho.

—Sí —dice—. Pero, antes quería decir algo.

—¿Qué es? —miro hacia la pared.

—Nia es humana, tiene sentimientos, y también sensaciones —habla—. Yo te sugiero que no estés semidesnudo ante ella. —Lo miro confundido—. Quizás debas leer un libro sobre las mujeres humanas —espeta.

—Niamh no tendrá sentimientos fuertes hacia mí…

—Gema Dorada los tuvo al principio —me interrumpe—. Son mujeres, Haziel. —Su tono es comprensivo—. Tienden a excitarse y a imaginarse cosas, y si tú le das motivos para que ella se excite, entonces habrá problemas.

—Niamh no se imagina nada, Ahilud —alzo la voz ofendido—. Yo no le doy razones para que sienta emociones hacia mí como si yo fuera un humano.

—¿Y cómo lo sabes? —indaga.

—¿Cómo tú supiste que Gema Dorada sí? —contraataco.

—Ella me lo dijo.

—¿Cómo te lo dijo?

—Dijo que no le era fácil vivir con un hombre atractivo que se la pasaba todo el día sin camisa —confiesa con algo de incomodidad—. Para ese entonces, no había supervisiones en las moradas y ella se mantenía más tiempo con mis otras Jephin. Pero luego —respira—… vino el querubín caído, pasó lo que pasó y sólo me quedó ella. Con el tiempo aprendí muchas cosas que no sabía sobre las mujeres.

Todo eso es tan extraño. Sé a la perfección que han caído muchos ángeles por traspasar las leyes. Llegarse a una humana es casi la más importante, y todo aquel que la infringe es condenado al destierro y a quedarse sin alas. Después que sólo quedaran quinientos humanos en el Beta, siguieron perdiéndose algunos más por la simple razón de que infringían la ley «casi más importante».

—¿Gema Dorada no siente nada intenso por ti aún, Ahilud? —le pregunto entornando los ojos.

—Sabes que Ark nos visita de vez en cuando con otros de su tipo. —Manotea—. Gema Dorada no miente cuando le preguntan sobre su respeto hacia mí. Y yo menos.

Me lo quedo mirando. Bueno, allí está Ahilud con su amor filial por Gema Dorada, quizás ella lo vea como su propio padre —como Niamh me ve a mí—, y quizás él la vea a ella como a su hermana; un total amor filial, el cual en su sentido más simple es el afecto por la familia, por los padres, los hermanos, los hijos, los nietos, pero en nuestro caso, es el afecto por los hermanos, pues somos ángeles y no sabemos nada sobre padres, madres, hijos ni mucho menos, nietos.

No hay nada prohibido entre Ahilud y Gema Dorada, y tengo entendido que en los primeros años del humano en el Beta se le perdona el tipo de *amor* que pueda sentir por algún ángel, pues aún están nuevos en el Beta y mientras se adaptan y aprenden las leyes se les perdona ese detalle. Pero actualmente, en el caso de Ahilud, no le perdonarían a Gema Dorada que tenga sentimientos fuertes por Ahilud. Y tengo que confesar que algunas veces yo sentía temor de que me llegara la noticia que Ahilud fue desterrado, de hecho… aún tengo ese temor. Digamos que he perdido algunos hermanos apreciados para mí, los cuales cometieron errores diversos.

—Ark se da cuenta de la mínima mentira, bien sea de un humano, ángel, o de un arcángel —me dice enfatizando la palabra «arcángel» y yo sólo lo miro—. Así que ni siquiera te preguntaré cómo van tus sentimientos hacia Nia. —Él camina hacia la puerta—. Sólo te pido que intentes odiarla un poco menos —murmura dejándome solo en la biblioteca.

Hmm. Mejor hubiese sido que no viniera, solo vino a recordarme algo que había olvidado: el afecto que debemos tener Niamh y yo.

—¡Agh! —grito y cojo un libro del escritorio y lo lanzo lejos hacia el primer pasillo de la biblioteca. Escucho el estrépito que hace al impactar —probablemente— con un estante.

Esto es estresante. No sabía lo que era estresarse al estilo de los humanos hasta ahora.

—Bien —gruño saliendo de la biblioteca hacia mis aposentos.

Necesito una camisa.

Ah, y también necesito alejar todos los temores de mi mente. Ni siquiera quiero pensar en lo que me ha estado empezando a torturar desde hace tres días.

Shhh, Haziel. Si no está en tu mente, entonces no existe.

CAPÍTULO 20
EL TRATO

Alzo levemente la mirada para asegurarme de que Haziel no me está supervisando. Estoy sentada en un sofá con un enorme libro que sólo habla de los nefilim. Puedo encontrar distintos temas; al parecer los primeros nefilim medían más de tres metros y eran abominables. En la época del rey David, los nefilim medían menos, luego hay una fecha que… no sé, este libro no divide los años en antes de Cristo o después. Es sólo ni siquiera menciona los meses que conozco. ¿Qué carajo es el mes de Zif?

Demonios, la lectura está interesante, pero me duelen los ojos de tanto leer.

—No pongas esa cara y lee —doy un respingo al oír el regaño de Haziel y enfoco mi vista en el maldito libro.

Bien, creo que para la época de Herodes ya no existían nefilim puros. Aquí dice que ya se había perdido un cincuenta por ciento de los genes híbridos, por lo cual… se perdió el rastro. Es decir, ¿nadie supo distinguir? ¿no eran tan altos? ¿Y los ángeles que sí pueden percibirlos?

Me concentro en la lectura y descubro que no hay señales de gigantes desde hace dos mil años, hubo algunos descubrimientos de personas que medían más de dos metros, pero sólo eran mutaciones, al estudiarlas se sabía todo, y claro… era más fácil en aquel tiempo, ya que no había tantas personas en el mundo.

Sigo ojeando el libro y me queda claro que mi mitad nefil sería un gran descubrimiento. Todos los ángeles están seguros de que ya no hay genes nefil en el mundo, y bueno, mis padres sólo tenían un diez por ciento, está más que comprobado que la generación de nefil se perdió.

Y estoy yo.

No sé por qué, pero me siento tan importante.

—¿Por qué sonríes? —pregunta y yo alzo la mirada para verlo con cara de póquer. Está serio. *Como siempre.*

Calma, Nia. No le respondas mal. ¡Pero me preguntó por qué sonreía! ¿Acaso no puedo?

—El libro no contiene chistes.

—Mmm… ¿Y tengo que pedir permiso para reírme? —ataco y él sólo me mira.

Santo Dios. Me cuesta tanto ser dócil con él. Es que, se merece que le responda de esa forma. ¿Acaso no puedo reírme?

Él se pasa las manos por la cara con frustración.

—Esto se me está saliendo de las manos —murmura.

—Tengo sueño, llevo todo el día leyendo esto.

—Pues, tal vez debería darte un libro sobre la obediencia y la disciplina —suelta.

—¿Sabes qué? —me pongo de pie y dejo el libro en el sofá—. Llevo toda la tarde aguantando tus órdenes estúpidas sobre si respiro o no, si estornudo o no, y ya me cansé —exhalo con cansancio—. Eres un gruñón que pide que otro sea amable cuando no practica la amabilidad. —Camino lejos de él—. Yo me voy a dormir.

—No tienes sueño, no me creas tonto.

—¿Por qué no tendría sueño? —espeto girándome.

—Es de noche aquí, pero en tu casa no son las siete de la mañana.

—¡Pues tengo sueño igual! —exclamo extendiendo mis manos a mis costados—. ¿Piensas prohibirme dormir?

—No hay tiempo para dormir, necesitas…

—Necesitas, necesitas, necesitas. —Repito con enojo—. Todo lo necesito yo, pero, ¿qué hay de ti? —Él se pone de pie y yo no me inmuto—. Quieres que sea obediente, pero tú no ayudas en eso.

Veo cómo aprieta la mandíbula con fuerza.

—Te ayudo al decirte lo que no debes hacer.

—Eso es ridículo —suelto.

—Sólo nos quedan cinco días, Niamh —alza la voz—. Cinco… días.

—¡Exacto! —exclamo—. ¡Cinco días! Quieres que yo sea obediente, pero no te he oído hablar sobre el amor filial que debes tenerme. ¡Sólo me gritas y me ordenas cosas! —le grito y me sorprendo al limpiar lágrimas de mis mejillas—. ¡He tratado en las últimas horas de hacer algo para no ir al infierno! ¡Lo he intentado, pero tú lo estropeas! —lloriqueo—. Admito que al principio dije que no me importaba morir y también dije cosas estúpidas, pero ya pedí disculpas por eso…

—sollozo—. ¡No debí actuar como una chiquilla rebelde todo este tiempo, lo sé! ¡Pero, pedí disculpas! —me giro aún llorando y camino hacia el pasillo.

—Niamh —me llama.

—Es mi naturaleza ser odiosa, mi hermano siempre me ha dicho que soy una gruñona, y que no tenía novio porque ellos no soportaban mi odiosidad —lloro apresurando mis pasos porque sé que él viene detrás—. Mi madre me decía que yo era una insensible cuando se enojaba conmigo, incluso me decía que era muy orgullosa… —respiro absorbiendo por la nariz—. ¡Pues soy muy orgullosa! —chillo sin girarme—. ¡Y te pedí disculpas! —me giro de golpe y lo encuentro a tan sólo un metro de mí—. A pesar de que no quería hacerlo, a pesar de que sabía que había cometido un error, mi orgullo no quería pedir disculpas a un maldito desconocido recién llegado a mi vida que sólo da órdenes, órdenes… ¡y más órdenes!

—¡Niamh! —alza la voz irradiando enojo.

—Por un momento pensé que podía intentar escapar mil veces más porque soy capaz, y si me lo proponía y me daba la gana lo hacía, pero… —inhalo—. Me retracté y pedí disculpas y decidí hacer algo por no terminar de mala manera, porque a pesar de ser muy orgullosa, también soy inteligente. ¡No una tonta como tú dices!

—Basta.

Duele hacer el ridículo, pero ni loca iré al infierno pudiendo vivir toda la vida en este lugar, con esos hermosos jardines. No, no iré al infierno, pero él tiene que cambiar su carácter también, no solo yo.

—Me tragué mi orgullo y pensé que si tal vez yo hacía algo por ti, tú harías algo por mí. —Me limpio la cara con la túnica. Ya no estoy sollozando tan fuerte.

—¿Qué?

—Pensé en que si yo te obedecía y salíamos de este problema y nos permitían quedarnos en este lugar… —miro hacia el piso y me odio por derramar más lágrimas. Joder, es que cuando empiezan a salir es un problema para hacer que paren.

—¿Qué pensaste? —insiste y yo niego con la cabeza. Ni siquiera sé por qué lo mencioné.

—Pensé que me dejarías ver a mis padres así fuera de lejos, por última vez… —mi voz tiembla y llegan más lágrimas—. Pensé que podrías ser sensible, pensé que, si yo lo era, tú también podrías serlo, y… me concederías esa petición; ver a mi hermano y a mis padres por última vez para luego pasar mi eternidad aquí —mi voz susurró lo último prácticamente, no pensaba decir mis secretos ahora mismo, creo que mi llanto es el culpable de que haya expuesto mis cartas sobre la mesa.

Alzo un poco la mirada solo para ver que él se está alejando con pasos rápidos. ¿Tiene una camisa puesta? ¿Por qué no me di cuenta antes?

Entro a mi habitación diez minutos después con gran incomodidad gracias a que no tengo bragas. Bueno, quizás me tomé más o menos tiempo en encontrar mi habitación. Lo que me harta de esta mansión es que tiene muchos pasillos, y lo irónico es que hay pasillo sin puertas, claro con enormes cuadros y adornos dorados, pero sin puertas.

Me lanzo en la cama profiriendo un gemido. Me coloco boca arriba y empiezo a pensar en todo lo que me ocurrió y en lo que me está ocurriendo. Bien, no he tenido tiempo de asimilar que soy mitad nefil. Elsie amaría saber esto. *Ella y sus libros de ángeles caídos con historias más fáciles de llevar que esta.*

¿Debería enojarme o alegrarme? Mis padres no saben nada sobre nefilim, y eso es gratificante para mí. Conociendo a mi madre seguro haría un drama diciendo que es anormal. En cuanto a mi padre, él lo creería y lo aceptaría con normalidad, siempre ha tomado en serio las supersticiones… quizás eso se deba al diez por cierto de sangre híbrida que no sabe que tiene. ¿Será por eso que soñó sobre mi accidente? Él solo vio al Camaro derrapar, no vio quién lo iba manejando, no vio ángeles ni nada de eso.

Quizás si yo hubiese sido más inteligente hubiese preferido reprobar Estadística con el profesor Moore, pero… no quería decepcionar a mis padres diciéndoles que reprobé una materia, ellos suelen decir «Nia, tienes que preocuparte por los estudios porque eso es lo que nadie te podrá arrebatar», «Nia, mientras tu padre pueda pagar tus estudios lo hará, sólo tienes que ser agradecida», «Nia, tienes que sacar buenas calificaciones», mejor dicho, solían decirme eso.

Sólo ahora me doy cuenta de que mi accidente era inminente, yo jamás hubiese hecho caso a las palabras de mi madre antes de salir de casa.

—*Nia, lloverá.*

—*Mamá, el tiempo siempre se pone así y no llueve* —*me quejé engullendo mi desayuno con prisa.*

—*Pero, se cree que llueva, las noticias…*

—*Mami, tengo que ir a la universidad* —*dije con la boca llena.*

—*Tu padre llamó y me dijo que no te permitiera salir con el Camaro.* —*Dijo ella y yo empecé a protestar*—. *Ya sabes que ha soñado tres veces sobre un accidente con el auto, Nia.*

—*¡Mamá!* —*lloriqueé*—. *Voy tarde, ni siquiera iba a desayunar, no puedo coger el autobús.*

—*Nia, sabes que tu padre cree todo lo que le dicen, y según Milton…*

—*Milton dijo eso porque vio una película de terror* —*protesté*—. *Mi papá no puede estar creyendo ese tipo de cosas.*

—*Nia, puedes coger el Camaro siempre que no vaya a llover. Punto.* —*Ella se dio la vuelta y empezó a lavar los platos.*

—*Si Jack estuviera en mi posición seguro no le dirías nada.*

—*No empieces, Nia.*

—*Madre, volveré antes de que empiece a llover.* —*Me puse de pie y me acerqué a ella*—. *Sólo dile a mi padre que cogí el autobús.*

—*Nia, no me gusta mentirle a tu padre.*

—*Estaré aquí en dos horas, mamá.*

—*Deja de llorar, pareces una niña de diez* —*refunfuñó Jack entrando a la cocina.*

—*¡Por favor, mamá!* —*gimoteé*—. *No lloverá en dos horas, ¡Por favor! ¡Por favor!*

—*Si tu padre llama…*

—*Mamá, déjala que haga lo que quiera* —*dijo Jack*—. *Si llueve y no llega papá no le dará las llaves del Camaro de nuevo.* —*Lo miré con los ojos entornados y él le dio un mordisco a su tostada.*

—*Pero, yo me meteré en problemas con Noah* —*dijo ella.*

—*Cuando empiece a llover yo estaré aquí* —*prometí*—. *¡Mamá!*

—*Está bien, Santo Cielo.*

—*¡Gracias!* —*La abracé de lado y luego corrí hacia la salida*—. *¡Volveré en dos horas!*

En dos horas. Y ya está a punto de pasar un día.

No quiero imaginar toda la preocupación de ella. De tan sólo imaginármelo me entran ganas de llorar otra vez, y solo por un instante pienso en las posibilidades que tengo de volver a escapar. Ninguna. Ya estoy en el Beta y sólo me queda… ¿Qué me queda? Ni siquiera moriré, viviré aquí toda la eternidad; mis padres probablemente en algunos años lo superen. Si pudiera hacerles creer otra cosa distinta a que me secuestraron o morí... si pudiera hacerles creer que escapé muerta de amor con un chico... Hmm, puede que ellos lo crean, pero Jack jamás.

En fin. No tengo que pensar en lo que está pasando en mi casa, pues sólo han pasado veinte horas desde que tuve el accidente, después me mortificaré con eso. Ahora sólo tengo que pensar en lo que debo hacer para no parar en el infierno, para eso, sólo tengo que hacer dos cosas —de las cuales al parecer Haziel olvidó una—, ser agradecida y amable, y... querer a Haziel. Lo primero quizás se haga fácil, pero lo segundo no porque él no está poniendo de su parte. «Tal vez él esté trabajando en una cosa primero y luego se concentre en la otra». Sí claro, y yo nunca vi pornografía.

Suspiro sospechando que tendré un derrame cerebral de tanto pensar y me doy cuenta de que he malgastado tiempo sin hacer nada productivo. Creo que lo único que he hecho de interesante es leer un libro. ¿Qué hay de mis pasatiempos? Solía leer libros en mi Ipad, de hecho, me enamoré de la lectura hace un año y medio. ¿Qué hay de dibujar? Bueno, puede que Haziel me deje dibujar algo, si no... también está la música, puede que no toque el piano profesionalmente como Beethoven, pero por lo menos sé las escalas y solfeo. *El tortuoso solfeo.*

El único instrumento musical que sé tocar perfectamente es la batería, gracias a Elsie. Sus padres son músicos, y conozco a Elsie desde hace dos años, por lo cual mi aprendizaje sobre música empezó a esa edad. Me enfoqué en la batería porque era el instrumento que mi padre no quiso comprarme, así que aproveché la batería que Elsie tenía en su casa, y mientras en mi casa practicaba en el piano, en la casa de Elsie aprendía percusión.

En todo caso, no creo que Haziel tenga una batería aquí. Un piano quizás sí, y sería feliz si me dejase entretenerme con él.

El tiempo pasa y no tengo consciencia de los minutos u horas. Cuando abandoné la sala era de noche; calculo que eran como las ocho, hora del Beta. El caso es que no sé qué hora es ahora. He pasado mucho tiempo pensando de todo un poco, y sólo ahora me doy cuenta que ha sido tiempo malgastado, bien pude haber hecho algo para trabajar en mi «desobediencia», pero considerando que Haziel no se ha aparecido por aquí desde que le dije todo aquello.

—Bien.

Salgo de la cama y hago una mueca al recordar que no tengo bragas. Abro la puerta, la poca luz que hay en el pasillo me indica que aún está oscuro allá afuera. ¿Las tres de la mañana? ¿Cinco? ¿Medianoche? No lo sé.

Suspiro con cansancio y cierro la puerta. Miro mi alrededor con aburrimiento y de repente me entran ganas de armar un rompecabezas, pero Haziel seguro dirá que no. Debe estar enojado. ¡Oh, cierto! ¿Cómo pudo enojarse sin hacerme daño? Eso sí que es una rareza nueva. ¿Será que se está controlando? ¿O será algo referente a mí?

—Ah, me volveré loca. —Me paso las manos por los cabellos con exasperación.

Me acuesto nuevamente y empiezo a recordar momentos agradables con mis amigos, con mis papás, en la casa de mis tíos maternos. ¿Tendrán un diez por ciento de sangre híbrida también? Por parte de padre tengo dos tíos, Gabril y Steven, pero son solo sus medios hermanos; mi abuela al parecer se divorció del abuelo Max y luego se casó y tuvo a Steven y a Gabril. En cambio, tengo tres tías por parte de madre, las amo a todas, en especial a la tía Margarite. Si mi madre tiene ese porcentaje de sangre nefil mis tías también, lo bueno es que con ellas la sangre híbrida llegó a su final, por lo cual mis primos son normales. Puedo respirar aliviada, entonces.

Me coloco de lado por enésima vez y pienso en la posibilidad que tengo de ir al cuarto de baño y ponerme las bragas de la abuela de Haziel. Es muy incómodo estar sin bragas. ¡Nunca había estado sin bragas!

Supongo que ya es de día. Llevo una eternidad en este cuarto y Haziel no ha venido a molestarme.

—Mmm. —Me pongo de pie—. ¿Dónde puede haber un piano? —me pregunto saliendo de la habitación.

Recorro los pasillos con más alivio al saber que ya estoy más familiarizada con la mansión.

Reviso cada puerta del pasillo para corroborar que no hay señal de un piano. Bueno, quizás deba profundizar dentro de las habitaciones, pero la mayoría de ellas están sumidas en una vaga oscuridad, como si las cortinas de las ventanas estuviesen dejando entrar sólo un poco de luz.

En fin.

Me recargo de la pared y en ese momento me doy cuenta de que hay una corriente de aire que mueve mi flequillo. En este pasillo no hay ventanas.

—¿Entonces? —frunzo el ceño y camino hacia el final. Me topo con un corredor con grandes ventanas, ya pasé por aquí, de hecho, me quedé atontada viendo el jardín. *Otro jardín.*

Me doy la vuelta y luego noto algo extraño. He recorrido muchos pasillos, pero no he encontrado ninguno que me lleve al exterior. ¿Acaso no hay puertas aquí?

—Glamour —pronuncio recordando que la palabra tiene un origen oscuro según lo que leí en el libro que me dio Haziel, y también concuerda con lo que me dijo Zack.

El caso es que, para los ángeles no se refiere a un «hechizo», ya que los hechizos son parte de las «artes oscuras». Para ellos *glamour* suena muy parecido a la palabra real en su idioma prohibido y que muchos caídos impartieron el término a los humanos hace muchos siglos atrás. Al parecer fue un nefil quién le dio un mal concepto a la palabra por petición de un caído.

—Veamos si puedo romperlo —susurro acercándome al final del corredor.

Me detengo frente a la pared y claramente puedo sentir la corriente de aire. ¿Por qué no me di cuenta antes? *Estabas concentrada en otras cosas, tonta.*

—Hmm. —Hago una mueca y entorno los ojos.

Extiendo mis manos hacia la pared y alzo las cejas al parparla. ¿Eh? ¿Por qué puedo palparla? *Porque es una pared, idiota.* Sí, pero se supone que no es real, este espacio está alterado para hacerme ver algo que no es.

—Agh… —Me exaspero y respiro hondo.

A lo mejor si me concentro más puedo romper este glamour.

—Inhala. Exhala —me digo lentamente y miro fijamente a la pared. Entorno un poco los ojos, y me siento ridícula, pero estoy segura de que Haziel hizo algo para que yo no viera las salidas.

Si lo hizo fue por algo. *¿Piensas hacerlo enojar de nuevo?*

—Oh. —Doy un paso hacia atrás al ver que la pared parece borrosa; de hecho, está como destiñéndose—. Mi mente tiene razón. Si Haziel ocultó las salidas es porque no quiere que yo salga. —Hago un mohín de enojo—. Obedece Nia. —Masajeo mis sienes—. Pon un granito de arena, no importa si él no pone de su parte para no hacerte enojar… sólo obedece. Lucha y sé paciente

Abro los ojos y de nuevo la pared está intacta. Suelto el aire y por el rabillo del ojo miro una figura de pie en medio del pasillo.

Vamos, Nia. Tranquila. Actúa normal. Haz como si no le hubieses dicho que es un maldito desconocido. De hecho, discúlpate.

No es fácil. ¡No lo es! ¿Por qué mi mente tiene la voz igual a la de mi padre? Como sea, quizás sí deba disculparme. *Otra vez.*

Míralo de esta forma: tienes que salir ilesa del juicio, luego de que todo salga bien y no te lleven al infierno, entonces cuando llegues aquí, con Haziel le podrás caer a golpes si así lo deseas, pero mientras tanto, lucha y sé paciente.

Traducción: Trágate el orgullo, humíllate, deja que él te domine, te controle y te grite

—Emm —carraspeo girándome un poco para verlo—. Siento haberte maldecido. Estaba enojada. Pero, no lo volveré a hacer. —Trago duro y miro mis manos.

Bueno. Eso fue de valientes. Se siente humillante, pero a la vez siento paz. Los remordimientos se alejan cada vez que me disculpo con él. *No sabía eso.*

Lo practicaré más seguido.

—Lo haré —dice sacándome de mis pensamientos. Lo miro con confusión y noto que está tenso—. Haremos ese trato. —Él mira hacia la pared—. Te llevaré a ver a tus padres si salimos bien del juicio ante las Jerarquías —mascullo entre dientes y mete una mano en el bolsillo de su pantalón de chándal. *Un gesto de incomodidad, muy humano.*

—¿Qué? —digo con voz chillona y él pone los ojos en blanco y suspira.

—Si no te mandan al infierno ni me destierran, yo te llevaré a tu casa, hasta dejaré que hables con ellos por última vez. —Alzo las cejas con sorpresa—. Pero —me mira—, harás hasta lo imposible para que salgamos sin siquiera un regaño del…

—No importa, lo haré. —Me acerco a él sintiendo que mi corazón se acelera de felicidad—. Haré lo que sea para que me dejen en el Beta —farfullo intentando disimular mi alegría—. Oh, por Dios. —Uno mis manos debajo de mi barbilla para evitar dar botecitos de alegría—. ¿En serio dejarás que hable con ellos? ¿Lo prometes?

—Sí —asiente con firmeza—. Eso está en contra de las reglas, pero nadie va a enterarse. Será una despedida, no le mencionarás el lugar a donde te irás, pero por lo menos ellos sabrán que te vas sana y salva.

Eso es suficiente para ponerme a dar saltitos de felicidad como una quinceañera.

—Oh, por Dios. Oh, por Dios. —Hago un mohín de felicidad y sin saber cómo... lo abrazo—. Gracias, de verdad... —farfullo inconscientemente—. Este es el trato que acepto con tanta felicidad. —Lo aprieto y luego abro los ojos desmesuradamente para apartarme de él de un salto—. Oh, lo siento, lo siento mucho, mucho... —no sé dónde poner mis manos, no sé dónde poner mi vista. ¡Soy una estúpida! ¿Acaso no puedo controlar mi felicidad?

«Siempre haces eso cuando estás feliz». ¡Pero no con un ángel! Perdón, con un arcángel.

—Y-yo, lo siento. —Carraspeo mirando hacia el piso—. Suelo abrazar a la persona que me ya sabes, cuando me dan una buena noticia, digamos que son nervios, o puede que...

—Deja de divagar —habla y evito mirarlo. Oigo un jadeo y me muerdo el labio—. Ahora, sígueme —susurra y miro de reojo que se da la vuelta, sólo allí alzo la vista y lo sigo. Tiene una camisa gris que juega con su pantalón deportivo y que le oculta la espalda perfecta que sé que tiene, pero debería darle las gracias por taparse más, así no me desconcentro.

Mientras lo sigo a través de los pasillos observo que está descalzo. No me había dado cuenta de ese detalle.

Respiro hondo para evitar dar más saltos de alegría mientras camino. Quizá él no tenga idea de lo feliz que me hace saber que veré a mis padres, y que incluso me dejará hablarles. ¡Oh, por Dios!

Eso será magnífico. Al menos... al menos podré despedirme. Sólo debo empezar a planear lo que les diré. Obviamente no mencionaré nada del Beta ni de ángeles, ni de nefilim.

Oh estoy tan feliz que volvería a abrazarlo. *Lo que no es una buena idea.*

Capítulo 21
Coacción

Recorro el lugar con mi vista. Y sí, y con la mandíbula en el piso.

—Mi habitación está en el mismo pasillo. De hecho, está al frente.

—P-pero… ¿Por qué? —Observo la enorme cama de dosel. Joder, donde se encuentra la cama juro que parece un mirador con una cama en medio. Ni hablar de los detalles de madera y oro.

—¿Por qué, qué?

—¿Por qué está frente a la tuya? —murmuro acercándome a la gran ventana que lleva a un balcón.

—Puedes asomarte por la ventana, pero no puedes salir al balcón.

—Bien, entendido. —Lo interrumpo anonadada. Desde aquí se ve el laberinto de setos.

—Mi habitación está al frente porque quiero que mi Jephin esté cerca de mí. En este piso sólo están tres habitaciones, la mía es más grande —me explica y asiento sin dejar de mirar a través de la ventana.

Quiero que mi Jephin esté cerca de mí. Wow, sonó agradable.

—Mi habitación es más grande que la casa de mi papá, ¿y dices que la tuya es más grande?

—Ajá.

—Bien. —Musito. ¿Más grande? No quiero verla, entonces.

—La tuya es la segunda más grande, no te aflijas —dice con cierta burla y yo pongo los ojos en blanco.

—¿Cuántos pisos tiene el palacio?

—Tres —responde—. Estamos en el primero. El tercero es el ático, además de una terraza. Y no es un palacio —añade—. Más adelante te llevaré afuera y verás que no tiene la apariencia de un palacio.

—Ah, ¿no? —Me giro para verlo con recelo—. ¿Entonces, qué es? ¿Un castillo? —Él hace una mueca y suspira mirando hacia la pared.

—Un castillo es un lugar fuerte, cercado de murallas, baluartes, fosos y otras fortificaciones. —Manotea—. Aquí no hay fosos ni murallas, así que no es un castillo. —Sigue conservando su expresión neutra, pero no se ve tan odioso.

—Bueno, sería bonito que tuviera una muralla con adarve —opino al recordar un documental que vi hace cinco meses sobre *castillos*.

—No sabía que eras fan de los castillos —murmura para sí mismo y yo ruedo los ojos—. Mi morada es una enorme mansión descomunal, pero no es un palacio ni un castillo.

—¿Cuántas habitaciones hay en esta mansión descomunal?

—Esa información no es vital —habla.

—Bueno, dijiste que tenías más de cincuenta, no entiendo por qué tantas habitaciones si vives solo. Mucho menos entiendo las habitaciones de invitados —digo y él me mira con cara de póquer.

—¿Acaso piensas que todas las habitaciones están amobladas? —pregunta.

Bueno, no. De lo contrario me hubiese traído aquí de una vez y no se hubiese molestado en decir que estaba arreglando mi nueva habitación.

—Y referente a la habitación de los invitados —murmura—, ¿quién dice que no he tenido invitados? —Entorno los ojos y él no se inmuta—. Te sorprenderías de mis secretos —sisea y su vista recorre la habitación.

—¿Los sabré algún día? —indago con recelo y él sonríe. Una sonrisa cómplice y algo maliciosa que me eriza la piel.

—Claro, es algo que necesitarás saber —afirma—. Quizás… después te vayas enterando de algunas cosas muy importantes. —Me ve—. Pero, será después, mucho después.

—Bueno, tengo una eternidad —le digo sin muchos ánimos y camino hacia la cama tratando de disimular la incomodidad de estar sin ropa interior—. ¿Qué es esto? ¿Acaso soy una princesa? —me subo a la cama y me coloco de rodillas y empiezo a dar botecitos—. Es la gloria —digo con placer y me dejo caer de boca abajo en el colchón.

Creo que puede que sí sea feliz aquí.

—Niamh.

—Por favor, dime Nia —le suplico sin moverme—. N-I-A —deletreo con voz monótona.

—No lo sé. Sólo tiene tres letras, se me hace… aburrido.

—Te llamaré Haz —digo con voz adormilada—. Hazi —siseo.

—Es Haziel —me corrige con seriedad—. Nada de sobrenombres aquí.

—Pero ¿qué te cuesta llamarme *Nia*? —gimoteo poniéndome boca arriba.

—Okey, Nia —dice con suavidad y sonrío.

—Bien. —Me siento—. ¿Qué haremos? —Él frunce levemente el ceño—. Si me lo propongo puedo ser sumisa, eso será fácil, ahora… ¿qué hay sobre el amor filial? —Él hace un gesto de molestia y yo me cruzo de brazos.

—No tomes tu sumisión tan fácil.

—¿No me crees capaz? —le pregunto ofendida—. Cuando me propongo trabajar en algo que me favorecerá pongo todo mi esfuerzo. Todo. Y créeme que haré todo lo posible para ver a mis padres por última vez. —Él hace una mueca de dudas—. Me has dado un incentivo, y me encanta ese incentivo, y a pesar de que fui grosera contigo… —Aparto la mirada y voy bajando la voz—. Y que también escapé, y que no me resignaba a que prácticamente morí…

—No moriste del todo —me interrumpe con tono casual.

—Bueno, el caso es que quiero dejarte claros algunos términos que me definen, y ya sabes algunos. —Manoteo—. Pero, está otro… y es que no me doy por vencida tan fácil.

—Sí, eso me queda claro. Cuando escapaste me quedó muy claro.

—Bien, entonces —sonrío sin abrir la boca—… ¿quieres que haga algo? Ya sabes, debes dame órdenes para que yo las cumpla. Empieza.

—¿Hablas en serio?

—Haziel, nos quedan cuatro días —rezongo—. Prometo no enfurecerme más, prometo darte a conocer el aroma de mi obediencia. —Sonrío con petulancia y él alza una ceja.

—¿El aroma de tu obediencia?

—Sí. ¿No sabes cuál es? —pregunto.

—Emm, no —musita y yo me río.

—¿Estás diciéndome que nunca he sido obediente? —río y él ladea la cabeza sin dejar de verme—. Eso me hirió. —Salgo de la cama—. Ahora, dime qué hago.

—Lo siento, pero eres espeluznante cuando no estás enfurruñada —dice con descaro—. Estoy acostumbrado a que el ambiente esté cargado de hostilidad, y… cuando sonríes y permaneces tranquila —inhala—… el aroma es de mi agrado.

—Eso es bueno, ¿no? —No estoy segura.

—No.

—¿Por qué?

—Porque me agrada mucho, y suelo tener un trato diferente con las cosas que me agradan —confiesa con misterio y yo entorno los ojos.

—Okey —digo con lentitud—. Bueno, me encanta mi habitación. —Observo mí alrededor.

—Entonces —bufa y mi vista se fija en él—... ¿piensas hacer lo que yo te pida? —pregunta con una expresión burlona.

—Sí, eso dije —digo tratando de no sonar nerviosa. En realidad, la expresión ladina[4] que tiene me está aterrando. No es como si fuese a ordenarme algo vergonzoso. Aunque, si me ordena que le dé un masaje no me enojaría.

—Bueno, manos a la obra. —Me hace un gesto elegante con las manos para que salga de la habitación. Lo miro recelosa mientras me aproximo a la puerta.

—¿Qué quieres que haga? —indago con curiosidad mientras caminamos por el largo pasillo que contiene tres puertas de cada lado, pero las tres de la derecha son de mi habitación, y las otras tres de la suya.

Al llegar al final, cruzamos hacia la derecha donde a mitad del pasillo se encuentra un gran arco de gran altura que lleva a las escaleras por la cual podrían bajar veinte personas agarradas de manos.

—¿Por qué son tan anchas? —pregunto empezando a bajar las escaleras.

—No suelo bajarlas caminando —responde y alzo las cejas.

—Oh —ya entendí. Entonces, sus alas invisibles deben ser gigantescas.

Haziel había colocado un glamour en un rincón de la sala que me impedía ver las escaleras; por eso me siento como una estúpida al no percatarme que debía haber unas escaleras cerca de la sala. *Hermosas escaleras, por cierto*. Hacia la izquierda está la enorme sala, y hacia la derecha se encuentra un pasillo que lleva a la cocina, y otro que cruza hacia la derecha que lleva hacia las habitaciones y luego otros, tantos que me confunden.

Debajo de la escalera está un solo pasillo, el cual me lleva a mi gran cuarto de baño y sospecho que también lleva al lugar donde se baña Haziel, ya que descubrí que hay conexiones a otros pasillos que

---

[4] Ladina: Expresión astuta

supongo me llevan directo a la cocina y a las bibliotecas —que no he visto— y no me los he aprendido. Dios, a veces pienso que la casa parece un laberinto, pero ya me estoy dando cuenta de que no, sólo que este lugar es nuevo para mí y tengo que aprenderme cada rincón.

Bajo el último escalón sin dejar de ver la gran puerta principal —puertas francesas—, la cual se encuentra a unos treinta metros de las escaleras, es alta, ancha, señorial, con cristales claros que tienen un extraño diseño, totalmente adecuada para Haziel, ya que es grande. En realidad, lo que me causa curiosidad es otra cosa.

—¿Tus alas son traspasables?

—Están hechas de materia espiritual.

—Pero cuando entras por las pequeñas puertas…

—Nia, ¿crees que ando con las alas abiertas a todos lados? —pregunta y me rio. *Otra vez me acaba de decir idiota.*

—Esa puerta es demasiado… —Me detengo antes de cruzar hacia la sala.

¡No es fácil ver tanta hermosura!

—Quiero ver la casa desde afuera, debe ser… —Suspiro resignada—. Bueno en cuatro días podré verla. —Me encojo de hombros y camino hacia la gran sala—. También sería genial que me explicaras quién diseñó esta hermosura. —Extiendo mis brazos—. ¡Joder, esta casa es magnífica! —exclamo sin poder contenerme más—. Es muy hermosa, es una mezcla de mansión y palacio… —no encuentro las palabras y luego recuerdo que dije una mala palabra—. Oh, lo siento. —Me giro para verlo, pero él está sonriendo.

—Tranquila, no la volverás a decir.

—Eso no lo aseguro —musito—. Delante de mis padres no digo malas palabras, pero esa es una que suelo decir mucho con mis amigos, ya sabes, malas mañas. —Manoteo y él sonríe más.

—Sí, sé de malas mañas.

—Pero es obvio que mis padres no saben. —Le guiño un ojo y él asiente con una mirada que me dice «Sé de malas mañas de las cuales mis padres tampoco saben», sólo que él no tiene padres.

Hasta parece humano con esa sonrisa.

No. Me retracto. Esa sonrisa es angelical, nada humana, nada normal. *Basta, Nia.* Sólo doy mi opinión, este ángel sería una sensación en la Tierra. Imaginármelo caminando a mi lado en la universidad siendo mi amigo es una fantasía que he tenido más de cinco veces en el día de hoy. *Ni hablar de las otras fantasías.*

—Nia. —Doy un respingo y para mi horror constato que estaba mirándole como una idiota.

—Emm, lo siento, estaba pensando otras cosas que…

—Deja de divagar —me interrumpe con seriedad.

—Bien, ¿qué ibas a ordenarme hacer? —Manoteo dirigiéndome a los sofás.

—Detente. —Dice con tono autoritario y me giro para verlo. Seriedad, Nia. Seriedad.

—Bien.

—La sumisión tiene sus características, una de ellas es que… no hay obligación en ello, es decir, tú tienes que estar encantada de hacer lo que yo te pida —me explica con tono neutro y yo trago duro.

Esta explicación me ha puesto los pelos de punta, y me ha hecho curvar los dedos de los pies. El por qué, no lo sé.

—Concéntrate Nia. —Me regaña y yo lo miro ceñuda.

¡Joder! Los aromas. Él está percibiendo mis aromas.

Óbvialo.

—Bien, decía que en la sujeción no hay obligación, yo no me impondré… —lo interrumpo con una corta carcajada.

—¿No te sientes refutado? —pregunto entornando los ojos con algo de ironía y respira hondo buscando paciencia.

—Nia, haremos esto bien desde ahora —refunfuña—. Sé a la perfección que estaba haciendo las cosas a mi manera, pero no es necesario que lo recuerdes.

—¿Estás aceptando tu culpa? —Alzo las cejas. Mi impresión es normal, ¿por qué no me sorprendería?

—Como decía —cambia de tema y yo evito sonreír—. Sé que al principio tomarás mis órdenes como una obligación y quizás con rabia, pero poco a poco…

—¿Poco a poco? —lo interrumpo—. Nos quedan cuatro días, tomaré las órdenes con placer —agrego con firmeza y él se turba por dos segundos.

—Bien, entonces… —carraspea—. Trataré de no imponerme.

—De acuerdo —asiento como si estuviera saldando un negocio.

Nos quedamos mirando fijamente durante más de tres segundos —yo admirando su aspecto varonil, por supuesto—, y luego él reacciona.

—Bien, entonces… te buscaré algo dónde anotar, mientras tanto, espérame allí. —Señala hacia los sofás y yo obedezco.

Joder. Joder.

Lo admitiré. Muero por volver a ver a mis padres, por decirles algo, por abrazarlos… Claro que pondré de mi parte por no ir al infierno. Haziel me dio un incentivo y bueno, hizo bien. Eso me ha animado hasta la médula.

—Aquí tienes. —Doy un respingo al oír que ha regresado tan pronto. Cojo la libreta de resorte que me ofrece, su portada está toda en azul. *Un azul agradable*. Además, me entrega un bolígrafo súper moderno y lujoso. Parece de…

—¿Es de oro?

—Sí, y las pequeñas piedras que tiene incrustadas son rubíes. —Trago muy duro y hago como si fuese irrelevante—. Ahora, escribirás todo lo que te dictaré —ordena y yo evito preguntarle el por qué.

Vamos, Nia. Dijiste que obedecerías con placer. Así que no hagas preguntas y copia.

—Siempre que sea necesario llevarás esa libreta contigo —me dice y lo miro casi confundida—. Sí, tienes que escribir eso —añade al ver mi expresión.

Respiro hondo y me muerdo la lengua. Ajá, sé que dije que obedecería sin rechistar, pero… ¿Por qué copiaría algo tan ridículo? La llevaré conmigo sin necesidad de tener que escribir eso.

—Linda caligrafía —murmura.

—Método palmer —alardeo sin verlo.

—Copiarás todo lo que aprendas —sigue diciendo y dudo dos veces antes de empezar a copiar lo que dijo.

A decir verdad, estoy escribiendo exactamente lo que dice. Nada de «copiaré todo lo que aprenda».

Él sigue dictando cosas como «Después de que vayas a dormir, no saldrás sin mi autorización de tu aposento», «No puedes salir al jardín hasta que yo lo ordene», «no puedes asomarte por ninguna ventana», claro ese tipo de órdenes se acabarán en cuatro días porque es más que obvio que después del juicio yo saldré a esos hermosos jardines y disfrutaré de todo eso cada vez que me dé la gana.

—No puedes mentirme ni ocultarme nada —dice y me apresuro a escribir—. Me dirás todo de ti, cualquier tipo de sentimientos…

—¿Eso aplica a decirte si me gustas o no? —le interrumpo sin mirarlo y sin dejar de mover el bolígrafo. En realidad, quiero provocarlo—. Porque deberías saber que ese tipo de cosas son privadas.

—Me la dirás todas.

—Bueno, me gusta Jared —miento con facilidad—. Y Bered.

—¿Qué dices? —espeta y alzo la mirada para encontrarme con un Haziel sorprendido y enojado.

—Dijiste que…

—Pues, tienes terminantemente prohibido ese tipo de sentimientos hacia cualquier ángel.

—¿Aplica para los arcángeles también? —indago con una confusión fingida y él ladea la cabeza sin dejar de taladrarme con su mirada intensa.

—Aplica para todos.

—Bien, ya lo copié —digo terminando de escribir «aplica para todos».

—Cópialo de nuevo.

—¿Qué?

—Ya oíste —sisea dándome la espalda y paseándose cerca de la ventana—. Deja de mirarme y copia.

Reacciono y vuelvo a copiar la jodida orden con exasperación. ¿Por qué repetirla? ¡Ya me la sé! Sólo estaba bromeando.

—No debes enojarte por cualquier cosa, mucho menos cuando se trata de una orden como no sentir atracción por algún ángel —habla y copio más rápido perdiendo la elegancia en mi escritura—. No debes mirar fijamente a un ángel.

—Eso no es…

—Sólo escribe —me interrumpe con rudeza y me muerdo la lengua. Bien. Pensé que no se iba a imponer. Jodido arcángel.

—Es obligatorio que lleves ropa interior puesta —dice y siento que mis partes íntimas se contraen, quizás de vergüenza por la reprimenda.

—No llevaré esas horribles bragas —me atrevo a contradecir y él no dice nada. Ni siquiera quiero alzar la mirada, no quiero ver la expresión que tiene.

—Niamh.

—No me gustan —gimoteo y coloco el cuaderno a mi lado—. Dame un respiro o explotaré.

—¿Sólo por unas bragas?

—Quiero bragas normales.

—No puedo ir a tu casa y simplemente robarlas.

—Bueno, cómprame unas cuantas —sugiero con voz más suave.

—No tengo una tarjeta de crédito —murmura con sarcasmo y lo miro con aburrimiento. En realidad, no me aburre mirarlo.

Sería un magnífico actor para una secuela de «Misión imposible», alto, musculoso, rudo… adiós a mi *Crush* Tom Cruise. Dios, este hombre es tan atractivo. Siempre lo he pensado. «Pero no con tanto fervor».

—Niamh, ¿qué piensas? —Lo miro ceñuda y él se cruza de brazos—. He notado ese aroma antes, es débil, pero quiero saber de qué se trata —dice con voz aterciopelada y niego con la cabeza.

—No lo sé.

—Sólo dime en qué estás pensando y lo sabré —susurra y trago duro.

Lo miro fijamente y respiro hondo. Nariz perfecta, pómulos perfectos, cejas… frente, barbilla, labios, joder, todo es perfecto y créeme que lo entiendo, pues es un arcángel, ¿por qué no sería perfecto?

Observo sus pectorales ocultos con esa camisa oscura. ¿Acaso no los detallé bien cuando andaba sin camisa por todos lados? Hmm, ni hablar de la manera tan sexy de llevar esos pantalones de chándal. *Lo pondrás nervioso, Nia. Bájale.* No, mejor le subo.

—Niamh —me presiona y subo mi vista a la suya.

—¿Qué? —me encojo de hombros, él entorna los ojos y me estudia.

Suspiro y agarro la libreta. Es mejor que siga copiando, no quiero llegar a mis imaginaciones morbosas.

—Uvas —anuncia y lo miro inmediatamente.

—¿Qué?

—Te dije que me dijeras todo de ti —habla con seriedad, pero hay un brillo en sus ojos que me indican que su seriedad es sólo el disfraz de otra expresión.

—Sí, pero…

—Necesito saber lo que estás pensando.

—¿Aún apesta a uvas?

—No apesta —dice con lentitud y algo de enojo.

—Bueno, pensé que todos mis aromas apestaban —escupo apartando la vista de sus hermosos ojos encantadores, de lo contrario terminaré diciéndole que sus ojos son seductores.

—Niamh —advierte con voz lenta y aprieto los dedos de mis pies. No me gusta cuando dice mi nombre completo.

¡Como sea! No le diré que estaba pensando en lo atractivo y seductor que es.

—Dímelo.

—Tu porte atractivo y elegante me enloquece, pareces un dios de la seducción, de lo carnal, de lo prohibido. Puedo imaginarme lo que quiera porque no sabes lo que pienso. —Las palabras salen a borbotones por mi boca, al terminar dejo caer la libreta en mi regazo y me tapo la boca con las manos. Siento que mis mejillas arden y empiezo a abofetearme mentalmente por pensar en voz alta.

—Coacción. —La explicación de Haziel me hace fruncir el ceño. Lentamente miro hacia él y allí se encuentra. Mirándome con expresión neutra—. Aroma a frutos de la vid, aroma a embelesamiento —concluye y yo sigo tapándome la boca con mis manos—. Escribe. Tienes eternamente prohibido embelesarte con Haziel u otro ángel del Beta. —Se gira dándome la espalda con sus manos unidas por detrás—. Lo escribirás cinco veces dejando una línea de por medio —agrega con naturalidad.

Oh.

CAPÍTULO 22
Purificación

¿Usó coacción conmigo? ¿Me está tomando el pelo?

—¿Usaste coacción? —digo con un hilo de voz.

—Escribe.

—¡Eso no está bien! —exclamo poniéndome de pie—. No puedes usar eso conmigo, te lo prohíbo.

—No puedes prohibirme nada —dice con despreocupación sin girarse y cuando respiro hondo para calmarme y no maldecirlo un aroma me penetra.

Haziel lleva mucho rato aquí conmigo, en todo ese tiempo no percibí ningún aroma diferente. ¿Por qué ahora huele a lluvia? No, es como... cuando la lluvia moja la tierra. Sí, eso es, lluvia y algo más, es como menta. Es una mezcla de petricor y menta.

—No tienes por qué enojarte, te dije que me dijeras tus pensamientos y no quisiste, técnicamente lo que hice no estuvo mal, ahora escribe lo que te dije.

—No —digo con voz chillona aún anonadada con el aroma—. No puedes usar coacción para saber lo que estoy pensando. —Coloco mis brazos en jarra.

—¿Por qué te era tan difícil decirme que estabas embelesada? —Se gira y yo contengo las ganas de apartar la vista.

—Son cosas que las chicas no andan gritando a los cuatro vientos —le informo—. Además, le podrías gustar a todas las chicas del mundo, eres... —No encuentro la palabra.

—Un dios de la seducción —habla y aprieto los dientes al instante que mis mejillas arden—. Y no sé por qué. ¿Acaso practiqué el arte de la seducción contigo? —Extiende sus brazos y pareciera que me está reclamando.

—No es necesario —escupo disfrazando mi vergüenza con enojo—. Está en tu manera de caminar, de moverte, de todo. —Manoteo—. Y soy heterosexual, me gustan los hombres, y tú pareces uno —rechiflo con valentía y me cruzo de brazos alzando la barbilla.

Él abre la boca para decir algo, pero luego la cierra. Está inquieto, casi nervioso, como si no supiera qué decirme.

—Niamh, no puedo gustarte.

—Deja el drama, Haziel —alzo la voz—. ¿Por qué exageras todo? Sólo dije que me gustabas, nada más, ¿Acaso no sabes la diferencia entre gustar y estar enamorado?

—Pues, en el Beta no puedes sentir ninguna de las dos.

—Pues, lo siento mucho, pero no puedo hablar con mis hormonas —espeto con odiosidad y él hace una mueca.

—No puedes estar imaginándote cosas conmigo, Niamh —me advierte—. Lo tienes prohibido, eso es… sacrilegio.

—¿Sacrilegio? —me indigno—. Por Dios, sólo me gustas. Como me gusta Blay, o Zack Efron. —Manoteo restándole importancia—. Eso es normal en las chicas de la Tierra, bueno en las heterosexuales.

—Dijiste que podías imaginarte lo que quisieras porque nadie podía leer tus pensamientos, ¿crees que Ark no va a profundizar en tus pensamientos? —demanda y yo no me inmuto.

—Es normal. Ya lo dije. —Alzo más la barbilla y la distancia entre él y yo parece el campo de batalla. Él niega con la cabeza con testarudez y yo pongo los ojos en blanco.

—No. Es. Normal —advierte con voz ronca—. No quiero que imagines nada con Bered o Jared. Con nadie.

¡Recuerda el incentivo, Nia! ¡No lo eches a perder!

Oh… es verdad. Mis padres merecen que me porte como Haziel desea.

—Bien —refunfuño y me siento en el sofá—. Espero que mi aroma a las maderas de Ahilud te haga vomitar —espeto y cojo la libreta y empiezo a escribir lo que él dijo.

El olor a petricor desaparece al pasar los segundos. Trato de mantener mi mente en blanco y juro por mi familia que aprenderé a ocultar mis aromas de él.

Hace mucho que no siento la pesadez que sentía cuando él se enojaba, y eso se debe a algo que he estado ocultando hasta en mis pensamientos, pues no quiero que él perciba el aroma de mi traición o mentira, o cuales sean. He estado practicando para que cuando él me hable mentalmente no me duela, y eso ha tenido mucho que ver con su poder de arcángel de vengador sin sensibilidad que posee.

—Listo —murmuro sin levantar la vista.

—No debes enfurruñarte porque se te regañe —dice.

—Ya escribí algo similar.

—Vuélvelo a escribir —ordena con voz monótona y respiro hondo. Muy hondo y creo que estoy captando lo que él quiere hacer.

Bien. Espero que funcione.

Empiezo a sentir un dolor en mi espalda y es por estar sentada escribiendo como una secretaria, evito quejarme y noto que llevo más de diez hojas escritas, porque Haziel me ha hecho repetir varias estupideces. Agh, y aún no dejo de pensar en que él usó la coacción conmigo y me hizo decir lo que estaba pensando, al principio pensé que lo estaba pensando, pero luego me di cuenta que las palabras salían de mi boca. Por su culpa.

—Haziel —me quejo—. Me duele la mano —gimoteo

—Demonios —dice en voz baja. Claro, él olvidó mi herida que, aunque cicatrizó, me duele gracias a mis clases de obediencia.

—Oh, entonces sí puedo decir la palabra.

—Puedo decir malas palabras si quiero, pero que quiera no implica que deba.

—Oh, palabras sabias. —Le hago una reverencia y mis tripas truenan—. Tengo hambre. —Lanzo la libreta a mi lado y me pongo de pie.

—Saldré unos minutos.

—¿A dónde irás? —me alarmo.

—Niamh, estás segura en el Beta —dice con aburrimiento caminando hacia las ventanas.

—Sí, pero, ¿a dónde irás?

—Voy a buscar a Bered —contesta.

—¿Por qué?

—Porque tiene que tener una sesión sanadora contigo.

—¿Y dónde vive? ¿Cuánto tiempo…?

—Muchas millas, pero puedo aplicar velocidad.

—Siempre la aplicas.

—No siempre, en el Beta no es común ver un ángel volando con desesperación, eso alarma a los demás y no tenemos necesidad de darnos prisa para nada.

—Bien, ¿puedo cocinar lo que yo quiera?

—Sí sabes cocinar, sí —lo oigo decir y un ruido en el rincón me hace voltear con un respingo. Cuando vuelvo mi vista hacia Haziel, él ya no está.

Claro, él no quería que lo viera volar. ¡Joder! ¿Cuándo podré ver semejante espectáculo?

—Como sea —murmuro y camino dudosamente hacia los pasillos.

Cada corredor está bastante iluminado, los cuadros son alegres, muy creativos, personas columpiándose... *Oh, ese cuadro lo he visto en casa de la tía Margarite.*

Llego a la cocina y me detengo al ver que sobre la encimera más pequeña está un vaso de vidrio lleno de agua. Lo ignoro y me dirijo hacia la moderna nevera de doble puerta, la abro y hago una mueca al ver que está llena de todo tipo de cosas comestibles. No me puedo imaginar a Haziel en el supermercado, con un carrito y miradas coquetas por todos lados.

—Hmm.

El arcángel no me hizo desayuno, sin embargo, el hambre que siento no es tan intenso.

¿Qué hora es? ¿Las nueve de la mañana? Debería estar desmayada del hambre, pero lo asocio al hecho de que estoy en el Beta y aquí todo es raro. Hasta yo.

Después de preparar café y agregarle leche, me enfoco en hacer panqueques y canturreo una canción de Sia para no aburrirme. Pienso en la posibilidad de que haya un reproductor aquí con grandes altavoces y sonrío ante la idea.

—*Flame you came to me* —canto tratando de imitar la voz de Sia, mejor dicho, de llegar a las notas, pero fracasando como siempre—. *Fire meet gasoline, fire meet gasoline, I'm burning alive...* —Mi vista se queda en el vaso de agua que está en la encimera y dejo de cantar de inmediato. Le echo un vistazo al panqueque que se está haciendo en la cocina y luego me acerco con el ceño fruncido hacia el vaso misterioso. ¿Por qué Haziel dejaría un vaso lleno de agua así no más?

Lo agarro y lo acerco a mi nariz. Al no notar un olor raro decido darle un corto trago. Mis cejas se alzan con terror al darme cuenta que el agua es salada, exactamente igual que *esa* agua salada.

—Oh, por Dios. —Me llevo una mano temblorosa a la boca—. Es purificación —digo con voz nerviosa. Trago duro y empiezo a comerme la cabeza acerca de si debo tomarla completamente o no. ¡Eso me pasa por estar probando vasos misteriosos!

«Deberías tomarla toda, no sabes si por tomar un solo trago empeores todo».

¡No quiero sentir ese dolor ahora!

—Oh, Dios… —gimoteo y obligada por mis pensamientos culpables me bebo todo el contenido del vaso olvidando que estaba haciendo panqueques—. ¡Joder! ¡Joder! —Corro hacia la cocina y cuando me dispongo a voltear el panqueque las náuseas aparecen de golpe—. ¡Ay, no! ¡No!

Me acerco al lavaplatos y doy una arcada en contra de mi voluntad. Los ojos se me llenan de lágrimas y en mi desesperación intento apagar la cocina, pero ya estoy de rodillas en el piso antes de pestañear.

—¡Ay! ¡No, no, no! —lloriqueo ahogándome en un fuerte sollozo y me abrazo con fuerza al sentir el dolor infernal llegando a mi estómago. Luego empieza a expandirse, quemándome cada célula.

¡Maldita sea! ¿Por qué el proceso empieza tan rápido? ¡¿Por qué duele tanto?! ¡Demonios! Es como estar ardiendo en una llama.

«Quizás debas seguir cantando».

Empiezo a jadear al no poder ni siquiera sollozar libremente. Duele. Duele hasta la muerte.

El fuego me está consumiendo, pero me aferro a las palabras de Haziel: «Lo que tomaste sólo está eliminando las impurezas de tu cuerpo, no vomitarás ni nada por el estilo. El proceso no durará mucho».

No durará mucho…

—Haziel… —digo, ya sin voz.

CAPÍTULO 23
VIXTAL

Haziel

Me detengo en medio de la sala y frunzo un poco el entrecejo.

Otra vez lo está haciendo. No sé cómo lo hace, pero se las ha ingeniado para que yo no la perciba, ni siquiera escucho algún ruido extraño que me indique que está en algún lugar de la casa, lo mismo pasó cuando decidió ignorarme y vagar por los pasillos sin responder a mis órdenes.

«Quizás no sea consciente de lo que hace». Sí, claro.

—¿Niamh? —pregunto mientras camino hacia la cocina, sólo allí me percato de que hay un olor a quemado. Arrugo mi frente y me detengo. ¿Es un aroma de Niamh? Es nuevo, y no es agradable, apesta.

Camino ceñudo hacia la cocina, mientras me acerco acelero mis pasos, creo que… algo anda mal.

—¡Niamh! —exclamo al ver el vago humo que hay dentro de la cocina—. ¿Niamh? —musito mirando cada rincón de la gran cocina.

El humo no es un impedimento, ni siquiera me hace cosquillas, si Niamh estuviera aquí, probablemente estuviese tosiendo.

—*¿Dónde estás? ¿Dónde estás?*

Mi pregunta no recibe respuesta y camino hacia la estufa, la cual está encendida y hay una cosa negra en la sartén. ¿Por qué ella dejaría quemar algo?

—Agh. —Me exaspero y cuando mi pie se mueve a la izquierda piso algo. Mejor dicho, a alguien—. ¿Qué caraj…? —cierro la boca y me apresuro a cargarla y sacarla de la cocina.

Un par de segundos después coloco a Niamh sobre su nueva cama. Tiene toda la cara empapada de sudor, igual que su cuerpo. Le aparto los mechones de cabello que tiene pegados a su rostro y compruebo que su corazón esté latiendo. No hay dudas de que su desmayo se debe a que bebió —probablemente sin querer—, del vaso que dejé encima de la mesa anoche. ¿Cómo se me pudo olvidar colocarlo en otro sitio? De hecho, tenía que dárselo anoche, pero estaba muy confundido como para presentarme en su antigua habitación y purificarla, lo más seguro era que me echara el líquido en la cara.

—Bien hecho, maldito arcángel —me digo con ganas de abofetearme. Gracias a Dios el humo no era mayor, sólo se está purificando.

¿Cuánto tiempo lleva así? No lo sé, lo único que sé a la perfección es que cuando despierte no será la misma. Estará más furiosa, eso es seguro.

Me quedo sentado en el borde de la cama mirándola. Su pecho sube y baja perezosamente, aún sigue sudando, y no dejará de sudar durante un buen rato. Creo que sería bueno quitarle la bata. *Eso sería muy bueno.*

Me dejo llevar por mi «preocupación» y la despojo de la bata con una velocidad que me perturba. Ella lleva el sujetador de algodón, y antes de que mi vista baje a su zona íntima mi mano se mueve por voluntad propia y deja caer la bata más debajo de su ombligo.

Joder, deja de temblar. ¿Qué te pasa?

Bueno, no es la primera vez que digo malas palabras. *Que puedas no implica que debas.*

Me quedo allí, mirando cómo se purifica, observando como suda hasta la última impureza de su cuerpo. Cuando pasa la hora ella empieza a temblar y para mi sorpresa empiezo a angustiarme. ¿No debería terminar ya? ¿Por qué aún está sudando?

—M-m-mamá… —tartamudea dando espasmos que me llegan a un lugar muy… extraño en mi cuerpo. *Siento la necesidad de consolarla o algo así.* La miro con curiosidad, quizás porque me está provocando cosas extrañas, o puede que sólo sea lástima lo que esté sintiendo.

Sí, eso debe ser. Nada de preocupación, Haziel. Es sólo una humana, bueno, mitad humana. Oh, espera… ¿La purificación es igual para los nefilim?

Santo Dios.

—¿Nia? —susurro y me subo a la cama.

—T-t-tengo frío —jadea y su aliento sale congelado. Como si estuviera en el norte del Beta.

Bueno, Ahilud me dijo que ella tendría fiebre alta, que sudaría mucho, pero no me dijo que podía hablar.

—¿Nia? ¿Me oyes?

—Haziel… —su voz se quiebra y se alarga horriblemente como si estuviera sufriendo.

Contengo el aliento cuando ella empieza a convulsionar y mi corazón da un traspié. Un horrible traspié que jamás había sentido en toda mi larga existencia.

—¡Oh, Niamh! —exclamo alterándome y busco algo para colocárselo en la boca sabiendo que si no lo hago rápido ella se morderá la lengua—. Santo Dios, ¡Santo Dios!

Ella pone los ojos en blanco y en medio de mi desesperación —estúpidamente humana—, introduzco dos dedos en su boca para abrirla bien y así poder meterle un pedazo de edredón para que ella no se lastime la lengua; lo malo es que ella cierra su boca con fuerza antes de que mi plan tenga éxito.

Abro los ojos desmesuradamente al ver que ella me está mordiendo los dedos de mi mano derecha y luego suelto una queja incrédula. Jamás en mi vida me había quejado. ¡Jamás! ¿Me está hiriendo? ¿Es en serio? ¡Debería haberse quebrado los dientes, no clavármelos!

—¡Niamh! —exclamo alterándome como un enfermero sin experiencia—. ¡Abre la boca! ¡Ábrela!

Una voz me dice que soy el arcángel más idiota que existe, pero yo la ignoro y emito quejidos graves por el daño que una humana me está infringiendo. Jamás me había quejado por algún dolor, y la sensación es intrigante; apenas me está hiriendo, pero igual no salgo de mi impresión, además es la primera vez que mi corazón —que aparece con la cercanía de Nia—, se acelera tanto. *Y ella no se ve bien.*

No es necesario para mí haber presenciado ataques epilépticos en humanos para saber cómo son.

—Oh, Nia. Por favor —le suplico con nerviosismo mortal.

En realidad, me importa más su salud que mis dedos, ellos sanaran en un segundo.

Ella no deja de sacudirse y de emitir sonidos desagradables mientras yo intento con mi mano libre cubrirla con las sábanas. No me doy cuenta que estoy orando hasta que ella empieza a calmarse y a dejar de agitarse.

—Oh… —suspiro por la nariz mientras saco mis dedos de su boca cuando ella se relaja.

Ni siquiera miro mis dedos, sólo me pongo de pie y camino hacia las puertas de cristal que dan al balcón, salgo y apoyo mis manos en la baranda inclinándome hacia delante. Respiro hondo y convoco todas mis fuerzas de *arcángel* en dos únicas mentes.

—*Es urgente, así tengan que volar a la velocidad de la luz, ven aquí ahora. Se trata de Niamh.*

Mis palabras se ven interrumpidas por un sonido horrible, algo como una queja amortiguada, ronca y muerta.

—Oh, Niamh —En menos de un segundo estoy al lado de su cama, ella está convulsionando de nuevo y por primera vez en mi vida siento angustia, una angustia mortificante que roza con la impotencia y el miedo de perder algo necesario para subsistir.

—*¡BERED!* —grito mentalmente y escucho claramente como los cristales de las ventanas de la habitación de Niamh se quiebran en un sonido centelleante. Para mi horror Niamh da un bote y se queda quieta. Completamente inmóvil. Mi alma cae al piso y sólo allí me doy cuenta que el problema de tener «amor filial» por mi Jephin sólo empeora a cada segundo.

—¿Niamh? —susurro en un hilo de voz. ¿Mi «súper poder» de arcángel le hizo daño?

Sus hombros se agitan en un hondo respiro y siento el aleteo de algo. Mis sentidos están a flor de piel, ¿Por qué? No lo sé, sólo escucho el aleteo de las alas junto con el aroma de Bered. Dos segundos después entra abriendo la puerta con violencia.

—¿Qué pasa? —pregunta y en un parpadeo se encuentra sobre la cama, al lado de Niamh—. Oh, sí que está mal.

—Y-yo le hice daño —farfullo y no sé por qué estoy jadeando.

—¿Rompiste los cristales? —pregunta sin verme y con un tono casual que casi suena a fastidio. No le respondo y miro cómo toca su frente y luego pone la mano en su pecho, empuño mis manos y él me mira—. ¿Qué? —demanda—. Sólo estoy verificando su pulso, no tienes por qué espelucarte.

—Sé que escuchas su corazón sin necesidad de tocarla.

—Hay mucha pesadez en el lugar, no puedo concentrarme —habla. Si Niamh supiera que Bered sólo es tierno con ella.

—Sería bueno que salgas de la habitación, Haziel. —Miro hacia la puerta y Ahilud me hace un gesto con la cabeza, acaba de llegar también—. Sal de aquí.

—No, yo soy…

—Estás en estado destructor, quizás Bered y yo lo soportemos, pero Niamh no, le estás haciendo daño.

—Aléjate de la morada, pero no tanto, no sería bueno que otros ángeles percibieran todo ese poder —me apremia Bered y mi mirada pasa de Ahilud hacia él sin mover otro gramo de mi ser.

—¿Me estás echando de mi morada?

—Le estás haciendo daño —la voz de Bered se hace más ronca.

Cuando pienso replicar, el olor a sangre humana es suficiente para apagar mi estado «destructor» —vulgarmente llamado—, como si estuviese presionando un interruptor para apagar una bombilla.

Bered alza las cejas y no dice nada, sólo me ignora y eleva su mano sobre el pecho de Niamh y deja la otra suspendida a pocos centímetros del rostro de ella.

—¿Cómo lo hiciste? —La pregunta de Ahilud me confunde—. ¿Cómo pudiste apagar tu estado destructor así no más? —Camina hacia mí con el ceño fruncido—. No he visto a ningún arcángel salir tan rápido de fase.

—Pues, mucho gusto —contesto mordaz y miro nuevamente el trabajo de Bered.

—¡Bravo! —Ahilud aplaude—. Te preocupaste por tu Jephin.

—Qué gratificante —murmura Bered con expresión neutra—. Lo único malo es que salió de fase tres segundos tarde —añade y miro con culpabilidad la poca sangre que sale de los oídos de Niamh. *No es la primera vez*.

Evito responderle a Bered, no quiero decirle nada desagradable a una de las personas más cercanas a mí.

—Uno más y también habría sangre en su nariz —dice con normalidad—. Es bueno que hayas parado el segundo ataque epiléptico. —No le preguntaré cómo sabe eso. Él es «médico», no yo—. No lo hiciste de la mejor manera, pero… lo detuviste y eso es lo importante.

—¿Por qué convulsionó? —le pregunto al Pantalones Elegantes con tono de reclamo.

—No lo sé. Ningún humano había convulsionado.

—¿Qué es eso? —rechifla Bered, lo miro sin saber de qué habla—. ¿Por qué siento que te duele algo?

—No me duele nada.

—Sí, casi ni duele, pero ¿dónde? —me escanea y me siento expuesto.

—Todo esto es extraño. ¿Por qué te duele algo? —habla Ahilud—. Sólo dilo, Haziel —espeta con enojo.

—Mis dedos quedaron atrapados en su boca cuando convulsionó —musito.

—¿Por qué le meterías los dedos…?

—No termines la pregunta, es bastante desagradable oír algo así —le dice Ahilud y yo me exaspero.

—¿Ya está mejor? —Me siento en el borde de la cama.

—Tenemos muchas incógnitas, arcángel —dice y me tenso.

—No me digas así. —La advertencia es suficiente para él. Me ignora y mira a Niamh.

—Estoy restaurando sus pulmones, están débiles.

—¿Por qué?

—Rompiste los cristales de las ventanas con tu poder de arcángel, ¿qué crees que le hiciste a un pobre cuerpo humano? —me regaña y cierro los ojos.

Oh, Niamh.

—Hubiese sido mejor que no la purificaras.

—Ella se purificó sola, cuando llegué… —Contengo el impulso de rascarme la nuca. No haré más gestos humanos.

—¿Qué, qué? —Ahilud se acerca—. ¿Cómo pudiste dejarla hacer eso?

—No sabía —me defiendo con suavidad, lo que menos quiero es alterarme—. Ella se tomó el vaso de Vixtal probablemente pensando que era agua.

Bueno, la primera vez que ella tomó Vixtal también le hice pensar que la dejaría sola, pero en realidad, apenas Niamh se desmayó aquella vez, yo entré a la habitación y la coloqué en la cama, ella no sudó ni nada debido a la menstruación.

—Bueno, busquemos explicaciones. —Ahilud se pasea por la habitación con gesto pensativo mientras Bered trabaja en la recuperación de Niamh. Por mi parte sólo pienso en lo malvado que soy y en lo que haré para compensar el daño que le he causado a mi Jephin.

—Quizás esto se deba a su mitad nefil —opina Bered—. Lo que nos indica que Niamh es la primera nefilim en llegar al Beta, ya que ningún humano había convulsionado hasta ahora.

—Esto se pone cada vez más interesante.

—No le veo lo interesante, Ahilud —gruño.

—Claro que lo es, ella es única.

—Sólo convulsionó.

—¿Eso ha sido lo único extraño en su purificación? —pregunta Bered y yo asiento—. ¿Sudó? —vuelvo a asentir.

—Mientras más haya sudado, mejor.

—Sudó mucho —afirmo—. Dijo que tenía frío.

—Sí, eso es normal. Lo extraño fue la convulsión.

—Debido a su mitad nefil, créanme —repite Bered—. De hecho, pienso que hirió a Haziel por su mitad nefil. En el estado de purificación los humanos experimentan una fuerza sobrehumana.

—No sabía eso —me quejo—. ¿Creen que es lindo sentir una sensación nueva?

—No creeré que jamás hayas sentido dolor físico.

—Bered, soy un arcángel guerrero —odio alardear, pero con ellos no es tan difícil—. Soy fuerte, jamás he perdido, ni siquiera me han hecho un rasguño.

—No me vengan con estupideces. No creo que puedan sentir dolor físico de todas maneras. Los únicos ángeles que han sentido dolor son aquellos que han caído —dice Ahilud. Bueno, obvio, si guerreas con un ángel y pierdes caes.

—No es así. —Bered le toca la frente a Niamh y aparta la otra mano—. Sé de ángeles del Beta que han tenido peleas con caídos y me han visitado para que los sane.

—No juegues con eso. ¿Por qué un ángel querría que lo sanaras si sanan con rapidez? —continua Ahilud y miro mis dedos. No hay señales de que fueron mordidos.

—Porque hay algunos caídos que poseen armas especiales.

Bueno. Bered es un ángel vengador, también es guerrero, no me sorprende que sepa todo eso.

—Eso me pasa por ser un ángel escriba —dice y sonrío al oír su tono gracioso—. Si no estuviese en el Beta probablemente estuviera anotándole la vida a algún humano.

—Ay, qué tierno —se burla Bered y yo me rio.

—De igual forma no me quejo.

—Sé sincero, te hubiese gustado ser un ángel guerrero —continúa Bered.

—Bueno, quizás.

—Basta. ¿Cómo va Niamh? —pregunto mirándola. Tiene las mejillas sonrosadas, las sábanas cubren todo su cuerpo, y eso me causa alivio; no quiero que Bered y Ahilud vean la desnudez de mi Jephin.

—No lo sé.

—¿Cómo que no sabes? —espeto y él me mira, serio.

—Está débil, examinarla estando inconsciente no es fácil —me explica volviendo su vista a ella—. De todas formas, hay un pequeño detalle en su cabeza.

—¿A qué te refieres?

—Escucha, que sea mitad nefil no significa que no se enferme —dice—. El metabolismo de Nia es tan frágil como el de un humano, pero... —hace una mueca y luego toca la frente de ella con cuidado—. Tiene fiebre, cincuenta y un grados.

—¿Qué? —ladro y me apresuro a tocarla—. ¿Por qué?

—Haziel, es parte de la purificación. Sus pulmones están funcionando bien, no siento otra energía desequilibrada.

—¿Todos sus demás órganos están bien?

—Sí, sólo estoy preocupado por su cabeza —refunfuña—. Busca un pañuelo tibio, debo secar la sangre de sus oídos.

—Ahilud —hablo haciéndole señas con una mano.

—Oye, soy un ángel escriba, no un sirviente.

—Sólo ve —gruño y escucho que suspira con exasperación.

Claro, como su adorada Jephin no está en la situación de la mía. *Idiota.*

—¿Cuándo despertará?

—El Vixtal sólo te deja inconsciente durante un par de horas, quizás unos minutos más, quizás menos. —Se encoge de hombros—. Ella huele a galletas. —Frunzo el ceño.

—Estás loco. —Manoteo sin importancia.

—Una rica galleta —sigue diciendo y lo taladro con la mirada—. ¿Qué? Soy sincero, sabes que amo las galletas —dramatiza y cuando me doy cuenta que va a quitarle las sábanas lo tiro de la cama sin siquiera tocarlo.

—¡Hey! —Se pone de pie con velocidad.

—Está desnuda, olvida la idea de quitarle la sábana.

—¿Y por qué está desnuda? —demanda volviéndose a subir a la cama. Para su suerte, está vez no intenta nada extraño.

—Porque estaba empapada en sudor —ladro.

—Sabes que no puedes verla desnuda, tampoco.

—No la vi.

—Mmm. —Me ignora y se enfoca en mirar a Niamh.

Con curiosidad. Así está mirando Bered a Niamh. Y tengo que decir que no me gusta para nada. Algo está creciendo en mí, es una mezcla de enojo con impotencia. «*Son celos, Haziel*». No, claro que no.

—Ella despertará en un par de horas.

—¿Por qué? Lleva más de una hora…

—Haziel, Haziel… —canturrea—. ¿Quieres que te recuerde que quebraste los cristales?

Bien. Traducción: Por tu culpa estará más tiempo inconsciente.

Bien hecho, Haziel.

CAPÍTULO 24
Uvas y menta

Abro mis ojos y para mi preocupación todo está nublado. Intento respirar y me ahogo en el proceso. El pánico me posee y empiezo a gritar, el problema es que no escucho mi grito, no escucho ni veo nada, es como… si estuviera debajo del agua. Sí. Exactamente igual.

Mi corazón acelera sus latidos advirtiéndome que puede que se recaliente y se pare de golpe. *Que se detuviera sería un alivio.*

—…sólo toma… segundos. —La voz se escucha estrangulada, lejos y con interferencia, eso sólo hace que me sacuda.

Sé que me estoy moviendo con violencia, pero pareciera que estoy sorda y medio ciega; lo único que puedo sentir es algo cómodo debajo de mí, lo que me indica que probablemente estoy en mi cama y nadie me está ayudando, a pesar de que Haziel esté viéndome retorcer y seguramente escuchándome gritar.

¿Pasó algo malo en el proceso de purificación? ¿Tiene algo que ver con mi mitad nefil? ¿Quedaré sorda para siempre? ¿Mi vista será borrosa desde ahora? Empiezo a maldecir con todas mis fuerzas adrede. Si Haziel está a mi alrededor…

—…maldecir, Nia. —otro susurro. Estrangulado. Lejos.

Dejo de patalear cuando una mano se posa en mi boca deteniendo mis maldiciones. Eso era lo que quería desesperadamente, sentir las manos de alguien. Y lo admito, decidí maldecir porque sabía que él se acercaría a mí, y necesito su cercanía jodidamente en estos momentos. ¿No me querrá con estos defectos? En realidad, si no te quiso antes…

—*Niamh, Basta. Oirás y verás, sólo espera un poco.*

La voz de Haziel me deja inmóvil sólo un par de segundos, luego empiezo nuevamente a forcejear con quien sea que me esté sometiendo.

—*Es Bered, trata de ayudarte.*

—¡No! ¡No! —Mi corazón late con más fuerza cuando oigo mi propia voz—. ¡Esto está mal! ¡Mal…! —Aparto las manos que intentan tapar mis gritos y sacudo mi cabeza.

—Tranquila, tranquila…

—¡No puedo oír bien! —sigo chillando y parpadeo limpiando mis lágrimas con una mano sin dejar de forcejear con la otra. Sólo allí me doy cuenta que mi vista está mejorando al igual que mi oído.

—Si no te calmas es peor —me reprende alguien.

—Déjala, igual se recuperará en unos minutos.

—Puede caerse de la cama, Haziel.

—Déjala —ordena—. No la toques —las manos de Bered me dejan y yo me estrujo los ojos—. Ves, ya se está calmando —añade él en voz baja.

Me incorporo y me mareo un poco antes de sentir nuevamente el colchón contra mi espalda. Mi ritmo cardiaco aún sigue acelerado y mi garganta está empezando a arder.

—*Estás débil, pero pasará en unos minutos.*

—¿Cuánto tiempo ha pasado? —pregunto en un jadeo y al tragar siento que me estoy tragando un montón de clavos…

—Su voz sigue alta, aún no oye bien —escucho susurrar a Bered con su voz tan juvenil.

—Ay, me duele el alma —me quejo.

—Tranquila, pasará…

—¡No me toques! —digo con voz chillona apartando con brusquedad las manos de Bered.

—No te haré daño.

—No la toques y ya —espeta Haziel y decido no moverme. Joder, duele mucho y él me había dicho que dolería sólo un momento.

—Todo por culpa de ese mald…

—No maldigas.

Increíblemente le hago caso a Haziel. Quizás sea culpa de la vocecita que me está recordando lo del «incentivo».

—¿Ya puedes oír bien?

—No, se siente como si hubiese estado todo un día en la piscina —farfullo arropándome hasta el cuello.

Haziel está a unos cinco metros de la cama, en cambio Bered se encuentra sentado en el borde. Tiene el cabello desordenado, parece un chico de veinte años o quizás menos.

—¿Qué tal ven tus ojos?

—Mejor —susurro. Quizás esté sólo un poco borroso por el hecho de que tengo los ojos húmedos, en realidad quiero llorar, pero no veo por qué.

—Bien, ella estará bien en menos de una hora.

—Espera, ¿cuánto tiempo ha pasado? —me alarmo y miro a Haziel. Tiene una expresión seria, pero está preocupado. Lo sé, y no sé cómo sé eso.

—Bueno, contando desde que llegué…

—Cuenta desde que te fuiste —le aconsejo y me mira ceñudo—. Bueno, no habían pasado más de quince minutos cuando bebí del vaso con veneno —refunfuño y Bered sonríe.

—Han pasado cerca de tres horas —dice y alzo las cejas con sorpresa. No imaginé tanto—. Ya no hay nada impuro en ti.

—¿A qué te refieres? —indago curiosa—. Nunca me has dicho de qué impurezas…

—Bueno —suspira con normalidad y hace una mueca con sus labios.

—Ya no orinarás —me susurra Bered—. No más menstruación.

—¿Pero, cómo? ¿Por qué? Eso no es normal, los humanos deben…

—Sí, pero ya no estás en la Tierra, Niamh —me recuerda Haziel—. Ahora tu metabolismo es parecido al mío.

—Pues, no sabía que ustedes no orinaban —suelto con incomodidad y subo el borde de la sábana hasta mis narices.

—Nada de orine, sudor, heces, lágrimas…

—¿Lágrimas? ¿No lloran? —pregunto con voz chillona y ellos se miran.

—Bueno, eso lo dejamos para los otros ángeles. —Manotea Bered y yo me confundo.

Entiendo que Haziel no llore; es un ángel con carácter fuerte, pero ¿Bered?

—Bered, ¿también eres un ángel de la venganza? —le pregunto y miro de reojo que Haziel sonríe ampliamente.

—Emm, bueno… —carraspea y no evito sonreír al ver que trata de ocultar sus nervios. ¿Por qué en él son más notorios?

—¿Sabes qué hace exactamente un ángel vengador? —murmura sin verme.

—No, pero responde.

—Sí lo soy. —Me sonríe.

—Entonces, eres parte de los siete ángeles vengadores del Beta.

—¿Cómo sabe que hay siete? —le pregunta al Haziel sonriente.

—Me lo dijo Zack.

—¿Quién?

—El ángel caído que la secuestró —se apresura a decir Haziel y yo asiento con convicción.

—Bien, sí, soy un... ángel *vengador* —dice Bered—. No me gusta esa palabra, preferiría un ángel condenador o castigador. —Sonríe con diversión—. En realidad, sólo ejecutamos el castigo. —Me mira con confiabilidad—. Los caídos suelen llamarnos ángeles castigadores. —Me guiña un ojo y yo sonrío.

—Así que... ejecutan el castigo —murmuro moviendo mis pies en círculos—. ¿De qué forma?

—No te diré eso, quizás más adelante lo sepas, pero ahora no quiero que me mires feo —dice rápidamente y camina hacia el lugar donde se encuentra Haziel.

¿Por qué lo miraría feo? Sólo ha conseguido que me imagine toda clase de castigos horribles que puedan existir y que, por supuesto, ellos aplican a otros ángeles.

Okey, Nia. Ya estás purificada. ¿No es bueno saber que no verás más la regla? ¡Claro que sí, joder! Muy bueno, muy bueno. Puede que me intrigue el hecho de que no orine otra vez... En fin, con saber que no volveré a tener la menstruación me basta y me sobra.

—¿Estás bien? —alzo la vista para ver a Haziel en el mismo lugar.

—Sí —exhalo relajándome.

Bueno, ellos tienen razón. Ya no siento tanto dolor en mi cuerpo, y no han pasado más de diez minutos desde que desperté.

Los minutos pasan y siento que me aburro cada vez más. Bered y Haziel salieron de la habitación hace rato y yo ni siquiera he levantado la cabeza de la almohada, no tengo sueño, pero tengo pereza.

Inhalo profundo para luego exhalar ruidosamente y hacer un puchero. Quisiera estar en casa. *Otra vez, Nia.* Basta, puedo querer estar en casa, no está mal soñar con eso.

—Agh. —Me incorporo y observo ceñuda todos los fragmentos de cristal esparcidos por el piso de la habitación—. ¿Qué diablos? —farfullo confundida y miro que las cortinas de las ventanas se mueven suavemente por la corriente de aire que entra a la habitación.

La pregunta del millón: ¿Quién rompió mis ventanas?

—Bien —musito saliendo de la cama. La incomodidad de estar sin bragas me carcome hasta querer ir a ponerme una de las bragas de la abuela de Haziel y creo que iré allí.

Coloco mis pies en la alfombra donde se encuentra puesta mi inmensa cama y siento la suavidad en la planta de mis pies, esta vez se siente raro, es como si nunca hubiese pisado algo tan suave y la pisé cuando Haziel me enseñó la habitación. *Efectos secundarios de la purificación*. Quizás.

Me pongo de pie y espero a marearme o algo así, pero nada sucede. Bueno, no me siento débil, ya no me duelen los huesos, mis oídos no se sienten llenos de agua, y mi vista está mejor que nunca.

—Haziel, lo siento mucho, pero necesito saber por qué los cristales de las ventanas están rotos —digo en voz alta esperando a que él me oiga en donde quiera que esté—. No estoy desobedeciendo del todo —continúo hablando y salgo de la habitación.

El pasillo está solitario, así que al bajar las escaleras decido ir hacia mi gran cuarto de baño por las bragas de abuelita. Me apresuro a caminar hacia allá y me siento como si estuviera esperando un mareo o náuseas, o algo peor, pero mi corazón late con normalidad, y mi respiración es regular. Lo único extraño que noto es una leve molestia en mi mandíbula.

—Ugh. —Hago una mueca de asco al ver las bragas y en contra de mi voluntad me pongo una de color blanco. De hecho, casi todas son blancas, sólo hay un par de color azul, creo.

¿Qué posibilidades hay de que convenza a Bered para que me compre unas bragas más modernas? A pesar de ser un ángel vengador no es tan gruñón como Haziel.

—*Niamh, ¿dónde estás?*

—Por Dios, no me digas que no sabes —digo en voz alta y me detengo antes de salir del cuarto de baño.

Me giro y observo los jacuzzis, todo aquí es espectacular, está demás decirlo, pero pareciera que están gritando «¡Nia, ven a bañarte! ¡El agua está caliente!».

—Okey, ya que insisten —digo sonriendo como una idiota y me despojo de la bata y de las bragas que acabo de ponerme. Me sumerjo en la primera piscina y mis músculos se relajan al sentir el agua cálida, es como una caricia para mi piel.

—Te sentará bien.

—¡Ay! —grito girando la cabeza para ver a Haziel de pie junto a la puerta. Benditos veinte metros que nos separan.

—Debes agregarle algo al agua —dice como si nada mientras camina hacia los casilleros.

Joder, olvidé que me había preguntado en dónde estaba. ¿Me habría visto desnudándome? Bueno, en todo caso a él no le hace ningún efecto. *No sé si agradecer eso.*

Haziel es el tipo de hombre con que una mujer quisiera perder la virginidad. *Una mujer valiente.* No la miedosa Niamh Browne; no estoy tan loca. En todo caso, puedo echar a volar mi imaginación, pues jamás de los jamases pasará.

—Algo extraño pasa —oigo que murmura mientras busca algo con minuciosidad en el interior de los casilleros.

—¿Qué es?

—Antes podía percibir tu aroma con facilidad, pero desde que te dije que me dejaras entrar a tu mente siento que has aprendido también a repeler mis dones… —No escucho lo demás porque está lejos.

—¿A qué te refieres? —indago con los ojos entornados y procuro acercar mis pechos a la pared del jacuzzi para que él sólo pueda ver mi rostro y las manos que tengo apoyadas en el borde de la piscina.

—Que tus aromas ya no son tan fuertes como antes. —Se gira para verme fijamente y sus ojos se ven negros desde aquí.

Bueno… está impactante como siempre. Es decir, no me cansaré de decir que es un dios de la seducción.

—¿Y eso está mal? —Desvío la mirada al no poder seguir comiéndomelo con los ojos.

—Sí. —Su afirmación me emociona y no entiendo el por qué—. ¿No preguntarás por qué?

—No lo sé, siempre dices que soy una preguntona —murmuro.

—Está mal porque tus aromas me son agradables —dice y lo miro con expresión confusa.

—¿Las maderas de Ahilud te son agradables?

—Bueno, quizás ese aroma no, pero… —Su mirada se vuelve más intensa—. Los demás, son agradables para mí.

—Ni siquiera sé cuáles son.

—Algún día te daré la lista.

¿Tiene una lista? ¿De mis aromas? ¿Una lista?

—Oh.

—En fin, sólo quiero saber si has estado agilizando tu mente. —Miro que tiene dos frascos en su mano derecha, pero no se ha movido para entregármelos.

—Seré sincera —le digo y él asiente—. Sí, he estado trabajando con mi mente, no es agradable sentir un pellizco mental cada vez que me hablas de esa forma.

—¿Sólo para no sentir el pellizco o también la agilizas para bloquear tus aromas?

Aparto la mirada con culpabilidad y me odio por eso. ¿Por qué tengo que sentirme mal? Se supone que soy buena mintiendo. *Una de las reglas que anotaste era no mentir.* Como sea, no tengo por qué sentirme así, quizás la purificación cambia algunas cosas.

—Bueno, quizás… —carraspeo—. He intentado no esparcir mis aromas.

—¿Cómo lo haces?

—No lo sé, simplemente me he… —lo miro ceñuda—. ¿Estás usando coacción para sacarme las verdades? —él niega con la cabeza—. Bueno, a veces me pongo a meditar, ya sabes, respirar hondo y todo eso. —Manoteo y él asiente—. Entonces, le digo a mi mente que se controle, es decir, que no sé cómo lo hago, ¿feliz?

—Niamh, cuando meditas y te concentras en bloquear tus aromas, simplemente pasa.

—¿Qué?

—Es tan simple como eso. —Se encoje de hombros.

—Pensé que era más difícil, ni siquiera creía que podía —refunfuño.

—Sí creías, de lo contrario no lo hubieses logrado.

—Ah, ¿sí? —lo miro de reojo—. Bueno, seguiré trabajando.

—Pues, lo tienes prohibido.

—¡¿Por qué?!

—Porque no se supone que aprendas a hacerlo tan rápido. —Me regaña levemente—. Antes podía percibir tu aroma de lejos, pero ahora… tengo que concentrarme hasta la médula en sentir tu estela.

—¿Mi estela?

—Es como buscar un rastro, así como los perros policiales.

—Oh, gran comparación. —murmuro y escucho que gruñe. Miro que se acerca con pasos tranquilos y me alarmo—. Hey, no te acerques, puedes verme.

—Dije que no harías ningún efecto en mí. —Me recuerda hiriendo mi autoestima de alguna manera.

—Sí, pero… igual no quiero. —balbuceo y él me ignora, se coloca de cuclillas frente a mí y me siento más pequeña de lo que soy ante sus penetrantes ojos grises.

—Quisiera poder percibir tu aroma a menta completamente, Niamh. —Susurra y cojo aire cuando siento algo extraño... no sé dónde.

Dios, lo que provoca un hombre cuando habla en susurros sensuales. *Pero, él no es un hombre.* Y no sabe que está hablando seductoramente.

—¿A m-menta? —trago sin poder sostenerle la mirada.

—Sí, timidez... pero, no es cualquier timidez, al igual que no es cualquier menta común.

—Haziel, deja eso allí y vete —espeto al borde de decirle: «No hables así que me gusta y me pone nerviosa». Siento un cosquilleo en mi entrepierna cuando el ríe suavemente y con voz ronca.

—Gracias —susurra y lo miro con el ceño fruncido—. Por hacer el aroma más fuerte. —Coloca los dos frascos en el piso y se levanta mirando al frente.

Trago duro cuando se gira y aprieto los dientes con fuerza. Joder, ¿por qué quiero decirle que se meta al jacuzzi también? ¿Qué tipo de pensamientos son esos Niamh Browne? ¡Doy vergüenza, joder! Esto no me había pasado a tal extremo.

—Uvas y menta no es una buena combinación —escucho que dice y veo que se aleja.

—¿Ah?

—Azul relajante, rosa hidratante —me dice para luego dejarme sola.

¿Azul... qué? *Los frascos, Nia.* Oh. Espera, ¿Acaba de decir que estaba embelesada otra vez? ¡Joder!

Necesito mejorar mi bloqueo. No sé cómo, pero aprenderé hasta bloquearlo por completo, es decir, a la perfección.

CAPÍTULO 25
SIN ESPEJOS

—Esto ayudará mucho —digo con los brazos en mis caderas fijando mi mirada en el reloj analógico que se encuentra en la pared—. Gracias por considerarme —murmuro.

—No es la gran cosa —dice detrás de mí y me giro para verlo.

—Claro que sí, eso me facilita saber la hora aquí en el Beta.

—Si tú lo dices.

Odio esa frase.

—Bueno, nos quedan cuatro días y medio. —le digo suspirando con cansancio—. Que me hayas regalado un reloj es un punto más en nuestra amistad. —Él asiente casi con dudas y frunce levemente el ceño.

—¿Un punto por el reloj? —pregunta y sonrío.

—Vale, te daré otro por el reloj de pulsera.

—Sigue siendo poco —musita y ruedo los ojos. Bueno, por lo menos parece estar de buen humor.

—Te daría diez si me compras unos jeans..

—Mmm. —Lo piensa y yo hago una oración interna para que acepte—. No —dice cortante y yo resoplo.

—No sé por qué me ilusioné —murmuro caminando hacia el banco empotrado que se encuentra en la ventana más cerca—. ¿Cómo hiciste para colocar los cristales? ¿Los traes desde la Tierra? —Me siento haciendo una mueca al recordar que tengo las bragas de la abuela de Haziel.

—No precisamente —responde y lo miro curiosa.

—¿De dónde…?

—Tenía cristales de reserva —me interrumpe acercándose a una ventana. Mete sus manos en los bolsillos de su pantalón de chándal y mira a través del cristal con expresión tranquila.

—Oh, ¿rompes ventanas seguido? —bromeo y él sonríe.

—Los vidrios están aquí desde mucho antes que los humanos aprendieran a fabricarlos, y solo hay cristales en tu habitación.

Eso sí que me toma de sorpresa. Y es verdad, todo esto debe estar desde mucho antes de la época de... ¿Moisés? En fin, no seguiré preguntando porque le daré la razón en cuando a mi costumbre de preguntar a cada segundo.

—Bueno, son las dos de la tarde y allí está mi cuaderno —refunfuño lo último mientras señalo hacia la cama.

—Oh, sí, tienes que anotar algunas cositas.

—Bien... —Estiro mis brazos y roto mi cuello.

—¿Te duele algo?

—El dolor que sentí cuando desperté fue horrible, pero... —roto mis pies—. Media hora después ya no me dolía nada. —Hago una mueca—. Quizás me siento cansada, es como si —manoteo— el aire fuera más liviano, siempre ha sido liviano acá, pero es como más liviano...

—El aire del Beta no está contaminado —me explica—. El aire de la tierra sería igual de no existir los automóviles, los aviones... las fábricas. —Se encoje hombros como si le diera igual.

—Oh, pues se siente genial respirar aire limpio.

—¿Qué otra cosa rara sientes? —indaga con voz neutra.

—Me siento más liviana, también —murmuro mirando mis manos.

—Bueno, el Vixtal limpia tu estómago y demás órganos.

—¿Quieres decir que elimina cosas?

—Sí.

—Pero, no he bajado de peso —mascullo y él ríe suavemente.

Odio su risa porque es muy agradable, me gusta y no por su bien es mejor que no se ría así.

—¿Acaso quieres bajar de peso? —pregunta divertido y yo miro hacia la pared.

Bueno, sé que tengo cinco kilos de más.

—Pesas lo correcto —dice y lo miro con cara de póquer.

—No mientas.

—Muchas chicas quisieran tener tu cuerpo, Niamh. —Una regañina. Qué bien.

—Lo sé, Elsie lo dice todo el tiempo —rezongo—. Y yo le digo que hubiese preferido el cuerpo de ella, los humanos nunca estamos conforme con nada. El flaco quiere engordar, y el gordo quiere adelgazar.

—Seguro Elsie pesa diez kilos menos de lo que debería —dice y yo me muerdo el labio.

Elsie siempre ha sido flaca. No es desnutrición, es sólo la contextura de su cuerpo.

—Mi amiga siempre ha querido tener un cuerpo como Kylie Jenner, pero no sabe que Kylie no tenía esas curvas y esos labios carnosos hace un par de años atrás. Se consuela sabiendo que es una Kendall Jenner. —me encojo de hombros.

—Es bueno que no seas tan alta —habla y lo miro.

—No me quejo de mi estatura. De hecho, no me he quejado jamás. —Trato de sonar desinteresada—. Mi madre mide un metro setenta y cuatro, mi padre uno ochenta, y Jack mide uno ochenta y ocho. Aun así, nunca me he quejado de ser la más baja de la familia.

—¿Entonces, de qué te acomplejas?

—Todos tenemos complejos, sólo déjame ser —refunfuño y él vuelve a reír de la manera que detesto.

—Te equiparía un gimnasio si eso te hace feliz, pero yo soy feliz así como estás, por lo cual el gimnasio está descartado.

Sus palabras casuales me han dejado atónita. ¿Sería capaz de hacer algo sólo por hacerme feliz? ¿Es feliz «Así como estoy»? ¿Lo dijo en serio?

Él parece captar mis preguntas internas y se perturba un poco. Creo que se ha dado cuenta de lo que dijo y va a rectificar sus palabras.

—Bien. —Carraspea y decido sacarnos del momento incómodo.

—Oye, el líquido rosa me dejó la piel muy suave. —Me acaricio las manos—. Casi me quedo dormida en la piscina, de hecho —agrego en voz baja.

—Sé que no eres feliz. —Lo que dice me confunde y me llena de curiosidad al mismo tiempo.

—¿Qué?

—Quizás el gimnasio te haga feliz, y quizás yo sea un egoísta al decir que soy feliz con tus curvas y que por eso no te complaceré con el gimnasio, pero…

—Haziel… —frunzo el ceño—. ¿Desde cuándo explicas tanto?

—Desde que empezaste a poner de tu parte —responde con un leve encogimiento de hombros—. Sé respetar los tratos, Nia.

Ya veo. Espera, ¿dijo que yo tenía curvas?

—Bueno, sí —musito—. Has estado poniendo algo de tu parte, quizás no mucho, pero algo es algo. —Él sonríe negando con la cabeza.

—Sé lo que soy, Niamh —dice—. Mi carácter fuerte no cambiará porque te empiece a dar explicaciones.

—Sí, pero me has dicho que eres feliz conmigo —canturreo y él me mira ceñudo—. Eso se traduce como: «Soy feliz así como eres y por eso te quiero».

Su expresión me provoca una carcajada. La típica reacción de alguien cuando dice algo cursi sin saberlo.

—Dije que era feliz, pero… no dije que te quería —farfulla—. Son dos cosas muy diferentes.

—No lo son —lo regaño—. Si dijiste que eras feliz conmigo, eso quiere decir que me quieres, de lo contrario no serías feliz.

—Basta, ya —suelta y hago una mueca de fastidio.

Demonios, ya está de mal humor. Eso es lo que más me disgusta de él, puede cambiar de humor en menos de un segundo.

—Sé que hemos tenido nuestras discusiones, pero… —Exhala con exasperación y activo mi escudo anti-pesadez de arcángel.

Vamos, bloquéalo. Es fácil, él lo dijo, sólo cree.

Miro que él se pasa las manos por la cara y luego suspira profundamente.

—Siento haberte tratado con hostilidad desde que llegaste aquí —dice rápidamente—. No suelo disculparme, pues no cometo errores, pero sé los males que he hecho y desde hace algún tiempo he venido sintiendo remordimientos. —Lo miro dudosa—. Sé que escapaste porque pensabas que no me importabas…

—No te importo —lo corto con normalidad.

—No… no digas eso —farfulla.

—¿Sí te importo? —alzo las cejas.

—Eres mi Jephin. —Respira hondo y mira hacia la ventana con expresión pensativa—. Nunca pensé que los días se me iban a ir tan rápido, siempre imaginé que iba a explicarte algunas cosas con lentitud, pero… nos quedan cuatro días, y supongo que debo responder tus preguntas.

—Por fin estamos teniendo una conversación agradable —opino—. Y pensar que antes de hacer el trato yo te maldije… —cierro la boca. Justo tenía que traer el tema de vuelta. ¿Por qué no lo olvidé y ya?

Siempre Nia Cabezota.

—Si nunca me hubieses dicho lo que me dijiste ayer, yo jamás hubiese bajado mi guardia. —Sus palabras suaves me relajan un poco. *Sólo un poco.*

—¿Tu guardia? —me confundo y él se perturba.

—Se me hacía difícil hablarte sin mostrarme duro —confiesa—. No quería que me dominaras, no quería que pensaras que podías hacer conmigo lo que quisieras, por eso… desde un principio me mostré hostil —me explica—. Mis hermanos cayeron por culpa de sus humanos rebeldes. Yo sólo pensé que…

—Te entiendo —lo interrumpo con un asentimiento—. Pensaste que si me tratabas con dureza desde el principio yo iba a portarme obediente.

—Pero ocurrió todo lo contrario, cada vez te mostrabas más rebelde y te juro que muchas veces quise estrangularte, pero luego recordé que te salvé y… —se calla mostrándose un poco nervioso, lo cual oculta a la perfección un segundo después.

—¿Por qué me salvaste? —pregunto de la nada y él se tensa. Respira hondo y se pone recto para luego mirarme.

—Estaba cerca, muy cerca del lugar, yo jamás había presenciado un accidente, así que… —se encoje de hombros—. En un segundo estaba viendo y en el otro te llevaba en mis brazos.

Entonces…

—No quise que murieses. No quise que te llevaran al infierno —alega al ver mi cara de póquer.

—¿De verdad?

—No pienses que te salvé por ociosidad o por obligación, eso no existe en un ángel.

—Yo pensé que… —Sacudo la cabeza—. Antes pensaba que me habías salvado porque no tenías otra alternativa.

—Eso no tiene sentido, y lo sabes.

—Sí, ahora lo sé —refunfuño rodando los ojos—. Recuerda que no me dabas muchas explicaciones y yo me hacía mis propias ideas de todo.

—Recuerda que eras una cabezota —dice y sonrío—. Bueno, aún lo eres.

—¡Hey!

—Entonces, ¿quieres el gimnasio?

—No. —Miro mis manos con normalidad—. Odio hacer ejercicio —confieso y él da una corta carcajada dejándome confundida y maravillada.

Si sigue riendo así terminaré mirándolo embobada.

—Tienes un hermoso cuerpo Niamh —dice tratando de convencerme—. Una hermosa piel, un hermoso cabello… —él calla y no se inmuta—. Tengo una Jephin hermosa —alardea y me arden las mejillas.

Joder. Prefiero al Haziel neutro y rudo.

—Bien. —Me pongo de pie y muevo un poco las caderas—. Sé que tengo curvas —alardeo a propósito y ruego para que no se ría—. ¿No hay un espejo completo aquí?

—¿Por qué?

—No he visto espejos en tu casa.

—No me gustan los espejos —dice y lo miro patidifusa—. ¿Para qué querría mirarme?

—Eso es cierto —asiento—. ¿Para qué mirar tu hermosura perfecta? —Hago una mueca—. En cambio, yo sí tengo que mirarme. Ya sabes, si estoy peinada o algún detalle en mi rostro…

—Despídete del acné.

—¿Qué? —digo con voz chillona.

—No sufrías de acné de todos modos —murmura.

—Sí, pero cuando me venía la regla… —cierro la boca. Si no me viene más la regla, entonces adiós granos—. Soy feliz —asiento dibujando una sonrisa en mi rostro.

—Te encontraré un espejo.

—Muchos. Quiero uno en la sala, y…

—No exageres.

—Haziel, es normal que en las salas haya un espejo —digo con aburrimiento—. Pero, el de mi habitación quiero que sea grande, y que esté allá —señalo el lugar al lado de la peinadora.

—Pensé que lo querías frente a la cama —dice en voz muy baja y lo ignoro—. Pero, si eso te hace un poco más feliz, lo haré.

—Bien, tienes dos puntos más —canturreo—. Llevas cuatro —alzo mi mano mostrando cuatro dedos nada más.

Él respira y luego exhala como si estuviera pensando algo muy importante. Mira hacia la pared y luego hace una mueca con su boca. *Con su linda boca.* ¡Bloquea las uvas, Niamh!

Él me mira y yo dejo de respirar.

—¿Si traigo ropa de tu agrado me darás esos diez puntos en pro de nuestra amistad? —pregunta y lo miro sin poder creerlo.

Mi mente se está preguntando en este instante… ¿Por qué está siendo tan «caritativo» conmigo? Sé que no es el dios de la destrucción, pero también sé que no es el dios de la ternura. Él no debe estar siendo amable, ni siquiera debe estar considerando la idea de darme la ropa que quiero.

«Él dijo que iba a tratar de no imponerse, eso implica ser menos hostil, Nia». Interesante. Los ángeles sí que se toman los tratos muy en serio. Nada igual a Blay y a Evan.

CAPÍTULO 26
MERMELADA

Mi corazón no ha dejado de latir a un ritmo apresurado. ¿Por qué latiría normal? ¡Joder! Esto no se ve todos los días.

—Relájate, nadie nos ve ni nos oye.

—S-sí, claro… —Trago duro—. Igual me siento ridícula con esta bata. —Miro de reojo que las calles están vacías.

No puedo creer que haya hecho esto sólo por diez puntos. Jamás me imaginé que los ángeles se tomaran las cosas tan en serio.

—Entraremos aquí.

—¿Cómo haremos eso? —farfullo y uno mis manos para que no se noten mis nervios.

—¿Estás asustada o nerviosa?

—Nerviosa —confieso—. No tengo por qué estar asustada si estoy contigo —digo en baja voz y miro calle abajo.

Él ha elegido venir a Los Angeles, gracias a Dios, no me imagino adquiriendo ropa en otro país que tenga una manera de vestirse como cultura.

—No llevamos ni dos minutos aquí, cálmate.

—Sí, pero el tiempo está pasando con rapidez en el Beta —lo apremio y él gruñe.

—Puedo colocar la cobertura del Beta.

—Dijiste que si lo hacías los caídos percibirían tu energía —le recuerdo—. Y yo no quiero acción sobrenatural, además tenemos que aprovechar que no ha salido el sol aquí.

—En ese caso, entraremos aquí. —Me hala del brazo hacia la entrada de la tienda. El problema es que la mayoría de las tiendas de ropa están cerradas, y nos las culpo, son las cinco de la mañana apenas.

Evito hacer preguntas —los nervios no me dejan ser—, es extraño estar con una túnica en las calles de L.A. sin que las personas siquiera volteen a verte. Es como si yo no existiera y eso me está volviendo loca, por ese motivo quiero estar dentro de la tienda ahora mismo.

—Niamh, no respires.

—¿Por qué? —pregunto con voz temblorosa y alterada.

—Hazlo y cierra los ojos. —Antes de que pueda rechistar él me pega a su pecho y cierro los ojos muerta de nervios.

Cuando me percato de que estoy pegada a él mi corazón se acelera más y siento ganas de abofetearme. ¡Vamos, Nia! Sólo es un hombre. Muy varonil, perfumado, imponente.

—Listo —me dice y abro los ojos.

Seguro que ya ha percibido mi aroma a uvas.

—Bien, tienes cinco minutos para elegir —me apremia y yo pestañeo varias veces para poder creerme que estoy dentro de la tienda.

Mejor dicho, en medio de la tienda. Enorme tienda.

—Vamos, el tiempo corre.

—Emm, y-yo…

—Iré por algunas prendas también —murmura y dos segundos después estoy sola.

—Santa Madre. —Trago duro y respiro hondo—. ¡¿Cómo hiciste eso?! —exclamo para sacar los nervios de mi sistema.

—*Sólo elije la ropa, no hagas que me arrepienta.*

—Bien, bien, no te alteres —mascullo poniendo mis pies a andar.

La tienda posee dos pisos, las escaleras automáticas me lo dicen. Aquí puedo ver filas y filas de todo tipo de jeans para damas, más allá hay de caballeros y por allá están unas camisas que obviamente llevaré.

—Espera, ¿esto no es robar?

—*Puedo pagarles, sabes que sí. Sólo date prisa.*

—Entendido —exhalo—. Sólo espero que le pagues con dólares —musito caminando hacia los jeans.

Sin pensarlo dos veces empiezo a escoger todos aquellos que me gustan. Ahora mi corazón está acelerado, pero de la emoción.

Empiezo a llenar una cesta de jeans y cuando veo que ya no caben más me apresuro a escoger camisas y blusas. Parece un rally, joder, quiero llevarme todo. Elegí varios modelos de jeans, en cuanto a las camisas, me doy libertad de elegir camisetas de colores blancos, grises y negras, algunas con dibujos y otras con alguna palabra escrita en ellas. Supongo que no volveré a tener la dicha de elegir mi ropa nunca más.

Me detengo diez segundos a respirar y luego recuerdo que probablemente esta sea mi última oportunidad de tener ropa decente y no las túnicas horribles. Sólo ahora me acuerdo de las bragas.

—¡Haziel! —chillo.

—¿Qué pasa? —doy un respingo al oírlo detrás de mí.

—Necesito ropa interior —jadeo colocando dos vestidos en la cesta que está a rebosar.

Al final Haziel decide escoger más ropa para mí, supongo que tiene buen gusto, de lo contrario se las verá conmigo.

La sonrisa que llevo en mi rostro después de comprar ropa interior no tiene precio.

Arreglo toda mi ropa con una inmensa sonrisa en el rostro, mi clóset es más grande que mi habitación —mi antigua habitación en Berwyn—, está muy iluminado por luz blanca, es hermoso, parece un camerino de una súper estrella de cine.

Ronroneo una canción de Beyonce mientras coloco algunas prendas en su sitio. Ya es de noche en el Beta, de hecho, llevo casi una hora aquí. Según mi reloj digital de muñeca son las casi las ocho de la noche.

Es triste decir que sólo tengo cuatro jeans. Tenía esperanza de que Haziel no revisara las bolsas, pero él se deshizo de tres vaqueros sin mi autorización. Y eligió vestidos sueltos, de cintura alta, todos tienen estampados. Considerando que no sé cuánto tiempo pasará hasta que él quiera llevarme de compras nuevamente.

Todo muy lindo, pero no tengo zapatos adecuados.

—¿Haziel? —pregunto saliendo de mi habitación.

Bajo las escaleras con fastidio y me dirijo hacia la cocina. Al acercarme me detengo al percibir un aroma a pollo asado. Espera son casi las ocho, ¿Por qué ni siquiera he almorzado?

—¡Haziel! —exclamo entrando a la cocina.

—No es necesario que grites.

—Lo siento. —Lanzo la revista en la encimera—. No he comido hoy. ¿Por qué no me has dicho?

—Nia, creo que se te olvida lo que te expliqué. —Él se mantiene de espaldas a mí. Creo que está picando algo... ¿Tiene puestos unos vaqueros? ¿En serio?

Oh, madre. Le quedan bien, y sin camisa mucho mejor. Bendita espalda, tallada por el mismísimo Dios.

—Pensé que no bajarías tan pronto. —Se gira—. Iré por una camisa.

—Eh, b-bueno... —carraspeo desviando la vista.

Él sale de la cocina y yo exhalo.

¡Dios! Tanta belleza y yo sin poder admirar su hermosura libremente. ¿Puede ser peor?

—Agh. —Resoplo y observo algo parecido a una ensalada césar.

Por lo que puedo ver el pollo sigue en el horno y el aroma es exquisito, el problema es que... mis tripas no están gruñendo, sin embargo siento ganas de probar la comida, es como.. sentir placer por comer, pero sin tener hambre. La purificación hizo esto y no sé si agradecer o enojarme.

—Noto que estás algo inquieta.

—¿Eh? —Giro un poco mi cabeza y me muevo con incomodidad en el taburete—. Oh, estás... —No encuentro la palabra—. Estás bien vestido. Es decir, no estabas mal antes, es sólo que...

—Entiendo —me corta ocultando una sonrisa matadora y yo miro mis manos.

¡Aléjense malditas uvas!

—¿Por qué estás inquieta?

—No sé por qué mis tripas no han gruñido —digo rápidamente al ver que él ha cambiado de tema gracias a Dios—. Ya sabes, todo es extraño, no sé si me pueda acostumbrar a no tener hambre.

—Con el tiempo te acostumbrarás, ya lo verás.

—Mmm. —Miro mis uñas evitando alzar la mirada.

El suéter blanco que tiene puesto le queda de maravilla. Seguro él lo sabe, y... seguro está sonriendo ante mi intento de reconocer su atractivo.

Él se concentra en revisar lo que tiene en el horno y yo sólo miro mis uñas y noto que están más largas de lo común, quizás deba decirle a Haziel que me compre un corta uñas.

—Si no fuera por Bered, probablemente estarías muy adolorida —lo oigo decir—. ¿Te dije que convulsionaste?

—¿Qué?

—Así es. —Se gira para verme—. Convulsionaste dos veces. En la segunda —él carraspea—... Bered se encargó de aliviar todos tus dolores, ¿no te sientes de maravilla? —Hay un deje de sarcasmo en su voz.

—Sí, me siento bien —murmuro mirándolo de reojo.

—Hubieses visto su mal humor cuando tuve que ponerte la bata.

—¿Qué? ¿Estaba desnuda?

—Okey, te recuerdo lo que olvidaste. —Se aclara la garganta mientras mira hacia el techo—. Tomaste el Vixtal antes de terminar de hacer tus panqueques.

¡Es cierto! ¿Cómo pude haberlo olvidado?

—¿Se quemaron? —pregunto disimulando mi vergüenza.

—Sí, se chamuscaron —dice con normalidad—. La cocina estaba hecha un desastre cuando entré; tú estabas en el suelo y por eso te pisé la mano sin querer.

Alzo las cejas y miro mis manos en busca de algún cardenal, pero no hay señales de nada.

—Te llevé a tus aposentos y al ver que estabas sudando mucho te quité la bata —me dice y yo me sonrojo levemente.

En realidad, no tengo por qué sonrojarme, él no tiene deseos carnales. El problema es que es demasiado atractivo y yo soy una mujer, quizás antes no le prestaba atención a su belleza debido el rencor que le tenía por haberme traído al Beta —quizás deba agradecerle por no dejar que fuera al infierno—, pero ahora se me está complicando mi don de ocultar emociones. Él es un arcángel guapo. Muy guapo y ahora no me agrada la idea de que me vea desnuda.

—Espero que no hayas permitido que Bered me viera...

—Por supuesto que no —me corta y abre el horno. Hasta para hacer eso tiene elegancia.

No llames a las uvas, Nia.

—Bueno, Bered también trabajó en mi cicatriz —murmuro viendo la palma de mi mano derecha. Está menos rosada.

—Sí, mañana vendrá nuevamente.

Exhalo y coloco mis brazos en la encimera, luego dejo caer mi cabeza en los mismos. Mis cabellos me dejan en la oscuridad y me muerdo el labio...

¿Toda la eternidad con él?

Bueno, él tiene su carácter gruñón, pero... hay veces que no es tan hostil. *Como ahora.*

Me concentro en cenar y se me hace incómodo el hecho de que él esté frente a mí, creo que si me hubiese sentado a su lado me sentiría mejor que estando de esta manera. La mesa es grande, para diez personas, es de vidrio y madera pulida. Según Haziel, tiene una mesa de veinte sillas y otra de más de treinta. También dijo que sólo ha utilizado esta y la de veinte, al parecer durante sus miles de años de existencia no se siente bien rodeado de muchas personas, en su caso, de ángeles.

—La sensación es la misma, sólo que comes por placer, y no por necesidad —comenta para luego beber de su copa. ¿El contenido de la copa? No lo sé, parece agua.

—Eso no lo sabes, nunca fuiste humano —murmuro pinchando un guisante.

—Eso es verdad, pero no es necesario ser humano para saber de qué están hechos.

—¿A qué te refieres? —pregunto con sutileza y me llevo el guisante a la boca con despreocupación.

—Niamh, preguntas mucho —él se dedica a comer y yo lo imito.

Pollo asado, puré de papas, ensalada…

—¿Por qué sólo puedo tomar jugo de naranja? —pregunto con curiosidad y señalo su copa—. ¿Qué estás bebiendo tú? ¿Agua?

—No es agua.

—¿Qué es? —indago y él trata de ocultar un gesto de fastidio.

Hora de callar Nia.

—Bueno, sólo digo que… ¿por qué no puedo tomar vino?

—Porque no —espeta mirando su plato.

Vale. Ahí está su mal humor. Bueno, ni tan mal humor. Es sólo que odio que me trate como si yo no… le gustara. Es decir, sé que no le debo gustar, pero me refiero a gustar del tipo «eres una buena chica», y creo que ni eso. *Tal vez no eres una buena chica tampoco.* Hmm, eso lo sé.

—Sabes cocinar demasiado bien —lo halago sin verlo—. Tiene el punto exacto.

—Ya lo sabía —alardea.

—Es de suponerse, ¿no? Eres un arcángel, eres… perfecto —musito y lejanamente siento algo raro.

Algo parecido a ganas de dormir.

Su pesadez trata de hacerme daño. *Síguela bloqueando, Nia.* Entendido.

Termino de comer y a él aún le falta media ración de puré. ¿Comí muy rápido o qué? Ni siquiera estoy llena.

—Quiero pastel —digo moviendo mis pies para ponerme de pie, pero algo me lo impide. Es como si alguien me estuviese agarrando los pies—. ¡Ay! —grito—. ¡Mis pies! —me alarmo.

—No hagas drama, soy yo —me dice y alzo la mirada.

—¿Qué?

—No he terminado de comer.

—¿Y eso qué? —espeto y luego me retracto—. Es decir, ¿qué pasa con eso?

—Que no quiero que te levantes de la silla —dice con normalidad y sin molestarse en mirarme.

Sin dudas me revienta que me trate como si yo no valiera nada, como si yo aburriera, y bueno… sé que aburro, pero por lo menos puede tener la bondad de ocultarlo para no hacerme sentir incómoda.

—Tengo sueño.

—No puedes sentir sueño, no mientas —dice con voz monótona.

Joder.

—Sólo espera que yo termine de comer.

—Claro, no comes desde hace meses, ¿no? —murmuro con veneno y no puedo evitar rodar los ojos.

Me cruzo de brazos ignorando todas las cosas que me está recriminando mi mente. *El incentivo, el incentivo, incentivo, incentivo…*

—Tu fastidio huele a mermelada, ¿podrías por favor cambiar tu humor? —murmura y lo miro con incredulidad.

¿Cambiar de humor? ¿Habla en serio?

—Aún no viene el postre, no se me hace grato comer…

—Vale, será fácil —ironizo—. Sólo cambiar —gruño.

Inhalo y exhalo. *Cálmate Nia… sólo respira.*

—Enójate —me sugiere y frunzo el ceño para luego mirarlo—. Enójate, lo digo en serio.

—¿Quieres oler las maderas de…?

—Tú ira hiede a las maderas, pero tu enojo no —él devora su puré y mi fastidio desaparece al recordar lo atractivo que es. Dios, los músculos de sus bíceps se están marcando…

—Bien —gruño y no dudo dos veces en servirme más puré.

Él no se molesta en mirarme y yo entrecierro los ojos mientras engullo mi puré sin dejar de verlo. Por Dios, ¿no siente mi mirada encima de él? Quizás sí, pero no le importa.

—Bueno, nos faltan pocos días. Pronto serán tres. —Coloco mis codos en la mesa y apoyo mi barbilla en mis manos unidas. Él aleja el plato y yo me alegro internamente al pensar que comeré pastel.

—Trabajaremos tu paciencia —me dice en tono profesional, como si él fuera un psiquiatra y yo una de sus pacientes.

—¿Eh?

—Y me he dado cuenta que no tienes mucho de eso.

—Claro. ¿Podrías regalarme un poco de la tuya? —digo con sarcasmo y él pone los ojos en blanco tentándome a lanzarle mi plato. En todo caso, ¿qué podría pasar? No es como si lo pudiera herir.

—Soy muy paciente. —Me mira neutro—. El problema es que no tengo paciencia contigo.

Hago una mueca de "tienes razón" y luego miro mis uñas como si el tema no me interesara, pero en realidad... ¿Paciencia? ¡Demonios! Él tiene razón, no me tiene paciencia y yo no le tengo paciencia. ¿Es eso normal? ¿Hay otros ángeles que tuvieron esos altercados con sus Jephines? ¿O con sus...?

—Las hembras son Jephin, ¿qué hay de los hombres?

—Son llamados Hephin —me contesta y asiento aprobando el sonido—. Niamh, tienes un don innato de cambiar de tema con tanta naturalidad. —Apoya su espalda del espaldar de la silla y me mira inquisitivamente.

—Decías que no me tienes nada de paciencia, y yo te iba a decir lo mismo. —Me relajo como si el tema no me importara.

Nos miramos fijamente durante cinco segundos sin decir nada. Bueno, verbalmente, porque mentalmente yo estoy peleando con mi subconsciente que insiste en que yo admita que me gusta la mandíbula de Haziel, la cual hace su rostro más perfecto de lo que ya es.

—Prepárate para moldear tu paciencia. —me advierte con tono neutro—. Quiero que pienses dos veces antes de actuar o de hablar. Sólo te pido eso, Nia. —Trago duro.

Pocas veces me dice «Nia», pero tengo que admitir que me acostumbré a que él me diga «Niamh»... y me gusta que solo él diga mi nombre completo.

Bien, solo me pide una cosa para ayudarme con mi paciencia: tengo que pensar dos veces antes de hablar y de actuar. ¿Qué hay de él?

—Después que tú hayas moldeado la tuya me ayudarás con la mía —apenas dice eso lo miro confundida.

—¿Qué?

—Trabajaremos con eso a partir de ahora mismo —se pone de pie con su típica elegancia innata—. Primero tú, despúes yo.

Oh.

CAPÍTULO 27
ROMPECABEZAS

—Dios, ¿estás seguro de que están todas las piezas?

—Nia, están todas —dice él desde el sofá y yo aprieto los labios.

El rompecabezas se veía hermoso armado, y según Haziel éste es el más pequeño que tiene. El paisaje es un jardín a full color. Ocupa media mesa. Y la mesa mide casi tres metros por cuatro. Exhalo buscando paciencia. De eso se trata, de tener paciencia. Pero cuando Haziel me dijo que trabajaríamos en mi paciencia hace media hora, no me imaginé que empezaría con un rompecabezas del tamaño de mi cama en Berwyn. *Okey, exageré.*

Llevo cerca de veinte minutos armando esto y solo he podido armar diez piezas. ¡Diez! ¡Joder! ¿Por qué no buscó un rompecabezas con las piezas un poco más grandes? En casa de la tía Margarite armaba rompecabezas con mi primo, pero no eran tan extremos. No medían más de uno por uno.

—Este rompecabezas no fue hecho por humanos.

—En realidad, ese sí, es el único —dice y me obligo a no girar mi cabeza para verlo. Me he prometido no verlo a menos que sea estrictamente necesario, porque no me gusta lo que mi mente imagina cuando lo veo.

Es vergonzoso hasta para mí misma, y sé a la perfección que no debo imaginar nada pecaminoso con Haziel. Pero mi mente parece no saberlo o no aceptarlo.

—¿Cuánto tiempo te tomaste en armar este?

—No recuerdo, quizás una hora.

—Bered dijo que los ángeles no suelen olvidar cosas —murmuro y hago una mueca de insuficiencia cuando logro unir una pieza con otra. Hmm, me faltan miles.

—Considerando que lo armé en los tiempos de Mizraim.

—¿De quién? —frunzo el ceño y consigo otra pieza que encaja.

—¿No sabes quién es Mizraim? —Él suena atónito—. ¿Nunca has leído la Biblia, Niamh?

—Tengo una en casa, me la regaló mi abuela. —Me encojo de hombros—. ¿Debería leerla todos los días? —pregunto con algo de sarcasmo y pruebo con otras piezas, pero ninguna encaja, y considerando que tengo una pila inmensa a mi lado.

—Anota en tu cuaderno —me advierte y yo cojo la libreta que se encuentra en una esquina de la mesa—. Debo leer la Biblia más a menudo.

—¿Eh?

—Escribe.

—Pero... —Miro a mi lado con el ceño fruncido—. ¿Todo lo que dice es verdad?

—La Biblia es un libro muy difícil de interpretar para los humanos —me dice y lo miro con interés—. Muchos de ellos no saben ni la mitad de las cosas que allí dicen, muchos se confunden y terminan sacándole otra pata al gato. —Manotea—. Sé que allí no se dicen los grandes misterios, pero de eso se trata. —Me mira—. De descubrirlos.

—¿Hay alguna forma de descubrir dónde enterraron el cuerpo de Moisés? —indago entornando los ojos y él sonríe como el gato Cheshire.

—No has leído nada, Nia —dice como si mi cara fuese un chiste—. Yo te recomiendo que...

—La Biblia tiene muchos libros, ¿no debería tener más? ¿No faltó alguno en el Canon?

Él me mira con expresión neutra, pero en realidad sé que está pensando en si debe o no decirme sus secretos.

—Están los que deben estar.

—¿Entonces, podría haber más? —indago curiosa. Dos segundos después él asiente lentamente sin dejar de mirarme fijamente—. ¿Cuántos?

—Luego lo sabrás. —Desvía la vista.

—¡Oh, vamos! —exclamo y muevo la pila de piezas con algo de frustración y aburrimiento.

—Quizás debas visitar la Biblioteca Norte después del juicio —murmura y me niego a mirarlo.

—¿Encontraré una copia del libro de Enoc?

—Más que eso —dice y me muerdo el labio.

Él no sabe que mi espíritu preguntón se debe a que siempre lo quiero saber todo. Soy muy… investigadora.

—¿Entonces, tienes el libro de Enoc? —pregunto con tono casual.

—Mmm, ¿lo has leído alguna vez?

—Bueno, supe que hace años fue encontrado en… —cierro la boca cuando escucho su risita. *No lo mires…*

Como sea, soy muy curiosa. Me frustra no saber sobre lo que otras personas conversan, es como ser un ignorante, sé que esa parte de mí la saqué de mi padre.

—¿Es falso? —coloco una pieza y para mi fastidio no encaja.

—Está incompleto y alterado —me informa y mi corazón se acelera un poco. ¡Eso es una información muy importante!

—¿Alterado?

—Sí.

—¿A qué te refieres?

—Bien, ya que no sabes el significado de «alterado» —dice con odiosidad y pongo los ojos en blanco—… Le agregaron algunas cosas y le quitaron otras.

Lo diré. No he leído el libro de Enoc, pero recuerdo a la perfección una discusión entre Evan y Elsie acerca del libro. Eso fue hace dos meses. Me prometí averiguar sobre el tema, pero se me olvidó.

—Tengo que leerlo —asiento—. Y más ahora que sé que tienes la primera edición.

—Tengo una copia exacta —alardea—. Pero no lo podrás leer hasta dentro de unos cuantos años.

—¿Qué? —Giro mi cabeza bruscamente para verlo.

—Aunque eso depende, ¿cuánto tiempo crees que te llevará aprender hebreo?

—¿Qué? —repito con voz chillona.

—El libro está en idioma hebreo —dice con aburrimiento.

—¿Y tú sabes hebreo? —pregunto con brusquedad y él sonríe con malicia.

—Nia, Nia, Nia —canturrea negando con la cabeza—. Sé hablar todos los idiomas que existen en la Tierra. —Lo miro boquiabierta y parpadeo con incredulidad.

—¿Todos?

—Sí, y un secreto más. —Se pone de pie y se acerca a la mesa—. El primer idioma hablado dejó de existir hace miles de años.

Joder. Si Evan supiera esto.

—¿Cuál…?

—No lo diré —dice—. Pero desapareció cuando el Creador confundió las lenguas en la Torre de Babel.

—¡Eso sí lo sé! —exclamo con alegría y luego me siento como una tonta—. Es decir, iba a la Escuela Dominical. —Me concentro en mi rompecabezas y hubiese deseado que él se quedara en el sofá.

—Los idiomas evolucionaron con el pasar del tiempo —le oigo decir—. Todos los ángeles poseemos la capacidad de saber todos los idiomas que existieron y que aún existen.

—Eres interesante, Haziel —digo inconscientemente y él consigue una pieza y la coloca.

—Es inteligente que hayas empezado a armar los bordes —me halaga y le doy gracias internamente por no hacerle caso a mi anterior comentario.

—Me gustaría aprender hebreo —le digo en voz baja.

—Empezaremos con tus clases después del juicio.

Él está confiado en que todo saldrá bien y yo… también. *Sí, claro.*

Los minutos pasan y yo no dejo de morderme el labio. Él ha permanecido como una estatua al otro lado de la mesa. Se siente tan mal que alguien te esté supervisando, y más si se trata de semejante varón.

—Niamh, tráeme agua. —Dice y mi ceño se frunce.

¿Que qué?

—Temperatura normal —agrega y miro de reojo que camina hacia la silla que se encuentra cerca de la mesa.

Bien. Un vaso de agua…

¿Por qué carajo no lo busca él mismo? ¿Acaso no es veloz?

—*Niamh, es para hoy mismo.*

—Voy —musito y me encamino hacia la cocina.

Bien, quizás esto tenga que ver con mi paciencia.

Sí, eso debe ser.

Por ahora, sólo me gustaría pensar en que, tal vez, pueda decirle a Haziel que me enseñe a hablar francés. Luego, quiero hablar ruso. Y también quiero que me complazca en tener una pecera. En casa nunca pude tener una, no con Cinger —la mascota de mi hermano— rondando por todos lados. Joder, pensándolo bien, aquí podré tener todo lo que desee, siempre y cuando me porte bien con Haziel. Entonces… ¿Qué hay de lecciones de tiro al blanco? ¡Oh, Dios! ¿Y sobre aprender a montar caballo?

—*Nia, quiero el agua para hoy.*

—Como si te pudieses morir de sed —digo por lo bajo sabiendo que no puede oírme cuando hablo en voz baja y salgo de la cocina con el vaso de vidrio en mi mano izquierda.

Recorro los pasillos y cruzo la sala. Él se encuentra donde estaba cuando me fui por el agua. No se molesta en mirarme cuando le entrego el vaso de agua y luego me concentro en mi rompecabezas.

—¿Me molestaste con la ropa para terminar colocándote las túnicas? —pregunta y mi mano se queda a medio camino de colocar una pieza. Ésta se me cae y bajo mi mirada para verme llevando la bata blanca.

—¿Qué demonios? —espeto asqueada—. ¡Cielos!

—Lo dejaré pasar porque tienes razón —habla él—. Eres una tonta.

Su insulto no me hace ni cosquillas, en realidad estoy enojada conmigo misma. ¿Cómo se me pudo pasar eso?

—Te cambiarás luego de armar el rompecabezas —se apresura a decir cuando me dispongo a irme.

—Pero probablemente dure horas armando esto. —Me quejo cruzándome de brazos.

—Esa es mi orden —dice sin más y lucho para no girarme a verlo—. ¿Por qué estás evitando mirarme? —pregunta y me tenso.

—Claro que no —farfullo colocando un mechón de cabello detrás de mi oreja—. Bueno, cuando me vaya a dormir… —miro la hora en mi reloj de pulsera—. Son las ocho y media, a las diez iré a dormir…

—No te dará sueño —me dice y lo miro sigilosamente—. Dormirás cuando yo lo dicte —dice mirándome fijamente. Mejor dicho, me mira desafiándome.

—Pero…

—Pero nada, las cosas son así: Podrás ir a cambiarte de ropa cuando termines de armar el rompecabezas. —Él cruza sus tobillos y cuando se lleva las manos hacia la nuca desvío la mirada.

Lo noté. ¡Lo vi! ¡Oh, por Dios! Sí tiene miembro… es decir, se le ve un bulto en donde debería estar ese bulto. ¿Cómo no pude notarlo antes? Bueno, sí había visto, pero… no recuerdo haber visto algún bulto donde ahora está ese bulto.

¡Basta! ¿Qué me estaba diciendo?

—Bien, como tú digas —refunfuño y empiezo a esparcir todas las piezas con enojo por la mesa.

Cielos, duraré horas aquí. Esto es muy grande, ni siquiera he armado todo el borde. Soy un fracaso, y además de eso, soy una imbécil por no cambiarme de ropa antes de bajar de mi habitación hacia la cocina.

Okey. Sólo tengo que relajarme, ya puedo sentir una molestia en mi espalda debido a mi posición inclinada hacia la mesa. Y sin nadie que pueda darme un buen masaje anti-estrés. Jack solía darme masajes; de esos donde quedas más adolorida que antes. *Típico de hermanos.*

Suspiro con aburrimiento y decido sacarle conversación al arcángel.

—Háblame de Mizraim, ¿quién fue?

—Fundó el antiguo Egipto —contesta con desinterés y alzo mis cejas.

—Wow —es lo único que digo—. No sabía eso.

—En la Tierra todavía lo dudan —hay fastidio en su voz—. Son tan ilusos… Pero sí, él fue quien empezó una civilización en el antiguo Egipto. Al pasar de los siglos se fue fortaleciendo hasta que empezaron las dinastías de los faraones; y considerando que las fechas que los humanos investigan acerca de las civilizaciones más antiguas están erradas… —se encoge de hombros restándole importancia.

—¿Eso qué significa?

—Los humanos suelen equivocarse en las fechas, pero claro, ellos no pueden saber con exactitud nada de eso, pues no estuvieron allí en ninguna de esas épocas. —Él suspira—. Y como yo sí estuve puedo desmentirlo cuantas veces se me plazca

—Cuéntame más.

Consigo encajar más de una pieza en dos segundos y me alegro internamente por mi mayor logro en media hora.

—Mizraim era hijo de Cam, nieto de Noé, bisnieto de Lamec.

—Supongo que eso lo dice la Biblia, dime algo que no sepa —murmuro—. ¿Qué edad tenía cuando se casó?

—Mmm… —él se toma sus segundos—. ¿Crees que yo era el ángel escriba de Mizraim?

—Entonces, no lo sabes. Y yo que pensé que lo sabías todo.

—No todo, sólo puedo decirte que Mizraim fundó el actual Egipto cuando tenía noventa y nueve años —me cuenta—. Que sólo se cuenten siete hijos en la Biblia no significa que esos hayan sido todos.

—Oh, tuvo más.

—Moisés fue específico en escribir el Génesis, que no haya escrito todos los hijos de Adán y Eva no significa que haya sido un error, él simplemente escribió lo que le fue permitido.

Me muerdo el labio con más fuerza y de repente me arrepiento de no saber más acerca de la Biblia.

—¿Qué es un ángel escriba? —pregunto confundida.

—Un ángel que escribe —dice sin más y lo miro tratando de decir: «No me digas».

Decido no darle el placer de oírme preguntar más. Sin embargo, no pasan más de dos minutos cuando estoy haciéndole otra pregunta.

—¿Cómo es Satanás? —indago sin apartar la vista de mi trabajo. Él hace un sonido de fastidio y yo lo miro con las cejas alzadas.

—Lo verás en tres días, ¿por qué tanto interés? —espeta y yo desvío la mirada con cautela—. Satanás tenía muchos talentos, era llamado «querubín hermoso» —agrega de mala gana.

—¿Era muy hermoso? —lo miro y él rueda los ojos. Mi pregunta real es, ¿era más hermoso que tú?

—Era músico, la Biblia dice acerca de él, que los primores de sus tamboriles y flautas estuvieron preparados para él en el día de su creación, en realidad no solo para él —La expresión de Haziel es pensativa—. Cuando Dios creó los cielos y la Tierra, dejó a Satanás a cargo de dicha Tierra que lucía muy diferente al planeta que conoces, pero…

—¿Estás diciendo que la Tierra tenía todo hecho antes de que Adán…?

—Nia, deja de interrumpir —espeta y luego resopla—. El querubín caído fue lleno de iniquidad a causa de la multitud de sus negociaciones, y cometió la estupidez más grande. Se enalteció su corazón a causa de su hermosura y poder; él quiso ser igual que su Creador, Niamh —habla como si me estuviese diciendo «no lo hagas tú también».

—Oh.

—Solíamos decirle Satanás porque era el adversario número uno de la Creación, pero en realidad no es el nombre que el Creador le dio.

—¿Ah no?

—No, su nombre en el idioma prohibido es algo que no entenderías aún, pero en tu idioma es: Lucifer.

—Ya sabía de ese.

—Tiene tantos nombres que denotan su maldad, pero su nombre de creación en tu idioma vendría siendo: Lucifer. —Haziel suspira—. En lo personal, no me gusta llamarlo así, prefiero decirle: Querubín caído o Satanás, ya que actualmente es de todo menos algo hermoso.

—Luci suena mejor. —Murmuro para mí misma.

—El trabajo de Satanás era cuidar esa Tierra, pero... con el pasar del tiempo, al ver que los ángeles que estaban a su mando le obedecían se llenó de altivez, él quiso ser como Dios, quiso tener el poder —me cuenta perdiéndose en su relato y de repente estoy sentada en mi silla escuchando la historia—. Tú eras el sello de la perfección, lleno de sabiduría, y acabado de hermosura. En Edén, en el huerto de Dios estuviste; de toda piedra preciosa era tu vestidura[5]... —estoy segura que eso lo está citando de la Biblia—. Tú, querubín grande, protector, yo te puse en el santo monte de Dios, allí estuviste; en medio de las piedras de fuego te paseabas...

—Espera, ¿dónde hay una Biblia? —digo con afán—. Quiero saber...

—Sólo escucha —me regaña yo me exaspero—. Esto no lo encontrarás en la Biblia, está prohibido decir más de lo permitido.

—Eso explica muchas cosas.

— Las piedras de fuego simbolizaban a los ángeles, él estuvo en el huerto de Dios junto a demás ángeles y arcángel, pero Lucifer era el comandante de todos ellos.

—¿Tú estuviste allí?

—Sí. —Asiente sin mucha importancia—. Lucifer era el querubín protector de ese Edén, ¿sabes por qué se llamó Edén?

—No.

—Edén viene del idioma prohibido, significaba tierra, polvo. —Me mira—. Así se llamaba la Tierra antes de que el humano existiese. —Alzo mis cejas con sorpresa—. Pero es algo que ningún humano sabe. Cuando el querubín caído se rebeló contra su Creador, éste lo expulso junto con todos los ángeles y arcángeles que estuvieron en la rebelión con el querubín, así que... todos ellos cayeron —Haziel vuelve a mirar a otro lado pensativo—. Cayeron en ese Edén, en esa Tierra, hicieron un desastre, una catástrofe descomunal, destruyeron, la estremecieron de tal manera que pensamos que la Tierra colapsaría, pero no.

»Pasaron eras hasta que el Creador tuvo la grandiosa idea de crear a Adán, pero antes de eso embelleció todo creándolo de nuevo y añadiéndole algo más... llevadero para algo tan frágil como un humano. El huerto donde puso al primer hombre lo llamó Edén como un recordatorio para todos los ángeles que cayeron. Adán ahora era el

---

[5] Ezequiel, 28:12,13.

gobernante de todo ese Edén y Lucifer casi explotó de ira y ya sabes lo que vino después con Adán y Eva.

—Wow. —Asiento lentamente.

—La caída del querubín simplemente, fue una lección que ningún ángel olvidará por la eternidad. —concluye y me mira—. ¿Por qué luces triste? —me pregunta y sacudo la cabeza.

—Simplemente me hice la película en mi cabeza —le digo—. Entonces, Lucifer volvió nada a la Tierra, destruyó todo lo lindo que había allí… por eso la tierra estaba desordenada y vacía. —Sonrío—. Y Dios empezó a la Creación, y luego… —hago silencio haciendo deducciones y él asiente ocultando una sonrisa.

—Ya terminó la clase, ahora continúa con el rompecabezas.

Haziel Mal Humor ha vuelto.

Exhalo con cansancio y vuelvo a mi arduo trabajo. Haziel permanece en su lugar, en silencio, y eso me atormenta. Todo el lugar está en silencio, el único sonido es el de las piezas siendo movidas constantemente. Gracias a mi impaciencia.

Cuando llevo hora y media intentado juntar piezas Haziel se pone de pie y desaparece de mi vista. Miro la hora en mi reloj y alzo las cejas al ver que son más de las diez de la noche. En Berwyn, solía ir a dormir a la una de la madrugada, digamos que era mi costumbre, pues me gustaba ver las series de TV, y si no era una serie, entonces una película no estaba mal nunca. Muchas veces mi hermano se quedaba conmigo, solíamos pelear por el control de la TV, y yo solía decirle que en mi habitación yo elegía los canales que me daba la gana. Pero él terminaba colocando las series que él quería y yo diciéndole que la serie estaba interesante.

Sin dudas, son cosas que odiaba, pero que ahora extraño con toda mi alma. Es mortificante saber que no volveré lanzarle un zapato a su gata fastidiosa, o no volveré a robarle los condones de su cartera y dejarlos a la vista de mis padres.

Joder, no volveré a hacer nada con él ni con mis padres, ni con mis amigos. No volveré a mi antigua vida nunca más.

Sin darme cuenta unas cuantas lágrimas saltan de mis ojos, rápidamente me apresuro a limpiarlas y lucho contra el sentimiento de nostalgia que aflora dentro de mí. Tal vez Haziel piense que es fácil desprenderse de mi antigua vida, pero él no es humano, nunca lo fue y nunca lo será. Él no sabe lo que es pegar un pedazo de cinta adhesiva en la cara de tu mejor amigo sólo para molestarlo. Él no sabe cómo se siente ir al cine con tus amigos, ir a una pijamada y cantar Karaoke, él no sabe nada. Para él todo suena fácil.

«Siempre puedes pedirle que te borre la memoria». ¿Qué? Eso no se puede. «Lo hizo con Ahilud».

¿Borrar mi memoria? ¿Sería capaz de pedirle eso?

CAPÍTULO 28
SIN ROPA

Haziel

Me muevo de un lado tomando respiraciones profundas. Exhalo y me paso las manos por mis cabellos por enésima vez en menos de diez minutos.

—No está bien —me reprocho y luego jadeo inclinándome para colocar mis manos en mis rodillas.

¿Por qué estoy sudando? ¿Por qué? ¡¿Por qué?!

—Respira hondo —musito enderezándome y me paso la mano por la frente para limpiar la leve capa de sudor.

Esta fue la razón por la cual dejé a Niamh sola en la sala. Sólo estaba observándola y de repente rompí a sudar. Primero mis manos, luego mi espalda. Ella no tenía por qué ver mi debilidad, por esa fantástica razón salí de la sala con prisa.

Me siento en el borde la cama y respiro hondo. Bien, lo diré ahora mismo o explotaré.

Mi desconcierto está en el hecho de que mi Jephin es extremadamente hermosa. Y tiene un carácter que no soporto, pero de alguna manera eso la hace más interesante. No pude soportar que estuviese evitando verme, la curiosidad puso mi mente a trabajar duro y... ¿Quién no querría verme? Cielos, las mujeres humanas no evitan verme, todo lo contrario. Ahora llega ella y empieza a tratarme como si yo no fuera importante, como si un arcángel no mereciera suficiente atención de una simple humana.

Demonios. Una humana jamás me ignoró tanto como lo ha estado haciendo ella, y aunque sé que ella tiene embelesamientos extraños conmigo yo... me siento bien con su aroma a menta. Me encanta cuando ella me llena de su aroma a menta, por eso, cuando la miraba tratando de encontrar piezas correctas del rompecabezas con frustración, me imaginé muchas formas de llamar su atención, de hacer que me observara, que se embelesara conmigo, pero ella sólo me ignoraba como si yo no estuviese cerca. De pensamiento en pensamiento llegué a uno prohibido —con ella— que no pude controlar cuando se puso intenso, por eso... rompí a sudar como un débil humano.

—¡Agh! —me enojo y dejo caer mi espalda en el colchón.

Esto ha estado empeorando cada vez más. Trato de mil maneras posibles de no dejar mis emociones visibles, pero... no quiero ser duro con ella, no quiero afligirla más de lo que ya la he afligido desde que la traje al Beta. He estado siendo un idiota al pensar que afligiéndola alejaré lo que ha estado creciendo en algún lugar extraño de mi sistema. Lo único que tengo que hacer es ocultar todo. *Como hago desde que aprendí a mentirle a Ark.* Probablemente eso sea peor que querer ver a Niamh desnuda.

El aroma a té de manzanilla y a miel llega a mis sentidos y yo me pongo alerta. Me incorporo y miro hacia la puerta. ¿Por qué ella está llorando?

—Oh, por favor. —Me paso las manos por la cara—. Esto no puede ser tan raro.

Me golpeo el pecho y respiro hondo.

Lo único que tengo que hacer es no mirarla. Así no tendré la oportunidad de tratar de profundizar en sus pensamientos ni de colarme debajo de su piel. No podré admirar lo rara y hermosa que es mi Jephin atrevida.

Espera... ¿Evitar mirarla? Eso es lo que ha estado haciendo Niamh conmigo.

—Oh, eso es lo que me falta —refunfuño saliendo de la habitación.

Hacerme enojar es fácil. Y si ella me hace enojar aleja los buenos sentimientos y atrae los malos. Enojado es la única forma en la cual no me puedo concentrar en percibir sus aromas, a menos que use mi naturaleza de arcángel vengador —como hice cuando ella escapó—. Enojado me importa poco afligirla. Y sólo ahora me doy cuenta que eso puede ayudarme a controlar la situación. ¿Cuál es la situación? Que Niamh me produce curiosidad carnal. Mucha curiosidad carnal.

—¿Ya terminaste? —pregunto secamente cuando cruzo la sala. Ella niega con la cabeza sin molestarse en verme y yo aprieto los dientes.

No está llorando, pero estuvo haciéndolo. El aroma a miel vaga levemente por el lugar, el único que está intacto es el aroma a té de manzanilla.

—Niamh, acostúmbrate a responder.

—No he terminado —pronuncia con voz monótona y eso sólo me enoja más.

Al menos no se pone pálida como solía ponerse cuando me enojaba.

—No llevas ni la mitad —espeto deteniéndome a un metro de la mesa. Ya ha armado el borde completamente.

—Esto no es fácil —dice en voz baja.

¿Por qué fue que me enojé? Ah sí, porque ella estaba llorando con nostalgia, es decir, estaba recordando sus momentos en la Tierra, con sus familiares, con sus amigos... quizás con su novio.

—El paisaje del rompecabezas ni siquiera me anima —murmura con odiosidad y yo ladeo la cabeza sin dejar de observarla. Ella coloca un mechón de pelo detrás de oreja y resopla lanzando una pieza con aburrimiento.

—No tiene por qué animarte. Tu trabajo es armarlo, tan sencillo como eso.

Ella respira hondo y entorno los ojos al percibir un aroma a pinos. Ya había percibido ese aroma. Lo asocié a contención y a impotencia. Sin dudas, ella quiere insultarme. Pero se está conteniendo. ¿Eso es bueno?

Me importa muy poco.

Doy algunos pasos hasta llegar a la mesa y sin dudarlo arruino lo poco que ella ha logrado en dos horas. Ignoro su grito ahogado de sorpresa y mezclo todas las piezas nuevamente.

—Empieza de nuevo —digo con tranquilidad cínica y le doy la espalda para dirigirme lejos de la sala.

—¿Por qué? —pregunta con cautela y extrañamente quiero sonreír al apreciar el aroma fuerte a madera pulida.

—No preguntes y empieza de nuevo.

—¿Por qué? —repite matizando su voz con enojo.

—Niamh...

—¡Eres un...! —ella se calla y aprieto la mandíbula al oír que gruñe. Lucho con las ganas de girarme y ver su berrinche—. ¡Lo armaré! ¡Te lo juro que lo haré! —exclama y cuando la miel se hace presente me largo del lugar.

Un baño caliente. Muy caliente. Eso ayudará.

Soy inconsciente de las horas que llevo aquí, y en realidad… Niamh es la única que se siente feliz con un reloj en su muñeca. Yo jamás me he preocupado por la hora. Me da igual qué hora sea. ¿Acaso tengo cosas pendientes por hacer? *Sí.*

Observo que el lugar está lleno de vapor y luego me sumerjo en la espesa agua llena de espuma para luego salir de las aguas. Sé que dije que no me importa la hora, pero mis pensamientos tienen razón. Niamh no puede estar tanto tiempo sola.

Resoplo y salgo de mi gran lugar donde suelo tomar un baño. Camino desnudo por los pasillos hacia mi habitación. Quizás sea la costumbre, y obviamente estoy consciente que ahora tengo una Jephin, pero ella debe estar en la sala. *Por su bien.*

Entro a mi aposento y me dirijo a la cómoda más grande. Cojo una camisa de algodón de mangas largas y me la coloco. Cuando pienso ponerme pantalones deportivos recuerdo que adquirí algunos jeans. «Y que Niamh te halagó». Ajá.

Bueno, no es tan malo llevar vaqueros. Tengo que admitir que me veo bien, no tengo un espejo, pero… vamos, no es necesario verme es un espejo para saber que tengo razón.

Salgo de mi habitación sonándome los nudillos y haciendo una mueca pensativa. Debería concentrarme en algo más.

Bajo las escaleras con lentitud y al bajar el último escalón percibo un aroma a vainilla. ¡Santos Cielos! Terminaré diciendo una maldición, lo juro.

Me dirijo como un energúmeno por el pasillo que lleva al lugar que le asigné para que tomara sus duchas. ¿Acaso no lo entiende? ¡Estamos trabajando en su paciencia! Tenía que terminar el trabajo que le asigné, no venir a bañarse y sentirse tranquila y sin preocupaciones. *Vainilla, tranquilidad, calma, paz.* Me da igual. Ese es su aroma natural, y huele mucho mejor cuando se ríe, ¿Por qué? Porque ella crea un perfume exquisito. *Para mí.* Y además, otra rareza, ella es la única que ha creado un perfume con sus aromas.

Entro al lugar atravesando el arco que tiene por entrada y me detengo al verla.

Oh, maldita sea.

Maldita sea.

—*Take me to church I'll worship like a dog at the shrine of your lies...* —canta en susurros—. *I'll tell you my sins and you can sharpen your knife... Offer me that deathless death good God, let me give you my life...*—Ella se queda en silencio, pero luego respira hondo y canta nuevamente. Algo desafinada, pero por alguna razón se escucha increíble.

No sé si interrumpirla o quedarme aquí mirándola. Está sumergida en el jacuzzi más pequeño, en el primero en la línea, y como está sentada sus pechos están expuestos y el agua comienza desde un poco más abajo, mis ojos maldicen la espuma que tiene la superficie del agua y mi mente me reprocha mi tercera maldición en menos de un minuto. *Estoy progresando.*

—¿Qué haces? —su pregunta en voz alta me saca de mis pensamientos y la miro a los ojos—. ¡No puedes hacer eso! —chilla tapándose los senos y luego mira hacia el jacuzzi más grande.

—¿El qué? —hablo y carraspeo rápidamente al notar que mi voz es más ronca.

—¡Me acabas de ver los pechos! —exclama enojada—. Date la vuelta —espeta sonrojada—. Me pasaré para aquel...

—Te dije que verte desnuda no provoca nada en mí —me atrevo a decir y me cruzo de brazos—. Te he desvestido y vestido antes —agrego con desinterés. Es cierto, la he desvestido, pero jamás la he visto completamente desnuda.

Ella parece dolida, pero lo oculta a la perfección.

—Bien —dice con desafío y mi ceño tiembla. ¿Qué va a hacer?

Antes de que pueda apartar mi vista o decirle algo, ella se pone de pie con cuidado de no resbalar y sale de la tina sin mirarme, con la barbilla en alto. La espuma se desliza por su piel hasta quedar completamente desnuda. Trago duro y mi vista la sigue hasta el Jacuzzi-casi-piscina más cerca, en el cual se sumerge demasiado rápido para mi gusto. El vapor ya está haciendo efecto en mi cuerpo, supongo.

Lo diré por cuarta vez: Maldita sea.

—¿Qué quieres? ¿Por qué no puedo tener un baño normal? —dice mordaz. Sus ojos castaños que rozan el color avellana me observan con enojo, quizás deba decirle que aún sigue sonrojada. Me gusta cuando se hace la valiente—. ¿Haziel?

—¿Por qué no estás en la sala? ¿Qué fue lo que te dije? —la regaño para ocultar mis extraños sentimientos.

Ella hace pucheros y luego se encoje de hombros.

—Ya lo hice.

—¿Qué?

—Ya armé el rompecabezas —dice y me carcajeo provocando que se ponga seria—. Si no me crees ve a verlo. Ahora, me gustaría tener un baño en paz. Gracias.

—No lo armaste —le digo—. No me mientas, te dije…

—Espera —me interrumpe con fastidio—. ¿Crees que fue fácil armarlo? ¡Me tomó cuatro horas! —exclama salpicando el agua con sus manos—. ¡Casi enloquezco!

—¿Cuatro horas?

—Bueno, cuatro horas y media, como sea.

Ella evita verme y desaparece debajo del agua.

¿Cuatro horas? ¿Desaparecí cuatro horas?

—No, eso no puede ser —susurro y su cabeza sale del agua. Santo Dios, parece una...

—Gracias por dejarme sola tanto tiempo, de lo contrario no hubiese podido armar el rompecabezas —jadea sin verme y puedo mirar la tristeza en su rostro.

Hay algo que la aflige. Lo sé porque el aroma a caramelo de jengibre llega a mis sentidos. El problema es… ¿Qué la aflige?

—Niamh, ¿por qué estás…?

—Agh, quiero darme una ducha —se queja con fastidio—. Sólo quiero ir a mi aposento y probarme la ropa que compré… bueno, que robaste.

—No robé… —me callo al ver que ella ha cambiado de tema tan naturalmente como suele hacer—. Hay algo que te hace sentir mal, debes decírmelo —directo al grano.

—¿Qué?

—Simplemente dilo —espeto—. No puedes ocultarme…

—¡Vale! —explota salpicando agua—. Me siento como la humana más estúpida porque a ti te da igual verme desnuda —escupe—. ¿Feliz? Ahora, déjame sola. —Me da la espalda y yo me quedo en mi lugar.

Creo que ni siquiera estoy respirando y el vapor no me está ayudando para nada.

—¿Acaso debo sentir algo al verte desnuda?

—¡Claro que sí! —exclama sin girarse—. A mi padre no le gustaba verme desnuda, son reglas, Haziel —habla con seriedad.

—Yo no soy tu padre —digo entre dientes y sin darme cuenta empuño mis manos.

—Por eso. No eres mi padre, deberías tener más... no sé. —Se encoje de hombros—. No deberías verme desnuda. Me haces sentir menos mujer —dice en baja voz y yo doy un paso inseguro hacia el frente—. Me haces pensar que mi cuerpo es tan... horrible. De verdad que te odio.

Aprieto la mandíbula y contengo las ganas de salir y romper una pared.

—Soy un arcángel. Simplemente no provocas nada humano en mí —hablo—. Si yo fuera humano...

—¡Eso es mentira! —se gira y me mira con indignación logrando que retroceda el paso que avancé hace dos segundos—. Si un cuerpo humano no provoca nada en un ángel, entonces explícame por qué los ángeles estuvieron con mujeres —me reclama—. Explica eso.

—Es distinto —aparto la mirada.

—No lo es.

—¡¿Acaso quieres que yo babee al verte desnuda?! —le grito y ella se encoje—. Sabes que eso no es posible. Sabes que está prohibido. Hay reglas...

—Pues, estoy segura que Ahilud no ve a Gema Dorada sin ropa —suelta desviando la mirada.

—Todo esto es porque te vi desnuda —le digo tratando de alejar mi frustración y respiro hondo—. Deberías alegrarte al ver que no quiero pasar mi lengua por todo tu cuerpo, Niamh.

Ella abre los ojos desmesuradamente y me mira. Bien, no debí decir eso.

—Y-yo igual no quiero... —traga—. No quiero que te dé igual verme desnuda, quiero respeto, q-quiero que te portes respetuosamente. —Desvía la mirada—. Que me hayas visto desnuda cuando me cambiaste de ropa no implica que...

—Nunca te vi desnuda, Niamh —confieso y ella me mira ceñuda—. Siempre fui cuidadoso.

—Pero dijiste que...

—La primera vez que vi tu desnudez fue hace... minutos.

Ella abre la boca para decir algo, pero luego la cierra. Rápidamente se sonroja y yo decido hablar.

—Sólo te dije que sí porque quería que creyeras que no puedo alterarme.

—¿Qué? —su cara es digna de admirar.

—Sí puedo desear, Niamh, pero a ti no. —Mi voz baja una octava—. Eres mi Jephin. Y tienes razón. Los ángeles sienten, pues de lo contrario jamás hubiesen estado con humanas.

Ella baja la mirada y parece estar pensando en mis palabras. Su cara poco a poco empieza a irradiar indignación y aprieto los labios al ver que va a…

—¡Me has mentido siempre! —chilla—. Salí desnuda del agua porque… porque pensé que tenías razón. ¡Pensé que no podías tener erecciones!

—Bien, pensabas que yo podía tener una erección y follarte, y sin embargo te entristeces al ver que no me provocas nada. —Me cruzo de brazos—. ¿Quién te entiende? —ella se indigna mucho más.

—¡Claro que no! Yo no quiero que…

—Niamh, ni tu misma te entiendes. —Evito sonreír.

—Me enoja que la persona que me guste no muestre un poquito de simpatía hacia mí —confiesa demasiado rápido—. Lo mismo pasaría con Bered —escupe y yo aprieto los dientes a tal punto que podría partirlos.

—Niamh. Te dije que no puedes sentir…

—Pues, lo siento —dramatiza—. Me gustan los hombres altos. Triste por ti. —Me da la espalda nuevamente—. Déjame sola.

—Está bien —hablo en voz alta—. No dejarás que te vea desnuda nunca más, y más te vale que sea así.

—Sí, claro —murmura—. De lo contrario tendrás una enorme erección. —El sarcasmo en su voz me enfurece—. Como sea, sé que mi cuerpo no es perfecto —exhala para relajarse y yo cuento hasta diez internamente para no acercarme y dejarle las cosas claras—. De hecho, me da igual si me ves desnuda, ya sé que no me deseas y eso es muy bueno para ambos.

—Niamh.

—Puedo estar en paz —suspira con alivio—. Ahora sí podemos vivir eternamente en el mismo sitio.

—Yo no…

—Y no te preocupes, sé que no debe gustarme ningún ángel. —Tose—. Trataré de que me gusten los hombres bajos ahora.

—No debe gustarte nadie —espeto.

—Como si pudiera tener novio por acá —murmura—. No soy tonta, Haziel —alza la voz—. Ahora tengo las cosas claras. Gracias por confesar que sí sientes deseo, pero no conmigo —suspira—. Bered dijo que si un ángel sentía deseo de estar con una humana… le cortaban las alas. No te he visto con alas, pero supongo que te quedan bien. ¿No querrás que te las arranquen, verdad?

—No te deseo, Niamh —pronuncio. Jamás me quedaré sin alas. Jamás, primero lucho con diez legiones de ángeles antes de que puedan acercar una espada a mi espalda.

—Ya lo sé —susurra.

—Iré a ver si dices la verdad respecto al rompecabezas —murmuro y luego salgo del lugar casi corriendo.

Ella tiene razón. Su pregunta me ha hecho recordar todos los riesgos que corre un ángel.

¿No querrás que te las arranquen verdad?

Por supuesto que no.

CAPÍTULO 29
FIAX

No te deseo Niamh.

¿Y a mí qué? Lo que me enfurece es que haya mentido respecto a que no puede sentir nada, es decir, ¿no le provoco nada de nada? ¡Por Dios! Sé que siente algo al ver una mujer desnuda, ya sé que no es de palo, así que no puede mentir.

¿Y el punto es...? ¡Que me vio desnuda! ¿Qué tal si siente deseo y abusa de mí? ¿Qué si le importa poco que le corten las alas? Y yo dejé que me viera desnuda... ¿Por qué fui tan estúpida? Claro, tenía que demostrarle que me importa un pepino que me viera así, pero... la cagué, lo sé. A veces me odio mucho cuando me las doy de valiente.

Bueno, él no me desea. No sé si alegrarme o qué. Porque de alguna manera, que él no me desee me hace sentir menos querida, es decir, ¿tan fea soy que no merezco una mirada tierna? Seguro si él hubiese traído a Elsie y no a mí... él seguro sí le hubiese dicho desde el principio que le estaba prohibido mirar su desnudez. Son reglas. Además, él es un puto desconocido, si me hubiese dicho que podía tener erecciones yo jamás hubiese salido de la maldita tina. ¡Joder!

«Te enoja que no te desee, punto». Claro que no. Eso está prohibido. Lo tengo bien claro, gracias.

«Sí, pero siempre has tenido atracción por lo prohibido. Te gusta el peligro». ¡Claro que no!

—¡Agh! —Cojo una almohada y entierro mi cara en ella para gritar a todo pulmón.

¿Por qué Haziel tenía que ser un ángel con reglas? De todas formas, si hubiese sido un humano jamás lo hubiese conocido. Para mi mala suerte eterna, me gusta un arcángel, y no es cualquier gusto, es un gusto muy fuerte y caprichoso, o sea, de los más peligrosos.

Me mantengo mirando hacia el alto techo mientras los minutos pasan. Oficialmente faltan tres días para el juicio, ya son las cuatro de la mañana y yo no he dormido, ni siquiera tengo sueño. Apenas terminé mi baño me encerré en mis «aposentos» y me lancé a mi cama, ni siquiera ha pasado una hora. No he salido de aquí, las sábanas son muy cálidas. Además, se siente bien estar desnuda debajo de estás sabanas. Son suaves…

—*Niamh.*

—¿Qué? —espeto en voz alta y luego lo reconsidero—. Lo siento, ¿qué deseas?

—*Ven a la sala.*

—Me duele la mano —miento y me muerdo el labio. ¿Me creerá? Podría pensar que se debe a mi juramento.

Él no dice nada más y yo me acurruco debajo de las sábanas sin apartar mi vista de la puerta. ¿Qué querrá ahora? Más le vale que no me ponga a armar otro rompecabezas porque terminaré enloqueciendo.

—*Pienso hablarte acerca del Beta. Hay algunas cosas que tienes que saber y ha llegado lo hora de decírtelo. Ahora, ven aquí.*

Resoplo. Claro me dirá algunas cosillas, y de seguro miente y dice que los ángeles tienen el pene pequeño.

—*Te doy dos minutos. De lo contrario armarás otro rompecabezas.*

Apenas dice eso salgo de la cama como una flecha hacia el armario. Me coloco un sujetador y sin pensarlo dos veces cojo un vestido que Haziel escogió para mí y salgo del armario pasándolo por mi cabeza. Antes de abrir la puerta de mi habitación me coloco las bragas que traía en mi mano y acto seguido echo a correr por el pasillo.

Al bajar el último escalón ya voy jadeando. Cruzo la sala y observo que Haziel no está por ningún lado. Respiro irregularmente como si hubiese corrido una maratón y me acerco hacia la mesa donde pasé cuatro horas queriendo lanzar todas las piezas del rompecabezas por la ventana.

—¿Haziel? —lo llamo.

—Te traeré zapatos. —Doy un respingo y me giro con el corazón en la mano.

—¿Dónde estabas? ¿Por qué apareces así no más?

Él me mira de abajo hacia arriba y yo trago duro. Luego, hace una mueca que traduce: «no te queda tan mal».

—Sólo quería decirte que pienso traerte un par de zapatos en muestra de mi amabilidad.

—Oh, gracias. —Musito sin saber qué más decir.

—Entonces, empecemos con las preguntas —habla y yo camino hacia una silla mecedora acolchada. Él ve que estoy lejos de los sofás y respira hondo para luego sentarse más cerca de mí.

Lleva puesta la misma ropa que tenía cuando entró intempestivamente en mi baño relajante. Sexy y atractivo. Mala combinación.

—¿Qué tan grande es el Beta? —pregunto fingiendo desinterés.

—No hay una medida. Simplemente es extenso, quizás tiene el triple de la superficie habitable de la Tierra —responde.

—¿Vive un ángel cerca de aquí? —indago entornando los ojos y él mira hacia la ventana como si estuviera sacando cuentas.

—Hay más de cien kilómetros a la redonda completamente vacíos —habla—. La morada más cercana a esta le pertenece Enidel Jehú y está a ciento diez kilómetros al Oeste. —Alzo las cejas asintiendo inconscientemente—. Al norte se encuentra la morada de Selma.

—Es decir, si necesito pedir ayuda, tengo cien kilómetros que recorrer —murmuro.

—¿Por qué pedirías ayuda? —me pregunta colocando su tobillo izquierdo en su rodilla derecha. *Con elegancia.*

—Es sólo un comentario, olvídalo. —Desvío la vista.

—Bien, al Este está Itzel…

—Estás rodeado de mujeres.

—No, de ángeles —me corta mordaz y yo contengo las ganas de ponerle los ojos en blanco—. En realidad, prefiero darte un mapa de las moradas más cercanas —me dice—. Quizás un rango de quinientos kilómetros.

—¿Y dónde será el juicio?

—El lugar es muy remoto de aquí—me dice en voz baja.

—¿Significa que iremos volando? —me horrorizo.

—Sí, pero…

—Eso no es justo —me quejo cruzándome de brazos.

—Lo siento mucho, pero aquí no hay trenes ni automóviles.

—¿En serio? Y yo que iba a pedirte un Camaro —murmuro con sarcasmo y lo oigo gruñir.

—Niamh, tal vez deberías saber que es ilógico que una Jephin le tema a las alturas.

—Yo no le temo a las alturas. —Bueno, es una mentira a medias—. Le temo a que me dejes caer. —Él sonríe logrando perturbarme al grado de querer borrarle esa sonrisa con un beso francés.

—¿Por qué te sonrojas? —pregunta de repente y yo desvío la vista. Bloquea. Bloquea. Bloquea. ¡Bloquéalo!

—Soy humana. —Me encojo de hombros.

—Bien —gruñe—. Acerca de lo que dijiste, jamás te dejaría caer —dice con sinceridad—. Llevo miles de eras volando. Tengo licencia —agrega y carraspeo para no reír.

—Como sea, no quiero tenerte cerca. —Las palabras salen antes de que pueda reflexionar en lo que iba a decir—. Es decir…

—Sería ilógico que Ark descubriera que no quieres volar conmigo. Demonios. Eso sonó de lo más raro. ¿Volar con él?

—Tú vuelas muy rápido —balbuceo.

—Bien, lo haré lento.

—Júralo y lo creeré. —Lo miro con seriedad y él asiente.

—Lo prometo.

—Bien. ¿Bered vive muy lejos?

—Sí, al otro lado del Beta —dice con tranquilidad.

—¿Y el otro ángel? —pregunto—. El pelinegro.

—Se llama Jared.

—¿Vive lejos?

—Jared vive a más de cincuenta kilómetros de la morada de Ahilud —contesta—. Y Ahilud vive al Sur. Más allá de las Siete Montañas… —al ver que yo no entiendo él suspira—. Más adelante te llevaré a ver las Siete Montañas —me dice—. Pero tienes que volar conmigo, obviamente.

—Haziel, no dije que no volaría contigo, sólo dije que…

—Entiendo —me corta y luego respira hondo—. Debes saber que en el Beta experimentamos las cuatro estaciones. —Frunzo el ceño—. Invierno, verano, primavera, otoño. Quizás duren más tiempo de lo normal…

—¿A qué te refieres?

—Aquí no manejamos el idioma de la Tierra, es decir, sólo los nuevos humanos que llegan utilizan los nombres de los días y meses. —Se encoje de hombros.

—Pero, en Berwyn es viernes. —Miro mis manos para ocultar mi añoranza.

—Te compraré un calendario terrestre si así lo deseas —dice él rápidamente como si quisiera complacerme.

Hago una mueca con los labios. Él puede complacerme en todo, pero no será igual. No es como si pudiese traer a mis padres y a mi hermano. *Y a mis amigos...*

—Querré el calendario —murmuro—. Pero arrancaré las hojas hasta el día actual de Berwyn, y cada veinticuatro días arrancaré una hoja...

—No sería bueno que llevaras los días como están pasando en la Tierra, así no te sentirás mejor.

—Sí, pero sabré qué día está viviendo mi mamá... ya sabes, no quiero olvidarme del tiempo —farfullo intentando recoger mi cabello, pero ha estado suelto siempre. Solía dejarlo suelto cuando salía de casa, pero estando en ella me mantenía el cabello recogido con una liga.

—Pronto nevará —me informa él y yo lo miro.

—¿De verdad? —sonrío ansiosa—. Amo la nieve. —Uno mis manos—. Mi estación favorita es el invierno. ¿Tú no tienes una?

—No —dice.

Ni siquiera sé por qué le pregunté eso.

—En términos terrenales, ¿cuánto tiempo dura el invierno aquí?

—Tal vez, seis meses. —Le da poca importancia mientras yo lo miro boquiabierta—. Eso depende del lugar del Beta.

—¿Eh?

—Bien, todo esto, si lo ponemos paralelamente a la Tierra... —señala su alrededor—. Está ubicado por los lados de Europa.

—Espera, espera... —alzo una mano.

—Niamh, no me digas que no entiendes —refunfuña—. Estamos en el Segundo Cielo, pero solemos ubicar este lugar como un mundo paralelo en los cielos de la Tierra.

—Oh.

—Es algo paralelo. Como sea, vemos las cuatro estaciones gracias a muchos ángeles que las regulan.

Capto todo de golpe y lo único que hago es asentir rápidamente. Sí que necesitaba saber todo eso.

—Estas tierras también tienen nombre —me informa y yo pongo más atención—. Yo vivo en Fiax. A diferencia de la Tierra, aquí las tierras son más extensas.

—¿Como países? —entorno los ojos y él hace una mueca de «tal vez».

—Sí, pero sin estados, ni municipios, ni provincias, ni nada de eso —me aclara—. Yo vivo en el Sur de Fiax. Nos guiamos por coordenadas.

—Creo que es más fácil de esa forma —opino—. Yo ni siquiera sé cuántos países hay en la Tierra —agrego sin ponerle mucha importancia.

—Se le llama mala memoria —murmura y yo resoplo.

—Me gusta cómo suena «Fiax».

—Lo dije en idioma angelical —dice rápidamente—. Y no lo traduciré. No estoy autorizado para enseñarte lenguas angelicales.

—Entonces, Ahilud vive en las Siete Montañas.

—No, vive en Phoenix —dice y alzo las cejas. Eso suena muy de Arizona.

—Pienso que es más fácil si nos guiamos como si el Beta fuese la Tierra —le propongo—. Estamos en Europa… —lo miro de reojo—. ¿En qué parte exactamente?

—No exactamente, quizás por encima de Turquía.

—¿Turquía? —me sorprendo—. Mmm, interesante. ¿El juicio sería…?

—No sabía decirlo con exactitud, quizás en alguna parte del atlántico —me interrumpe con tranquilidad.

—¡Eso está muy lejos!

—Considerando que no hay mares tan extensos entre Fiax y Verdemar —agrega—. El Beta no es como la Tierra que tiene más agua que continentes.

—Oh —musito.

—En el Beta hay especies animales que en la Tierra ya no existen o nunca existieron —suelta dos segundos después—. Te sorprenderías al ver plantas que en la Tierra dejaron de existir hace miles de años.

Curiosidad. Curiosidad.

—Es necesario que sepas todo eso.

—¿Por qué?

—No creo que le hayas preguntado a tus profesores de Biología por qué tenías que aprender sobre las especies en extinción —espeta y yo aprieto los dientes para que no me salga una mala palabra.

Pero tiene razón. De una forma u otra todo esto me resulta interesante. ¿Podré ver animales que en la Tierra se extinguieron hace mucho? Dios, todo esto me está consumiendo. Es mucha información para esta pobre alma. Si Evan estuviera en mi lugar estaría fascinado

con toda esta información, y ni hablar de Elsie, pero en cambio yo…
siento temor de saber tanto. ¿Qué diría Blay? «Los cerebritos son Elsie
y Evan, así que déjalo estar, Nia».

—Me estás llenando de mucha información.

—Creo que debo seguir el consejo de Ahilud —me dice pensativo.

—¿Sobre qué?

—Ahilud le dio clases a sus Jephin. Claro, la única que supo apreciar
su labor fue Gema Dorada.

—¿Cuántas Jephin tenía? —pregunto confundida y él hace una
mueca.

—Tres.

—Woah —chillo—. Eso es mucho.

—Sólo le quedó Gema Dorada. —Frunzo el ceño—. El querubín se
llevó a las otras dos.

—¿Qué? ¿Por qué?

—Niamh, ya te conté esa historia.

—¿Eran desobedientes?

—Maldecían a Ahilud —me dice y me lleno de vergüenza. Yo maldije
a Haziel también.

—Supongo que tenían nombres raros.

—Un tanto —musita—. Tabatha, y Dulce Zafiro —las nombra y
pensándolo bien Dulce Zafiro no suena tan mal.

—Haziel… —murmuro con incomodidad—. Por favor, no me
pongas un nombre ridículo —él ríe con suavidad y mi estómago se
contrae—. Sería feliz si me llamaras *Niamh*.

—Aún no tengo un nombre para ti.

—Pero, no entiendo. ¿Por qué tienes que cambiarme el nombre?

—Supongo que es una tradición, algo así como darte un nuevo
nombre para un habitar en un nuevo lugar. —Él parece confundido—.
A Dienesterk no le gustaba el nombre de la humana que trajo.

—¡Lo ves! Él lo cambió porque no le gustaba —lloriqueo—. Mi
nombre es lindo, reconócelo.

—Niamh —pronuncia—. Sí, no está mal. Pero a ti te gusta *Nia*.

—Oh, vamos. —Manoteo—. Es lo mismo, si lo pronuncias normal,
y sólo sin la eme.

—A mí me gusta el efecto de la eme en mi boca —se excusa y algo
en mi pecho se agita.

—Bueno… —respiro hondo—. Está bien. Aceptaré que me llames
Niamh solo porque no lo pronuncies en irlandés.

—Siempre te he dicho Niamh. —Se encoje de hombros.

—Como sea, yo sólo quiero conservar mi nombre. —Uno mis manos como si fuese a rezar y él frunce el ceño.

—No me supliques así —me regaña—. Lo pensaré, pero no prometo nada. Nada.

Su simple «lo pensaré» me da alivio. Mucho alivio.

—Entonces, ¿qué opinas? —él llama mi atención—. Sobre las clases.

—¿De Biología? ¿En serio vas a darme clases de Biología?

—Pensé que te interesaba saber sobre cosas fantásticas que ya no existen en la Tierra —murmura dejándome con la curiosidad—. Pero, ya que no...

—Está bien, sólo si la teoría está acompañada de práctica —farfullo y él me mira fijamente.

—Bien.

—Bien —asiento—. Entonces, quiero ver un dinosaurio. —Él estalla en carcajadas y yo sólo sonrío. Vale, lo dije bromeando, no creo que haya dinosaurios aquí... ¿O sí?

Oh, santos frijoles.

—Ya deja de burlarte —refunfuño.

Él ríe un poco más y luego niega con la cabeza. Sus ojos tienen un brillo especial —mucho más especial que siempre—, hipnóticos, muy hipnóticos... joder, parecen atraparme.

—Deja de mirarme así —suelto de repente y él no se inmuta.

—¿Cómo te estoy mirando?

—Con burla —miento al ver que he metido la pata. Seguro él ni cuenta se da que me mira... así. *Mirada matadora.* Esa es.

—Bien. —Mira hacia la pared con gesto pensativo—. Cuando amanezca traeré algo especial. —susurra—. Algo que dejó de existir tras el diluvio. —Alzo mis cejas.

Chúpate esa, Evan.

—No veo la hora en que pueda salir —digo esperanzadamente y miro hacia los ventanales. Aún es de noche. Hmm, no deben ser ni las cinco de la madrugada.

—Falta poco.

—Mm-hmm...

En realidad, estoy pensando si todas mis madrugadas serán como estas; hablando con él acerca de las especies extintas en lugar de estar durmiendo como un tronco. Solía dormir como un tronco, ni siquiera tenía pesadillas... bueno, quizás una al mes, tanto estrés a veces afecta.

De todas formas, no recuerdo haberme parado gritando como las protagonistas de los libros de ficción que leía. No hablemos de Bella Swan, por favor. ¡Oh, mis libros! ¿Cómo pude olvidarme de tan apreciadas joyas? ¡Demonios!

—Me gustaría ir a tu biblioteca, ¿es grande?

—No encontrarás libros juveniles, Niamh —me dice como si hubiese leído mis pensamientos. ¿Será que sí puede leerlos y me mintió?

—Me gustaba leer en mis tiempos libres, puedes equiparme una biblioteca especial para mí con todos los libros que yo quiera —le comento—. ¿No tienes un piano? —indago recordando las veces que inútilmente busqué uno. Cuando él sonríe mi cara se ilumina de esperanza.

—¿Tocas piano?

—Más o menos. —Manoteo insegura.

—Eso no es una medida, o es más o es menos, así de simple —dice y ruedo los ojos.

—Claro, me imagino que tú eres un profesional.

—Sí —alardea y vuelvo a rodar los ojos.

—Bien, olvida el piano —hablo.

Sabiendo que él sabe tocarlo mejor no hago el ridículo, y no es difícil adivinar que lo toca a la perfección. No quiero que me vea equivocarme como una idiota, o que me diga que así no se toca, o qué sé yo.

—Tendrás mucho tiempo de leer y de tocar algún instrumento después del juicio, no te aflijas.

—No me aflijo —miento.

—¿Qué clase de libros lees?

—Si me dices que vas a traerme algunos te diré.

De todas formas, sólo tenía seis libros en físico y algunos en PDF. Elsie solía prestarme los libros que ella quería y casi siempre prometía que iba a comprarme alguno, pero optaba por comprarme otra cosa.

—Bien. —Él se encoje de hombros haciendo una mueca de «me da igual» y se pone de pie—. Sígueme.

—¿A dónde?

Él no me responde y yo lo sigo refunfuñando internamente. ¿Quién se cree que soy? ¿Su perrito faldero? Por lo menos merezco que me responda cuando le pregunto algo.

—Espero que estés viendo que sí podemos soportarnos mientras hablemos de cosas que no sabes —me dice mientras lo sigo hacia un pasillo.

—Sí.

—Suelo perder la paciencia cuando me llevas la contraria.

—Bueno, no esperes que siempre te dé la razón —murmuro.

—Siempre tengo la razón —habla y yo gruño.

—Me disgustan las personas que siempre creen que tienen la razón —le digo y él chasquea la lengua.

—A mí me disgustan las personas que tienen un carácter como el tuyo.

—¿Ah sí? Pues, odio a las personas arrogantes.

—Yo no soy arrogante.

—No dije que lo fueras —murmuro con ironía y ahora él gruñe.

—Siempre es bueno que digamos las cosas que nos disgustan —dice sin importancia y cruzamos hacia la derecha—. Por ejemplo, yo odio complacer a otros sin tener nada a cambio.

—Mmm, eso apesta. Es egoísta.

—Bien —dice deteniéndose frente a una puerta doble. La empuja y esta se abre de par de en par—. Llámame egoísta por mostrarte las cosas que me prometí no mostrarte. —Me hace un gesto para que entre y entorno los ojos al ver que las luces de la habitación están encendidas.

Doy varios pasos y me coloco debajo del marco de la puerta. Poco a poco alzo las cejas al ver que la enorme sala está decorada con elegancia, las cortinas de las ventanas son de color dorado y escarlata. La mayoría de los bordes de los cuadros de las paredes parece de oro. Hay un piano de color…

—No es de oro —afirmo y él pasa por mi lado.

—Está bañado en oro —dice caminando hacia el piano y yo trago duro. Cuando avanzo con dudas escucho que las puertas se cierran a mis espaldas.

Miro de reojo que en un rincón hay un arpa en su soporte. A su lado hay una mesa con muchas gavetas, y encima de la mesa algunos adornos.

—La mayoría de los instrumentos están en sus fundas. El único que me interesa tocar es el piano —me dice sentándose en la banca.

—Ya veo… —murmuro viendo que cerca de las ventanas que dan hacia el balcón derecho hay un piano vertical. En realidad, hay tres pianos en la sala—. ¿Qué es eso? —pregunto señalando una caja de madera.

—Es una caja flamenca —me dice y cuando escucho el sonido de las teclas del piano giro mi cabeza hacia él—. Ahora, dime. ¿Qué tanto sabes? —pregunta y yo trago duro. Muy duro—. Seguro no has compuesto una pieza —él se está burlando. De una verdad.

Bien. Esto es incómodo. Es obvio que él sabe más que yo, pero no debe hacerme sentir tan inútil.

—¿Por qué no hay una batería? —indago tratando de cambiar de tema.

—Sí, la hay —responde—. Ahora, dime. No cambies de tema.

—No sé tocar, ¿feliz?

—Mientes —dice suspirando—. Sabes tocar, pero temes que yo me burle de ti.

Bloquea los aromas, tonta.

—Tienes razón. —Me cruzo de brazos y me quedo en medio de la habitación—. Me sé algunas canciones…

—¿Beethoven? —pregunta con aburrimiento y de alguna manera me ofendo.

—¿Qué pasa con él?

—Eso es típico de humanos —me dice—. Se enfrascan en aprenderse melodías de otros sin saber que pueden crear mejores. —Manotea y empieza a tocar.

Toca las teclas sin mirarlas. Tiene la espalda un poco encorvada, y la postura en la que ha puesto sus pies… me hace recordar un comercial que vi en televisión acerca de un automóvil, allí aparecía un hombre tocando un piano, y… la elegancia y seducción que está dejando ver Haziel, supera ese comercial.

Trago duro al ver cómo mueve sus dedos. Parece que toca una balada, pero él le pone algo más. Es como si hubiese inventado sus propias escalas, y sé que eso no puede ser, pero así lo oigo. Me acerco con pasos lentos y rápidamente capto que está tocando en la escala mayor de Mi. Él se mueve como un pianista profesional, y muy inspirado en lo que toca. Y bueno, sí que está inspirado.

El final de la canción es lento, casi típico, pero hace una mezcla de alterados que me confunde.

—No diré lo que ya sabes —hablo.

—Lo sé, es hermoso —dice y evito rodar los ojos—. Acabo de componerla —añade y lo miro patidifusa.

—Eso no puede ser —digo rápidamente, él suspira y se pone de pie.

—La titularé... *Brillantie.* —Se dirige hacia una mesa llena de papeles y se sienta en la silla acolchada.

—¿Qué vas a hacer?

—La escribiré —murmura—. Puedes revisar por ahí —me señala hacia la pared y logro ver que hay dos puertas altas de madera labrada.

—¿Qué puede haber allí? —espeto con odiosidad.

—Sólo ve.

Suspiro y camino hacia la cómoda. Abro las puertas dobles y constato aliviada que las luces están encendidas y que se trata de una pequeña habitación llena de cajas.

—Encuentra la batería y trata de no hacerle daño —lo oigo gritar y rápidamente sonrío de oreja a oreja.

Mi instrumento preferido es el piano, pero el segundo es la batería.

CAPÍTULO 30
OTRO AROMA FLORECE

Empiezo a revisar las enormes cajas, y con suerte encuentro la funda redonda del bombo. Sonrío mientras saco cada una de las piezas y cuando pienso cargar el bombo Haziel aparece y sin ofrecerse a ayudarme saca todo y lo va a acomodando en un rincón. No necesito decirle en dónde va cada cosa porque él ni siquiera me pide opinión, sólo las arregla perfectamente.

—Baquetas en la tercera gaveta —me dice señalando la mesa al lado del arpa—. Sólo espero que no toques tan duro

—Dilemas —murmuro.

Cuando regreso con las baquetas él me las quita y toca sin mucho interés cada tambor y antes de decirle que suena mal, él lo afina.

—Vale, sabes tocar todo —refunfuño—. ¿Hay algo que no sepas tocar?

—Aprendo rápido —dice con un leve encogimiento de hombros—. Ten. —Me da las baquetas y se cruza de brazos—. Toca algo —me ordena y con la punta de la baqueta toco el borde de un tambor y luego lo miro.

—Listo.

—Me refiero a que toques un ritmo —espeta y yo sonrío con malicia.

—Sé más específico. —Lo señalo con la baqueta—. Pero toca algo en el piano. —Me siento en el pequeño taburete y me muevo en busca de mi comodidad.

Miro de reojo que Haziel ya se ha sentado frente al piano y me está mirando con expectación.

—Quisiera algo que llevara mucho piano y mucha batería —pienso—. No tenemos guitarrista, ni…

—No me anima la idea de que quieras formar una banda —dice y yo río—. Pero todos los instrumentos alrededor pueden sonar al mismo tiempo si yo me lo propongo.

—¿Eso qué significa?

—Soy poderoso.

—Vale, entonces será... —me como la cabeza buscando una canción y luego sonrío al encontrar una en mis recuerdos.

Lo miro con emoción y el brillo en sus ojos me dicen que él también está emocionado con la idea de tocar una canción.

—Espero que la sepas —le advierto—. Es un clásico.

—¿De quién?

—Bonnie Tyler —respondo y él mira hacia un lado con gesto pensativo.

—Ya... —asiente—. Apuesto lo que sea, a que se trata de Total Eclipse Of The Heart.

—¡Esa es! ¿Cómo supiste? —me emociono y agito las baquetas.

—No lo sé —lo oigo murmurar—. Ahora, ¿quién la canta de los dos?

—Yo tengo una fea voz.

—Mientes.

—No miento. —Lo miro fijamente.

—Bien, empecemos —dice cortante y sin más interrupciones empieza con el intro de la canción como si la hubiese practicado con anterioridad. Bueno, eso no lo sé. El solo hecho de que sepa la canción me desconcierta.

Para mi mayor sorpresa él empieza a cantar la canción y yo lo miro con la boca abierta, no porque esté cantando la canción, sino porque... canta mejor que los ángeles del cielo. Joder, él es un arcángel.

—*No olvides tocar.*

Sus palabras en mi cabeza me hacen reaccionar de un respingo y casi se me caen las baquetas de las manos. Trago duro y respiro hondo al notar lo acelerado de mi corazón. Evito mirarlo y cuando llega la parte en la que la batería se hace presente casi me equivoco. Sé que las manos me están temblando, y es por culpa de Haziel. Cuando él entra al coro de la canción yo agarro las baquetas fuertes al sospechar que saldrán volando de mi mano, o quizás se resbalen por el sudor. Gracias al sonido de la batería su voz se opaca un poco, por lo cual decido bajarle a los golpes para que no suene tan fuerte.

Dios mío, su voz, maldita sea.

—Haziel, me estás matando, joder —susurro sabiendo que no puede escucharme. Joder, toca bien, canta bien… todo se oye bien. Joder, ¿de dónde sale el sonido de la pandereta?

—*Cálmate.*

—¿Qué? —espeto casi trastabillando en el golpe del pedal de mi pie derecho. Me niego a mirar hacia él, no quiero ver sus ojos. Estos nervios que estoy sintiendo ahora mismo no me favorecerán en un futuro. Y ni siquiera puedo concentrarme en bloquear mis aromas.

Todo esto es un fiasco. Debería parar de tocar.

—*Tu aroma es muy fuerte.*

—¡Basta! —paro de tocar sonando los platillos y él abandona el piano y se acerca a grandes zancadas a la batería—. ¡Deja de oler mis pensamientos! Bueno, no precisamente mis pensamientos, pero…

—¿Qué fue lo que dije? —espeta cogiéndome de la mano y poniéndome de pie de un jalón. Tropiezo un poco y él me estabiliza acercándome a él.

—Sé que no debo embelesarme contigo, pero tú también me estás acosando…

—Estás ocultando tus aromas —gruñe cerca de mi oído—. ¿Por qué?

—¿Ah?

—El aroma intenso apareció así no más. Lo estabas ocultando…

—Pues, sí. —Intento soltarme de su agarre, pero es imposible—. Yo no quiero que siempre estés adivinando mis emociones —me quejo sin mirarlo.

—Necesito saber las emociones por las que estás pasando.

—No me mientas. —Dejo de luchar y adopto una expresión aburrida—. Ahilud no anda profundizando en los aromas de su Jephin.

—Yo no soy Ahilud. —Me zarandea levemente.

—En todo caso, ¿por qué quieres estar oliéndome a cada instante? —pregunto vehementemente fijando mi vista en la suya. Ojos brillantes, más oscuros de lo normal y más hipnóticos que antes.

—Me da la gana de olerte a cada momento, tú no puedes decirme que no lo haga —susurra inclinándose un poco para acercarse a mi rostro y siento que mis piernas tiemblan. No es bueno que se acerque tanto, no cuando me mira de esa forma.

—Pues, no dejaré que me…

—Tienes prohibido bloquear tus aromas.

—¿Qué? —digo con voz chillona—. Eso es ridículo.

—Necesito saber lo que sientes para poder regañarte —dice soltándome y retrocediendo un paso—. Sabes que tienes prohibido embelesarte conmigo, y necesito saber los momentos en que no me obedeces.

—Hmm. —No lo puedo creer. Me cruzo de brazos y niego con la cabeza.

—Bien, salgamos de aquí. —Él camina hacia la puerta y yo me quejo.

—¡No! Yo quiero estar aquí…

—No lo estarás mientras me bloquees. Muévete.

Ni mi padre me hablaba así. ¿Qué es eso de «muévete»?

—Niamh —alza la voz y empuño las manos.

Paciencia. Vamos, Nia. Respira hondo, él sólo está de mal humor porque tú estabas embobada viéndolo tocar y esparciste tu viña por todo el lugar provocando que él… No, en realidad, está enojado porque no le permitía conocer mis emociones. Es extraño, pero…

—Niamh —repite él y yo avanzo.

Cruzo la puerta y él la cierra con más fuerza de lo normal. Recorro el pasillo detrás de él con los brazos cruzados y con la cabeza gacha, no quiero que mire los pucheros que estoy haciendo. Y lo peor de todo, es que podría quedarme en el salón de música si le permito saber todas mis emociones. Justo cuando estaba aprendiendo a bloquearlas. Pero no lo dejaré ganar, nada de eso, ya podré entrar a ese salón más adelante.

—Armarás otro rompecabezas.

—¿Qué? —me quejo casi a punto de largar el llanto.

—Necesito salir un momento, y tú te quedarás armándolo como una buena chica.

Maldición.

—¿Ese es mi castigo por lo que pasó en el salón de música? —exijo saber y él se gira de repente haciendo que tropiece levemente.

—Eres una desobediente, te queda mucho por aprender y llevarme la contraria te costará armar un rompecabezas —sentencia y me encojo un poco al ver que me saca dos cabezas de alto, me siento como una langosta ante él.

—Eso no parece justo.

—Lo siento —ironiza—. Yo no soy el que está desobedeciendo.

—Eres un cínico —lo culpo y él alza las cejas—. Di la verdad. Te enojaste porque oculté mis aromas, ¿sabes qué quiere decir eso? —le reclamo—. Que quieres estar oliéndome porque te enorgullece que admire tu... —señalo su cuerpo—. Te jactas de que me embelese contigo.

—Por favor —resopla poniendo los ojos en blanco.

—Eso es —increíblemente me burlo de él.

—Bueno, quizás sí. —Él cruza los brazos por encima de su pecho y me mira con aburrimiento—. ¿Y eso qué?

—No lo sé. —Hago una mueca con mi boca y miro hacia la pared—. Cuando Bered venga le preguntaré si eso está bien. —Pienso en voz alta adrede y luego me arrepiento cuando él me acorrala contra la pared.

—No le preguntarás nada a Bered —dice con voz ronca y yo coloco mis manos en su pecho para empujarlo lejos, pero es como si estuviese empujando a una pared.

—Dios, deja de hacer eso —exijo—. No quiero que te acerques así. —No lo estoy mirando, sólo intento apartarlo por el bien de mi corazón.

—Yo al igual que tú tengo enajenaciones, ¿crees que ando contándole a todos los ángeles sobre si está mal o no?

—Y-yo...

—Sé que está mal —alza la voz y siento su aliento en mi frente—. No debo querer oler tu aroma a éxtasis, pero lo quiero —susurra y mi corazón trastabilla peligrosamente.

—¿Qué? —digo con un hilo de voz sin atreverme a mirarlo aún porque siento que me voy a derretir ante su intensa mirada.

Joder. Joder. Joder. Se siente tan bien y tan mal tenerlo cerca.

—Dijiste que yo te gustaba, Niamh.

—Y-yo dije eso, pero sé que n-no está bien —tartamudeo y él acuna mi rostro con sus manos. Grandes manos.

Ay, Dios.

—Sé que sí —susurra mirando mis labios—. Sé que está mal. No quiero que me recuerdes las reglas que yo te di.

—B-bueno, aléjate entonces porque las cosas se pueden poner peor —farfullo intentando apartar mi vista de sus ojos grises casi negros, pero es imposible. Me he imaginado más de dos veces que Haziel me acorrala así desde hace... ¿Desde ayer?

—Eso es —susurra acercándose sigilosamente sin dejar de ver mis labios y yo trago duro—. Estás creando otro aroma... —ronronea y mi corazón se para cuando él pega su nariz a la mía.

Menos de un centímetro, esa es la distancia que separa mis labios de los suyos. *¡Bésalo ahora! ¡Es tu única oportunidad, Niamh Browne!*

He estado luchando con esto desde hace algunos días. Y podría echarle la culpa al hecho de que él es un dios griego de la belleza y de la sensualidad. Pero no. Me gusta y punto.

—Oh, Niamh… —él entierra su rostro en el hueco de mi cuello y yo gimo. Gimo como una mujer ansiosa.

—Haziel —jadeo y me armo de valor—. ¡Para ya! —Él sólo tiene su rostro en mi cuello, no está moviendo sus labios, ni me está besando o chupando, pero aun así siento que voy a orinarme. ¡Joder! Esto es vergonzoso, pero se siente así.

No me hace falta no ser virgen para saber que tengo que alarmarme cuando un hombre acerque sus labios a mi cuello. He tenido dos novios, el primero nunca hizo más nada que besarme, pero el segundo quizás casi logra acabar con mi virginidad en varias ocasiones, sin embargo… siempre lo detenía por mi miedo. Elsie solía decir que Liam —mi segundo y último novio—, tenía las pelotas moradas por mi culpa.

—Vino —gruñe en mi oído, en realidad sonó como un gruñido de frustración. Debe ser más que frustrante porque acto seguido, Haziel retrocede dejándome ver por primera vez su velocidad sobrenatural al desaparecer por el pasillo dejando una estela.

Mis piernas tiemblan y me desplomo. La necesidad de algo me confunde y me niego a aceptar que deseé a Haziel. Demonios, ¿y quién no? Si te acorralan y las pieles entran en contacto…

—Ow… —murmuro sintiéndome como una idiota. Eso estuvo increíble. Prohibido, pero increíble.

Respira hondo.

Bien.

¿Por qué Haziel se acercó de esa manera? ¿Qué se cree? «Sé que está mal. No quiero que me recuerdes las reglas que yo te di». Eso es ridículo. ¡Él sabe que está mal!

«Todo es tu culpa, le dijiste que ibas a consultar con Bered». Nada de eso, él sólo se portó como si estuviese celoso de que yo consultara con Bered. Las pocas actitudes raras que ha tenido me están queriendo decir que quiere estrangularme. O algo peor. *Y no quiero saber qué es lo peor.*

Como sea. El problema será el siguiente: ¿Cómo podré mirarlo a la cara después de que estuvo tan cerca de mí? Soy humana, y tengo hormonas, pero también tengo vergüenza y no seré capaz de tratarlo igual después de que casi le beso.

De lo único que estoy segura es que todo será distinto. Porque Haziel me gusta, y no sé si eso traerá problemas en el día de mi juicio con las Jerarquías. Me enoja tanto que no pueda concentrarme sólo en ser obediente. ¿Qué pasa con el incentivo? ¿No quiero ver a mis padres acaso?

—¡Agh! —me halo los cabellos y luego me pongo de pie.

Camino hacia mi habitación con deseos de entrar en un sueño profundo y soñar que me salvó Ahilud en vez de Haziel, por lo menos tendría una amiga. *Gema Dorada*.

—Bien. Aclara las cosas. —Me digo caminando de un lado a otro—. Sólo dile que fue raro lo que pasó, pero que tal vez… —Me callo al recordar cuando pegó su frente a la mía—. Puedes intentar diciéndole que es un abusador y otras cháchara, entonces luego le dirás que esas cosas son normales en los humanos —me digo como si fuese fácil y luego suspiro con exasperación.

No es tan fácil. Él fue quien me acorraló, debería disculparse él. Además, ¿Qué fue eso de «normales en los humanos»? Para mí no es normal, ni siquiera Liam llegó a acorralarme tan… así; mi noviazgo con Liam no duró más de tres meses, yo tenía diecisiete años recién cumplidos cuando acepté ser su novia. Mi primer novio lo tuve a los dieciséis, se llamaba Aarón, y recuerdo que le terminé dos semanas después de haber salido con él porque descubrí que a Elsie le gustaba desde mucho antes que yo lo conociera, pero ella jamás me lo dijo.

Las cosas con Liam terminaron porque él se mudó a Pennsylvania. Luego, mis expectativas con los chicos aumentaron al empezar a leer libros juveniles. Digamos que empecé a ver al mundo con otros ojos. A Elsie siempre le encantaba tener conversaciones acerca de sus libros, era como… un grupo de lectura, a veces se nos unía Evan, pero yo siempre era tipo «Travis la cagó», «Gabe no supo tratar a Mia», «Anastasia era una regalada», «Hardin no es un chico malo sino un mal hombre», y todas esas cháchara que hacían que Elsie me lanzara sus libros con enojo y que Evan se partiera de la risa. Soy realista, quiero algo más interesante que Hardin Scott, sin tantas peleas. «Claro, Haziel y tú se la llevan tan bien».

Bueno, Haziel no rompe todo lo que ve cuando está enojado.

CAPÍTULO 31
CORRUPCIÓN

Después vendré a recomponer todo esto. En realidad, ni siquiera me interesa hacerlo. ¿Quién va a darse cuenta de estos destrozos?

Me alejo caminando a pasos flojos hacia mi morada, desde aquí se ve como una casita adorable. Considerando que no puedo verla completamente por los arboles de diferentes especies parece una casa pequeña, pero… es completamente lo contrario.

Cuando salgo del bosque y empiezo a caminar por el césped miro hacia atrás y hago una mueca. No tenía por qué derribar todos esos árboles, pero ¿a quién iba a golpear? Además, no es como si pudiese adquirir un saco de boxeo y pretender que siguiera intacto al primer golpe.

Este es mi ataque de rabia más fuerte desde hace milenios. Y todo por culpa de Niamh. Ella y su… manera de hacerme perder el control. ¿Cómo pudo atreverse a crear un aroma como el vino? Eso no es lo peor, lo que es inaceptable es que el vino es el aroma de su deseo y yo ayudé en ese proceso, soy el culpable de que mi Jephin me desee. Y lo que empeora más las cosas es que… me acerqué mucho a ella, ni siquiera sé cómo pude contener mi deseo de besarle el cuello mientras lo que quería era morderlo y devorarla entera.

Por eso vine y derribé todos esos árboles, necesitaba descargar mi rabia por ese momento de debilidad no aceptable para un ángel. Mejor dicho, para un arcángel.

El sol ha empezado a salir detrás de las colinas, lo que me indica que son más de las seis de la mañana. Nuevamente, he dejado a Niamh sola por horas, quizás tres. De lo único que estoy seguro es de la confusión que le he provocado. ¿Ahora qué le diré cuando la vea? ¿Qué me preguntará ella cuando me vea? ¿Me gritará? ¿Intentará golpearme?

De seguro me sale con que eso estuvo mal. Odio cuando me dicen lo que ya sé, odio que ella me diga lo que está mal en vez de…

—¡Agh! —Me paso las manos por el rostro con exasperación y luego me doy cuenta de que estoy de rodillas.

Exhalo con cansancio al saber lo difícil que se está haciendo mi convivencia con Niamh, pensé que las cosas mejorarían y que yo jamás haría lo que hice hoy, pero me he dado cuenta de que el problema soy yo, y no ella. Sólo hay algo que me tranquiliza y es que yo puedo pasar desapercibido ante Ark. Pero si algún arcángel profundiza mucho en la mente de Niamh se encontrará con algo que no debió haber pasado, y de seguro ese arcángel se lo comunicará a Ark y él le hará preguntas a Niamh hasta dar con el problema.

—El problema de mi delito —susurro con ganas de arrancarme la cabeza. Suspiro ruidosamente y empiezo a buscar las palabras que le diré a mi Jephin en cuanto la vea.

«Niamh, enterré mi rostro en el hueco de tu cuello porque pretendía morderte». No eso no está bien. Mejor así: «Niamh, acerqué mi rostro a tu cuello porque quería ver si eras capaz de desearme.» *¿Qué es eso?* Bueno, le diré que le estaba haciendo una prueba para ver cómo reaccionaba ante mi cercanía, desde luego que la felicitaré por pedirme que me alejara, y juro no hacer un comentario acerca de que ella me estaba deseando. Le mentiré acerca de la posibilidad que hay de que un ángel la acose para ver si reacciona como una impía o sabe comportarse. Eso sonará creíble, y ella olvidará lo sucedido.

¡Eso es! ¡Qué tonto soy! ¿Por qué no le borro la memoria? Serían sólo unos cuantos minutos menos en su memoria, ¿Cómo podrá saber lo que haré? Y viéndolo solucionado… puedo hacer lo que pretendía hacer antes de enseñarle el salón de música.

Me dirijo hacia mi morada con una gran sonrisa en mi cara. Tal vez debería borrarla, no quiero que Niamh sospeche, si ella sospecha algo poco a poco terminará recobrando los momentos que haya borrado de su memoria, y eso no me conviene para nada.

—*Haziel, ven a mi morada en Slekelev ahora mismo.* —Esa es la voz de Zemer.

Me detengo de golpe y frunzo el ceño. Supongo que así reaccionó Bered cuando me comuniqué a cientos de kilómetros. Sólo los arcángeles pueden transmitir mensajes a tanta distancia, y Zemer sabe controlar sus poderes de arcángel. Bueno, yo también, sólo que mi preocupación por Niamh me descontroló aquella vez.

Resoplo y me inclino sólo un poco para luego ascender. Cuando estoy en el aire rumbo al norte de Slekelev me percato de que llevo puestos unos vaqueros. Zemer jamás me ha visto en vaqueros. Hago un mohín de fastidio y agudizo mi vista al ver unas alas blancas volar en sentido contrario, estás descienden y se ocultan bajo los árboles frondosos que hay a mis pies. Bueno, sea quien sea, no creo que se dirija a Fiax.

Inhalo adrede y aprieto los dientes al percibir el aroma de Bered en el aire. Claro que va a Fiax. ¿Por qué se ocultó de mí? ¿Acaso no sabe que puedo percibir aromas o cree que no puedo oler su estela a los mares salados de la Tierra? Quizás deba decírselo, lo más probable es que le falle la memoria a corto plazo. *Adrede.*

¿Qué querrá Zemer? En todo caso, siempre puedo decirle que estaba ocupado con mi Jephin, eso demostraría que la aprecio y eso es amor filial, ¿no?

Tengo que darme prisa en volver con Niamh. Sólo espero que no le diga lo ocurrido a Bered. Sé que no lo hará, ella sólo hará preguntas acerca de lo que pasaría si un ángel manosea a su Jephin.

—*¿Es muy urgente, Zemer? Tengo cosas importantes qué hacer.*

Espero con impaciencia sin detener mi vuelo.

—*¿Crees que vine a Slekelev sólo por placer? Date prisa.*

Me exaspero y vuelo con más velocidad. Ella tiene razón, no voló más de tres mil millas en vano. Su morada fija está cerca del lugar donde se reúnen las Jerarquías.

Los ángeles que están en el séptimo cielo siempre tienen dificultades cuando bajan a la Tierra, casi siempre le hacen frente los seguidores de Satanás, y aunque los demonios nunca vencen, sí atrasan. Ese es su trabajo, *atrasar.* Un caído no puede salir victorioso contra un ángel de Dios. Eso es ley. Pero como en el Beta no hay demonios, los aires están limpios, y se nos hace fácil volar sin retrasos.

Aterrizo en el balcón de la morada de Zemer. Me dirijo al interior y ella se encuentra en un rincón con los brazos cruzados, tiene un largo vestido rosa pálido y su cabello está recogido en un moño con gesto descuidado, pero elegante.

—Buenos días. —Hago una reverencia y ella inclina su cabeza levemente en respuesta.

—Qué elegante, Haziel —pronuncia ella en lengua angelical y yo evito sorprenderme con el hecho de que hablé en el idioma de Niamh—. Te quedan estupendos. —Usa un tono glacial.

—Es necesario que sepas que tengo cosas que hacer en mi morada, no es bueno dejar a mi Jephin sola.

—Ark sabe que tienes una Jephin —pronuncia con seriedad—. Sé que prometí decirles sólo unas horas antes del juicio, pero ya sabes que On siempre detecta alguna cosa oculta, no pude mentirle a Ark. De todas formas, jamás lo haría.

—Bueno, no es nada grave. —Me encojo de hombros.

—Ellos consideran que lo que hiciste no debe ser permitido.

—Quizás no deba ser permitido, pero está permitido. —Cruzo los brazos por encima de mi pecho con gesto desafiante y ella sólo me mira.

—Sí, pero entenderás que los pocos arcángeles que vivimos en el Beta…

—Pertenecen a las Jerarquías, y es obvio que no adquirirían alguna Jephin. —Concluyo por ella.

—Haziel, por Dios, acepta que cometiste un error. —Ella aleja su seriedad y aparece una expresión de preocupación en su rostro—. Eres un arcángel, no debes ser igual que los ángeles de menor rango…

—Bien, ¿cuál es su plan? ¿Quieren que regrese a la humana a su hogar? —pregunto con sarcasmo y ella camina hacia su escritorio—. Saben que eso no es posible.

—Deberías saber que somos pocos los que sabemos acerca de tu Jephin. —Me mira mientras toma asiento acomodando su cabello rizado—. ¿Algún otro ángel aparte de Ahilud lo sabe?

—Sí, otros tres —le respondo con voz neutra, ella hace un mohín de enojo.

—Bueno, cabe la posibilidad de…

—Satanás vendrá, habrá juicio, así que no hables como si se pudiera solucionar todo esto. —Manoteo sin importancia—. O ella se queda o se va, simplemente eso.

—Sé eso —contesta ofendida—. Queremos que tú Jephin pierda, Satanás se la lleve y tú te quedes en el Beta.

Trago duro y evito emitir una emoción que ella pueda percibir.

—¿Me quedaré en el Beta? —pregunto frunciendo el ceño levemente.

—Bueno, eres el primero en tener un juicio sobre la adquisición de un humano en doscientos años, deberías saber que algunas reglas cambiaron. —Me informa restándole importancia y siento que voy a estallar—. Te declararán inocente, mientras sea comprobado que pusiste de tu parte para adiestrar a la Jephin. Ella será enviada con Satanás y tú podrás permanecer en el Beta.

—¿Qué?

—Es una regla aplicable desde —ella carraspea—... hace doscientos años.

—No me refiero a eso.

—Sé que pensabas que podías caer sólo por el hecho de traerla, sé que muchos corrieron el rumor acerca de que el ángel que traiga a un humano al Beta también recibiría su castigo. Pero eran solo eso, Haziel —habla mirándome—, rumores.

Es. Increíble.

—¿Por qué nunca disiparon ese rumor? —alzo la voz.

—Porque pensamos que nadie traería un humano jamás. —Aparta la vista—. Y menos un arcángel.

No, eso no es verdad. Si Niamh pierde, yo también. Zemer sólo quiere deshacerse de Niamh para que el rango de los arcángeles no sea manchado.

—Estoy diciendo la verdad.

—¿Por qué me la dices a mí? —Me acerco peligrosamente al escritorio y ella no se inmuta—. ¿Por qué no se lo notificas a todos los demás?

—Porque no queremos que todos los ángeles vayan a la Tierra a buscar humanos sólo porque hay una pequeña posibilidad de que salgan ilesos.

—¿Pequeña posibilidad?

—Eres un arcángel, no seremos tan duros contigo —dice y yo me escandalizo.

—Eso es corrupción —digo con repugnancia—. Están ayudándome a no ser castigado por ser un arcángel, están haciendo una excepción.

—Haziel...

—En el Beta todos somos iguales, Zemer. —Coloco mis manos en su escritorio y la miro fijamente—. Me estás obligando a pensar que esa regla la inventaron recientemente.

—¡¿Cómo te atreves?! —Retrocedo instantáneamente sin quitar la mirada de sus manos—. ¡No inventamos ninguna regla! —Golpea el escritorio con sus manos y me mira con los ojos encendidos en llamas—. Simplemente estamos manteniendo el Beta en paz como ha estado durante estos doscientos años —me reclama.

—¿Crees que un ángel se enojará porque un arcángel adquirió una Jephin?

—No te hagas Haziel, sabemos las razones por las cuales un arcángel no puede estar cerca de un humano —me dice con cuidado—. Y no eres cualquier arcángel, eres un arcángel guerrero, vengador, tienes muchas capacidades, y puedes dañar fácilmente. Matarías a un humano con tan solo enojarte. Lo sabes.

—No he lastimado a Niamh —me defiendo y ella entorna los ojos.

—¿Estás seguro? —indaga con perspicacia—. Ark lo sabrá de todos modos.

—No consentiré que el juicio no sea sabido por los ángeles —hablo—. Soy igual que los demás.

—Haziel, las Jerarquías no están de acuerdo.

—Lo siento mucho por ellos. —Camino hacia el balcón—. No es su decisión completamente. El Altísimo meterá sus manos si es posible, así que… —la miro de reojo—. Nos vemos en tres días.

—¿Es una buena Jephin? —me pregunta rápidamente antes de que yo abandone el lugar—. ¿Estás seguro, Haziel?

—No tienes nada de qué preocuparte, si mi Jephin no es lo que se espera, entonces ella se irá, yo me quedaré y todo estará como antes. —Me giro para mirarla—. ¿Cuál es el problema en realidad?

—No queremos que los demás ángeles del Beta se enteren de tu Jephin.

Ese es el bendito problema. Cielos, explotaré.

—Si ella se va —la miro fijamente—… consentiré que nadie lo sepa.

—Dijiste que, aparte de Ahilud hay tres ángeles más que lo saben.

—Ellos son leales, si les digo que permanezcan callados, lo harán sin dudar.

—¿Quiénes son los otros tres? —indaga.

—Te veo en tres días. —Me inclino en una corta reverencia y luego abandono su morada con los puños apretados.

Ella puede irse. Yo puedo quedarme.

Maldita sea mi ignorancia.

CAPÍTULO 32
No puedes correr lejos de mí

—¿No será visible en tres días? —le pregunto mirando la palma de mi mano.

—No puedo asegurarlo. Son muy pocos días, sin embargo, en una semana no quedará marca.

—Bueno, ¿sabes algo? —lo miro recelosa y él me mira.

Estamos sentados en los cojines que están en el piso. Bered está de rodillas, con su peso sobre sus pantorrillas y yo estoy sentada frente a él con mis piernas cruzadas.

—Me gustaría conservarla. —Miro nuevamente mi mano y él ríe.

—Bien. —Parece no creerme.

—En una cicatriz bonita —musito.

—Si fueras mi Jephin, te juro que eso te hubiese costado mucho —dice en un tono medio serio y medio jocoso.

—¿Por qué?

—Porque esa cicatriz te la hizo un caído. —Se pone de pie y yo rápidamente lo imito.

—¿Te enojaste?

—No. —Camina hacia las ventanas.

Claro que está enojado. No se enoja como Haziel, pero cada quien se enoja como le da la gana y, a decir verdad, me gusta más la forma de enojarse de Bered. Es más fácil de llevar, hasta me siento culpable de haberlo hecho enojar con mi estupidez de «quiero conservar la cicatriz que me hizo un caído». Eso sonó hasta suicida.

—¿Ya te vas? —Lo sigo casi trotando—. Pero yo no quiero que te vayas. —Él se gira y me mira confundido.

—¿Por qué?

—Porque estoy sola. —Me abrazo tímidamente—. No me gusta... estar sola.

Él no dice nada y yo no me atrevo a mirarlo. Dos segundos después me arrastra hacia los sofás y se sienta a mi lado.

—Bien, hablemos.

—¿De qué? —me acomodo en el sofá y miro la curiosidad en su cara.

—De ti.

—No soy interesante. —Manoteo—. Bueno, quizás un poco —bromeo y él ríe.

—¿Cuál es tu color favorito, Jephin?

—No lo sé, siempre digo que el azul, pero el blanco es lindo —respondo haciendo una mueca—. ¿Cuál es el tuyo?

—El gris.

¿Será una coincidencia que ese sea el color de sus ojos? Oh, ni siquiera puedo decirle que tiene unos lindos ojos, no más lindos que los de Haziel, pero merecen ser admirados. En todo caso, no puedo decirle a Bered que puedo ver el verdadero color de sus ojos, Haziel me estrangularía.

—Mmm, ¿no tienes Jephin?

—No —responde—. Y creo que es difícil tener una.

—¿Por qué?

—Porque me despojaron de la que tenía —dice con normalidad.

—Oh, no sabía…

—Es pasado. Ahora, me gustaría saber si te gustan los peces.

—¿Los peces? —lo miro desconcertada.

—Yo tengo una inmensa pecera en mi morada. —Sonríe—. De hecho, deberías visitarme. Mi morada tiene una hermosa vista el mar.

—Oh, me encantaría —le digo con sinceridad, pero tratando de ocultar toda mi emoción.

—Jared también vive frente al mar, su morada es más grande que la mía, pero ese no es el tema.

—No sé mucho de Jared.

—Haces bien en no saber.

—Entonces, ¿ibas a la universidad cuando tuviste el accidente?

Le cuento lo que pasó ese día desde que salí de casa, le agrego el hecho de que mi padre predijera ese acontecimiento y él se sorprende un poco, pero no dice nada al respecto, sólo me dice que nunca imaginó que Haziel fuera capaz de salvarme. Y bueno, en el poco tiempo que llevo conociendo a Haziel… puedo decir que es verdad. No sé cómo pudo decidir salvarme. ¿Pensaría que yo era una ternurita?

—Sacaste el color de piel de tu padre, pero tienes los ojos y la sonrisa de tu madre —me dice él. Sonrío con nostalgia y él me coge la mano—. No debería decirte esto, pero ella estaba desesperada por saber de ti, ni siquiera pude coaccionarla para que dejase de llorar mientras le hacía preguntas referentes a tu nacimiento. —Mis ojos se llenan de lágrimas, pero no se derraman.

—Ella debe sentirse culpable. —Miro hacia otro lado—. Insistía en que no fuera a la universidad, mi hermano la convenció.

—Entonces, él debe sentirse peor —dice él y yo asiento. Miro de reojo que él cierra los ojos y respira hondo.

¿Podrá sentir las emociones también?

—Puedo hacer algo por ti, pero tendrás que prometerme que no le dirás a Haziel.

—Bueno, él me puso reglas. —Me encojo de hombros—. Dijo que no podía ocultarle nada. —Lo miro—. No le digas, pero no soy buena cumpliendo reglas. —Él sonríe de oreja a oreja.

—Bueno, puedo ir y traer algo que quieras tener aquí.

—¿A qué te refieres?

—Alguna foto, algún peluche. —Hace una mueca y yo me río.

—¿Un peluche? —repito riendo y luego me pongo seria—. ¿En serio me traerías un peluche? —entorno los ojos y él asiente con ganas de reírse—. Vale, ¿Haziel no se enojará?

—Sí, pero no le dirás.

—Okey, pero no sé qué… espera. —Lo miro emocionada—. Quisiera mi iPod.

—Bien, lo traeré.

—¿Sabes lo que es? —lo miro recelosa y él pone los ojos en blanco.

—Por supuesto que sé.

—¿Sólo podrás traer una cosa? —le pregunto esperanzada y me mira.

—Mientras tanto —dice—. No querrás que Haziel sospeche. De hecho, si se trata de iPod, será fácil para él descubrirlo. Diré que te lo compré, luego traeré otra cosa que quieras. —Me guiña un ojo y no contengo las ganas de abrazarlo. Me abalanzo hacia él y le doy las gracias repetidas veces.

—Oh, bueno, está bien…

—¡Te lo agradeceré siempre! —lo abrazo fuerte y luego me separo—. De verdad, eres un ángel —lo alabo y luego caigo en cuenta de lo que acabo de decir—. Así se les dice a las personas en la Tierra cuando hacen un…

—Entendí. —Sonríe recordándome su juventud.

—¿Cuántos años tendrías si fueses humano?

—Veintidós, quizás. —Se encoje de hombros—. Eso deberías saberlo.

—No precisamente. A veces pienso que un chico tiene veinte y resulta que tiene diecisiete. —Me río—. Con mi primer novio fue así.

—Oh, ¿tuviste muchos novios?

—No, sólo dos —contesto y subo los pies al sofá.

—¿Le entregaste tu virginidad a uno de ellos sin casarte? —pregunta con tono normal y lo miro ceñuda—. Sé que muchos humanos hoy en día piensan que es una regla antigua, pero… —hace una mueca—. Son cositas que se guardan para las personas indicadas.

—No… —pienso antes de responder.

¿Los ángeles no entienden que son cosas personales? Quizás para ellos sea normal preguntar eso, pero… inclusive, para algunos humanos es normal preguntar eso, así que no lo juzgaré.

—¿Sabes algo? —susurra y lo miro—. Puedo saber si eres virgen, soy un ángel sanador, un médico quizás —murmura para sí mismo—. Eres virgen aún. —Sonríe con jocosidad y yo me sonrojo.

—¡¿Cómo lo supiste?!

—Basta con tocarte para saberlo. —Él me coge de la mano y se concentra—. Sí, aún lo eres.

—¡Eres un pesado! —Río—. ¿Qué es eso de «aún lo eres»?

—Sólo bromeo.

Ya empiezo a entender un poco más el don de Bered. Quizás tenga más y yo no lo sepa. Tal vez sí pueda leer emociones y no me haya dicho, y bueno, yo tampoco le he preguntado. Y no quiero preguntarle eso tan de repente, quizás deba empezar hablando de lo bien que le queda esa chaqueta de mezclilla…

—… extinguido.

—¿Qué? —sacudo la cabeza y Bered frunce el ceño—. Lo siento, sólo estaba pensando en… —Manoteo—. Olvídalo, ¿qué me decías?

—Que deberías ver un pez extinguido en la Tierra que tengo en mi morada.

—Oh, ¿En serio? —mi voz sube—. ¿Cómo se llama?

—Bueno, en sus tiempos lo llamaban *Hepanyig* —dice y trato de pronunciarlo—. Es una lengua muerta, quiere decir, *mil esferas rojas*.

—¿Es pequeño o grande? —indago.

—Eso depende, considerando que tiene tres mil años conmigo. —Alzo las cejas al oír eso—. Quizás, seis centímetros —agrega y yo asiento.

—Haziel me había dicho que había animales y plantas en el Beta que están extintas en la Tierra.

—Sí. Deberías ver el árbol que tengo en mi morada. —alardea—. Se extinguió después del diluvio, de hecho, ya había pocos antes. Noé utilizó su madera para construir el arca. —dice en tono confidencial.

—¿Hablas en serio?

—Sí.

—No me digas que también hay dinosaurios —bromeo y él no lo niega, ni siquiera se inmuta.

—Haziel tiene plantas extintas aquí —cambia de tema—. Tiene una Belladona gigante en el jardín Crystal. Ah, y también hay una flor que extrae tus aromas.

—¿Qué, qué?

—Espera aquí, la traeré. —Él se pone de pie y desaparece de mi vista al estilo Súper Man.

Creo que ya me estoy familiarizando con lo sobrenatural. Si Haziel me dice que puede resplandecer como el sol no dudaría en creerle.

—Mira, esta flor es…

—¡Wow! Eso fue rápido —digo, un poco alterada. Él se arrodilla frente a mí y me muestra la flor—. ¿Qué es eso? —exclamo sorprendida. *Pensé que nada te sorprendía.*

—Es una Xoxhitl. O Xuchitl, como quieras —responde y trago duro antes de agarrar la flor. Bered ha traído una sola, no tiene espinas y… en realidad parece una rosa blanca.

—¿Estás seguro que no es una rosa?

—Las rosas no hacen lo que ella está a punto de hacer —me dice y mira expectante a la flor.

Yo lo imito y cuando voy a preguntarle por qué la flor es tan especial observo que empiezan a aparecer motas oscuras en los pétalos internos de la flor. Abro los ojos a medida que las motas se agrandan, poco a poco, así como cuando pelas una manzana y poco a poco se oscurece…

—¿Qué? ¿Qué le pasa? ¿Por qué oscurece? ¿Está muriendo? ¿Se trata de mí? —las preguntas salen rápido y Bered sólo sonríe sin dejar de ver la flor.

—Tengo miles de años sin ver este fenómeno —jadea emocionado.

—P-pero… —intento darle la flor, pero él no la coge—. Tengo miedo, ¿Qué tal si…?

—No te hará nada, sólo está captando tus aromas Nia —me dice tranquilizándome y yo respiro hondo. Bien, no es como si la rosa me fuese a morder.

—¿Mis aromas?

—Tu esencia natural. —Manotea y cuando se oscurece toda él aplaude una vez. Yo alzo un poco la rosa para ver que los pétalos son blancos por debajo, pero en su cara interna son de un color azul oscuro, muy oscuro, y…

—¿Eso es e-escarcha? —susurro anonadada—. ¿Escarcha?

—¡Es hermosa! —él acerca su rostro a la rosa y miro como la olfatea—. Azúcar… vainilla, musk…

—¿Qué es eso?

—Quizás ámbar —agrega y me mira—. Esa es la esencia de lo que estás sintiendo ahora. —Nos miramos fijamente—. Puedes olerla —me anima y cuidadosamente acerco la rosa a mi nariz. Inhalo cerrando los ojos.

—¡Wow! —alejo la flor perfumada—. ¿Así huelo yo? —miro a Bered con dudas—. Trae una para ti, quiero ver…

—Nia, no funciona con ángeles. —Sonríe como si yo hubiese dicho un chiste.

—¿Por qué no?

—Digamos que la sangre influye —dice apartando la vista y yo lo miro con el ceño fruncido.

—¿Acaso no tienes sangre? —susurro y él posa su vista en mí con cautela.

—Los ángeles tenemos una naturaleza de fuego —me explica casi obligado.

—Pero, yo vi cómo Zack se cortó con la navaja y luego… y luego salía sangre, yo lo vi.

—No estoy diciendo que él no —me dice y al ver mi cara confundida decide explicarme más—. Los caídos… es decir, cuando un ángel cae, de una manera —manotea sin saber explicarse—… el fuego que hay en su interior es sacado.

Lo miro con algo de sorpresa. Oh, eso debe ser… ¿Doloroso? Es decir, prácticamente te despojan de tu naturaleza, sin contar que hasta pueden cortarte las alas. Eso no… eso no es agradable de oír.

—Observa esto —dice y abro los ojos desmesuradamente al ver que saca una daga de algún bolsillo interno de su chaqueta y luego la dirige a la palma de su mano.

—¿Qué vas a hacer? —mascullo con preocupación y él sonríe alardeando. ¿Alardeando de qué?

—No te pierdas nada —susurra y luego corta la palma de su mano con rapidez. Ahogo un grito y él acerca su mano provocando que grite de verdad.

—¡¿Qué es?! —Mis ojos sólo pueden ver que no sale el líquido rojo, sino que de la cortada sale una luz.

—Naturaleza de fuego, Nia —me dice con diversión y dos segundos después la herida desaparece.

—¿Es d-decir que por dentro brillas? —pregunto en baja voz y él asiente guardando la daga en su lugar.

—Si caigo, el fuego es extraído y es sustituido por algo parecido a la sangre.

—¿Pero, cómo? ¿Cómo puede cambiar el fuego por sangre?

—Nia, querida, hay cosas que no pueden ser dichas de sopetón. —Me guiña un ojo y yo me pongo de pie dejando la rosa en el sofá sin mucho interés.

—Yo quiero saberlas. —Me cruzo de brazos con expresión testaruda—. Ya me enseñaste la rosa.

—Xoxhitl.

—¿Qué idioma es ese?

—Antiguo Náhuatl —me explica restándole importancia—. ¿No te gusta la Xoxhitl? —dice cogiendo la flor.

—No me gusta ese nombre.

—Bien, bauticémosla. —dice y mira la flor haciendo una mueca—. ¿Qué nombre le quieres poner?

—Eso no se puede hacer, si ya tiene un nombre…

—Tiene cinco nombres —murmura—. Todo depende del lugar dónde nazca.

—¿Y dónde nace?

—Centroamérica y Asia. Quizás en Brasil —responde oliendo la flor con más intensidad—. Pero son variantes, es decir, la original está en el Edén.

—¿Qué?

—Nia, sé que fuiste a clases de Biología. —me regaña—. ¿No te explicaron sobre la extinción o sobre que las especies van cambiando de propiedades a medida que pasan los años?

—No —frunzo el ceño. No recuerdo nada de eso, quizás sí de la extinción, pero de lo otro nada que ver.

—Bueno, esta rosita, como tú la llamas. —Zarandea la flor—. Viene directamente del Edén, pero las que existían en Suramérica y en Europa no. Eran más pequeñas.

—¿Y por qué se extinguió?

—Deberás saber que hubo un Diluvio, ¿No?

—Ajá. —Pongo los ojos en blanco.

—Bueno, Noé hizo un gran trabajo en la preservación de las especies, pero... —se encoge de hombros—. El hombre es muy destructor. La especie no sobrevivió en Suramérica, menos en Asia.

—Oh —hago una mueca de entendimiento y él pone los ojos en blanco.

—Gloria a Dios.

—Bueno, sabes que no sé muchas cosas —refunfuño arrebatándole la rosa de la mano—. Me hace feliz tener en mis manos una flor del Edén —digo tratando de ocultar una gran sonrisa.

—Bueno, cuando veas los jardines de Haziel morirás —dice en baja voz y lo miro esperanzada.

—Sólo faltan tres días.

—Me encanta tu seguridad, pero me temo que no estás siendo muy obediente con Haziel.

—Bien, gracias por recordarme que tengo que besarle los pies en cuanto regrese.

—Recibe este consuelo de mi parte: a los ángeles no les apestan los pies.

—Oh, gracias. —Hago drama—. De todas formas, tengo la flor para olerla después.

Nos carcajeamos con fuerza y él me dedica una mirada de «eres peor que yo». Con Bered las cosas siempre tienen un lado divertido, con él no me aburro en lo absoluto. Ya empiezo a creer que el único ángel vengador con carácter rudo y hostil es Haziel.

—Me temo que te sorprenderás de los pies de Haziel.

—¿Por qué? —me horrorizo.

—Son normales —dice y mis cejas se relajan—. La mayoría de los humanos varones descuidan sus pies, ¿no lo sabías?

—Emm, no me había fijado en eso —murmuro oliendo la flor y volviéndome a sentar.

—Bueno. —Él se sienta ansioso en el sofá y luego se quita la bota izquierda y me sorprendo al ver que no tiene calcetines—. ¿Adivinarías mi talla? —coloca su pie en mi pierna y yo lo examino.

—Wow, tenías razón —musito admirando sus dedos—. Son muy varoniles y... están... muy cuidados. —Toco el dedo gordo y lo muevo—. Nada... rústico. ¿Te hiciste la pedicure acaso? —son perfectos. Eso es lo que quiero decir, pero no le daré la satisfacción de oírlo de mi boca.

—Déjame ver el tuyo... —él coloca su pie a un lado, dejando el otro en el piso. Entonces, yo me acomodo y subo mi pie derecho al sofá. Él lo extiende hacia él y se me cae la flor.

—Más suave —le recuerdo, pero él sólo mira mis pies.

—Esa pintura de uñas no durará mucho —opina y cuando voy a responder una enorme sombra se refleja en el piso.

Rápidamente mi cabeza gira hacia la ventana y mis ojos se abren desmesuradamente al ver a Haziel de pie en el marco del gran ventanal sin cristales, siento que mi quijada cae cuando mis ojos se fijan en sus alas. Pero no es cualquier tipo de alas, son grandes. Haziel las pliega en un movimiento rápido cuando mira mi cara que contiene un grito.

—¿Son tus alas? —mi voz sale chillona pero no le doy importancia. Él baja del marco de un brinco y aterriza elegantemente sensual. Sus alas han desaparecido.

—Te veo mañana, Bered —le dice al ángel que está a mi lado. Bajo del sofá y miro como se acerca lentamente. Como si... ¿Está enojado?

—Eh, sí. —Miro de reojo que Bered coge su bota del piso y luego trota hacia la ventana donde Haziel aterrizó hace segundos. Me quedo atenta para ver lo que viene, y pasa muy rápido para mi gusto. Bered da un salto sobrenatural hasta la ventana y luego ya no está. Sólo pude ver una estela blanca resplandeciente antes de que se esfumara de mi vista.

—Eso... —Haziel me interrumpe chasqueando su dedo pulgar y el índice delante de mí.

—Mírame. —Ordena y lo miro casi con reproche—. ¿Por qué Bered miraba tus pies? —pregunta con seriedad.

—Bueno, sólo... —Me paso una mano por el cabello, desvío la vista hacia el piso y observo que la rosa está allí tirada—. Estábamos hablando —musito cogiendo la rosa.

—¿Qué es eso? —me arrebata la rosa y yo retrocedo un paso inconscientemente—. ¿Bered se atrevió a agarrar una de mis...? —él no termina la frase y frunce levemente el ceño para luego acercar la rosa a su nariz y olerla.

—Bered dijo que es mi aroma natural, ¿es cierto? —susurro curiosa y él cierra los ojos y su pecho se infla cuando inhala profundamente.

—Sí.

—Wow, no pensé que yo oliera tan... —no encuentro la palabra y lo miro de reojo. ¿Qué tanto huele mi rosa?

—Nadie tiene permiso de tocar mi jardín —dice después y yo lo ignoro, sólo lo rodeo y me coloco detrás de él.

—¿La camisa no interfiere con tus alas? Es decir...

—No lo entenderías aunque te lo explicara durante horas —dice él dándose la vuelta antes de que yo toque su espalda.

—Emm, sí —carraspeo—. Bien, quiero mi rosa. —Extiendo mi mano sin mirarlo.

Dios, sólo quiero volver a ver sus alas. Quisiera tocarlas. ¿Podré?

—No es tu rosa —dice tranquilamente.

—Bered la trajo para mí. —Mi vista tiembla cuando la poso en la suya y decido desistir. Que se meta la rosa por... allí.

Respiro y empuño mis manos al recordar lo que él hizo y no encuentro la manera de salir corriendo de aquí. Mi sistema nervioso está alerta y me odio por eso. Hace segundos estaba normal, ¿por qué tengo que ponerme así ahora? Su sola presencia me conmueve. Por lo menos ayer podía controlar esto, ahora ni siquiera puedo mirarlo sin sentir cosquillas en el vientre, además, desde que llegó he estado bombardeando mi mente con «bloquéalo, bloquéalo».

—Conservaré la rosa —me dice y frunzo el ceño. *No lo mires.*

—¿Por qué?

—Porque estás bloqueando tus aromas, y esta rosa... los ha captado —dice sin más y yo me encojo de hombros restándole importancia—. ¿Qué te pasa?

—Nada —me apresuro a decir pasando por su lado.

—No he dicho que te vayas —dice y me detengo con él a mis espaldas.

Él incentivo, Nia. Recuérdalo. ¡No puedo recordarlo después de lo que hizo!

—¿Quieres tener la rosa sólo para olerla y recordar mi aroma? —Me giro para mirarlo con enojo y desconcierto—. ¿Qué te pasa a ti? —alzo la voz—. Estás comportándote de forma muy rara.

Él me mira, luego mira la rosa. Me mira de nuevo y luego huele la rosa cerrando sus ojos. Está serio, y hasta podría jurar que está planeando algo malévolo, su expresión lo dice. Y yo sé que sí.

—¿Sabes algo? —dice dos segundos después. Hace girar la rosa entre sus dedos y hace una mueca con sus labios sin dejar de mirarla.

—¿Qué te sucede? —espeto—. ¿Qué planeas? ¿Por qué primero te enojas y luego actúas como si supieras algo que yo no sé?

—Porque sé algo que tú no sabes. —Me mira con obviedad y yo entorno los ojos.

—No quiero hablar contigo —le digo y me apresuro a salir de la sala. Cuando siento que viene detrás de mí hecho a correr por las escaleras.

—*Sí, claro. Como si pudieras correr lejos de mí, Niamh.*

—No quiero hablarte —jadeo subiendo el último escalón—. Eres un abusador, ¿crees que he olvidado que besaste mi cuello? —corro por el pasillo.

—*No lo besé. Pero, si te comportas, puede que yo arregle eso.*

—¡¿Qué?! —chillo con horror y contengo las ganas de detenerme—. Necesitarás una disculpa, Haziel. No te hablaré... —digo aproximándome a la puerta de mi habitación—. No te hablaré hasta que te disculpes.

De eso ni yo misma estoy segura.

CAPÍTULO 33
MALDITA EXISTENCIA

Me detengo frente a la puerta doble de madera y luego entro sin pensarlo dos veces. Cierro la puerta con seguro y me quedo con la oreja pegada a la madera. Si estoy aquí él no intentará romperla. ¿O sí?

—Bien, es menester que sepas que… —él se calla cuando grito y me giro de un salto.

—¡No puedes entrar así! —le grito tocándome el pecho.

—Es mi morada, puedo entrar a todos los cuartos si a eso te refieres —dice como si nada y yo sigo con mi corazón acelerado.

—V-vete, no quiero…

—Estás siendo muy dramática.

—Bueno. —Me cruzo de brazos intentando ocultar mis nervios ridículos—. Me imagino que a las Jerarquías también les parecerá dramático que tú me hayas… manoseado —susurro lo último y él sonríe. Él sabe que esa sonrisa seductora tiene efectos no deseados en mí.

—No te manoseé —dice con descaro y miro que tiene la rosa en su mano derecha—. No pude.

—Claro, saliste corriendo porque sabías que estaba mal —lo acuso con enojo.

—Te dije que no me recordaras lo que ya sé. —Se pone serio—. Y ya que te estás dando alardes sobre el beso que jamás te di, entonces, es bueno que te explique la razón por la cual lo hice. —Siento que me sonrojo, pero de rabia—. Estaba probando tu obediencia —pronuncia y yo sacudo la cabeza sin entender.

—¿Qué?

—Por lo que podrás haber presenciado, yo jamás te besé.

—Sentí tus labios en mi cuello —le reclamo—. Sentí tu respiración, ¿crees que eso fue agradable?

—Creaste vino para mí. Así que, creo que sí —dice con cinismo y yo aprieto mis puños. Bien, creé vino. Y no necesito tener un intérprete de aromas para saber que el aroma a vino se debe a mi excitación. ¡La excitación que tuve por su cochina culpa!

—Me... —no encuentro la palabra—. Usaste coacción.

—No usé coacción.

—Entonces... —Me masajeo las sienes.

—*Acéptalo. Me deseaste.*

—¡No! —exclamo avergonzada.

—Es decir, que no estás siendo obediente —dice con un tono casi odioso y yo lo miro.

—¿Qué? ¿Estás diciéndome que no fui obediente porque me excité por tu culpa?

—Yo no hice nada. —Se encoje levemente de hombros—. Sólo te abracé. Eso no es razón para que me desees.

—Claro, como yo no soy perfectamente atractiva —le digo, ofendida—. No soy bonita, lo sé. Pero tú no eres feo, Haziel —alzo la voz sintiéndome valiente—. No es necesario que me toques para que yo te desee, puedo tranquilamente imaginar que me tocas sin que lo hagas, y sólo eso es suficiente para excitarme por tu maldita existencia. —Me encamino hacia las puertas que hay a mi izquierda y un segundo después mi espalda choca con la pared. Se me escapa un jadeo.

—No debiste decir eso —me susurra pegando su torso al mío y colocando sus manos a ambos lados de mi cabeza. Por arte de magia mis pezones se endurecen con violencia.

—Dime exactamente qué y lo repetiré de nuevo —jadeo bloqueando mis sensaciones y evitando mirarlo a los ojos. De hecho, sólo estoy mirando sus labios, los cuales están a escasos centímetros de los míos.

Esto es genial. Él lo está volviendo a hacer. Bien, ya veo que quiere que yo arda en el infierno y que a él le corten las alas.

—No me importa —susurra y gruñe como si estuviera conteniendo algo—. Ahora mismo no me importa.

—Quítate.

—No.

—Ya vale, Haziel —rezongo empujándolo—. Te estás pasando de la raya.

—Me importa un comino la raya. —Se pega más a mí y mi pulso late con fuerza advirtiéndome que es sólo el comienzo y que posiblemente acabe dándome un ataque cardíaco. *Estupendo.*

—¿Qué hice? ¿Por qué te pones así? —gimoteo intentando salir por debajo de sus brazos, pero él se pega aún más y ya no puedo respirar sin sentir su aliento en mi cara.

—Quería arreglar el incidente que cometí antes de desaparecer, pero... —Aguanto la respiración cuando sus labios rozan los míos dos veces en un gesto provocador—. Tú no me lo pones fácil —susurra decadentemente y mis piernas tiemblan—. Nunca me lo has puesto fácil.

—Está mal.

—Lo sé.

—Está muy mal —mi voz se quiebra por culpa de mis defensas bajas y él sonríe. Nos miramos fijamente y la escena me parece muy... normal, algo así como un par de jóvenes que están a punto de pasar la verja que dice en letras mayúsculas «PELIGRO».

—Muy mal —susurra para luego unir sus labios con los míos en un beso lento. Lento y profundo.

Sin querer gimo como si me estuviese comiendo el manjar más exquisito que existe y él gruñe en mi boca haciendo que mis músculos cohibidos se ablanden. Está mal. Lo sé. Lo sabemos, pero... ¿Por qué estamos cometiendo esta falta tan descaradamente?

—Nadie lo sabe, pero mi gran debilidad siempre ha sido lo imposible —jadea interrumpiendo el beso.

No me atrevo a abrir mis ojos; cuando pienso decirle que haremos como si no nos hubiésemos besado él arremete contra mis labios nuevamente. Esta vez, el beso es más anhelante, más intenso, más violento. Haziel está reclamando algo de mí y parece que yo se lo estoy dando. Mi cuerpo responde ante la cercanía del suyo arqueándose.

—No... ¡No! —Interrumpo el beso haciendo un sonido bastante escandaloso y siento que podría llorar para que la tierra me trague y me escupa en un lugar lejos. *Lejos de Haziel.*

—Debes obedecerme, Niamh —gruñe y lo miro con la ira empezando a crecer en mi interior. O me enojo, o le digo que me bese otra vez.

—¿Obedecerte?

—Sí —él aprieta mis muñecas y sólo allí me doy cuenta que ha colocado mis manos por encima de mi cabeza.

—¡No me...! —él pasa su lengua por mi labio inferior y luego lo succiona. Ese gesto envía una corriente hacia mi entrepierna y siento que me ahogo con mi saliva cuando voy a insultarlo.

—Tu sabor debe ser igual que tu aroma, Niamh.

No puedo respirar, me está fallando todo.

—¿Estás consciente de lo que estás haciendo? —Jadeo anhelante y él vuelve a besarme dejándome sin latidos esta vez.

—Estoy muy consciente, créeme.

—Me estás…

—Puedo borrar todo esto después —susurra rozando su nariz en la curva de mi mandíbula.

¿Borrar? ¿Cómo que *borrar*?

—No te preocupes, lo borraré —me asegura y una guerra se forma en mi interior.

¿Acaso no era eso lo que iba a pedirle?

—Tú… —lo miro fijamente, sus ojos están oscuros, casi negros—. Tú no deberías estar haciendo esto. ¿Lo empeoraste, sabes? —digo casi con voz quebrada y algo en su cara se perturba—. ¡Soy mujer! ¡No tiene que gustarme un arcángel! —le reprocho y él sólo me mira—. Soy tu Jephin y justo ahora estoy ardiendo por tu culpa, estoy deseándote, joder, y no debería… —jadeo—. ¡Nos mandarán al infierno!

—No —dice con simpleza y yo me descoloco.

—¿No? ¡¿No?! —exclamo y él lo piensa.

—A mí no —dice con descaro y siento que mi ser está hirviendo.

Cuando pienso soltar una maldición él me suelta y retrocede varios pasos. Su mirada ha cambiado completamente. Ahora parece arrepentido, dolido, preocupado, decepcionado… todo a la vez. Él retrocede hasta que queda en medio de la habitación y yo trago duro. ¿Qué hice ahora? ¿Por qué tengo que sentirme mal? ¡Él me besó!

—Niamh… —susurra mirándome aún y cuando abro la boca para decirle que arreglaremos el problema o qué sé yo, siento un pinchazo en la cabeza.

Sin darme cuenta estoy de rodillas, y antes de que mi cabeza golpee el piso veo borrosamente que Haziel se eleva traspasando el techo.

—Haziel… —susurro—. ¡Ay! —chillo incorporándome y mirando mi alrededor con horror.

¿Qué hago en el piso?

Me pongo de pie con algo de dificultad, pues mis pies parecen no poder sostenerme. Siento que algo moja mis labios y por acto reflejo me paso los dedos por la boca y emito un grito al ver que es sangre.

—¿P-por qué...? —farfullo y miro a todos lados. Estoy sola en mi habitación. ¿Cuándo llegué aquí? Se supone que...

Busco en mi memoria algo que me dé explicaciones, pero ni siquiera sé qué estaba haciendo antes de...

—Haziel —lo llamo saliendo de la habitación y la hemorragia empeora. Me apresuro a llegar a mi gran cuarto de baño. Cojo una toalla y la coloco en mi nariz. Me aproximo al lavabo con manos temblorosas y la toalla se escapa de mis manos al marearme.

Respiro hondo varias veces y me preocupo cada vez más al ver que la hemorragia no se detiene. Además, mi garganta me duele. También me duele la cabeza.

El sonido de una pieza tocada en el piano me deja helada, y rápidamente recuerdo lo que estaba haciendo antes de desmayarme o qué sé yo. El caso es que... ¿Cómo llegué a la habitación después de que Haziel tocara el piano? De hecho... ni siquiera recuerdo haber escuchado el final de la canción que él estaba tocando.

—Agh... —refunfuño y salgo del baño con la toalla en mi nariz. No puedo permanecer allí con todo ese vapor.

Bueno, por lo menos sé que no ha pasado mucho tiempo, tengo la misma ropa que tenía en mi último recuerdo. ¿Por qué dije eso?

—Como sea. —Me dirijo hacia la sala y grito el nombre de Haziel por toda la casa.

Recorro los pasillos perdiéndome varias veces, pero encontrando las escaleras al final. La hemorragia se detiene, pero el dolor de cabeza persiste con más fuerza.

Evito alarmarme al ver que son las cuatro de la tarde. ¿Qué se supone que sea eso? Recuerdo que era de mañana cuando Haziel me enseñó el salón de música. Aún no he podido resolver el hecho de que mis recuerdos se corten tan abruptamente, y a eso puedo sumarle el hecho de que desperté en el piso de mi habitación y sangrando por la nariz. Ah, y que me siento como si me hubiesen golpeado en el abdomen.

—¡Haziel! —chillo perdiendo la paciencia—. ¡¿Dónde estás?!

Hago un mohín de enojo y justo en ese instante un recuerdo viene a mi mente como un flash. Yo, Bered, y una rosa.

—¿Cuándo pasó eso? —farfullo patidifusa deteniéndome en medio de la cocina. ¿Será que me golpeé la cabeza?

Tomo un poco de agua y me muerdo el labio. Sólo tengo que esperar que Haziel aparezca. Él debe responder a mi confusión. Oh, claro que sí.

Inhalo profundamente y allí me doy cuenta de un aroma extraño en el ambiente. El aroma hace que recuerde ciertas cosas de sopetón. Mi cerebro recibe una bofetada.

—*Es una Xoxhitl. O Xuchitl, como quieras.*

—*¿Estás seguro de que no es una rosa?*

—*Las rosas no hacen lo que ella está a punto de hacer.*

¿Qué demonios? Sólo recuerdo eso. Una conversación con Bered. Todo es tan extraño... ¿Es posible acaso? Ni siquiera... recuerdo lo que pasó antes.

—*¿Qué? ¿Qué le pasa? ¿Por qué oscurece? ¿Está muriendo? ¿Se trata de mí?*

—*Tengo miles de años sin ver este fenómeno* —jadeó emocionado.

¡Vamos! ¿Cuándo vino Bered y me enseñó esa rosa? No sé si pensar que pasó de verdad o lo soñé, o me lo imaginé. En realidad, no quiero pensar nada porque mi mente parece estar en trance.

—Oh, mi Dios... —Me masajeo las sientes con frustración cuando vagamente visualizo a Haziel oliendo la rosa.

Eso es todo.

Trato de luchar para que otro recuerdo venga a mi mente, pero nada pasa. El aroma que capté me trajo recuerdos incipientes, pero... aunque el aroma sigue en el ambiente, no puedo recordar más. ¿Será que me golpeé fuerte la cabeza?

—¿De dónde viene ese olor? —mascullo saliendo de la cocina y para mi sorpresa, el aroma está en todos lados. ¿Por qué no lo percibí antes?

Decido quedarme quieta y esperar a que regrese Haziel de donde sea que haya ido. Para eso, me siento en el sofá grande y luego decido recostarme un rato. Creo que... Haziel tiene algo que ver con esto. Lo único que no me da facilidad para culparlo, es el hecho que desperté tirada en el piso. Él tiene que cuidarme y no me dejaría en ese estado. Pienso que tal vez Haziel salió y yo fui a mi habitación, me mareé, me caí y me golpeé la cabeza. Eso suena convincente, ¿no?

Miro la hora en mi reloj y mi corazón empieza a palpitar con más fuerza al ver que son las siete de la noche. Haziel jamás me dejaría sola por tanto tiempo.

Rápidamente empiezo a pensar en las posibilidades que de que… existan ángeles ladrones o algo así aquí en el Segundo Cielo.

—Oh. —Miro mi alrededor y al ver las ventanas oscuras me entra el temor.

No puedo hacer una llamada a Ahilud porque no hay teléfono. No puedo hacer nada aquí, y Haziel dijo que sus vecinos estaban a más de cien kilómetros.

—Respira hondo, seguro… está trabajando —me digo intentando calmar mis nervios.

¿Trabajando? ¡Soy una tonta! Los ángeles no trabajan. *Haziel es un ángel vengador, seguro está vengando algo.* ¿Vengando qué? Por favor, eso es ridículo. Resoplo y decido ir a comer algo en la cocina. Seguro hay pastel o algún dulce que logre calmar mis nervios.

Termino comiéndome el quinto yogurt con cereal y pienso en las posibilidades de comer otro. No tengo hambre, pero se siente bien la sensación de comer. La gente en la Tierra sería muy feliz bebiendo ese "Vixtal" o como se llame.

A las nueve decido subir a mi habitación; quizás pueda dormir. No por sueño, pero… es fácil dormirse sin sentir sueño. Sólo tengo que cerrar los ojos y dejarme llevar. El problema es que Haziel dijo que al principio se me hará difícil despertarme por mí misma. Bueno, creo que es buena idea, si me duermo no pensaré en que Haziel no ha venido, y despertaré cuando él regrese y me zarandee.

—Sí, buena idea —opino haciendo una mueca.

Me lanzo en la cama y en ese instante una idea viene a mi mente. Tan pronto la capto doy un salto y corro hacia la puerta. No creo que él llegue justo cuando yo entre sin permiso en sus «aposentos».

—Vamos, tú puedes —me animo deteniéndome frente a las altas y grandes puertas dobles de su habitación.

Empujo y se abren sin hacer ruido. Adentro está iluminado por luz blanca, entorno los ojos e inconscientemente digo su nombre. Al no recibir respuesta entro en la habitación sin sentir ningún tipo de remordimientos.

Algo capta mi atención apenas doy tres pasos. Miro con interés una bandeja de aluminio que se encuentra encima de la enorme cama de dosel. Las sábanas parecen ser de seda blanca, el mismo color de las paredes. No me fijo en nada más, sólo camino hacia la cama con mi mirada fija en la bandeja. Algo arde en ella si Haziel salió hace horas… ¿Por qué lo que está en la bandeja sigue ardiendo?

Me detengo al lado de la cama y miro con curiosidad lo que se está consumiendo en la bandeja. En realidad, no se está consumiendo. Se trata de una rosa, la rosa está ardiendo, pero no tiene llamas, no hay humo, ella sólo arde como un carbón.

Me toma varios minutos darme cuenta que de que despide el aroma que me hizo recordar mi charla con Bered. Y me toma otros minutos más entender que la rosa es la misma que Bered me entregó. La misma que Haziel estaba olfateando con expresión anhelante. La pregunta es… ¿Por qué Haziel la quemó? Porque obviamente fue él.

No me sorprende que la rosa arda sin desaparecer, recuerdo perfectamente que era de un blanco extraño y que luego se puso azul oscuro. Ahora arde como un papel cuando es quemado, sólo que no da señales de volverse sólo cenizas.

—Es tan… hermosa —musito sin dejar de verla y poco a poco acerco a mi mano, pero la alejo al notar el calor que emana de ella—. Espera… —Frunzo el ceño acercando más mi mano y alzo las cejas al ver que las líneas ardientes se avivan.

Retrocedo con algo de miedo y luego miro mí alrededor. ¿Por qué Haziel quemaría la rosa que captó mis aromas? ¿Por qué la rosa no se apaga? ¿lleva horas ardiendo o qué?

—¡Haziel! —exclamo como si fuera a aparecer con mi grito—. ¡¿Dónde estás?!

¡¿Por qué tenía que quemar la rosa que me dio Bered?! ¿Qué le pasa a ese arcángel tozudo? ¿Por qué no ha aparecido ya?

—Espera que regrese —refunfuño saliendo de la habitación.

Bajo las escaleras enfurruñada. Todo sería más fácil si en el primer piso hubiese una cocina. Tengo que hacer todo este recorrido sólo para buscar un puto vaso de agua para echárselo a la rosa.

Sólo espera que Haziel regrese.

CAPÍTULO 34
HAZIEL DESAPARECE

Apenas abro mis ojos me encuentro con la incomodidad de no querer estrujarlos como hacía antes. Ni siquiera quiero bostezar. Es raro dormir sólo por dormir. Extraño sentir sueño, mejor dicho extraño soñar. Desde que llegué aquí no he soñado nada, eso es raro también. Además, puedo agregarle el hecho de que no quiero ir al baño.

Hago una mueca de fastidio mientras salgo de la cama con desánimo y mis pies tocan la alfombra peluda. ¿Cuándo tendré mis zapatos? Haziel debería…

—Haziel —hablo con un tono de reclamo en mi voz.

¿Habrá llegado? La luz que se filtra por las ventanas dice mucho, así que… supongo que faltan dos días ahora. ¡Dos días! Oh, creo que estoy empezando a asustarme un poco. ¿Qué tal si todo sale mal?

—¿Haziel? —lo llamo mientras recorro el pasillo hacia las escaleras.

Bajo los escalones con exasperación y algo de miedo, siempre he odiado las escaleras. Llamo a Haziel al bajar, y al no recibir respuesta decido ir a la cocina. No tengo hambre, pero se me antoja comer panqueques con bastante mantequilla y una gran taza de café con leche.

El reloj de pulsera me deja boquiabierta, seguro se averió, no pueden ser las dos de la tarde… ¡Me dormí a las diez ayer! Se debe haber adelantado, tiene que ser eso.

—Respira hondo —me digo a mí misma y luego pongo manos a la obra. Son las dos de la tarde, pero quiero comer panqueques.

Hago la mezcla con harina y los demás ingredientes y no paro de pensar en las razones para que Haziel no se encuentre aquí. No estoy diciendo que él tiene que darme explicaciones cada vez que salga, pero me gustaría que por lo menos no desapareciera por tanto tiempo.

Realmente, lo que me desconcierta es el modo en que desperté ayer. Sangrando y sin recordar lo que estaba haciendo.

Espera un momento…

—Me borró la memoria —digo atónita y con voz ahogada.

Me siento en un taburete casi tambaleándome y luego empiezo a desmoronar mi cerebro en busca de la causa, pero si él me borró la memoria… por más que lo intente no recordaré nada. ¿Por qué no pensé en eso antes? ¡Es muy obvio que me ha borrado la memoria! ¿Por qué no deduje eso ayer? Soy una tonta, Haziel siempre ha tenido razón en eso. No sé las razones que tuvo para hacerme eso, pero, ¿por qué no ha aparecido?

—Genial —musito, sintiéndome de la patada.

¿Será que lo maldije? ¿Lo hice enfurecer y me golpeó y luego me borró la memoria? ¿Desaparecería de la vergüenza de haberme golpeado? Si no es así, ¿por qué sangré por la nariz? ¿Por qué me duele el abdomen? «También quemó la rosa.» Ajá, eso también.

—No. —Niego con la cabeza—. No sería capaz de golpearme.

¿O sí?

No. ¡Claro que no!

Respiro hondo y me masajeo las sientes, siempre hago eso cuando necesito pensar en algo muy importante.

—*Conservaré la rosa.*

—*¿Por qué?*

—*Porque estás bloqueando tus aromas, y esta rosa… los ha captado* —dijo y yo me encogí de hombros—. *¿Qué te pasa?*

—*Nada.*

¡¿Cuándo sucedió eso?!

Colapso mental, aléjate.

—Esto no está bien. —Me paseo por la cocina con un tenedor en la mano. Mientras le busco una explicación coherente a mi problema no descuido los panqueques.

Intento apartar la neblina que oscurece mis pensamientos y no le encuentro la causa al problema, sólo recuerdo a Haziel oliendo mi rosa con deleite luego, creo… que salí huyendo de él.

—¿Por qué salí corriendo? —pregunto de repente y doy un respingo al ver que tengo que voltear el panqueque.

Esto es tan frustrante.

«Haziel te abandonó a tu suerte». No, no lo haría. Punto.

—*Te importó muy poco que me desterraran. ¿Qué tal si yo me voy de este lugar y te dejo aquí a la espera de que Satanás venga por ti?*

—¿Qué? —Me alarmé—. No puedes irte así no más, no eres tonto, ¿acaso no sería eso igual que el destierro?

Oh, no. Eso lo dijo porque estaba enojado conmigo. Yo no le dije nada. Yo me estaba comportando de la mejor manera, no recuerdo haber peleado con él. Él borró mis recuerdos antes de que terminara de tocar la pieza en el piano.

—¿Qué tal si tu estúpida disculpa humana no me sirve? ¿Qué tal si no quiero perdonar tu error? ¿Qué tal si nunca olvido que escapaste sin importarte mi suerte?

¡Basta ya! Eso lo dijo porque estaba enojado.

—Haziel vendrá —afirmo con manos temblorosas mientras me ocupo del café.

Los minutos pasan, decido devorar mis panqueques lentamente, pensando en que quizás Haziel se aparece en cualquier momento. Pero cuando mi reloj marca las cinco de la tarde mis nervios aumentan. Juro que si no hubiese bebido el Vixtal estaría transpirando de los nervios. Hace un día que no veo a Haziel… ¡Un día!

—Oh, por Dios… —me acurruco en un sofá individual con mi corazón latiendo con fuerza. Miles de pensamientos se me vienen a la mente, miles de cosas empiezan a atormentarme y no puedo controlar el temblor de mis manos.

Decir que atemorizarme está demás no me ayuda en nada. En estos momentos lo único que quiero es ver a alguien, ¿Acaso Bered no vendrá? ¿Qué hay de Ahilud? ¿De Jared? ¿No piensa venir nadie?

—Oh —se me escapa un solloso y me sorprendo un poco al ver que las lágrimas salen. ¿Sí puedo llorar? Pensé que el Vixtal se deshacía de ellas.

A las seis de la tarde me encuentro llorando como si mi padre me hubiese dejado abandonada —gran comparación—, o peor aún… como si estuviese secuestrada por Pennywise.

—Haziel… —solloso acercándome a los grandes ventanales, pero el marco está a un metro por encima de mi cabeza. Las ventanas fueron hechas para la entrada de ángeles, por eso tiene ese diseño—. Regresa… —mi voz se quiebra y limpio mis lágrimas en un gesto inútil, pues… no han parado de salir—. ¡Por favor, ven! ¡¿Dónde estás?! —lloro—. ¡HAZIEL!

Me portaré bien. Lo juro, regresa. ¡Regresa!

El sentimiento de que él me haya dejado sola es más fuerte de lo que pensé. Lo que mi corazón está sintiendo ahora es tan fuerte que estoy pensando en las posibilidades de haber querido a ese arcángel más de lo necesario. Quiero que él regrese ahora mismo, no quiero… pensar en que me ha abandonado.

—No, él no m-me dejó —sollozo limpiando mis mocos y lágrimas—. No soy tan despreciable para él.

Por eso quemó mi rosa, esa rosa captaba mi aroma, él la quemó porque no me quiere. ¡No me quiere! Él hizo lo que yo hice, me abandonó a mi suerte, en dos días será el juicio y Satanael me llevará al infierno.

—Oh, no —lloro dejándome caer en el piso—. No puede llevarme allí. —Miro mí alrededor con miedo y la sensación de estar sola en esta enorme casa se adueña de mis nervios.

Tenía tiempo sin sentir un ataque de claustrofobia. Bienvenido, entonces.

Me pongo de pie torpemente y salgo corriendo por el pasillo más cercano en busca de una ventana —recordando que la puerta principal no se abre— que me lleve al exterior. Limpio mis lágrimas y siento que me falta un poco el aire. *Sólo es claustrofobia, Nia.* Calma.

—¡¿Dónde están?! —chillo desesperada al ver que la mayoría de las ventanas que he conseguido son muy altas—. ¡¿Dónde?!

Jadeo y cruzo a la derecha en el próximo pasillo.

—El tercer pasillo te lleva al Jardín Terma.

Me dirijo al tercer pasillo ignorando que en el primero estuve recluida cuando llegué aquí. Cruzo a la izquierda y me encuentro con un pasillo sin ventanas… y sin salida. El miedo estalla en mi interior y yo sólo grito mirando hacia atrás. *No hay nadie, estás sola.*

—¡Ayuda! —exclamo.

Glamour. El recuerdo de la palabra me hace volver mi vista hacia el final del pasillo. Limpio mis lágrimas con manos temblorosas y me concentro en no llorar mientras me acerco con pasos dudosos al final. Trago duro con el corazón a mil por hora.

—No estás allí —susurro deteniéndome a un metro de la pared. La corriente de aire es perceptible, quizás no mucho, pero esa pared no es real.

Concéntrate. Hay algo más allí, Nia. Respira hondo. Es como un ejercicio de ambas manos en el piano… recuérdalo.

—No existes... —entorno los ojos y evito enfurecer al ver que se nublan por las lágrimas.

Tengo que salir de aquí. ¡Desaparece!

La pared empieza a disolverse. Para mi sorpresa, el glamour desaparece inmediatamente dejándome ver un arco de diseño impecable en el lugar donde estaba la pared. La brisa es más fuerte, creo que la pared falsa impedía un poco el paso del viento.

—Oh... —jadeo dando un paso hacia afuera y me quedo debajo del arco con expresión perdida.

Son más de las seis de la tarde. Ya está oscureciendo... no saldré allí a estas horas. A pesar de mi miedo decido sentarme en el piso a observar como oscurece. Prefiero estar aquí a... entrar a esa enorme jaula con pasillos.

De aquí sólo puedo ver el césped perfectamente cortado. Hay grandes setos cuadrados y una fuente que parece un pulpo, a medida que oscurece noto que el agua empieza a resplandecer en un tono rosa. Me quedo mirando el fenómeno con admiración y luego veo como la luz rosa cambia a morado.

Al ver que el jardín está iluminado por farolas —todo muy humano—, decido salir debajo del arco a observar la fuente extraña. Mis pies tocan el suave césped e ignoro que estoy descalza y sigo caminando. Cuando me he alejado más de veinte metros del arco veo que hay otras fuentes de diferentes diseños, todas con el mismo efecto en el agua, algunas parecen azul neón, otras verdes...

—Wow —articulo al ver que lo que produce la luz en el agua son bombillas, las cuales están incrustadas en la fuente, en el fondo y a los lados. He visto esto antes, ¿por qué no lo sospeché?

Miro mi alrededor con cautela y alzo las cejas al ver que hay un camino de adoquines a menos de quince metros. Suspiro con ganas de abofetearme y salgo del césped hacia el adoquinado. Animada por mi curiosidad doy un corto paseo procurando no perder de vista el arco que me comunica con el interior de la casa.

Observo los arboles de cerezo con admiración y no dejo de sorprenderme con cada fuente, hay de todos los tamaños, y me imagino que desde arriba tendrán una especie de mosaico. Mi mirada se va hacia el cielo y casi me caigo de la impresión.

Desde aquí las cosas se ven más claras. El cielo está perfectamente despejado, las estrellas resplandecen haciéndome entornar los ojos para corroborar que es real, y por alguna razón extraña no encuentro alguna constelación conocida.

—¿Nia? —Me giro de un salto profiriendo un grito—. ¿Qué haces aquí? —El ángel se acerca y mi corazón amenaza con salirse de mi pecho de un salto.

—T-tus alas...

—Vamos adentro. —Bered se acerca con mirada ceñuda—. ¿Haziel te dejó salir? —Él mira su alrededor y me agarra la muñeca.

—¿Son tus a-las? —pregunto halando mi mano hacia mí, pero su agarre es firme.

—Sí.

—Espera. —Me suelto y me coloco detrás de él, pero él se gira con expresión enojada.

—No puedes estar afuera. —Me regaña—. ¿Dónde está Haziel?

—¿Puedo...?

—No, no puedes —dice agarrándome de la mano y arrastrándome hacia no sé dónde—. ¿Por dónde saliste? —pregunta bruscamente y antes de que pueda responder él se eleva conmigo.

—¡No! ¡Ay! —Mis brazos se enroscan en su cuello y juro que está riendo—. ¡Bájame! —chillo a punto de llorar y cierro los ojos oyendo el batir de sus alas. Ese fue el sonido que escuché cuando el Camaro...

—Ya estamos —me dice y abro mis ojos para ver que ha aterrizado en la sala. Me aparto de él de un salto y él se cruza de brazos. Sus alas ya no están.

—No vuelvas a... —No encuentro las palabras y decido alisarme el vestido con timidez—. ¿P-por qué ya no se ven?

—La morada tiene un... —él cierra la boca—. Dentro de las moradas del Beta jamás las verás. Y no preguntes por qué —dice.

—¡Bered! —Me abalanzo sobre él en un abrazo de oso—. ¡Haziel desapareció! —empiezo a llorar como una niña pequeña negándome a separarme del ángel.

—¿Qué? —jadea probablemente por el hecho de que lo he abrazado y que lo estoy llenando de mocos.

—¡S-se fue! —sollozo—. Me dejó a mi s-suerte.

—Espera. —Él trata de apartarme, pero yo me apreté a él con más fuerza—. Bien, está bien... —él me acaricia el cabello con ternura—. Llora todo lo que quieras y después hablaremos sobre por qué puedes derramar lágrimas...

—¡No! Tienes que buscarlo... —Me entra el hipo y me niego a hablar.

Bered no lo entiende, pues su vida no está en peligro, a él no lo lanzarán al infierno, a él no... ni siquiera sé cómo es el infierno, pero no quiero ir allí de todos modos. Bered es un ángel, él no me entiende.

Lloro como si ya todo estuviese perdido para mí. Quizás sea un llanto de resignación, y en gran parte debería ser de esa manera. Mi boleto al infierno espera por mí, el tren estará listo para buscarme.

—Haziel no se iría, seguro está con Ahilud —dice con tranquilidad y empiezo a tratar de calmar mi llanto para explicarle mis conjeturas.

Respira, Nia.

—No lo veo desde ayer —gimoteo apartándome con la mirada baja y limpiando mis lágrimas—. D-desperté cerca de las cuatro de la tarde y... él no estaba.

—¿Estás hablando en serio? —parece atónito. Creo que está empezando a creerme.

—No sé lo que pasó, seguro lo hice enojar. —Hago un mohín y me lanzo en el sofá grande, el cual se hunde cómodamente con mi peso—. No veré a mis papás por última vez. Soy un fracaso. —Rompo a llorar de nuevo poniéndome boca abajo.

—Nia, cuéntame qué pasó.

—¡No lo sé! —chillo.

—Pero, dijiste que despertaste...

—Desperté en el piso de mi habitación. —Hipeo y me incorporo con expresión abatida.

—Tuviste una hemorragia nasal —dice él y mi vista vuela a la suya—. ¿Quieres saber cómo lo supe? Eso no importa, sólo...

—Seguro fue su poder súper arcángel —musito mirando mis manos y más lágrimas salen—. Eso significa que lo hice enojar.

—Pero, ¿no sabes lo que pasó? —él alza un poco la voz y yo niego con la cabeza.

—Haziel... borró mi memoria. —Mi voz apenas es un susurro avergonzado—. Lo último que recuerdo es que él estaba tocando el piano, luego no sé nada.

—Espera... —miro de reojo que él respira hondo con los ojos cerrados, luego lleva sus dedos a sus sienes y frunce el ceño.

—¿Qué haces? —pregunto reduciendo mi hipeo ridículo y él no me responde.

Vamos, Nia. No llores. No delante de Bered. Debes calmarte, llorar no solucionará nada. No lo solucionará, pero sí me hará sentir mejor. ¡Quiero llorar! ¿Cuál es el problema?

—Esto es horrible… —mi voz se quiebra y bajo mi cabeza en un gesto de abatimiento—. Todo es mi culpa. Mi culpa.

—Haziel no te borraría la memoria —dice él con firmeza y yo no me molesto en responderle—. ¿Me estás oyendo?

—Mi último recuerdo es de ayer en la mañana y desperté a las cuatro de la tarde. Explícame cuál es tu teoría —argumento casi enojada.

—No puedo pedirle a Ahilud que venga, eso me dejaría un poco débil —me dice—. Pero, si no me equivoco, Jared tenía que estar aquí a esta hora.

—¿Por qué?

—Porque… Jared también es un ángel vengador.

—¿Y eso qué?

—Haziel dijo que quería vernos hoy.

—¿Cuándo te dijo eso? —lo miro con interés y él aparta la mirada.

—Ayer.

—¿A qué hora?

—Nia, cuando llegó y nos encontró mirándonos los pies —Lo miro confundida, él entorna los ojos—. ¿No lo recuerdas?

—No lo sé, tengo un recuerdo de ti, y una rosa azul…

—¿No recuerdas bien? —alza la voz con sorpresa.

—Haziel me borró la memoria. —Me pongo de pie limpiando mis mejillas con un gesto de frustración—. Ya te lo dije.

—Haziel no puede hacer eso. Está prohibido.

—¿Ah sí? ¿Tienen leyes aquí?

—Está prohibido borrarle la memoria a un humano —dice sin más y yo pienso en las posibilidades de que mi hipótesis sea errada—. Si él lo hizo… —Me mira con seriedad—. Él no pudo dejarte sola. El juicio es en dos días. Abandonarte es como cortarse las alas él mismo.

Miro hacia el piso sin creerlo. Él prefiere quedarse sin alas a permanecer conmigo. ¿Puede haber algo peor que eso?

—¡Jared! —doy un respingo al oír el llamado de Bered, que da un salto sobrenatural y desaparece por la ventana.

Me alarmo un poco al encontrarme sola y cinco segundos después estoy subiendo las escaleras con afán. Haziel se fue, yo también tengo que irme, no iré al infierno. Si él escapó del problema, yo también lo haré. ¿Por qué no? Sólo tengo que huir de esta morada. *¿Y a dónde irás?*

Bueno, nadie sabe de mí, si no necesito comida, entonces puedo andar como… *No seas imbécil.*

—Nia, necesitamos hablarte. —No me giro al oír la voz de Bered, sólo me apresuro a llegar a mi habitación—. Nia —me llama y esta vez lo siento detrás de mí.

—No quiero hablar.

—Si Haziel te dejó…

—Eso es imposible, Bered. —La segunda voz masculina me hace dar un traspié, pero no me detengo. Abro la puerta de mi habitación y entro, antes de que pueda cerrarla los dos ángeles entran sin invitación.

—¡Salgan de mi habitación! —rujo y ellos se cruzan de brazos. Ambos con expresión seria, y emanando un lema: «somos ángeles vengadores, guerreros que no reciben órdenes de humanos».

—Los ángeles no deben borrarle las memorias a un humano —dice Jared con tono neutro. Él siempre tuvo una actitud parecida a la de Haziel. ¿Será por eso que me cae mal?

—¿Por qué no? —espeto colocando mis brazos en jarra.

—Porque… —Bered se calla y luego hace una mueca y Jared se escandaliza.

—No, eso es imposible. —dice el pelinegro y yo los miro entornando los ojos—. ¿Sangraste al despertar?

—Cuando desperté tuve una hemorragia nasal —balbuceo—. Me dolían la cabeza, y el abdomen —confieso tocándome el estómago con el ceño fruncido—. ¡No usen coacción conmigo! —ellos me ignoran y se miran. Están hablando mentalmente.

Si supiera cómo hablarles en su mente ya estuviese gritándoles las groserías que no puedo decir a viva voz.

—Si Haziel te borró la memoria, debiste haber hecho algo que ameritara que actuase de esa forma.

—No me digas —ironizo—. Ya lo sé.

—Y sabes que debes ser obediente, Nia —me regaña Bered y yo me enfurruño.

—Haziel no es una blanca paloma —respondo con vehemencia—. Me ha dejado sumida en este problema, ahora —los miro con seriedad—… tienen que ayudarme.

—¿A qué, precisamente? —pregunta Jared con tono indiferente.

—A regresar —musito.

—¿A dónde?

—A mi casa —respondo y ellos se miran entre sí—. Si Haziel se fue, yo iré al infierno y —trago— no es justo, si él escapó, yo merezco…

—Nunca haríamos eso, Nia. —Miro a Bered como si me hubiese dicho una mala palabra y él no aparta la mirada. No parece herido, confundido, ni nada.

Me siento traicionada por el único ángel que pensé que no me traicionaría. *Golpe bajo, Bered.*

—Entonces… ¡Largo de aquí! —bramo—. ¡Ustedes, los ángeles, no son lo que yo pensé que eran! —despotrico dirigiéndome a mi cama.

—Nia…

—¡Váyanse! —Contengo las ganas de llorar y cojo un adorno de vidrio de la mesita de noche y lo lanzo hacia ellos—. ¡Esta es mi morada, y quiero que se larguen ahora mismo!

—Bien, nos queda demostrado que no eres como se espera que…

—¡Me importa una mierda! —exploto—. ¡Sólo debo ser obediente a Haziel! ¡Ustedes pueden irse a la…! —Mi mala palabra es interrumpida por una ráfaga de viento que me lanza a la cama con brusquedad.

—Jared, no —dice Bered en voz baja y yo me levanto hecha una furia.

—Se largan de aquí —pronuncio conteniendo una maldición. Juro que si yo fuera Harry Potter les lanzaría la maldición imperdonable.

—Deberías…

—¡Ustedes no me dan órdenes! —chillo y otra ráfaga me hace caer al piso, no antes de ver a Jared alzar una mano hacia mí. ¿Él controla el aire acaso?

—Bien, Nia, necesitas dormir —dice Bered con más calma y yo respiro hondo para seguir insultándolos, pero de repente mis ojos pesan y me sumo en un mundo oscuro.

CAPÍTULO 35
Violación

Me paseo de un lado a otro ignorando la conversación que sostienen cuatro ángeles. El ángel nuevo es digamos, "femenina", tiene el cabello largo, de color azabache, y lo admirable es que le llega mucho más abajo de sus glúteos. Sí he visto mujeres tan hermosas como ella en la Tierra, quizás más que ella, así que lo único especial que tiene es su cabello. Ah, y que mide un metro noventa. *Según sus propias palabras.*

En cuanto a los ángeles masculinos ya los conozco a todos, la palabra "atractivo" les queda pequeña. Y yo, Niamh Browne, jamás me hubiese imaginado que estaría rodeada de ellos. De todas formas, Haziel es más hermoso. ¿De dónde salió ese comentario?

—Nia, ven aquí un momento —dice Bered y yo aprieto los dientes. Si no voy, Jared usará coacción, lo ha hecho un par de veces desde anoche. De nada ha servido que le grite que no lo haga, él simplemente se encoge de hombros y hace dos horas hizo que le pidiera perdón, y ¿qué hizo Bered? Nada.

Me acerco a su reunión y hago una reverencia. En realidad, me estoy burlando de Jared.

—No veo porque dices que ella es un erizo.

—¿Qué pasa? —pregunto en un tono suave.

—Dijiste que recordaste algunas cosas, pero tus recuerdos están empañados, ¿es cierto? —me pregunta Bered y yo asiento conteniendo las ganas de decirle: «Ya te dije que sí, ¿Eres idiota o te haces?».

—Si es así, entonces… —el ángel femenino me mira con curiosidad—. Haziel le dijo que le iba a borrar la memoria.

—Haziel sabe que no puede avisar… —Bered se calla cuando Jared lo mira. Su conversación mental empieza y yo resoplo.

—Eso debería ser de mala educación —digo.

—¿Por qué? —pregunta el ángel femenino con interés y la miro con incomodidad.

—Porque es como murmurar, y yo estoy aquí —hablo y ella hace una mueca.

—No deberíamos excluirla.

—Vale, empezaré a enojarme si ustedes no me dicen lo que están planeando.

—Nia, iremos por Haziel —dice Ahilud con paciencia y yo pongo los ojos en blanco.

—Él me dejó a mi suerte.

—No creemos eso.

—Ah, ¿no? —digo con voz sarcástica—. Entonces, supongo que está tomándose unas vacaciones cuando sabe que mañana es el juicio —me altero—. Me presentaré sola, desamparada, sin nadie que me quiera. —Mis ojos se empañan y trago duro—. Satanás vendrá y luego me escoltará al infierno. Me quemaré el trasero de por vida.

—No solamente el trasero —murmura Jared y yo lo miro con cara de póquer.

—Me caes mal, eres un estúpido —lanzo en su dirección y él solo suspira con aburrimiento.

—Tenemos que…

—Hagan lo que ustedes quieran, yo iré a comer. —Me toco el estómago y hago una mueca al ver que extraño la sensación de hambre.

—Enid nos ha traído una información vital —me comenta Ahilud y yo suspiro.

—¿Vital? —miro los ojos miel de Ahilud y él asiente—. ¿Qué es?

—Enid vio a Haziel volar hacia la Tierra —dice y yo alzo una ceja.

—¿Y eso es información vital?

—Oh, eso me dolió —dice Enid y al ver el color de sus ojos pienso en las posibilidades de preguntarle si sus ojos son verdes o azules, pero luego recuerdo que Haziel me lo prohibió. Ella alza sus cejas y mira a Jared—. ¿Nos oculta algo? —le pregunta y yo me alarmo.

¿Puede percibir mis…?

—Ella quiere decir algo muy importante y no puede —dice Jared y esta vez me mira con interés—. ¿Qué es? ¿Nos estás ocultando algo?

—No.

—Capté algo falso en ti —me dice en voz alta y yo lo miro con enojo.

—¿Tengo que decirte todo? ¿Quién eres tú? —pregunto malhumorada y él ladea la cabeza para luego mover sus ojos hacia Enid.

—¿No es un erizo ahora? —le pregunta y ella sonríe.

—Claro, y tú eres una blanca paloma —escupo—. ¿Quién me atacó haciéndome caer?

—Estabas alterada —lo justifica Bered y miro que Ahilud carraspea.

—Bien, me duele el codo por tu culpa —lo acuso señalándolo y él bufa poniendo los ojos en blanco.

—Oh, entonces sí te dolía algo —dice Bered mirándome con los ojos entrecerrados.

—Sí —contesto a la defensiva y masajeo mi codo izquierdo—. Aún me duele. —Bered me coge de la mano de repente—. ¡Hey!

—No percibo un dolor fuerte.

—Porque te estoy bloqueando —confieso con odiosidad y los cuatro ángeles se asombran. Oh, ¿Jared sorprendido?

—Eso te tomaría años —dice Bered confundido—. Oh, tienes razón. —Mira a Ahilud y Enid frunce el ceño.

—¿Qué me ocultan?

—Eres nefil. Aprendiste el bloqueo antes de tiempo.

—Claro que no —me ofendo mirando a Bered—. No tienes idea de las horas de lucha que tuve. ¿Crees que es bonito saber que un ángel puede percibir tus aromas?

—¿Quién te dijo cómo hacerlo? —Enid me mira con curiosidad y yo me encojo de hombros.

—Cada vez que Haziel me hablaba mentalmente yo sufría algo así como "espasmos cerebrales", así que… él dijo que debía dejarlo entrar en mi mente y así no me iba a causar dolor. —Manoteo sin importancia—. Me costó mucho, pero luego empecé a repeler más cosas, y él se enojó cuando no captaba mis aromas. —Los miro y ellos parecen no entender—. Aprendí a bloquear los dones angelicales sin querer, ¿vale?

—Wow, eso es de admirar. —Enid aplaude y Ahilud la interrumpe.

—Gema Dorada tardó meses aprendiendo a dejarme entrar en su mente —dice y yo alzo una ceja.

—Sabemos que Nia no es como Gema Dorada —alega Jared y Bered hace una mueca.

—Gema Dorada no tuvo que enfrentarse a un ángel que percibe las emociones por medio de los aromas —me defiendo con drama—. Haziel es un entrometido.

—Quisiera envidiarle ese don a Haziel —dice Enid—. Pero en mi corazón no cabe la envidia. Aún no. —Se encoje de hombros—.

Felicidades. En realidad, me gustaría saber por qué ella está aprendiendo a bloquearlos.

—Ella es mitad humana y mitad nefil, ya lo sabes —dice Jared con aburrimiento y Enid alza sus cejas.

—Pero creo que es más nefil que humana —dice.

Al ver que ellos se comunican en silencio decido escabullarme lejos. No quiero hablar con ellos. Son casi las diez de la mañana y...

—*Por tu bien, es mejor que permanezcas cerca.*

—Iré a la cocina —respondo en mal tono y trato de olvidar el hecho de que fue Jared quien me dio la orden.

Me dirijo directo al pasillo que comunica con el Jardín Terma con cautela y mirando por encima de mi hombro cada cinco segundos. Gracias al cielo ellos no tienen el don de percibir aromas, y aunque no sé cuáles son todos sus dones, me interesa más alejarme de ellos que seguir sus estúpidas órdenes. Haziel se fue y no tengo por qué hacerle caso a ninguno de ellos.

Salgo al jardín bloqueando todo lo que pueda ser llamado "don de ángel" de mí. Miro hacia el cielo y sonrío al ver que está nublado, no parece que vaya a llover, pero... hay bastantes nubes que tapan los rayos del sol.

Respiro hondo y camino por el adoquinado. Tengo puestos unos jeans oscuros rasgados en la rodilla derecha y una camiseta blanca con la palabra «Metanoia» escrita en ella. Apenas desperté quise tomar un baño, y fue el más corto debido a las visitas que tenía. *Visitas fastidiosas.* Opté por ponerme un vestido, pero luego... decidí ponerme esta ropa. El único problema que no he resuelto es conseguir una liga para recoger mi cabello y unas zapatillas. Odio andar descalza.

Me apresuro en llegar a un banco de concreto que acabo de visualizar. Me acuesto boca arriba admirando el cielo. Un cielo bastante terrestre. Juro que de día no hay diferencia. Hasta el clima parece ser el mismo, lo único diferente en el Beta es el aire liviano —siempre lo diré—, aún no me acostumbro al aire descontaminado del Beta. En realidad, no me acostumbro a nada, y lo peor de todo es que jamás podré acostumbrarme, es decir... ¿A quién dejaron abandonada a su suerte? Hmm, podría ponerme a llorar otra vez, pero sería una pérdida de tiempo, necesito idear un plan para salir de este lugar.

Si tan sólo hubiese un ángel que me abandonara a mi suerte en la Tierra. Contaba con Bered, pero desde ayer en la noche ha estado de mal humor. Ni siquiera me defendió cuando Jared me atacó con su poder de controlar el aire, o lo que sea que haya hecho. *Todavía me duele el codo y no me sanaron.*

Suelto un largo suspiro y mi pepe grillo interior empieza a hablarme Ellos dijeron que Haziel no te abandonó, es decir, tiene que haber una explicación para su ausencia.

—Sí hay explicación. Yo le hice enojar y él me dejó a mi suerte —mascullo cerrando los ojos.

«Tú lo has dicho, entonces. Por tu culpa se fue».

—Demonios —rezongo—. ¿Qué se supone qué debo hacer? Bien, acepto mi culpa —refunfuño—. ¡Soy culpable! —exclamo exasperada—. ¿Ahora qué? —Me incorporo—. ¿Haziel aparecerá o qué?

«Estás enojada con él».

—¡Porque me borró la memoria! —Me paso las manos por los cabellos y miro hacia la casa. De aquí no se ve la fachada, creo que al parecer es una vista lateral, pero no me convence. La morada de Haziel tiene un diseño raro, creo que hasta podría ser una letra o algo. Las ventanas del primer piso tienen un estilo parecido al de un castillo que vi en una revista el año pasado, algo gótico, muy señorial. El primer piso no puedo verlo bien debido a los grandes setos y árboles frondosos que se alzan por el jardín.

Todo está tan callado. ¿Haziel no había dicho que había una cascada en el Jardín Terma? Entonces, ¿por qué no escucho nada alrededor?

Sé que no debo estar tan enojada con Haziel, pero si no me hubiese borrado la memoria… Me hubiese gustado saber cómo lo hice enojar. Y lo peor de todo… mi incentivo se fue a la porra. Él no volverá, seguro dio por perdido el juicio y prefirió huir a que le cortaran las alas.

Como sea. Fracasé, no puedo hacer nada para remediar mi error.

Me pongo de pie y tras echarle un último vistazo al primer piso, decido ir en busca de la cascada.

El camino de adoquines me conduce a través de un inmenso jardín rodeado de arbustos y muchas fuentes. Flores de todos los colores rodean a la mayoría de los setos y de los árboles; algunos de ellos contienen enredaderas de diferentes formas y el aroma que mana del jardín amenaza con hacerme estornudar, pero creo que el Vixtal influye mucho en ese reflejo.

Creo que llevo más de diez minutos caminando y aún no oigo el sonido de una caída de agua, algunos arbustos cubren el final del camino, el cual serpentea cada veinte metros. Justo cuando quiero dar por terminada mi búsqueda, los arboles empiezan a estar más cerca uno del otro. Las flores y las enredaderas reinan en el lugar, y mi corazón late de excitación al oír la caída de muchas aguas. ¡Me estoy acercando!

Miro mi alrededor mientras camino, y evito detenerme a observar cada planta que veo. El camino de adoquines está cubierto por algunas hojas verdes, los arboles parecen ser de una especie extraña, de esas que consigues cerca de algún rio, de hecho, mi entorno ahora es un ambiente más oscuro, ya que las ramas frondosas de los arboles cubren con su sombra el camino. *Yo no sería visible para algún ángel desde aquí.* Genial.

El aroma a agua dulce llena mis pulmones, sonrío y empiezo a correr al escuchar más de cerca el sonido del agua caer. Entorno los ojos entre las enredaderas y demás plantas para poder ver algún indicio, pero me es imposible.

—¡Oh, Dios! —exclamo maravillada, y cuando los arbustos cesan terminan dejándome una vista exquisita.

El camino de adoquines termina en una escalera con pasamanos de concreto blanco, los guijarros llenan el lugar, más allá puedo ver el comienzo de muchos pinos y hayas, todo el lago está iluminado, por lo que la vista es espectacular. La cascada desde aquí se ve...

—El agua... —digo con la boca abierta al ver que el color del agua es de un hermoso turquesa. Tan idéntico a los Lagos de Plitvice en Croacia.

Esto tiene que ser una broma. ¿Podría ser esto tan parecido a los Lagos de Plitvice? ¡Esa es una fantástica cascada! Por Dios, ¿Es un lago o un río?

Bajo los cinco escalones y miro que hay un camino cerca de las orillas del río. El piso parece ser de madera...

Me acerco con cautela y descubro que efectivamente hay un camino, el cual probablemente me lleve a dar un paseo —un paseo que no pienso dar sola—, ¿Qué tal si hay cocodrilos?

—Oh. —Miro a mi alrededor con pánico al recordar que Haziel dijo que en el Beta había animales.

No exageres.

Olvido el camino de madera lleno de hojas y me giro hacia las escaleras.

—¡Ay! —grito dando un salto—. Oh, mi madre... —digo con voz temblorosa al ver un ave. Parece un loro, pero más grande, sus plumas son azules... claramente me recuerda a Blue, de la película Rio.

El ave me escruta y eso me pone los pelos de punta. Está reposando en los pasamanos de la escalera, a unos veinte metros de distancia, pero puedo jurar que el pájaro mide medio metro o más. ¿Alguna especie extinta?

Trago duro y empiezo a pensar en la posibilidad de lanzarle un guijarro y luego salir corriendo de regreso a la morada, pero... ¿Y si me picotea o algo peor?

—Okey —farfullo y le hago señas con los brazos para que se vaya, pero el ave... El ave abre sus alas.

Retrocedo muerta de pánico y cuando el ave azul vuela yo caigo sentada ahogando un grito. Miro con el corazón acelerado que el ave se pierde de vista y luego admito que fue mala idea venir.

Me pongo de pie con nerviosismo y le hecho una última mirada a la cascada. Probablemente más nunca venga a este sitio, y dudo que en el infierno pueda ver algo similar. Quizás sí, pero el agua no será de color turquesa.

—Niamh Browne, la desgraciada —murmuro subiendo los escalones.

Cuando me adentro en el adoquinado veo pasar una sombra entre los árboles. Por instinto miro hacia arriba y frunzo el ceño. ¿El ave azul me está acechando?

—Oh, vamos. —Empiezo a correr como una desquiciada por la vereda y para mi vergüenza un ángel aterriza frente a mis narices.

—¿Qué fue lo que dije? —pregunta el pelinegro mirándome fijamente y yo trago duro.

—Emm, y-yo... —desvío la vista—. ¿Las aves de aquí picotean a los humanos? —pregunto de repente y él se perturba un poco.

—¿Qué? Los animales del Beta son mansos. No muerden, no picotean...

—¿Son herbívoros? —Jadeo acercándome y en ese instante mis ojos se abren al observar las blancas alas de Jared—. Wow.

—No soy un fenómeno de circo, así que no me mires así.

Hago caso omiso a lo que dijo y lo rodeo con admiración. Al fin puedo ver unas alas de cerca. Jared permanece quieto, ni siquiera se molesta en moverse cuando acerco mi cara a su espalda. Las alas parecen traspasar la ropa... mejor dicho, parece que están despegadas por milímetros de la piel del ángel, sólo para dejar la ropa intacta...

—El contacto es espiritual —dice él y yo frunzo el ceño. ¿Leyó mis pensamientos?

—Pero… —acerco mis dedos a la base del ala, pero él las sacude haciéndome dar un brinco hacia atrás.

—Haces bien en alejarte. —Se gira para verme—. Un golpe de mi ala te haría volar lejos. —No lo dudo, sus alas están plegadas y la parte superior está por encima de su cabeza… y las puntas llegan al suelo.

—¿No puedo tocarlas? —pregunto con voz nerviosa y él ladea la cabeza.

—¿Para qué querrías hacer eso?

—No lo sé, son tan… —me acerco olvidando la advertencia sobre darme un golpe con sus alas.

—Son plumas —dice con fastidio—. Demasiado suaves para tu toque.

—Una pluma de esas parece medir como mi brazo… —murmuro rodeándolo como si fuera un experimento—. ¿Cuánto de largo mide tu ala? —Él se cruza de brazos con expresión enojada y yo lo ignoro. Lo que estoy viendo merece que me arriesgue a que él me golpee con su ala.

—Lo siento, olvidé medir mis alas hace millones de eras.

—No es gracioso. —Me ofendo y toco su ala derecha tomándolo desprevenido.

Él da un brinco y yo me aterrorizo por un segundo y luego me relajo.

—Son hermosas —lo halago y él hace una corta reverencia, pero luego sacude la cabeza como si se diera cuenta que su gesto estuvo mal.

—Escucha, no estoy pidiendo tus halagos.

—Pero, de verdad. Son hermosas, y parecen suaves —opino—. ¿Dónde está Bered? —miro hacia arriba—. Seguro él me dejará tocar sus…

—Sí, claro. Y también te dará una pluma —dice con sarcasmo y yo lo miro ceñuda.

—¿Por qué eres tan gruñón? Eres igual a Haziel.

—Como sea, ¿Por qué saliste de la morada? —él me toma del brazo y me gira haciendo que le dé la espalda.

—¿Qué haces?

No reacciono a tiempo y él da dos pasos hacia delante para luego inclinarse un poco y elevarse a varios metros.

—No grites —me reprende y sólo allí cierro la boca. Ni siquiera me di cuenta que estaba gritando. *Debería mejorar eso.*

—¡No me gusta volar! ¡No con ángeles! —chillo y antes de que pueda exclamar algo más, él desciende por la ventana hacia la sala. ¿No hay otra entrada acaso?

—¡Allí está! —me señala Enid y yo me alejo de Jared casi tambaleándome.

—Deberían saber que… ¡Odio que los ángeles me carguen! —exclamo enojada—. Se siente horrible…

—Ella quiere una de tus plumas Bered —oigo decir al pelinegro y miro de reojo que Bered aterriza con rapidez cerca de la ventana.

—Nia, no puedes salir de la morada —me regaña en un jadeo y yo me cruzo de brazos.

—Sólo fui al jardín, Dramaqueen.

—Haziel debió advertirte que no podías hacer eso. —Me giro y miro a Ahilud acercarse con expresión ceñuda—. No desaparecerás de nuestra vista desde ahora.

—Yo no soy tu Jephin. —Alzo la barbilla—. Y me aburro viéndolos mirarse entre ustedes, hablando mentalmente e ignorándome por completo. ¿Crees que me causa diversión eso?

—No estamos para divertirte —espeta Jared y yo me enfurruño.

—Podría tener un poco de diversión antes de irme al…

—Ten. —Mi cabeza gira hacia la izquierda y miro que Bered me ofrece una pluma blanca—. Siéntate allí y no des problemas. —Me señala hacia la mecedora acolchonada de la esquina y yo miro la pluma y luego lo miro a él.

—¿Piensas que soy como un perro al cual le das un hueso y él debe…?

—Bien. —Estira su mano para quitarme la pluma, pero yo retrocedo.

—Bien, bien, me iré a sentar —murmuro caminando con afán hacia la silla mecedora con la pluma inmaculada en mis manos.

Me siento haciendo una mueca de resignación, sé que pude no haber aceptado la pluma y venir a sentarme obedientemente, pero no es la primera vez que Jared aplica la coacción desde ayer. No sé de qué parte de su ala Bered se la arrancó, pero tiene la medida exacta desde mi codo hasta la punta de mis dedos.

Resoplo rodando los ojos al ver que ellos están hablando normalmente y no mentalmente. Seguramente sigo sentada aquí por la coacción que está aplicando Jared. Odio sentirme violada por él, es como si yo no tuviera potestad de hacer lo que yo quiera, eso es violación. Y lo peor de todo es que ellos creen que estoy feliz con esta maldita pluma. Lo reconozco, es impresionante, pero ¿por qué yo estaría embobada con esta pluma? *Ni que fuera de Haziel.*

—Intenta recordar algo más, Nia. —Alzo la vista al oír la voz de Ahilud. Todos ellos me están mirando a la expectativa.

—¿Qué?

A mi mente llega un recuerdo perfecto del momento en el que soplé las velitas del pastel que hizo Elsie. Repentinamente, como una visión o algo así, recuerdo cuando fui de vacaciones a Minnesota hace dos años. Recuerdo cómo Jack me lanzaba bolas de nieve y mi madre nos reñía alegando que Jack podía hacerme daño...

Todo es culpa de Ahilud. ¿Por qué estaría yo recordando todo esto?

—¡Esto es una violación! —protesto poniéndome de pie—. ¡No quiero que me bombardeen con sus dones! —exclamo enojada y extrañamente vuelvo a sentarme.

Miro fijamente a Jared y mis manos se aferran a los reposabrazos de la silla mecedora. La furia empieza a hervir dentro de mí, y noto cómo él ladea la cabeza con algo de burla. Aprieto los dientes y miro de reojo que la pluma está en el piso. Si pudiera levantarme, la pisotearía, y luego les diría de la peor forma que existe, que se larguen de mi morada.

Nia, idiota, si pudiste bloquear el don de Haziel, también debe haber una forma de bloquear la coacción. Oh.

Abro la boca para decir algo y la cierro rápidamente cuando a mi mente llega otro recuerdo, uno más reciente. Haziel tocando el piano, y yo la batería, recuerdo perfectamente cómo me lo comía con los ojos...

—Basta —cierro los ojos con fuerza y sacudo la cabeza.

—Nia, sólo dime si recuerdas algo más reciente.

—¡No! —exclamo con impotencia y mis ojos empiezan a arder.

Un patio verdoso, muchas flores, enredaderas. Definitivamente el invernadero de mi madre. Ella me enseñaba el calendario lunar, y me decía cómo debía trasplantar algunas plantas. Recuerdo perfectamente que ese día mi padre descubrió mi noviazgo con Liam y... las cosas se pusieron feas.

Ahilud dijo que podía hacerme sentir cualquier emoción, y sin dudas, está trayendo recuerdos felices, depresivos, divertidos, irritables, entre otros.

Respiro hondo mientras lucho con la coacción de Jared y con el acoso de Ahilud. Todos mis sentidos están activados, cada partícula nerviosa está activa, mi cerebro está se está recalentando por la presión que estoy ejerciendo en él, y… lo entiendo, jamás había trabajado tanto de esta manera, es mil veces peor que tocar el piano con ambas manos. Esto es otro nivel.

Respiro hondo y me llevo una mano a mi rostro para limpiar mis lágrimas y decido ceder ante su acorralamiento en grupo.

CAPÍTULO 36
A LAS DIEZ TREINTA Y SIETE

Para actuar, no hace falta tener buenas expresiones y meterte en el papel. Para actuar, sólo tienes que ser un excelente mentiroso.

—… puedes aferrarte al hecho de que las cosas cambiarán con el paso el tiempo, pero no siempre resultarán como las deseamos, simplemente debemos aceptar que lo que queremos llega a su debido tiempo. Sólo debemos ser pacientes.

Gema Dorada cierra el libro con gracia y luego lo coloca en su regazo. Ella me mira con una sonrisa compresiva y yo mantengo mi expresión seria. La misma expresión que he tenido desde hace cinco horas. La misma expresión que he tenido desde que no pude bloquear los acosos de todos esos ángeles.

—¿Qué opinas?

—Que el libro es una bazofia —respondo con desdén y ella hace una mueca.

—Es de superación.

—No necesito superarme —espeto—. Iré al infierno, ¿crees que necesito superarme para eso? —bufo y cruzo mis piernas. Fijo mi vista en la ventana más cercana a mi cama.

—Bueno…

—Lamento si estoy siendo grosera, pero no le pedí a Ahilud que te trajera aquí.

—Lo sé.

—Bien, entonces no esperes que te sonría o que me muestre afectuosa.

—Lo entiendo.

—No quiero hablar con nadie, y eso implica que tampoco quiero oír a nadie.

—Correcto —dice y me acomodo en el sofá. Subo mis pies y abrazo mis rodillas sin dejar de ver hacia la ventana.

Jared y todo su combo "vengador" —sacando a Ahilud, pues es un ángel Escriba—, se fue en busca de Haziel.

Cuando les dije que había tenido un recuerdo sobre Haziel gritándome y perdiendo los estribos, ellos dedujeron que yo tenía razón. Hice enojar a Haziel y él se fue lejos. Probablemente sin esperanzas de que yo cambiara mi rebeldía. En pocas palabras, creyeron que Haziel se fue porque pensó que no iba a ganar el juicio.

Sin embargo, ellos no saben que yo fui a clases de teatro, y mucho menos que no fue el teatro el que me enseñó a mentir y a improvisar una escena con largos diálogos. Es algo que aprendí viendo series de televisión, y podría nombrarlas todas, pero también puedo decir que ID[6] ayuda mucho.

—Yo participé en Miss Universe, meses antes de llegar al Beta —alzo la vista hacia Gema Dorada y la contemplo con expresión seria—. Lo siento, dijiste que no querías hablar.

—No, es decir… —carraspeo—. Cambié de opinión —musito—. ¿Fuiste a Miss Universe? —pensándolo bien, no me sorprende, ella se ve como la ganadora de un certamen de belleza de ese tipo.

—Sí.

—Oh —hago una mueca y bajo la vista.

—No gané, pero quedé en un buen puesto —sonríe.

¿Cómo pudo no ganar? Es linda. Parece el tipo de chica que va a un concurso de belleza.

—¿Cuál es tu verdadero nombre? —indago—. Es decir, el que…

—Aria Savannah Clearwater Gibbs —responde y alzo mis cejas involuntariamente—. Amaba mi primer nombre —agrega.

—Aria —pronuncio—. ¿Habrá algún problema si te llamo así durante el corto tiempo que me queda en el Beta? —le pregunto y ella me regala una sonrisa nostálgica.

—No irás al infierno, Nia.

—¿Pero, puedo llamarte *Aria*? —insisto—. Se me hace mucho más corto que *Gema Dorada*.

—No lo sé —ella desvía la vista—. Ahilud…

—Te habrás dado cuenta que me importa muy poco si ellos me afligen.

---

[6] Canal de televisión.

—¿Él te aflige? —pregunta sorprendida.

—Sí, él me atormentó con miles de recuerdos —confieso mirando mis manos—. Es muy sorprendente recordar momentos de cuando tenías cinco años —añado en un murmullo—. Al final... —me encojo de hombros.

—Sé que mentiste para que ellos te dejarán en paz —dice y la miro con desconcierto—. Yo hubiese hecho lo mismo —confiesa con tranquilidad.

Bueno, ella no estaba aquí en esos momentos, ¿por qué lo sabría? Ahilud se fue a buscarla apenas yo confesé la mentira, y regresó con ella cuatro horas después. En cuando a Bered y a Jared, ellos estuvieron conmigo todo ese tiempo, Jared vigilándome y Bered hablando con Enid acerca de sus conjeturas. Además, Jared me hizo dormir por un par de horas. Hace media que ellos se fueron en busca de Haziel, y supongo que es un viaje perdido. Aún no sé por qué van en su busca si les dije que es mi culpa que él se fuera: yo no soy obediente, no puedo permanecer aquí, por eso él se fue.

—Son las tres de la tarde, aún podemos...

—Mañana a las diez y media de la mañana debo estar en el juicio con las Jerarquías —balbuceo sin ánimos—. Haziel no vendrá...

—¿Te sientes arrepentida? ¿En realidad recordaste que le golpeaste?

La pregunta de Aria me toma desprevenida, lo que no significa que no haya pensado la respuesta antes.

—Mentí, ya lo sabes.

—Sí, pero... ¿No sabes la causa de su ida?

—No —espeto—. No puedo recordar esos momentos. No sé por qué él me dejó. Pero, créeme que no estoy lejos de la respuesta. Me conozco lo suficiente para saber que lo hice enojar.

—¿No trabajaste en tu obediencia?

—¡Claro que sí! —me pongo de pie con frustración—. Yo puse de mi parte. No quiero irme con Satanás. ¡No soy tonta! —lucho para que las lágrimas no salgan y por primera vez siento que tengo el control en algo.

—Entonces, si él volviera...

—Le diría que lo siento —confieso y suspiro con cansancio—. Sé que no soy perfecta, pero... —Hago una mueca de tristeza y vuelvo a sentarme en el sofá—. También sé cuándo debo bajar la guardia, y si yo tuve la culpa de que él me dejara aquí... —Primero le insultaría, pero luego le pediría disculpas.

—Entonces, oremos para que él vuelva.

—No volverá. —Aprieto los dientes al sentir las lágrimas aflorar—. Mañana veré el infierno.

—No pienses así.

—Haziel es un arcángel, ¿crees que un Arcángel va a retractarse?

—Lo hará si siente remordimiento —contesta con suavidad y la miro confundida.

—¿Remordimiento? ¿Haziel? —resoplo—. Él no tendría por qué sentir eso. Él no tiene la culpa de nada. Simplemente no tiene una razón favorable para regresar conmigo.

—El remordimiento lo hará regresar.

—Yo tengo la culpa de que él se fuera, ¿por qué sentiría remordimiento?

Ella me mira con esa sonrisa que parece que no se le quita con nada. Parece una psicóloga de niños. Me mira como si yo fuera una niña inocente que no sabe discernir entre su mano derecha y su izquierda. Realmente, me hace sentir como si ella fuera Jacqueline Browne.

—Deberíamos escoger lo que llevarás mañana.

—¿Eh?

—Al juicio. —Ella se pone de pie y me indica que la siga.

—Espera, ¿Tengo que llevar algo ideal para el juicio? —murmuro sintiéndome nerviosa. No sabía eso—. Pero, ¿qué debo llevar?

—Haziel es inteligente, debe haber comprado algo para ti.

—Bueno, sí. —Me pongo de pie y camino hacia el armario, pero ella no se mueve de la puerta—. Lo que él me compró está en el armario. Algunas faldas…

—Sea lo que sea que Haziel te haya comprado no lo hubiese dejado en tu armario —me dice sin más y yo frunzo el ceño.

—¿Por qué?

—Porque es algo que debe ser guardado cuidadosamente, hasta podría jurar que no te lo ha mostrado —me explica—. Si el juicio era a las diez y media, entonces… —ella mira hacia arriba como si estuviese contando mentalmente—. Debían partir de aquí al amanecer. Es decir… —se encoge de hombros—. No se molestará si entramos a sus aposentos —ella parece estar emocionada con la idea y termina contagiándome de su entusiasmo.

—Bien, de todas formas, no creo que me haya comprado algo así de especial —murmuro para mí misma mientras salgo de mi habitación.

Ella entra a los aposentos de Haziel sin titubear y yo la sigo. Cierro la puerta y miro que ella se detiene en medio de la habitación y mira su alrededor. Gracias a Dios no hay señal de una rosa quemada por aquí…

—¿Se supone que ese debe ser el armario? —Aria se aproxima a la pared de mi derecha y yo permanezco en mi lugar.

—No lo sé, primera vez que entro aquí —miento fácilmente y ella asiente.

—Bien, veamos —masculla y cuando intenta abrir la doble puerta ésta no cede—. Lo supuse. Nia, ven aquí.

—¿Qué pasa?

—Abre las puertas —me indica y yo obedezco con algo de dudas. Éstas ceden cuando aplico más fuerza de lo normal.

—No parece un armario.

—Pero sí colecciona zapatos.

—Y no los usa —agrego en voz baja.

Es como un armario de zapatos. Hay varios estantes de más de tres metros de longitud. Los zapatos varían el estilo, hay de vestir y… ¿Son unas Vans?

—Okey —musito asintiendo.

—Ciérralas. —Aria camina hacia otras puertas dobles y yo la sigo casi trotando.

—Creo que no deberíamos entrar aquí —mascullo colocándome un mechón de cabello detrás de mi oreja—. Es la privacidad de Haziel.

—¿Eso crees?

—Sí, me siento… —carraspeo—. No quiero invadir su espacio. Seguro se enojará. —Miro que ella intenta abrir las puertas con afán y aprieto los puños al sentir algo extraño.

Sinceramente, si yo fuera Haziel no estaría contenta con esto.

—Es mejor que salgamos.

—Ábrelas. —Ella me señala las altas puertas de madera pulida y por primera vez miro que no está sonriente. Creo que parece aburrida y algo fastidiada.

—No, quizás encontremos algo…

—Necesitamos encontrar lo que te pondrás mañana.

—Sí, pero no quiero abrir eso —refunfuño cruzándome de brazos. Esto se siente horrible.

—Haziel no está.

—Pero volverá. —Aseguro y al instante me percato de lo que dije. Una gran sonrisa aparece en el rostro de Aria y yo la miro ceñuda—.

¿Qué pasa? —Ella aplaude con reverencia y de una forma u otra me siento… apenada.

—Has demostrado que sí has sido una buena Jephin. No quieres invadir la privacidad de Haziel, y acabas de asegurar que volverá.

—S-sí, pero… —trago—. Bueno, es algo normal. Yo me enojaría si alguien revisa mis cosas personales —farfullo con las mejillas ardiendo.

—Tenemos una prueba de que no ha sido tu culpa que él se fuera —me dice colocando sus manos en mis hombros—. Lo que significa que volverá. —Retrocedo dolida.

—¿Me trajiste aquí sólo para eso?

—Sí, quería ver si podías comportarte fiel a él.

—Hmm. —Pongo mis ojos en blanco—. Abrí esas puertas. —Señalo el armario de zapatos.

—Sí, pero dudaste antes de hacerlo. No querías, y eso cuenta —alega y luego suspira—. Bien, ahora sí, salgamos de aquí. —Ella camina hacia la salida y yo la sigo con expresión ceñuda.

—Entonces, es mentira eso de…

—No, es verdad —me corta y salimos del aposento—. Ahilud dijo que el vestido estaba en la habitación dónde yo te conocí.

Evito refunfuñar. Bien, entiendo que haya querido comprobar que yo tenga algo de «obediencia» a Haziel, pero… no entiendo por qué él no podía decirme que me había comprado un vestido para el día del juicio.

Además, ¿por qué Ahilud sí lo sabe y yo no? ¡Él me ha estado atormentando en busca de recuerdos inútiles! Por su culpa siento que mi cerebro está más lento. Hasta para dar un paso me cuesta ponerme de acuerdo con mi cerebro. Es por eso que me encuentro más lenta desde que desperté del sueño inducido por Jared.

—¿Sabes dónde estaba tu antigua habitación? —me pregunta mientras bajamos las escaleras y evito suspirar. Estoy cansada.

—Emm, eso creo.

La conduzco casi dudando de la dirección que he tomado. Los pasillos son largos, pero al final llegamos a nuestro destino. Aria entra sin titubear y luego se dirige hacia el armario. Permanezco en la puerta mirándola con recelo, ella abre el pequeño armario de madera y sonríe ampliamente.

—Hermoso —susurra asintiendo—. ¿Quieres verlo?

—En realidad, no —musito mirando mis manos con timidez.

—Ven a verlo —me anima y niego con la cabeza—. Este color irá genial con tu piel bronceada —agrega y miro mis brazos.

—No estoy bronceada.

—Bueno, tienes un lindo color de piel.

—Gracias —digo a regañadientes.

La gente siempre suele decir eso a todo el mundo, es decir, todos tenemos un lindo color de piel. ¿Por qué no buscarse otro halago? Elsie decía que yo tenía el bronceado de Sophia Miacova, pero Blay decía que no. En realidad, sé que soy morena, y me da igual que a los hombres les llamen más la atención las rubias.

—Nia, ven.

—Bien —refunfuño y me aproximo a ella con los brazos cruzados.

Mis ojos se posan en la tela. Cintura imperio, creo, con un escote en V. Está hecho de seda y tul, es bastante suelto, y las mangas son largas y anchas.

—Eso es digno de ti, no me irá bien a mí —digo rápidamente con gesto despreocupado—. Se verá bien en una persona alta como tú.

—Oh, vamos, no soy tan alta.

—¿Cuánto mides? —la miro con los ojos entornados.

—Un metro setenta y tres.

—Bueno, eso es ser alto —le digo con drama y ella ríe.

—El vestido fue hecho para ti.

—Ajá —ruedo los ojos.

—Fue hecho por ángeles —dice en tono confidencial y mis cejas se elevan.

—¿Qué? —miro el vestido y me acerco a palpar el vestido, digno de una princesa. Es de color es rosa pálido. Además, las mangas son largas y anchas, y el dobladillo de la muñeca es un poco más ajustado.

—Irás descalza —dice Aria y la miro con incredulidad—. El borde del vestido…

—Sí, gracias a mi metro sesenta y cuatro el vestido podrá arrastrarse —digo como si me fastidiara, pero en realidad… sería hermoso llevar eso puesto—. No voy a casarme. Además, Haziel me llevará volando y… —frunzo el ceño al oírme. ¿En realidad pienso que él volverá?

—El vestido no se dañará, ya verás.

—Sí, pero… —respiro hondo y miro mis nudillos—. Sería vergonzoso irme al infierno con este vestido —balbuceo.

—¡No irás al infierno! —me regaña y yo alzo la mirada con sorpresa.

—¿Me has gritado?

—Sí, ya estoy cansada de oírte decir eso. —Se cruza de brazos con expresión seria y siento que me sonrojo.

—Bien, lo siento.

—Sí que lo sientes —asevera—. Ahora, llevemos esto a tu habitación —habla y me encojo de hombros sabiendo que ella no puede verme.

Caminamos de regreso a mi habitación, ella no se cansa de hablar del vestido, y yo no me canso de ignorarla. Probablemente si supiera que me siento decaída no estaría hablando como un loro. Respiro con cansancio y trato de seguir su ritmo. Odio. Las. Escaleras.

—Bien, yo te haré el peinado.

—Aria, en realidad no entiendo…

—Lo llevarás suelto.

—Desde que llegué lo he tenido suelto —digo con aburrimiento y me lanzo en la cama.

—¿Tienes sueño?

—Un poco —cierro mis ojos y abrazo una almohada.

—¡Niamh! —exclama y yo soy un respingo.

—¡¿Qué?! —me alarmo mirando a todos lados.

—No puedes sentir sueño —dice acercándose con preocupación.

—Oh. —Respiro aliviada—. Me has dado un gran susto.

—No, es en serio. —Se sienta en el borde de la cama—. He notado que estás… que pareces cansada.

—No sé si lo sabrás, pero Ahilud me torturó con miles de recuerdos, y Jared ha estado usando coacción desde ayer.

—¿Qué?

—Entérate —murmuro volviendo a abrazar la almohada—. Después de eso… he estado muy exhausta.

—Ellos no pueden hacer eso.

—Ajá. —Cierro los ojos.

—Está prohibido practicar tales cosas con tanta intensidad.

—Mmm-hmm…

—Mira cómo te han dejado —rezonga—. Todo por culpa de…

Mi cerebro se siente en paz cuando por fin la voz de Aria se desvanece. La paz que siento, se debe en gran parte al deseo que tengo de que todo sea un sueño, quiero despertar y estar en mi cama, bajar a desayunar con mi madre y decirle que no asistiré a la universidad porque las probabilidades de que llueva son gigantescas.

Grandes montañas llenan mi visión. Pareciera que estoy volando por encima de ellas. La niebla que cubre las copas de los árboles es tan espesa que no me deja ver lo que hay debajo, quizás un río… quizás una selva amazónica, o quizás algo más tropical. Poco a poco voy ganando velocidad y altura hasta que me pierdo entre las nubes, mucho más arriba, cuando pienso que atravesaré la atmosfera una luz me ciega y me pierdo en las espesas nubes que parecen mojarme de pies a cabeza.

—… sólo si sabes lo que es bueno.

—Nunca he estado tan enojada como ahora.

—Es mejor que te calmes.

—¡No quiero! Ella lleva horas durmiendo, no quiere despertar. ¿Sabes por qué? —la voz femenina suena cargada de enojo—. ¡Porque ustedes la han estado afligiendo con sus poderes!

—Nia no es una humana común, Gema…

—No me importa.

—Ella puede resistir a nuestros dones.

—No te pedí opinión a ti —suelta ella y decido hacerme la dormida. Ellos están discutiendo en algún lugar de mi habitación—. Nia estuvo muy débil desde que ustedes se fueron, y puedo jurar que se hizo la fuerte sólo para no…

—Ella no quiere despertar, eso es lo que pasa —escupe una voz masculina. Jared.

—No me digas, ¿cómo funciona eso, según tú?

—Nia. —Apenas mi nombre es dicho abro los ojos—. ¿Ves? Es fácil.

—¡No uses coacción con ella! —chilla Aria y yo me incorporo luchando con la compulsión de Jared.

Automáticamente mi pulso se acelera, todo esto me hace sentir muy enojada, muy acosada, casi violada. Acerca de lo que dijo Aria, ¿ella me estaba despertando y yo no respondía? ¿Puede ser eso posible? Parpadeo varias veces antes de adaptarme a lo que me rodea.

—Como no es tu Jephin la tratas así, ¿no es cierto?

—Gema Dorada, por favor… —miro cómo Ahilud se acerca a ella con expresión tranquila.

—Yo jamás pensé que fueras a hacer esto con ella.

—Tenemos que irnos —dice él y claramente puedo ver su expresión abatida. Además, Bered está parado frente a la ventana con su vista perdida en la oscuridad que reina afuera.

Algo anda mal aquí.

—¿Dónde está Enid? —pregunto con voz adormilada y siento que me desplomaré en cualquier momento. Creo que estoy de pie gracias a Jared. Está demás agregar que quiero estrangularlo por hacerme su títere.

—Enid se fue a su morada —responde el saltimbanqui y miro de reojo que Bered se gira hacia nosotros.

—Emm, el juicio es mañana a las diez y treinta y siete de la mañana, hora del Beta —me informa Ahilud sin verme a los ojos—. Yo no puedo acompañarte, pero, miembros del Clan Vengador sí lo tienen permitido, así que…

—Bered y yo te llevaremos allí —dice Jared y mi corazón es apuñalado ferozmente. *Oh no… no, no, no… Dios, no, por favor…*

Haziel no vendrá. Ellos te llevarán al juicio. Satanás vendrá por ti, Nia.

Me llevarán al infierno. *Por siempre.*

—Así que…

—¡No! ¿Cómo es posible…? Yo… —Aria empieza a llorar y Ahilud la saca de la habitación casi arrastrándola—. ¡No! ¡Ten fe, Nia! ¡Ten fe!

La habitación se queda en silencio y mi vista se nubla por las lágrimas que afloran a mis ojos. No salgan. No salgan malditas lágrimas traicioneras. No delante de ellos.

—No me dormiré, deja de usar la coacción conmigo —jadeo con voz temblorosa y al instante caigo de rodillas—. Gracias… —digo con un hilo de voz y cierro mis ojos para que las lágrimas no se derramen.

—Nia…

—No —digo con voz ronca y mi respiración se hace más impulsiva.

—Bien, estaremos aquí a las seis de la mañana, partiremos en seguida, así que…

—Déjenme sola. Ya. Déjenme —ladro aproximándome a un precipicio oscuro y muy profundo.

Mi labio inferior empieza a temblar al igual que mis manos, a pesar de todos los sentimientos que se están arremolinando en mi interior, me niego a derramar una sola lágrima y me aferro al hecho de que no pasaré mis últimos minutos llorando amargamente. Sólo quiero concentrarme en la necesidad de averiguar el extraño sentimiento que agolpa por encima de todos los demás, es algo extraño, se siente distinto al odio, a la decepción, a la tristeza. Es como… si alguien me hubiese roto por dentro. Alguien con la capacidad de volverme a componer pero que no podrá hacerlo porque yo ya estoy condenada.

Haziel no vendrá y yo me perderé por la eternidad. Quizás él vivirá escondido toda su vida para no perder sus alas, de todas formas, él podrá vivir, pero yo no.

A mí me condenarán mañana a las diez y treinta y siete de la mañana. Hora del Beta.

CAPÍTULO 37
No te dejaré caer

Miro mi reflejo en el espejo, gigantesco y su borde labrado en metal. *Un metal muy hermoso, por cierto.* Sin dudas, el borde del vestido será arrastrado al andar. Claro está, el vestido fue hecho por ángeles. *Por órdenes de Haziel.*

Mientras me peino no dejo de reprocharme mi desobediencia. ¿Por qué soy tan idiota? ¿Qué me costaba poner de mi parte? Sólo tenía que saber comportarme y volvería a ver a mis padres. Sólo eso. Tan simple y no pude hacerlo, ya la he cagado. En este momento sólo falta que mi hermano me diga "te lo dije".

Quisiera hacerme unos tirabuzones, pero no tengo los materiales precisos para hacérmelos. De tanto peinar mi cabello decido enrollarlo hasta hacerme un moño recogido con mi propio cabello. Quizás logre hacerme unas leves hondas en las puntas, ¿No? Solía hacerlo siempre, para eso, trataba de durar todo el tiempo con el cabello recogido completamente mientras estaba en casa. Creo que… hacer eso durante tres años ayuda a mantener el cabello con hondas. *Así Elsie no me crea.*

—Bien —suspiro y camino hacia la cama en busca de una cazadora. La hurté de los aposentos de Haziel. Tiene un armario repleto de todo tipo de prendas masculinas, nunca entenderé por qué siempre estaba en pantalones de chándal y sin camisa.

Salgo de la habitación estrujando mis ojos al sentir que quiero llorar. Desde que todos se fueron anoche, no he derramado ni una sola lágrima, y supongo que eso le da la razón a mi madre en cuanto a mi «insensibilidad».

—Joder, no recuerdes a tu madre —me regaño y bajo las escaleras agarrándome los faldones del vestido para no tropezar.

Lo peor de todo es que me gustaba un arcángel que ni siquiera sucumbía a mis «encantos». Si es que alguna vez los tuve.

—*No lo es.*

—*¡¿Acaso quieres que yo babeé al verte desnuda?!* —me gritó con exasperación—. *Sabes que eso no es posible. Sabes que está prohibido. Hay reglas…*

—*Pues, estoy segura que Ahilud no ve a Gema Dorada sin ropa.*

—*Todo esto es porque te vi desnuda* —rezongó con inquietud—. *Deberías alegrarte al ver que no quiero pasar mi lengua por todo tu cuerpo, Niamh.*

Bueno, hubiese sido genial sentir su lengua por todo mi cuerpo. ¿No? Soy una mujer, y él… es muy varonil. No dudo que sería genial en otras áreas.

—*Sí puedo desear, Niamh, pero a ti no. Eres mi Jephin.*

Gracias, subconsciente. De verdad, ayudas mucho con esos recuerdos. Si no estuviera segura que estoy sola, probablemente estuviera pensando que esos recuerdos se deben al don de Ahilud. Pero son las cinco y media, aún falta media hora para que Bered y Jared vengan a escoltarme al lugar donde se suponía yo tenía que llegar con Haziel.

Todo esto me hace querer huir. ¿Y por qué no? ¿Cuándo tardarían buscándome por el Beta? No sentiré hambre, por lo cual, deduzco que puedo permanecer oculta en algún lado, quizás alguien me acoja en su morada. Quizás algún ángel se apiade de mí y me mantenga oculta.

Basta de soñar, Nia.

Nunca está demás decir que preferiría soñar eternamente. Creo que mi llegada al infierno hubiese sido menos dolorosa si Haziel me hubiese dejado morir. Conocerlo me ha puesto en una situación bastante extraña, pues, no lo odio, no tendría por qué odiarlo, fui yo quien se portó mal, no él. Ahora —como dijo todo aquel en una situación desesperante—: desearía regresar el tiempo. No lo sé, quizás… si tan sólo supiera qué hice mal; aceptaría mi error, y juro que no imaginaría nada indecoroso con Haziel. Tal vez, Dios me castigó por eso, quizás Haziel tenía razón y no debía gustarme un ángel. El problema es que Haziel no entendería que no es fácil.

—*Niamh.*

Me giro en redondo en medio de la sala con mi corazón acelerándose ferozmente contra mi pecho. La única persona en la sala soy yo, entonces… ¿Por qué escuché esa voz ronca en mi cabeza?

—Lo que faltaba. —Volverme loca.

Respiro con cansancio y al verme completamente sola decido hacer algo ridículo. Aunque, en realidad, lo ridículo sería que no hiciera lo que voy a hacer.

—Bien.

Recorro el pasillo con afán tirando la cazadora al piso, lo incómodo es tener que alzar los faldones del vestido. Debo verme como una princesa o algo parecido. Una princesa rumbo a las pailas del infierno. Genial. Eso sólo aviva mi miedo, mejor dicho, lo lleva al límite. Al límite de querer esconderme como una rata en una alcantarilla.

Mis pies pisan el césped por algunos segundos, rápidamente me incorporo al camino de adoquines. El cielo tiene un tono azul y morado. Ya está apunto de amanecer, son más de las cinco y media y aquí estoy: a punto de echar a correr a una alcantarilla como una rata. *Una rata con taquicardia y claustrofobia.*

En fin. La pregunta que retumba en mis oídos sería esta: ¿Si no me presento en el juicio, vendrán ellos por mí? ¿Vendrán a buscarme aquí? ¿Durarán toda la vida buscándome en el Beta? Al fin y al cabo, el Beta es gigantesco —palabras de Haziel—, puede que sí me busquen como una delincuente, pero mientras todo eso pasa, puede que un buen ángel se compadezca y cometa la locura de llevarme a la Tierra y dejarme allí.

«Estás completamente loca». No me importa. No tengo nada que perder.

—Sólo… date prisa —jadeo empezando a trotar con el corazón en la mano. Bered y Jared pueden llegar antes, … no sería genial volver a ser el títere de Jared.

El miedo y la desesperación la mayoría de las veces suelen hacernos cometer malas decisiones, y sé a la perfección que huir no está bien, pero no hay nadie que me aconseje. *Yo te estoy aconsejando.* Mi subconsciente no cuenta, el angelito de mi oreja derecha no cuenta, ni el diablillo que se encuentra en mi oreja izquierda. Aunque, de hecho, creo que estoy siguiendo los consejos del diablillo.

Al final del sendero que elegí hace diez minutos se encuentra una división de dos caminos.

—Bien, en la división pasada elegiste el derecho, entonces… —automáticamente mis pies cogen hacia el camino derecho. Necesito alejarme de la morada, así que si me consigo con otra «Y» elegiré el camino izquierdo.

El cielo se ha tornado del más claro de los azules. No cabe duda, ya son las seis. Joder, llevo media hora de camino, y aún sigo en los jardines de Haziel. ¿Qué tan grande es? ¿No tendrá fin?

Miro hacia arriba cada diez segundos, gracias a Dios los árboles se están haciendo más tupidos, sólo tengo que orar para que el jardín acabe y empiece un bosque. Un bosque amazónico. *En ese caso sería una selva, idiota.* Como sea. No me interesa saber nada de árboles, sólo quiero alejarme de este lugar. *La última vez que huiste no terminaste muy bien.* Sí, pero si no huyo ahora mismo. Probablemente me arrepienta de haber herido a Zack. ¿Por qué? Porque… si hubiese sabido que esto pasaría, habría preferido que me poseyeran todas esas potestades antes que ir al infierno. *No sabes lo que dices.* Es posible.

Me detengo a descansar diez segundos debajo de un árbol y ya puedo ver los rayos del sol rozando las copas. En este momento me gustaría saber, ¿Jared y Bered estarán buscándome en toda la morada? ¿Qué pasará si salen a buscarme? ¿Me encontrarían por mis aromas? ¿Por mis sentimientos? ¿Escucharán los latidos feroces de mi corazón? Son más que feroces, puedo sentir el bombear de mi corazón en mis orejas, y eso… es preocupante.

Bien, tengo que trabajar en el bloqueo. Sé que no pude bloquear la coacción de Jared, pero considerando que Ahilud no está con ellos… entonces Jared no puede aplicar la coacción para que el don de Ahilud tenga efecto en mí, y en cuanto a Bered, no le conozco dones de ese tipo. Sólo sé que percibe el dolor, así que tengo que cuidarme de algún rasguño. De lo demás, estoy bien.

El camino de adoquines acaba. Justo después, empieza un suelo de hojas secas y de tierra. Ah, y de guijarros.

—Vamos allá, Nia —me animo avanzando con cuidado de no hacerme daño en los pies con los guijarros. Los árboles se encuentran más cerca uno del otro, por lo cual, las ramas se entrelazan, y para mi suerte… yo no sería visible desde arriba para ningún ángel. A menos que tuviera visión de rayos X.

Me muevo con cautela, miro hacia atrás cada cinco segundos, y mientras tanto decido no jadear temiendo que Bered o Jared me oigan. Lo que menos quiero es experimentar la coacción nuevamente. Bastante débil que me dejó, y si ellos no se preocuparon por mí… entonces, que les den a los dos.

—*Niamh.*

Doy un salto mientras me tapo la boca para no dar un grito que me ponga en evidencia con algún ángel cercano.

—¿Haziel? —susurro en un hilo de voz y miro en todas direcciones en búsqueda de algún portador de ojos grises. Trato de calmar mis manos temblorosas y cuando casi estoy lográndolo siento una corriente extraña en mi cuerpo. La paranoia de apodera de mí, y por instinto echo a correr sin importarme tropezar con alguna raíz. De hecho, tropiezo unas diez veces antes de oír la voz nuevamente.

—*No obtuve ese vestido para que lo ensucies.*

—¡Gah! —chillo girándome de golpe, pero no hay nadie.

Trago duro al sentir que mi corazón quiere salirse de mi pecho. Miro hacia arriba y me fijo en cada rama, ¿será Bered? Bered no tiene la voz así y ni hablar de Jared. Entonces… no es posible. Tengo que estar enloqueciendo. Eso es.

—Estoy alucinando —murmuro retomando mi huida con más desesperación.

—*Se te da mal huir, Niamh. Lo sabes.*

—¡Basta! —grito tapándome los oídos sin dejar de caminar.

—Niamh, tienes prohibido salir descalza a los confines de mi morada. Cuando volvamos a la morada, tendrás que llenar dos páginas con esa oración.

Me detengo de golpe y me niego a girarme. Sacudo la cabeza repitiéndome una y otra vez que este bosque está encantado o algo así. Esa voz no debe ser real, él no está aquí.

—Tenemos un largo camino que recorrer y vamos retrasados —alguien toma mi mano y me hace girar con algo de brusquedad.

—¡No! —me suelto de golpe y siento que no me llega oxígeno al cerebro. Me tapo la boca con las manos y él se cruza de brazos.

—Bien, empieza ahora —replica mirando hacia otro lado—. Sólo harás dos preguntas y tienes menos de diez segundos para eso.

—¿Eres… tú?

—Sí, ¿cuál es la segunda?

—No… —me apoyo de un árbol y tomo una bocanada de aire—. Esto lo estoy imaginando, tú me abandonaste, yo me porté mal, tú…

—Niamh, haz la pregunta de una vez.

—¿Por qué volviste? —pregunto con un hilo de voz y fijo mi vista en la de él. Él asiente una vez y yo evito fijarme en las blancas alas plegadas en su espalda.

—Porque tengo que ganar un juicio —responde tajantemente y se acerca a mí agitando un poco sus alas y yo alzo levemente mis cejas.

Me quedo quieta cuando él me coge de la muñeca y luego mira hacia arriba y hace una mueca de fastidio. Me coloca delante de él y me rodea la cintura con su brazo. Antes de que pueda decir algo más, mi vista se vuelve borrosa y siento el viento golpear mi rostro. Dos segundos después observo con horror que se eleva vertiginosamente.

—¡Oh Santo Dios! —chillo subiendo de octavas en mi voz y mis manos se aferran a los brazos que me envuelven por la cintura—. ¡Haziel! ¡Para! ¡HAZIEL!

—Extiende los pies —me ordena—. No te dejaré caer.

Instintivamente mis ojos se llenan de lágrimas, Haziel va a una velocidad lenta, pero las lágrimas no son por el viento que roza mi cara, sino porque él ha vuelto. *Y te encontró huyendo como una desquiciada.*

—No llores.

—Me porté mal —empiezo a llorar—. Te fuiste por mí culpa…

—No.

—Soy mala, no debiste volver.

—*Niamh, concéntrate. Tenemos un juicio que ganar. Estarán diez arcángeles con el poder de saber el mínimo error. Podremos hablar cuando volvamos.*

—¡No volveremos! —exclamo en un sollozo y empiezo a forcejar—. Tienes que huir, debes dejarme, perderás por mi culpa…

—No.

—¡Sí! —chillo y él me deja caer. El grito que profiero me lastima la garganta y cuando pienso que moriré alguien me coge en el aire. Dos segundos después estoy en los brazos de Haziel.

—Lo siento. Haré esto de nuevo si no paras.

—¡Estás loco! —me limpio las lágrimas con manos temblorosas, furiosa—. No lo vuelvas a hacer…

—No vuelvas a llorar.

—No puedes… —aguanto la respiración al sentir que me deslizo—. ¡Dejaré de llorar! —exclamo rodeando su cuello con mis manos—. ¡No me sueltes! Dejaré de llorar… lo juro. —Mi voz tiembla y trago duro para que mis lágrimas dejen de salir.

—Buena chica.

Permanezco con mis brazos alrededor de su cuello con el miedo de que él decida hacerme caso y me deje caer nuevamente, pero para no recogerme otra vez y huir.

—Siento haberte dejado sola —susurra y me mantengo con la vista cerrada. Por más que quiera ver sus alas batirse en el viento, no me atrevo a abrir los ojos porque sé que eso implica ver la altura a la que estamos.

—Pensé… que no volverías —musito con mi rostro clavado en su cuello.

—No tuviste la culpa de mi ida.

—¿No?

—No. —Él no dice nada más y yo me armo de valor para hacerle otra pregunta.

—¿Por qué te fuiste?

—Estaba confundido.

—¿En qué sentido? —indago.

—Tenemos que ganar ese juicio, después, te diré todo lo que quieras —su aliento golpea levemente mi oreja y curvo los dedos de mis pies para evitar tener escalofríos.

—Entonces…, tenemos que ganar.

—Ganaremos. De eso puedes estar segura.

Me ha contagiado de su seguridad.

—Algo más.

—¿Qué es? —susurra.

—Prométeme que golpearás a Jared.

—Si hay una razón, lo haré —me asegura.

—Se portó horrible conmigo, usó coacción dejándome débil, hizo que me arrodillara, me golpeó con su poder de controlar el aire, me…

—Hecho —me interrumpe aumentando la velocidad y una sonrisa se dibuja en mi rostro.

Bien, otra razón para querer ganar ese juicio.

Debo ver cómo Haziel patea a Jared. No me perdería ese espectáculo por nada del mundo.

Capítulo extra
Papeles invertidos

La Jephin de Haziel parece estar aún sorprendida de lo que está viendo mientras descubre la hermosura de paisaje que tiene al frente. La cascada en este jardín es despampanante, pero hay otras más despampanantes alrededor del Beta.

—¡Oh, Dios! —exclama extasiada con la vista que le ofrece el lugar y no puedo evitar bufar. Ella no me escucha, no puede verme tampoco.

Aún no sé por qué no la he interrumpido. No se supone que deba entretenerme mirando como ella empieza a descender por las cortas escaleras hasta caminar por el sendero que conduce alrededor del amplio estanque turquesa que rodea el lugar.

Es interesante mirar su figura diminuta, sus expresiones curiosas y su manera de andar como si nada alrededor mereciera mirarla. Sí, es algo curioso todo lo que la define, pero quizás estoy espiándola para descubrir si oculta algo acerca de la desaparición de Haziel a solo dos días del Juicio ante las Jerarquías.

—Oh. —Ella se sobresalta de repente y mira a su alrededor. Me pongo alerta porque quizás se haya dado cuenta que estoy aquí, pero justo en ese instante se me ocurre la brillante idea de darle un susto. ¿Por qué? Ni idea.

Sonrío cuando ella se gira y efectivamente observa que hay un ave gigantesca en el pasamanos de los escalones. El ave no existe en su mundo, pero aquí sí, y aunque lo que ella está viendo ahora mismo no es real su cara es digna de una carcajada. Primera vez que uso el glamour para burlarme de alguien.

Ella grita y yo me sonrío de mi crueldad.

—Oh, mi madre…

El ave la escruta y miro desde mi posición que la piel de Nia se eriza. Puedo sentir las ganas que tiene la humana de lanzarle una piedra y eso me hace alzar mis cejas con impresión. ¿Atacaría a un animal del Beta? ¿Acaso Haziel nunca le dijo que los animales del Beta son inofensivos y que cualquier ataque hacia ellos conlleva un castigo?

—Okey. —Nia sacude sus brazos espantando el ave y nuevamente uso mi poder para simular que el ave alza su vuelo en su dirección.

Ella retrocede muerta de pánico y cuando el ave azul vuela por encima de su cabeza ella cae sentada en el suelo. Reprimo una risa y sacudo la cabeza ante su estupidez y quizás entendería las razones —sean cuales fueren— por las cuales Haziel se fue y la dejó a su suerte.

Ella se pone de pie y le da una última mirada a la cascada para luego subir los escalones.

—Niamh Browne, la desgraciada —murmura y su tristeza golpea mi alma haciéndome tomar una profunda respiración. Siempre que ella está cerca mi respiración se hace presente, puedo sentir frío, calor, mi piel puede erizarse. Tantas sensaciones humanas que odio sentir y que me hacen detestar a la persona que me hace sentirlas: Niamh Browne.

Basta de juegos, Jared.

Me elevo por encima de los árboles y cuando Nia empieza a correr yo aterrizo varios metros delante de ella.

—¿Qué fue lo que dije? —pregunto mirándola fijamente y ella traga duro. Se agarra el dobladillo de su camiseta blanca y juega con él mientras busca una respuesta a mi pregunta.

—Emm, y-yo… ¿Las aves de aquí picotean a los humanos? —pregunta confundiéndome un poco. No se supone que conteste una pregunta con otra pregunta.

—Los animales del Beta son mansos. No muerden, no picotean…

—¿Son herbívoros? —jadea ella acercándose y en ese instante sus ojos se abren con admiración al observar las alas blancas en mi espalda—. Wow.

Es incómodo. Odio que me mire como si…

—No soy un fenómeno de circo, deja de mirarme así.

Ella me ignora y camina a mi alrededor con admiración hasta detenerse detrás de mí. Permanezco quieto, tanto que puedo oír cómo sus pulmones se llenan de aire. Ella acerca su rostro a mi espalda y yo sigo sin creer que permita que me mire de esa forma.

—El contacto es espiritual —le explico al sentir muchas preguntas rondar en su mente.

—Pero… —ella acerca su mano a la base de mis alas, pero yo las sacudo levemente y ella retrocede de un salto.

—Haces bien en alejarte —me giro mirándola—. Un golpe de mi ala te haría volar lejos.

—¿No puedo tocarlas? —pregunta y la miro con más detenimiento al ver que se muerde el labio inferior.

—¿Para qué querrías hacer eso?

—No lo sé, son tan… —se acerca de nuevo y respiro hondo.

—Son plumas —le digo con algo de brusquedad para que se detenga y funciona—. Demasiadas suaves para tu toque.

—Una pluma de esas parece medir como mi brazo entero… —murmura y abro levemente mi boca al ver que ella me rodea de nuevo colocándose detrás de mí—. ¿Cuánto de largo mide tu ala?

Esto es increíble. Nia verdaderamente no le tiene miedo a la muerte. Me cruzo de brazos sin poder creer su osadía y al sentir de nuevo sus preguntas mentales decido hablar:

—Lo siento, olvidé medir mis alas haces millones de eras.

—No es gracioso —dice al mismo tiempo que toca levemente mi ala obligándome a reaccionar de manera instintiva retrocediendo bruscamente.

Ella se asusta por un segundo, pero luego se relaja y sonríe.

—Son hermosas —me dice y hago una corta reverencia sin pensar. Eso estuvo mal, ¿por qué lo hice?

—Escucha, no estoy pidiendo tus halagos.

—Pero de verdad. Son hermosas, y parecen suaves. —opina haciendo una mueca aprobatoria con sus labios—. ¿Dónde está Bered? Seguro él me dejará tocar sus…

—Sí, claro. Y también te dará una pluma. —digo con sarcasmo y me mira con desdén.

—¿Por qué eres tan gruñón? Eres igual a Haziel.

¿Igual a Haziel? Sí, claro.

—Como sea, ¿por qué saliste de la morada? —la tomo del brazo acercándola a mí y girándola para que quede de espaldas hacia mí.

—¿Qué haces?

—No grites. —Le advierto justo cuando me elevo con ella.

Esta hubiese sido la segunda vez que la llevara en mis brazos, pero la primera oportunidad que tuve para cargarla no la tomé. Me rehusé a acercarla a mí aquella vez porque había ciertas cosas que no me dejaban confiar.

Y nadie lo sabe, nunca le conté a Haziel que yo di con Nia antes que él. No tengo explicación aún para entender por qué Gema Dorada me dio una pista sobre su ubicación, ni por qué ella me pidió que no les dijera a mis hermanos acerca de ello.

Justo después de descender a la Tierra en busca de Nia nos dividimos por zonas, yo decidí hacerle caso a Gema Dorada y elegí Norteamérica.

Debíamos buscar en todos los aeropuertos clandestinos, pues, suelen ser usados por caídos que no poseen sus alas para transportarse de un país a otro. Era más que obvio que el caído que se llevó a Nia era un caído sin alas, por lo cual lo más probable es que cualquiera del Clan Castigador se las había dejado cortado y que ahora podíamos aprovechar la oportunidad para dejarlo sin cabeza.

Supe que Nia iba en ese avión porque gracias a Haziel todos teníamos un fragmento de la voz de Nia en nuestras mentes, pues ninguno de nosotros había tenido la desdicha de conocer personalmente a la humana ni de admirar sus rasgos.

Nunca olvidaría eso.

—¡Voy a m-morir! —escuché la exclamación de ella y mis alas me guiaron a la dirección a donde ese jet privado se dirigía: A un aeropuerto clandestino en el condado de Nueva York.

—Sólo será un aterrizaje forzoso. —Dijo una voz gruesa.

—¡Dios mío ten piedad! —siguió gritando esa voz e imaginé que la chica mediría un metro y medio, que sería de cabello rubio y mejillas sonrosadas, pues su voz era delicada de la misma forma que era ronca. Algo contradictorio, pero… la voz de ella era algo a lo que no estaba acostumbrado.

—Ya aterrizó, Nia. Deja el drama.

—¡Imbécil! —bramó ella y miré con atención cómo el jet se deslizaba por la pista.

Mi oído sobrenatural estaba escuchando las respiraciones de la humana, pero permanecí lejos del jet. Mi escudo protector no permitiría que nadie me notase, pero no podía arriesgarme.

—Joder, ¿por qué no sana? —espetó la voz del caído y apreté los dientes.

¿Estaba la Jephin de Haziel herida? No me atrevía a profundizar en las emociones de ella, lo que menos quería era descubrir qué sabor tenía su dolor.

—Iré por vendas —dijo segundos después y sin dudarlo más volé acercándome al jet. Había caídos en puntos estratégicos, pero ellos no percibieron mi llegada.

—¿Dónde está Zachiel? —una nueva voz dentro del avión y ya sabía que habían más de seis seres dentro del jet.

Zachiel. Así se llamaba el caído que cometió el suicidio de secuestrar a la Jephin de un arcángel guerrero y castigador del Segundo Cielo.

—*Buscando vendas* —*balbuceó ella.*

—*Mírame cuando hablo.* —*La brusquedad con que habló el tipo me hizo empuñar las manos porque podía imaginarme la escena.*

—*Te estoy mirando, ¿ahora qué?* —*soltó la humana y sonreí.*

¿Por qué carajos no le estaba avisando a Haziel? Simple: Porque la Jephin no sonaba como una chica secuestrada.

—*¿Te crees muy superior a mí, humana?*

—*No lo soy, pero… Sí soy más importante que tú.*

—*¿Sabes algo?* —*susurró la voz del tipo con odio*—. *Juro que seré el segundo en poseerte y no…*

—*No podrás hacer eso. Sólo juré con Zack.*

Maldición. La humana había hecho un pacto con un caído y su mano no sanaba. ¿Qué significaba eso? ¿Era normal? Claro que no era normal. En mis tiempos como Centinela en Épsilon conocí ciertos seres que no eran nada normales.

—*Oh, cierto. Lo olvidé. Mis disculpas.*

La tal Nia estaba en problemas. Claro que sí.

¿Qué carajos podría hacer? Haziel iba a enojarse de todas formas.

—*Necesitamos saber hacia dónde volaremos ahora. Así que, ¿dónde vives?*

—*¿Cuándo despegaremos?* —*Ella sabía que estaba en problemas, lo supe por la sensación extraña que percibí.*

—*Di la maldita dirección.*

—*Los Angeles* —*mintió ella.*

—*Bien, no sé por qué, pero lo sospeché. Llama al Principado de Torrance, dile que la Jephin está residenciada en L.A., probablemente todas las Potestades estén a menos de media hora de allí.*

¿Principados? ¿Potestades? Se iba a poner feo si no llamaba a Haziel, pero aún podía conseguir algo más de información. Como ángel Castigador tenía interés en saber más de los planes de esos caídos, aunque significase arriesgar la vida de la humana.

Su ángel secuestrador volvió sin vendas, al parecer. Pero podía sentir los pensamientos de la humana golpeándome. Ella quería escapar.

—*¿Entonces, si yo corro no me alcanzarías?* —*indagó ella con curiosidad minutos después y volví a sonreír. La chica era inteligente al parecer. No necesitaba pensarlo mucho para saber que el plan de ella era conseguir alguien que le diera una mano para luego volver a escaparse.*

—*Sí.*

—*Pero dijiste que no tenías súper velocidad.*

Iba a llamar a Haziel, pero eso haría que los caídos alrededor notaran mi presencia; entonces tenía que alejarme, pero a la vez no quería dejar sola a la humana.

Nia bajó con Zachiel —el que alguna vez perteneció al Beta— del avión después de insistirle mucho. Debía reconocer que la chica tenía sus técnicas de manipulación.

Para mi desgracia, el caído le colocó un glamour para que la humana pareciera un militar y no una chica. Así que su aspecto seguía siendo un enigma que me estaba causando impaciencia.

—Este aeropuerto es más popular —dijo el militar-Jephin.

—Estamos en Nueva York —le aclaró él y casi ataco cuando el caído la tomó de la mano y la arrastró en su andar de manera brusca—. Es un aeropuerto privado.

—¿Cómo es que pudieron aterrizar aquí?

—En la torre de control trabajan tipos que pueden usar coacción para que todo salga perfecto y no haya pruebas.

—¿Cómo hacen todo eso sin que nadie sospeche nunca?

—Confórmate con saber que hay cerca de dos mil ángeles caídos trabajando en las grandes organizaciones de seguridad mundial; en realidad… No debía decirte eso.

No, no debía decirlo y ahora el Beta lo sabría gracias a mí.

Dos mil ángeles caídos. No sabía que la cifra era tan alta.

—¿Tengo cara de que quiero que todos me llamen loca al tratar de propagarlo mundialmente? —bromeó ella y casi sonrió. Había sonreído más veces en estos últimos minutos que en toda mi existencia.

Algo iba mal desde que entraron al interior del aeropuerto. Zachiel cambió su semblante, miraba de reojo a la humana y apretaba su mandíbula más de lo normal.

—Entra —le ordenó el caído y me mantuve cerca, pero no lo suficiente. Necesitaba llamar a Haziel ahora mismo, pero Zachiel iba a sentir mi presencia si no me alejaba.

Me tomé tres segundos en alejarme y enviarle la dirección a Haziel mentalmente, no estaba seguro si la recibiría sin problemas, pero la Jephin no podía estar más de un segundo sola con el caído.

—¿Qué tienes en el abrigo? —escuché que preguntó Zachiel después de haber cerrado la puerta del baño con seguro.

Me detuve al otro lado y coloqué mi mano en el pomo escuchando con atención.

—¿Qué?

—Toqué algo duro en tu abrigo —habló él y percibí algo más en la chica, algo parecido a la seguridad de sí misma.

—No es…

—*Déjame ver.*

—*No tengo nada —gimoteó ella y pude sentir el dolor desgarrador de Zachiel gracias a mi poder de percibir ciertas emociones.*

—*¡No es posible!*

—*¿Qué te pasa? Es sólo un… cuchillo.*

Un cuchillo angelical. La Jephin de Haziel tenía un cuchillo angelical que seguramente robó de esa cabaña antes de huir.

—*¿Desde cuándo lo traes?*

—*Desde que… Desde que escapé.*

—*¿Y por qué no me dijiste que la traías?*

Iba a salir mal. Debía hacer algo, pero me quedé quieto. Quería descubrir que tan valiente era la débil humana.

—*Espera, ¿por qué te enojas?*

—*No sabes el daño que hace la… Quítate el abrigo. —Zachiel sabía que ese cuchillo angelical podía herirlo con facilidad, por eso su miedo y furia.*

—*¿Qué? ¿Para qué quieres el abrigo?*

—*Dame el maldito abrigo.*

—*Bien.*

Apreté el pomo de la puerta debatiéndome entre entrar o esperar.

—*¡Deja eso adentro! —gritó Zachiel y podía jurar que estaba empezando a sudar.*

Maldita sea.

—*Zack, tranquilo…*

—*¡Demonios!*

Ella lo atacó. Una simple Jephin atacó a un caído con un arma angelical.

—*¿Zack? —susurró ella y apreté los dientes. ¿Por qué no huye? Joder, los humanos siempre esperan el peor momento para reaccionar.*

—*Te mataré, te mataré.*

—*Lo siento, Zack…*

—*Detente…*

La Jephin gritó, pero no de dolor, incluso cuando estuve a punto de destruir la puerta sin siquiera abrirla supe que había herido al caído. El olor repugnante que percibí lo dijo. Ella lo había herido de verdad.

Me aparté y miré cómo ella —aún con el glamour que la hacía parecer un militar—, salió corriendo sin mirarme. No me vería a menos que yo lo decidiera.

Entré al baño para mirar a Zachiel retorcerse de dolor y él me miró con horror, pero no tuvo tiempo de decir nada más porque mi espada ya estaba haciéndole un corte profundo desde su cabeza hasta su entrepierna. Coloqué glamour para que nadie encontrara la puerta del baño y salí tras la Jephin.

El falso militar saluda débilmente a un par de mujeres que pasan por su lado, pero eso no me llama la atención, sino el hecho de que puedo sentir con claridad que ella está adolorida. Le duele la herida en la mano donde hizo el juramento y aun así no llamó a Haziel. Solo le bastaba con decir su nombre y él aparecería, pero no lo hizo.

Eso me produjo mucha curiosidad.

Ella salió al exterior y exhaló ruidosamente. Era valiente. Lo debo decir. Lo que hizo … simplemente ninguna humana lo hubiese hecho jamás.

La Jephin miró a todos lados como si alguien hubiese gritado su nombre y es cuando entendí que Haziel estaba cerca. Pero ella no dijo nada. No habló. No quería que él la encontrara.

¿De verdad le tenía miedo a Haziel? Bueno, era comprensible. Haziel no era una cosa tierna. Todo lo contrario. ¿Tenía algo que ver el carácter fuerte de Haziel con la huida de la Jephin? ¿Qué le hizo Haziel para que ella quisiese huir? ¿Qué carajos pasó?

La seguí sigilosamente y el glamour fue desapareciendo de ella. Mis pasos se hicieron más lentos a medida que avanzaba. Ella llevaba un pantalón deportivo de color negro y un abrigo algo grande para ella. Su cabello oscuro y largo estaba recogido en una coleta alta y —si mi inteligencia no falla— la chica debía medir un metro sesenta y siete.

—Disculpe, abuela, ¿puede decirme en qué ciudad me encuentro? —preguntó a una anciana y ésta le dijo que estaba en la ciudad de Búfalo.

Como era de esperarse, la Jephin no sabía dónde estaba Búfalo. Mientras tanto yo la seguí con curiosidad, estudiando su andar y escuchando su respiración agitada. Le dolía la mano, no necesitaba tocarla para saberlo, y aun así ella caminó y caminó. Hasta que su dolor se hizo más notorio.

—Oh… —se quejó llevando su mano herida a su regazo—. Oh… Dios… Dios…

Ella se escondió en un callejón a llorar, su pulso estaba muy acelerado y su dolor la obligaba a sollozar. Maldije en voz baja enviando mi poder hacia Haziel, tenía que aparecer ahora mismo. Me importaba muy poco si ella no quería que él la encontrase; tal vez si la Jephin no hubiese estado herida yo jamás hubiese llamado a Haziel.

Percibir los posibles pensamientos de la chica no ayudó en nada. Caminé hasta situarme a menos de cuatro metros a donde ella estaba recargada contra la pared del callejón. La observé llorar. En ese momento ella estaba deseando que Haziel apareciera, no le importaba si él le hacía daño. Ese pensamiento me hizo ladear mi cabeza y mirarla con más detenimiento. ¿Por qué ella pensaba que Haziel le haría daño? ¿Haziel le habría dado motivos suficientes?

Le dolía la herida y no podía sanarla, Haziel lo sabría inmediatamente cuando la encontrase. Sabría que fui yo y me preguntaría el por qué no avisé antes. Miré que dos mujeres iban pasando por la calle y apliqué coacción para que viniesen por la Jephin.

—Oh, Maddie. Parece que está muy mal —le dijo una de ellas y me alejé un poco de la escena.

—¿Dónde estás herida? ¡Dios! Eso se ve profundo, necesitas puntos de sutura. Debemos llevarte al hospital…

—No —gimoteó la chica y casi puse los ojos en blanco. Por el Creador, ella estaba mal y aun así se rehusaba a ser ayudada.

—Claro que sí, vamos, ¿cómo te hiciste esa cortada?

—M-me la hicieron —sollozó la Jephin.

¿Dónde estaba Haziel? Podía sentir hordas de caídos acercarse alrededor.

La Jephin de Haziel lloraba sin vergüenza de que la viese una desconocida. Era patético verla, pero aun así no podía dejar de mirar su sufrimiento porque en el fondo podía entender sus pensamientos. Sentía culpa de haber escapado, pero había algo más. Fuese lo que fuese no pude profundizar más en su mente. Percibí a Haziel y me alejé, pero no lo suficiente para no oír lo que Haziel tenía que decir.

—Lo siento… —sollozó ella ante el arcángel que la salvó—. Lo siento mucho. Si quieres… puedes matarme, haz lo que quieras conmigo.

Su declaración dejaba mucho qué decir y solo me alejé en busca de Bered. Lo encontré varias millas al sur.

—¿Fuiste tú quién la encontró?

—Sí, llamé a Haziel apenas di con ella. —Mentí fácilmente y Bered miró hacia el cielo justo cuando escuché el chillido de la Jephin mientras Haziel descendía velozmente aterrizando a menos de cincuenta metros. Estaba oscuro, quizás por eso la Jephin no se molestó en mirar en nuestra dirección.

—¡No vuelvas a hacer eso! —bramó ella y curvé mis labios hacia abajo con leve aprobación—. ¡No lo vuelvas a hacer!

—Cierra la boca, Niamh —rugió Haziel y Bered suspiró empezando a andar hacia ellos—. No estás en situación de estar gritándome.

—Haziel —interrumpió Bered y yo permanecí en mi lugar con los brazos cruzados saboreando la miel en mi paladar con descaro, hacía siglos que no usaba este don, pero era imposible no sucumbir al sabor de la miel y jengibre. Eso era un secreto que llevaría durante la eternidad.

—Oh, esto se ve muy feo. Hizo un juramento. —Bered sabía que ese tipo de información nunca le caería bien a un arcángel guerrero, pero ahí estaba él, desatando la bestia que Haziel llevaba dentro.

—*¡¿QUÉ?!* —*grító el arcángel y yo suspiré con aburrimiento ante la escena patética de ellos—. Hazte a un lado.*

—*Ay…*

—*¿Hiciste un juramento Niamh? —le preguntó con voz autoritaria a su Jephin y esta se encogió.*

No era un ángel bondadoso ni tierno, pero estaba seguro de que todos alrededor podíamos sentir claramente todo el dolor que la humana estaba aguantando, y el miedo volvió a aparecer entre sus pensamientos.

Nia se hubiese ahorrado muchas cosas si yo simplemente la hubiese sacado de ese jet antes de siquiera aterrizar. Pero eso implicaba llevarla en mis brazos y en aquel momento eso iba a ser una deshonra para mí. ¿Yo cargar a una humana que prefirió escapar sin importarle la seguridad de mi hermano? No quise hacerlo aquella vez. Ella no lo merecía.

Y ahora todo era diferente. Al parecer ha ocurrido de nuevo, pero los papeles se invirtieron; esta vez quién escapó fue mi hermano sin importarle la seguridad de su Jephin.

Claro que podía permitirme cargar a la desdichada humana. Claro que no sentí aversión de hacerlo. Todo lo contrario. Nia no pesa nada, no para mí, un ángel castigador. Además de eso… su cuerpo está tan cálido que me perturba a niveles anormales.

—¡No me gusta volar! ¡No con ángeles! —chilla ella pataleando y logrando darme en la rodilla. Antes de que pueda exclamar algo más, atravieso el gran ventanal dejándola en el piso.

—¡Allí está! —la señala Enid y miro con aburrimiento como Nia se aleja de mí.

—Deberían saber que… ¡Odio que los ángeles me carguen! —exclama enojada—. Se siente horrible…

—Ella quiere una de tus plumas Bered —anuncio cuando Bered aterriza con rapidez cerca de la ventana. Al parecer él no esperó a que yo regresara con Nia.

—Nia, no puedes salir de la morada —la reprende y ella pone los ojos en blanco.

—Sólo fui al jardín, *Dramaqueen.*

—Haziel debió advertirte que no podías hacer eso —le recuerda Ahilud—. No desaparecerás de nuestra vista desde ahora.

—Yo no soy tu Jephin —suelta ella y yo miro a otro lado, odio su altanería—. Y me aburro viéndolos mirarse entre ustedes, hablando mentalmente e ignorándome por completo. ¿Crees que me causa diversión eso?

—No estamos para divertirte —le digo y casi sonrío al ver su gesto de odio hacia a mí.

—Podría tener un poco de diversión antes de irme al…

—Ten. —Bered le ofrece una pluma blanca y ella la acepta anonadada—. Siéntate allí y no des problemas. —Le señala la mecedora acolchonada de la esquina y Nia mira la pluma y luego lo mira a él con incredulidad.

—¿Piensas que soy un perro al cual le das un hueso y él debe…?

—Bien —estira su mano para quitarle la pluma, pero ella retrocede.

—Okey, okey, me iré a sentar —murmura ella alejándose.

Me golpea un pensamiento de Nia. Ella está pensando que yo acabo de usar coacción para que obedezca y se siente. ¿Por qué? ¿Tan cruel he sido? En fin, que piense lo que quiera.

—Intenta recordar algo más, Nia —le pide Ahilud y me concentro en lo que está a punto de pasar.

—¿Qué?

Ahilud empieza a atacar a Nia con su don. Puedo sentir como su mente es golpeada y decido no colaborar esta vez en coaccionarla.

—Esto es una violación —grita Nia poniéndose de pie—. ¡No quiero que me bombardeen con sus dones! —exclama enojada y enarco una ceja cuando ella se sienta como si nada.

Bered ha aplicado coacción, pero Nia piensa que he sido yo; solo por eso la miro con burla y sonrío.

—Basta. —Ella cierra los ojos con fuerza y sacude la cabeza.

—Nia, sólo dime si recuerdas algo más recién.

—¡No! —chilla ella cerrando sus ojos con fuerza y aprieto los dientes al ver sus lágrimas de furia.

Prometí no percibir la miel de sus lágrimas, pero al fin de todo nadie lo sabrá.

Sé que no es justo disfrutar del sabor del sufrimiento de alguien. Pero siempre hay una excepción. Y casi siempre esa excepción se vuelve un problema si no se controla.

Gracias al Creador el control es algo que puedo manejar.

Y sé que Haziel no pudo controlarse. Por eso él se ha ido y ha dejado a Nia a su suerte. Él no sabe que puedo entender pensamientos fuertes, y quizás… nadie en el Beta lo sepa tampoco.

Glosario de palabras del idioma Prohibido

Akcel kah (Lo que Nia entendió) pero en realidad Haziel hizo una pregunta: **¿Akceilh kab?** que se traduce como: ¿Por qué gritas?

Vixtal: Es un agua purificadora que obligatoriamente se le tiene que dar a los humanos que llegan al Segundo Cielo. Está compuesta de agua angelical proveniente del Séptimo Cielo y una lágrima del ángel salvador.

Jephin: Su significado más acertado es: Mujer salvada. A las humanas en el Beta se les llama Jephin.

Umael'ken: Una de las tantas maldiciones que existen en idioma prohibido. En resumen: Maldito.

Veljeax (Plateada): Son espadas celestiales que solo poseen los ángeles y arcángeles Guerreros del Primer Escuadrón de los Ejércitos Celestiales, todos ellos poseen capacidades de cortar alas con una Veljeax plateada. En el Segundo Cielo solo hay seis ángeles y un arcángel que alguna vez pertenecieron a dicho escuadrón, los cuales conforman el Clan Castigador del Beta.

Dato curioso: Cuando un ángel o arcángel castigador es condenado, son despojados sempiternamente de sus Veljeax por orden directa del Creador, dichas Veljeax son llevadas al Séptimo y el condenado es aprisionado para siempre.

Hephin: Su significado más acertado es: Varón salvado. A los humanos varones se les llama Hephin en el Beta.

Dato curioso: No hay niños en el Beta.

AGRADECIMIENTOS

Empecé a escribir a mis dieciséis años, y hoy, trece años después aprendí que todo tiene su tiempo. Aprendí a no rendirme. Aprendí que un comentario destructivo no es más importante que diez comentarios positivos. Nunca permitan que nadie les diga que no pueden alcanzar sus sueños.

Primeramente le doy las gracias a Dios.

Gracias infinitas a mi hermana Gaby «*Mi gordita mantequilla*», porque cuando todos a mi alrededor me desanimaban con sus palabras, ella estaba ahí creyendo en mí desde el inicio. Gracias a mis padres y a Jonathan por sus oraciones A Yarubi, por su amistad y apoyo.

No puede faltar la luz de mi vida, la razón para seguir luchando por mis sueños: Chloé.

Mi más sincero agradecimiento a cada uno de mis lectores, aquellos que con sus comentarios me llevaron a donde estoy ahora. A esas lectoras que estaban allí diciéndome que Deseo de arcángel les había sacado una sonrisa en momentos difíciles o les hacía la vida más bonita.

Mis cubanas hermosas Yeri y Lisa, siempre agradeceré a mi Dios por haberlas conocido. Elizabeth, Elvia, las llevo en mi corazón por la eternidad, gracias por su sincera amistad.

Milagros Vargas, Andrea Vianney, Stephani Gil, Yrene González, Ariana Hernández, Karen Canaveri, Esmeralda, Patricia Forte, Sara Arzamendia, Stephany Camberos, Mariana Verdugo, Britthany, Ligu, Raisa, Nani, Anni gracias por pertenecer al grupo de personas que nunca olvidaré, las adoro.

A todas las que bauticé con nombre de Jephin, gracias por llevarlo con orgullo. Gracias infinitas a todas las demás chicas del grupo Strongers, quisiera nombrarlas a todas, pero son demasiadas.

Agradezco con todo el corazón a la Editorial Naranja, porque cuando ninguna editorial quiso darle una oportunidad a Deseo de arcángel, ellos apostaron por esto. Incluyo a todo su equipo de trabajo encargado de embellecer este libro, desde la corrección hasta los ilustradores Luz y Anthony.

Y finalmente, mis más sinceros agradecimientos a la encargada de maquetar a este bebé, Atzenaht Sarpi, gracias por tu paciencia, amé trabajar contigo.

Gracias a todos los que valoran este primer tomo; espero que su estabilidad emocional esté equilibrada para el segundo, de lo contrario, espero que les den un descuento en la consulta con el Psicólogo.

ACERCA DE LA AUTORA

Leddy Strong es una autora venezolana apasionada por los libros de

fantasía. Cuando no está escribiendo nuevas formas de desolar a sus lectores, probablemente está cuidando de su hija o leyendo un buen libro. A Leddy le encanta crear personajes moralmente grises y villanos inolvidables. Disfruta del cereal, ver el canal ID y coleccionar objetos. Además, sabe tocar el piano y entre sus metas se encuentran ser directora de cine y tener una librería.

Made in the USA
Columbia, SC
03 March 2025

54660861R00231